红烛

捧着一颗心来　不带半根草去

覃东荣

向晏漪 / 著

谨以此书向中国共产党成立一百周年献礼！
第三十七个教师节献礼！
全国乡村教师献礼！
关心和支持贫困山区教育的各界人士献礼！

光明日报出版社

图书在版编目（CIP）数据

红烛/向晏漪著． -- 北京：光明日报出版社，2021.6

ISBN 978-7-5194-6125-6

Ⅰ.①红… Ⅱ.①向… Ⅲ.①报告文学－中国－当代 Ⅳ.①I25

中国版本图书馆CIP数据核字(2021)第091700号

红烛
HONGZHU

著　　者：向晏漪	
责任编辑：宋　悦	责任校对：李　兵
封面设计：中联华文	责任印制：曹　诤

出版发行：光明日报出版社
地　　址：北京市西城区永安路106号，100050
电　　话：010-63169890（咨询），010-63131930（邮购）
传　　真：010-63131930
网　　址：http://book.gmw.cn
E - mail：songyue@gmw.cn
法律顾问：北京德恒律师事务所龚柳方律师

印　　刷：三河市华东印刷有限公司
装　　订：三河市华东印刷有限公司
本书如有破损、缺页、装订错误，请与本社联系调换，电话：010-63131930

开　　本：170mm×240mm	
字　　数：265千字	印　　张：18
版　　次：2021年6月第1版	印　　次：2021年6月第1次印刷
书　　号：ISBN 978-7-5194-6125-6	

定　　价：50.00元

版权所有　　翻印必究

拐杖人生
不拐师魂

李友志
二〇一七年六月

不朽的师魂

词：彭清化
曲：邓少文

1=G 2/4 4/4

(1 2̇ 7 6 5 6 3 | 6 5 3 2 2 3 5 | 1. 3 2̇ 3̇ 1 7̣ 0 2̣ 5̣ 7̣ | 6̣ - - - |)

3 2 3 5 6 7 6 6̣.3 | 3. 3 6 6 6 0 3 2 2 3 5.6 | 3̇ - - - | 3 3 3 6 3 2 2 - |
师生的脑　　海，至今回响你　亲切的教　　诲；家长的心　里，
家境的贫　　寒，改变不了你　助学的善　　举；身体的残　疾，

3 3 5 6 6 2 1̣ 6̣ | 5̣ 6̣. | 7. 7 3 3 2 3 1 6 | 6̣. 3 | 6 6 3 5 3 2 3 3 5 |
仍然留有你　家访的　足迹。为了抢救学　　生你　残废了自己的肢体；
难不住你献　身教育之　大义。为了不让辍　　学你　节食收养贫困子弟；

1̇. 1̇ 7 3 5 3 5 6 | 6 3 6 6 3 1 1 6 5 3 2 | 2̇. 3̇ | 3̇ 2̇ 3̇ 2 2 1 7̣. 3 5 6 7 5 |
为了教育事业，　你倾注了　所有的心　　力。　倾注了所有的心
为了办学兴教，　你奉献了　毕生的精　　力。　奉献了毕生的精

6̣ - | 1̇ 6̣ - | 6̣. 6̣ 5 6 7 6 - | 6̣. 6̣ 5 3 2 | 3̇ - | 3. 3 6 3 5 6 7 | 6̣ 0 |
力。)　啊！东荣校　　长，东荣校　　长，捧着一颗心　来，
力。)

3. 6 6 3 1 6 5 3 2 | 2̇ 3̇ 3 2 3 1 6 5 | 1̇. 1̇ 1 6 1 2̇ 3 2. |
不带半根草　　去，　　　　　你那不朽的师　魂，

0 3 5 6 6 6 5 3 5 | 6̣ | 6 3 6 3 2 | 2̇. 3̇ | 7. 7 7 3 5 6 7 6 6 |
你那不朽的师　　魂，　　　　　永远印在大　山　人

6 3 3 2 3 2 1 6 | 6̣ | 6̣ - | 结束句 3 2 3 2 1 2 | 3̇ - | 慢 5. 6 7 6 | 6̣ - ||
的心　坎　　里。　　　　心　坎　里，心　坎　里。

覃东荣永远活在山区人民的心中

教字垭镇"教"字来历不寻常,当地人视其为吉祥物。

左间木板房是覃东荣的出生地。

覃东荣几乎将所有的收入都用于资助学生方面，而自己家里的厨房则是破旧的土砖房。

1987年，这栋平房是覃东荣为供收养的六个贫困学生居住而修建的。

1973年5月10日，覃东荣曾在此土门潭中抢救过落水儿童，而造成自己左腿残疾。

为覃东荣扫墓的人们从四面八方涌来，站满了整座山岗。

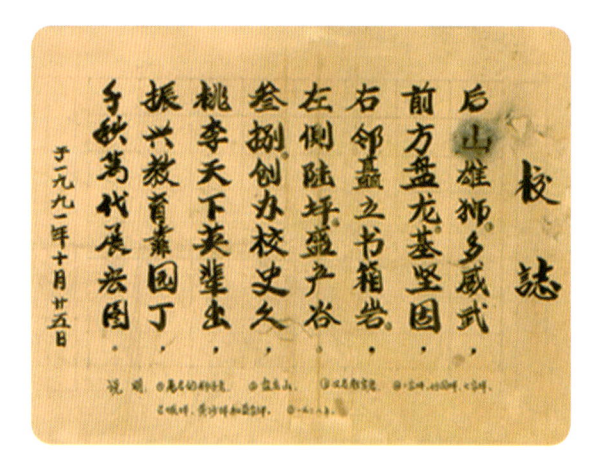

覃东荣为教字垭镇中心完小教育史写的校志。

1989年，覃东荣在全市德育工作先进经验交流会上作成功经验介绍。

瘫痪在床的覃东荣心系教字垭镇中心完小的师生，特作《念完小》诗一首，其三弟覃正贤书。

1991年6月12日，覃东荣（二排左8）与老师同六年级学生毕业合影，（二排左10）为作者。

1986年，覃东荣（二排中）同教字垭镇联校领导，各片、村小校长及部分教师在慈利考察教育时合影。

1990年7月30日,覃东荣(三排左7)参加张家界市永定区中心完小校长培训班合影。

2012年1月28日,《光明日报》头版头条刊发长篇通讯《岁月带不走最美师魂》。

2007年9月18日，时任中共张家界市委书记胡伯俊（左1）与市首届道德模范亲切握手。

2007年9月19日，覃东荣之妻伍友妹（右）被评为张家界市首届道德模范。

2006年9月7日，教字垭镇中心完小召开覃东荣先进事迹报告会。

2012年2月17日，张家界崇实小学教职工学习覃东荣事迹，争做师德模范。

2012年2月24日，张家界市一中举行"贯彻市委书记胡伯俊指示 学习覃东荣精神"座谈会。

2013年4月2日,师生、群众诗祭"拐杖校长"覃东荣。

2020年7月4日,湖南省住房和建设厅党组书记、厅长鹿山(上图前排左4)率厅机关近四十名党员干部在张家界市七家坪村举行党日主题活动,邀请本书作者(下图左前排左2)讲述本村已故老党员、本书主人公覃东荣扶贫助学、党性廉政教育故事。

2021年5月9日，中共张家界市影视家协会党支部联合中共张家界市永定区教字垭镇党委、中心学校党支部、七家坪村党总支举行微电影《不朽师魂》主人公覃东荣先进事迹座谈会，上图前排中为张家界市文联党组成员、专职副主席、市文联文艺家协会党委书记、市影视家协会主席彭义，前排左4为永定区委宣传部副部长李新寿，前排右4为教字垭镇党委委员、副镇长覃圣良，中排右1为作者，后排左2为主人公收养的学生吕飞跃。

序

在中国共产党即将诞生一百周年之际，欣闻《红烛》这部纪实作品将要出版，我深感欣慰，认真捧读。读着读着，字字情深，句句芬芳，感人的文字渐渐触动了我的心灵。在这字里行间，我不仅读到诸多的意外，更感受到湖湘文化、教育强省的精神脉搏在我眼前强劲地跳动，令人鼓舞，催人奋进。把每一件简单的事情做好就是不简单，把每一件平凡的事情做好就是不平凡，已故覃东荣的事迹却远不止于此，他以爱立德，立德为本，本固而道生，实现并升华了自己的人生价值。

师德如月，亘古辉映。自古以来，师德育人、化人、树人。覃东荣的言行与我们老祖宗的德育思想一脉相承。

孔子办学，创师德之范，形成了我国教育史上第一个教师职业道德规范体系。覃东荣对《论语》烂熟于心，比如：默而识之，学而不厌，诲人不倦，何有于我哉？覃东荣以自己的实际行动，诠释了以身作则、言传身教的师德。

学习孔子后，覃东荣对荀子、墨子、孟子等师德体系如饮甘露；对董仲舒的"善为师者，既美其道，有慎其行"谨记于心；对韩愈的"弟子不必不如师，师不必贤于弟子，闻道有先后，术业有专攻，如是而已"耳熟能详；对朱熹的"博学、审问、慎思、明辨、笃行"躬体力行。如此，他便达到了王夫之所说的"德以好学为极""欲明人者必须先自明"的化境。

师德如梅，斗雪流芳。当今社会，教师是人类灵魂的工程师，担负着培养共产主义事业接班人这一艰巨而光荣的任务。教师是人类历史上一切优美崇高事物与新生一代之间的桥梁和纽带。覃东荣就是这个桥梁和纽带中的佼佼者，纵观他的光荣事迹，他是在这吐故纳新、绵延不绝之师德历史长河中绽放的一朵奇葩。

覃东荣同志从教三十四年，几十年如一日，爱岗敬业，严谨治校，爱生如子，无私奉献，先后担任七所乡村小学的负责人，都取得了很大的成绩。在他去世多年后，当地群众仍对他念念不忘。

尽管覃东荣自己的家庭生活十分艰苦，但他却累计为贫困学生垫付学杂费、生活费三万多元，并收养了六名贫困学生。他舍生忘死，抢救落水学生，左腿落下了终生残疾。他节假日义务守校、不计报酬加班加点折算成标准工作日二千五百多天，却从没向单位要过一分钱。他为了不让一个孩子失学，三十多年拄着拐杖走遍了所在镇的每一个村庄，上、下陡坡时只能手脚并用，缓慢爬行，每年家访近四百人。灾害来临时，他首先想到的是学生的安危和学校财产的安全。

他为什么有如此强大的动力？这与党的关怀和培养是分不开的。十五岁那年，家贫如洗的覃东荣，在党的关怀下走进了学校。他曾经这样写道："我的生命是党给的，我的知识是党给的，我要报答党的恩情，我要把我的一生献给党和人民的教育事业，要让所有读不起书的孩子都有书读。"

覃东荣对工作要求严格谨慎，一步一个脚印，绝不拖泥带水。他大力推行素质教育，顶住各种压力进行教育教学改革，把一所名不见经传的贫困山村小学办成了"全国先进单位"，并荣获贫困山区率先普及九年义务教育的优秀集体，其教育目标管理经验在全省农村中小学中得到了大力推广。直到去世的那一刻，他念念不忘的仍然是学校、同事还有学生。叶圣陶先生曾说："身教最为美，知行不可分。"他用自己的行动都做到了。

用"捧着一颗心来，不带半根草去"来形容覃东荣的一生，那是再贴切不过了。为了节省开支，学校的课桌椅坏了、墙破了，都是覃东荣和教师们自己动手修；上级来人检查工作，他从来不安排进餐馆，就在学校食堂开餐。他廉洁奉公、淡泊名利，许多教师提名他为省劳模候选人，他却婉言谢绝了；他拒绝了《人民日报》记者的专访。他说："学校搞得好，是大家的功劳，不是某一个人的。"他倒在了校长岗位上，临终前对妻子说："我死后不要买寿衣，就穿旧衣，不要开追悼会，不要立碑，把节省下来的钱多扶助上不起学的贫困学生，不然我死不瞑目！"如今一座土坟静静地躺在家乡的大山之中，一抹师德之魂却亘古长存。

师德如鹤，鸣响清远。一位普普通通的山村小学校长，为何辞世二十余年还让人们念念不忘？又是什么原因促使成百上千的人们自发地去缅怀他、去祭奠他？他到底有什么特别之处能引起人们对他如此的崇敬与爱戴？师德善行，自在人心。只要你饱含深情地读完此书，定会找到满意的答案。

为师之道，立德为本。一名教师只有具备良好的师德修养，学生才能"亲其师，信其道"，进而"乐其道"，只有在有意与无意之间言传身教，树立起师德意识，才能完成教育新一代的神圣使命，才能不辱教师这一神圣而崇高的职业。时至今日，大多数教师都爱岗敬业、乐于奉献，并善于奉献。他们以崇高的师德和出色的教学技能培育出大量德才兼备的学生，得到了社会各界的赞誉。但因市场经济观念的错位，不当利益的驱动，也有极少数教师迷失了方向，丢失了师德和人格。因此，提倡向覃东荣同志学习具有十分重大的现实意义。著名教育学家苏霍姆林斯基曾说："请你记住，你不仅是自己学科的教员，而且是学生的教育者、生活的导师和道德的引路人。"

爱生是师德的关键，是师德最集中的表现，也是做好教育工作的基础与前提。我们要像覃东荣那样，用博大的父爱去关心少年儿童，用无私的母爱去滋养每个学生的心灵，呵护学生的生命，让学生在爱的环境里茁壮成长。

2020年9月9日，在第三十六个教师节来临之际，习近平总书记说，数百万乡村教师、近百万特岗教师、数十万支教教师坚守在最边远、最贫困、最艰苦的地区，用爱心和智慧阻断贫困代际传递，点亮了万千乡村孩子的人生梦想，展现了当代人民教师的高尚师德和责任担当。希望广大教师不忘立德树人初心，牢记为党育人、为国育才的使命，积极探索新时代教育教学方法，不断提升教书育人本领，为培养德智体美劳全面发展的社会主义建设者和接班人做出新的更大贡献。

覃东荣把毕生的心血奉献给了乡村教育，故而他也获得了党和政府给予他的多项荣誉。他虽去世二十几年了，但师魂不朽，音容宛在，清明时节，当地师生、群众自发为他扫墓祭奠；当地千余名党员、群众曾联名为他请功。他的事迹，在书中记载着，在当地百姓口中编成土家山歌口耳相传，在社会上编成戏曲相互传唱……他用爱心、责任报答党恩，一生默默兑现着"让所有穷人子女都能上学读书"的初心誓言，率先在贫困山区普及九年义务教育。

覃东荣是习近平新时代中国特色社会主义核心价值观的典范，他的事迹和精神值得党员干部、教育工作者学习。2020年7月4日，湖南省住建厅机关党委三十多人到覃东荣家乡张家界市七家坪村开展党员主题日活动，现场聆听了他的感人事迹，眼眶湿润，深受感动。大家一致认为，覃东荣当时家境那么困难，却还扶助收养贫困学生上学读书的红烛精神，对当下决战决胜脱贫攻坚、实现全面小康社会，依然具有很强的现实意义。

覃东荣同志用自己的言行证明了，生命的价值不在于长度而在于宽度。我相信，在践行社会主义核心价值观，实现中国梦的过程中，"覃东荣"式的好人好事会越来越多。

在中国共产党诞生一百周年之际，本书的出版发行将具有深远的教育意义。掩卷而思，欣然作序，倍推崇之！

李友志

湖南省人大常委会党组成员、省人民政府原副省长
2021年1月21日

学习弘扬最美师魂
建设世界旅游精品

读完《光明日报》2012年1月28日一版头条刊发的《岁月带不走最美师魂——追记张家界市教字垭镇中心完小原校长覃东荣》的通讯后,我被深深感动了。覃东荣同志从教三十多年,几十年如一日,爱岗敬业,严谨治校,爱生如子,无私奉献,先后担任七所乡村小学负责人,都取得了光辉的工作业绩。在他去世十五年后,当地群众仍对他念念不忘。他以自己的实际行动诠释了当代人民教师的崇高师德和共产党人的高尚情怀,在学生、同事和当地群众中树立了一座永远的精神丰碑。他的崇高精神和品格值得全市每一名教育工作者、每一名党员干部学习。

张家界是国内重点旅游城市。建市二十多年来,正是因为有无数个像覃东荣一样的共产党员、基层干部勤奋工作、默默奉献在各个岗位,张家界市才迅速实现由一个典型的老少边穷山区向国内外知名旅游胜地的跨越。2011年9月,张家界市召开市第六次党代会,描绘了今后五年的发展蓝图。当前,我们正朝着建设世界旅游精品、富民强市的总目标和加快建设旅游经济强市的方向迈进,时代呼唤更多"覃东荣"式的人物。我们一定要认真学习宣传覃东荣同志的先进事迹,大力弘扬"最美师魂",努力做到心系群众、爱岗敬业、艰苦奋斗、乐于奉献,争创一流业绩,不断开创建设世界旅游精品和富民强市的新局面。

要心系群众。为了不让一个孩子失学,覃东荣在担任中心完小校长十二年间,拄着拐杖走遍了全镇的每一个角落,上、下陡坡时只能手脚并用,每年到贫困生家里家访近四百人。当灾害来临时,他首先想到的是学生的安危和学校财产的安全。人民群众是我们的衣食父母,只有心系人民群众,自觉维护人民利益,坚持不懈为人民群众办实事做好事,才能得到人民群众的真心拥护。我们一定要切实坚持以人为本、执政为民的方针,想问题、上项目、做决策，自觉把最广大人民的根本利益放在第一位，经常深入基层、深入群众、深入实际，坚持听民意、察民情、解民忧、帮民富，努力让人民群众生活得更加幸福、更有尊严。

要爱岗敬业。覃东荣对工作严谨认真，一步一个脚印，学校很多工作都达到了全市、全省乃至全国的先进水平。直到去世的那一刻，他仍念念不忘他的学校、他的学生。一花独放不是春，只有当爱岗敬业成为一种时尚，我们才有可能实现后发赶超，尽快达到或超过发达地区、发达国家的发展水平。我们每一位同志都要爱岗敬业，把实现个人理想抱负与脚踏实地做好当前工作统一起来，立足本职，从自身做起，从现在做起，干一行，爱一行，学一行，精一行，以严谨务实的作风抓好各项工作，推动各项工作出精品、争一流、上水平。

要艰苦奋斗。为了节省开支，学校的课桌椅坏了、墙破了，都是覃东荣和老师们自己修；上级来人检查工作，他从来不安排进餐馆。作为经济相对落后的地区，要建成世界旅游精品，需要建设、需要投入的地方很多，艰苦奋斗精神不仅很有必要，而且很有针对性，即使将来经济条件好了，艰苦奋斗的精神也不能丢。我们一定要坚持勤俭节约，勤俭办一切事业，把有限的资金用到最需要的地方，以最小的投入换取最大的收益。

要乐于奉献。覃东荣自己家里生活非常艰难，却累计为贫困学生垫付学费近三万多元，并收养了六名贫困学生。他因抢救落水学生，左腿落下了终生残疾。他节假日义务守校二千多天，没要一分钱。奉献精神是社会文明进步的标志，也是社会和谐的内在要求。如果每一个人都多一点奉献，社会就会多一份和谐。每一位同志都要增强奉献意识，自觉奉献、乐于奉献，主动关爱他人、帮助他人，积极促进社会和谐，为建设世界旅游精品营造良好的人文环境。

我相信全市各条战线上"覃东荣"式的人会越来越多。

胡伯俊

中共张家界市委书记

2012 年 2 月 14 日

高尚人品唱响的师魂颂歌

当金钱与享乐诱使很多人改变信念与操守的时候，当义不容辞、甘守清贫、无私奉献等这些社会主义核心价值受到滚滚物欲猛烈冲击的时候，我看到，在教育园地，还有永定区教字垭镇中心完小先进典型"拐杖校长"覃东荣等很多清贫的教师和校长，顽强地守护着自己崇高的精神家园，为着自己选择的那份清贫却又美好的事业，义无反顾、痴心不改，像悠悠的红烛，燃烧自己，照亮别人，用自己无私的奉献，树立与践行着社会主义核心价值观，创造着生命与事业的辉煌。

我细看了一下向晏漪的这部长篇报告文学《红烛》。该书共有二十一章，约二十六万字，作品文笔优美、感情真挚，内容丰富而翔实，给读者形象地呈现了"拐杖校长"覃东荣不朽师魂的高大形象。同时，作者描摹了美丽教字垭镇的山川胜迹、历史掌故，以及富有地方特色的民族风情等。借景抒情，写景记人，怀古论今，无不妙趣横生，墨中生香。它既是栩栩如生的人物传记，也是色彩斑斓的民俗风情画；既是古风犹存、风景秀丽的七家坪导游图，也是了解和欣赏教字垭镇风物的参考书。

掩卷遐思，覃东荣为什么那么优秀，值得大家学习，说到底是师德好，而师德好的基础是人品好。他的学生、同事向晏漪也继承了校长覃东荣的优秀品德，他的长篇纪实文学《拐杖校长》引起了文坛的重视与轰动。人品决定一个人的价值追求，很难设想一个不懂付出、不爱付出、没有高尚人品的人，能真心热爱教育工作，为学生无私奉献。一个真正有良好师德的人，一个有高尚人品的人，自然会为他热爱的事业献身，不达目的誓不罢休。覃东荣就是这样一个人品高尚的人，他不仅自己献身于教育事业，还对学生特别关心，在洪水中救起了两名学生，资助了许多贫困学子,并收养了六名贫困学生,长年如一日扎根山区教育事业,不幸积劳成疾,英年早逝。我觉得,人品决定了个人追求的价值与内容。高尔基曾说过一句很有名的话:"一个人追求的目标愈高,他的才力就发展得愈快,对社会就愈有益。一个人不断向新的高度冲刺,而在这周而复始的冲刺中,他会得到很多等闲之辈根本无法得到的东西。"覃东荣一介小学校长,无官无权更无钱,但他一身正气,清正廉洁,乐于助人,洋溢着满满的正能量,不断向上,向新的高度冲刺,在教育工作中不断取得新的成绩,临终前还惦记着教育事业以及他收养的六个学生,不得不令人敬佩他的人品!

从文本的角度来看《红烛》,我发觉向晏漪的这本书在文学上也有精妙之处。《文赋》云:"伫中区以玄览,颐情志于典坟。"它表达了陆机创作论的一个重要观点:作文之由,一是感于物,即伫立于宇宙之中,深刻地观察万事万物以引起文思;二是本于学,即从三坟五典等大量古籍中陶冶情操,积累知识以加强文学修养。这大概是文学创作的不二法门了。向晏漪既具观察生活、剖析事物的慧眼,又有勤奋好学、积累知识的丰厚功底,加上书中人物覃东荣就是他的同事,有长期朝夕共处的实际感悟,因而也就自然而然造就了他文章的精妙。从他的《红烛》中,我们可以大致归纳出其作品呈现"精妙"的几个方面。

一是文生于情。《红烛》中的每个章节都充盈着对描写对象覃东荣以及其他人物的真情实感,无丝毫的矫情与饰伪,是一种发自心灵深处的自然流淌,是作者主观情绪与客观事物浑然一体的融合。

二是意溢于事。向晏漪的《红烛》不但极富情韵,同时也极具哲学意蕴和思辨色彩,撇开叙述对象本身的意义去开掘更深的高远境界,这种特点有时表现为从叙述中提炼出来的直接底蕴。在书中他这样描述:"这天下午五时十五分,覃东荣在病床上吃力地对妻子伍友妹说:'友妹,感谢你三年来一直护理我,遇到你,是我这辈子的福分。我一生主要做了两件事。一是在洪水中抢救出两个落水儿童;二是我们夫妻共同收养了六个失学儿童,为了供他们吃住、上学,虽欠了两万元的债务,但值得!看来这些账我还不了了,只有靠你偿还了。我走后,告诉师生和乡亲们,不要为我开追悼会，不要为我搞宣传，不要为我立碑，寿衣就穿我自己的旧衣，要多扶助那些即将失学的贫困生，不然，我死不瞑目！'说完，覃东荣的头一歪，心脏停止了跳动。……"撇开这样话语形式的严肃整饬和感人肺腑不说，这种类似于遗言的话语，不正放射着哲理光辉和镀抹着思辨色彩，从而对人们产生极大的震撼与教育吗？

三是无华而丽。片面追求写作语言的华美和堆砌形容词，那只是"绮丽不足珍"的浮靡。向晏漪是驱遣文字的高手，《红烛》读后，你会体味到一种"清水出芙蓉，天然去雕饰"的自在与清新。这种清新绝非平淡，而是一种经过千锤百炼而成的由浓而淡的境界。

行文至此，我觉得要提一点希望与要求了。覃东荣用高尚的人品唱响了一曲感天动地的红烛师魂颂歌，虽然时过境迁，但其中的精神内核是永远不变的。我觉得，社会的竞争是人才的竞争，而人才的竞归根到底是教育的竞争，而教育的内涵就是教学生如何做人和如何学知识，知识如何转化为一种工作能力和社会能力。而教学生的教师和管理学校及教师的管理者校长就尤为关键。"百年大计，教育为本"，人才的培养核心靠教育打基础，每个教师和每个校长在很大程度上是决定教育方向和教育质量的关键人物。我衷心希望全区广大党员干部、教师要认真学习覃东荣的先进事迹和奉献精神，学习他的良好人品，打造一流师德，创造一流业绩。学习他对党忠诚，爱岗敬业；无私奉献，开拓创新；严于律己，清正廉洁；身残志坚，艰苦创业；为报党恩，用教育扶贫的红烛精神，培养更多为家为民为国的优秀人才，为永定区的教育腾飞、乡村振兴再立新功、再创精品意识，创造出更多更好的时代文艺精品，为推动张家界高质量发展做出新的贡献。

祝云武

张家界市人民政府副市长、永定区委书记

2021 年 4 月

目 录
CONTENTS

引 子 ································· 001

第一章 透支过度逝医院 万人涌来悼英雄 ········· 010

第二章 出生乱世盼识字 沐浴党恩入学堂 ········· 017

第三章 徒步千里找工作 百里挑粮挣学费 ········· 032

第四章 教字铭记执教鞭 心中梦想终实现 ········· 048

第五章 志同道合结姻缘 痛失爱妻抚婴儿 ········· 057

第六章 有饭同享济同事 危难之中救学生 ········· 074

第七章 培养幼子凝毅力 跪悼慈母泪长流 ········· 085

第八章 临危受命展宏图 立体网络强校风 ········· 095

第九章 严谨治校求质量 勤俭治校账目清 ········· 105

第十章 替父守校遭火灾 关爱学生深夜访 ········· 114

第十一章 爬遍青山劝学生 收养儿童骨肉情 ······· 124

第十二章 座谈教改取真经 潜移默化子承业 ······· 140

第十三章　举步维艰抚学生　为生居住建寒舍 ………………… 150

第十四章　清正廉洁拒礼物　淡泊名利讲贡献 ………………… 159

第十五章　严管子女做表率　率先普九受褒奖 ………………… 172

第十六章　编外妈妈撑蓝天　爱洒乡间人世情 ………………… 184

第十七章　调查路上身负伤　卧病榻心系师生 ………………… 192

第十八章　缅怀东荣老校长　弘扬精神建名校 ………………… 208

第十九章　沿夫道路传火炬　模范重病牵人心 ………………… 219

第二十章　一代忠魂策后生　青山依旧驻精神 ………………… 229

第二十一章　平生事迹生芳树　信仰力量放光芒 ……………… 240

跋 ……………………………………………………………………… 253

引 子

　　青山埋忠骨，白花祭英雄。

　　湘西北张家界有一个人，头顶没有辉煌的光环，他虽已离开这个世界二十余年了，但每当教师节来临的时候，当地人民就会想起他，用召开报告会、座谈会等形式来缅怀他；每到清明节的时候，他的众多弟子及当地群众都会不约而同地来到他简易的坟茔前为他扫墓、祭奠。

　　清明节。

　　草哭泣，山饮泪。

　　汩汩溪流，盘绕着刚被人添上新土的坟茔。成百上千的群众手持山花、清明条自发组织起来，从四面八方涌至张家界西部边远山区永定区教字垭镇七家坪村望军岩山脚下的祠堂岗。教字垭镇中心完小、张家界第二中学的师生胸戴白花、手持清明条，排着整齐的队伍浩浩荡荡地涌至他的坟茔前。人群中有一位耄耋老人拄着拐杖，拖着病体一小步一小步地往前挪动，人们纷纷给老人让出一条狭窄的通道，老人来到坟前，手扶坟茔已是老泪纵横。

　　岗上校旗、队旗、团旗、彩旗飘展，岗上岗下人山人海……

　　此时山冈庄严、肃穆，人们沉浸在一片哀思之中。

　　一些身在异乡、留学海外的学子，为他的家人发短信、传唁电，表达自己对这位曾为其师长的人的感激和怀念：美国特拉华大学博士后石振清、法国巴黎综合理工大学博士覃岭，分别从太平洋彼岸、西欧发来了唁电；中国原子能研究院彭朝华发来了短信。

　　悲声切切，眼泪汪汪。

　　在汹涌的洪水中被他舍命抢救上来的杨贤金、吴胜发敬献花圈后跪伏在坟前悲痛欲绝，久跪不起；被他收养的六名贫困学子手持花篮在坟前哀痛哭泣；困难时期时常受他照顾的同事赵如秋手持清明条在坟前泪流满面；被他资助过的周志城率孩子们跪在坟前烧纸磕拜；数以千计的历届学生、家长、同事、干部群众伫立于坟前默默祈祷着……

这座简易坟茔的主人，就是湖南省张家界市永定区教字垭镇中心完小首任"领头羊"、优秀教师、优秀共产党员——"拐杖校长"覃东荣。

扫墓活动由教字垭镇中心完小副校长覃遵兵主持。

覃遵兵深情地高声吟道："余观七家坪山青俊秀，聚集八方群众心中情。结伴同追老校长事迹，携手共创未来美好梦。在这山色清秀、松柏常青的清明时节，我为覃东荣老校长主持扫墓活动，现在我宣布：诗祭覃东荣活动现在开始。"

全体肃立，向老校长覃东荣默哀三分钟。

首先由教字垭镇中心完小少先队辅导员简介覃东荣老校长的感人事迹。少先队辅导员说："老师们、同学们、在场的所有同志们，你们好！凛冬在春风中消退，岁月在奋斗中远去。今天我们怀着无比沉痛的心情，来到覃东荣老校长的坟前。现在让我们一起追忆他的音容笑貌，缅怀他的丰功伟绩，告慰他的在天之灵。历史定格，英雄长眠。时至今日，我们无法忘记老校长生前的种种事迹。1973年5月10日，覃东荣校长正任甘溪峪小学负责人，这天晌午，突然下起倾盆暴雨。由于山洪暴发，此时正在转移的一名六年级学生突然掉进激流中，所有在场的师生都被这一幕惊呆了，千钧一发之际，覃东荣校长飞快地跑来，不假思索地从离水面三丈多高的独木桥上和衣跳了下去，在湍急的洪水中救起那位学生，这造成他左腿残疾，此年他只有三十五岁，可他无怨无悔！从此他以拐杖为伴，教字垭镇人民亲切地称呼他为'拐杖校长'。而从1985年起，两袖清风的他却收养了六名失学儿童。当时所有人都对此非常不理解，因为当时他的月工资仅一百元。为了让收养的孩子能吃饱，他每次自己少吃点，把好吃的留给孩子们。为了让收养的孩子有一个温暖舒适的家，他拄着拐杖，暑假期间顶着烈日率家人一起担沙石。1993年7月23日，我们张家界遭受了百年难遇的洪涝灾害。四天后的七月二十七日下午三点许，老校长拄拐带领几个教师去调查师生受灾情况，路上不幸身受重伤，在医院抢救了六天六夜。命是保住了，可他在病床上一躺就是三年，他却从来没有后悔过。参加工作三十四年来，他总是为别人着想，不管是谁，只要有困难，他都竭尽全力去帮忙。而他的家人却从来没有抱怨过，还一直默默地支持着他。老校长身残志坚、严谨治校、以身作则，把一所山村小学变成了'湖南省学习雷锋先进集体''湖南省普及九年义务教育创优集体''全国读书读报先进单位''全国雏鹰红旗大队''全国少先队红旗大队'，这是山区小学的一面旗帜啊！从此，老校长受到教字垭镇百姓、师生以及各级领导的尊重与爱戴。他一生十五次荣获市（州）、区（县）最受尊敬的人、优秀教师、德育工作先进个人、五好青年、先进教育工作者、记功等荣誉称号和奖励。如今老校长虽已离开人世，可他的精神仍然活在我们心中。我相信，这种精神还会活下去，活遍全中国，活遍全世界！"

昔日被覃东荣收养的第一个贫困生伍良平泪流满面地说："尊敬的各位领导、敬爱的老师、亲爱的同学、父老乡亲们，大家好！我代表覃校长收养的六名贫困生及覃校长的家属，对各位的到来表示衷心的感谢！覃校长是天底下最善良的教育工作者。他是我的恩人，是我的'再生父亲'！当时我连书包都买不起，是覃校长一家人收养了我们六个失学儿童。他送自己的三个子女上学都相当艰难，却还要供我们吃住，并送我们上学长达六七年。我们六人的学杂费、生活费、学习用品都用他微薄的工资来支撑，直到把我们培养成才。他自己却欠下一身债务。他去世时，乡亲们为他的遗体穿衣时在他家却翻不出一件像样的衣服，只好含泪将两件破烂不堪的运动衫作为寿衣穿在他的遗体上！呜呜……覃校长，我对不住您啊！呜呜……呜呜……我要以覃校长为榜样，像他一样做一个对社会有用的人，继承弘扬他的精神，尽自己的绵薄之力扶助那些读不起书的贫困学子，将覃校长扶贫助学的火炬一代一代地传递下去。在此，请让我们六人与贤金、胜发大哥齐声叫一声覃校长'父亲'吧！"

教字垭镇联校原校长罗振声深情地说："当今社会，像覃东荣校长这样思想过硬、廉洁奉公、高风亮节的人不多。我和他一起工作了十五年，他的确是当今社会特别是党员干部、教师们学习的楷模！他这种以身作则、无私奉献、忠于职守的职业操守，值得各行各业领导干部、职工学习。作为教师，就要像覃东荣那样关爱学生，爱生如子；作为学生，就要像覃东荣校长那样做人，做一个有理想、有道德、有文化、有纪律的社会主义新一代。"

接着少先队员覃玄表决心，她说："我们永久地怀念您，青山秀丽映衬着您的光辉事迹，您从平凡的人生走过。您清贫治教，用平凡生活忠诚党的教育事业。您的点点事迹，走进了《光明日报》头版头条，走进人民网、新华网、湖南红网。今天，您的事迹走进我们的心中，我们将记住您的教诲，弘扬您的精神，好好学习，为中华民族伟大复兴，为实现中国梦，努力进取，争做品德高尚、知识丰富的社会主义新一代……谢谢大家！"

其后，现场师生及群众集体朗诵当代诗人臧克家的诗《有的人》：

（领读）有的人活着，
（全体）他已经死了；
（领读）有的人死了，
（全体）他还活着。
（领读）有的人
（全体）骑在人民头上："呵，我多伟大！"
（领读）有的人
（全体）俯下身子给人民当牛马。
（领读）有的人
（全体）把名字刻入石头，想"不朽"；
（领读）有的人情愿作野草，等着地下的火烧。
（领读）有的人
（全体）他活着别人就不能活；
（领读）有的人

（全体）他活着为了多数人更好地活。

（领读）骑在人民头上的

（全体）人民把他摔垮；

（领读）给人民作牛马的

（全体）人民永远记住他！

（领读）把名字刻入石头的

（全体）名字比尸首烂得更早；

（领读）只要春风吹到的地方

（全体）到处是青青的野草。他活着别人就不能活的人，他的下场可以看到；他活着为了多数人更好地活着的人，群众把他抬举得很高，很高。

紧接着集体声情并茂地朗诵自己写的诗：

（领读）多么自然的场景 整个星系最为耀眼的主持者 来到我们学生之中 和我们走到一起

（全体）此时我们的光、热和能量 在平凡的轨迹中运行 追求着中华复兴之梦 回忆着数年来的老校长事迹 耿耿忠直的性格 倾注着他的一生 在别人的光芒里 沿别人的一种力量顺行

（领读）老校长啊！

（全体）你无形中的生活 收养着六个贫困学生 倾注给他们爱 给我们一种奉献精神

（领读）老校长啊！

（全体）你追求单纯与乐观 关心着同志与学生

（领读）牺牲自我

（全体）在事业中无怨无悔地探寻 让我们在充满激情的旗帜下 寻找你的足迹

（领读）老校长啊！

（全体）你保持着一种信念与追求 用廉洁之心融入生活

（领读）让世界更加美满

（全体）铺给我们一条宽阔生活之路

（领读）老校长啊！

（全体）你的事迹 数也数不清 印在我们的心中

（领读）你的这些琐碎生活

（全体）给我们的心注满幸福的力量 我们珍惜着你的教诲 完成你未竟的事业

（领读）用我们的双手

（全体）谱写出不息的中华复兴梦想！

教字垭镇中心完小校长熊劲松深情地说："各位朋友、老师们、同学们，今天我们怀着沉痛的心情来为老校长覃东荣同志扫墓，一是为了表达对老校长的尊敬之心，二是为了寄托全体师生对覃老校长的哀思之情，三是让我们师生进行一次传统中华美德教育。1981年，覃东荣老校长来到我们教字垭镇中心完小工作，直到1996年五十八岁离世，他十五年如一日地努力工作，为教字垭镇中心完小今天的繁荣与兴旺洒下汗水，也为一代代的教字垭镇中心完小人留下了用之不尽、取之不竭的精神财富。他从教三十四年，把自己的全部心血献给了贫困山区的教育事业。他身残志坚、大公无私、爱生如子、甘于清贫、淡泊名利，他为了学校的工作奉献了一生。'问渠哪得清如许？为有源头活水来。''拐杖校长'覃东荣用他的大爱、真爱、挚爱和博爱，用他的灵魂诠释着一个共产党员的本色。他是人民教师的一面镜子，是一本真实的教科书，是当代师德、师魂的鲜活教材。我们全体师生要以覃老校长为榜样，将他的廉洁奉公、舍己救人、扶贫助学、清贫治教的崇高精神世代传承下去……谢谢大家！"

七家坪村党支部书记兼村主任李会根激动地说："老师们、同学们、父老乡亲们、媒体记者们，大家上午好！我叫李会根，现为七家坪村党支部书记兼村主任。我们今天怀着无比沉痛的心情自发涌至'拐杖校长'覃东荣的坟前，来祭奠他的英灵，来缅怀他的崇高精神。我是他的学生，覃东荣校长是天底下最善良的教育工作者之一，他是教育战线中涌现出来的光辉典范。他虽去世十多年了，但老百姓对他仍念念不忘，他在当地群众心中树起一座不朽的精神丰碑。我们今天自发为他扫墓，是因为我们这个时代需要这样的人，老百姓需要这样的党员、这样的教师、这样的人民公仆。他是目前贯彻落实中央'八条'、省委'九条'及市委出台密切联系群众、改进工作作风等一系列具体学习的楷模，他已成为党员干部、教师、群众自觉学习的榜样。他是在关键时刻站得出来、危急关头敢于舍生取义的优秀楷模。在人民的生命安全受到威胁的紧要关头，他用血肉之躯来捍卫。

"他为了抢救落水儿童，从离水面三丈多高的独木桥上跳入滚滚洪水，以左腿骨折的代价换回了落水儿童宝贵的生命，年仅三十五岁的他成了'拐杖校长'；他拖着残腿拄着拐杖，手脚并用爬遍青山劝接贫困学生上学；他为节约学校经费开支，十多年义务守校，很少回家；他始终以一个共产党员的标准严格要求自己，上级领导来校检查工作招待领导时，他要学校其他分管领导作陪，而他同老师们一起吃大锅菜；1985年，他每月的工资仅一百元，送自家三个子女读书都相当艰难，却毅然收养了六名贫困学生，六年如一日地把他们培养成才；他去世后，家里一贫如洗，留给家人两万元的债务。几件旧衣及两件破烂的运动衫竟是这位拐杖校长的寿衣！这样的人，这样的共产党员，这样的人民教师，怎能不让百姓爱戴尊敬呢？

"当今社会，像覃东荣校长这样思想过硬、清正廉洁、信仰坚定的人不是很多。他的精神值得每一个党员干部、群众学习。他是时代的先锋、党员干部的楷模、教师的榜样；覃东荣是我村的骄傲，是我村的精神财富，是我村的魂！在此，我衷心希望以覃东荣校长感人故事为题材改编的电影、电视剧、话剧等早日与观众见面！

"我们要以覃东荣老校长为榜样，继承弘扬他的精神，努力把我村打造成湘西北具有旅游文化品牌的社会主义小康村，为实现中国梦做出我们应有的贡献！"

随后七家坪村党支部原书记吴光林、吴正齐，同事赵如秋、覃建新，群众李光银等相继做了感人肺腑的讲话。

时任教字垭镇党委委员的王凌燕做总结讲话。她说："老师们、同学们、乡亲们，大家上午好！今天，覃东荣同志扫墓活动组织得很好，组织得很成功，这样的活动今后还要多组织。一个去世十余年的小学校长，为什么每年还会有那么多人为他扫墓、祭奠？刚才大家的讲话解开了我心中的谜团。覃东荣同志的感人事迹震撼了我，教育了我。他虽去世这么多年了，但他廉洁奉公、舍己救人、收养失学儿童、大力推行教育教学改革的伟大献身精神永不磨灭。他是新中国成立以来我镇最受人尊敬的'拐杖校长'，最优秀的共产党员，他是我镇的骄傲！他的精神值得我镇每一个党员、干部群众、师生学习。他是时代的先锋，党员干部的榜样，教师的楷模。我们这个社会就需要像覃东荣同志这样的人，希望大家从今天的扫墓活动中得到启迪，以他为榜样，以覃东荣同志精神为动力，努力把我镇打造成湘西北具有旅游文化品牌的社会主义新农村，为早日把张家界市建设成世界旅游文化精品添砖加瓦，做出我们应有的贡献！覃东荣同志永垂不朽！"

教字垭镇中心完小的少先队员、张家界第二中学的共青团员举起右手在坟茔前宣誓铭志："要学习覃东荣老校长无私奉献、一身正气、为教育事业奋斗终生的精神。在学校做个好学生，在社会做个好公民，在家做个好孩子，积极要求进步，时刻准备着为社会主义建设奋斗终生。"

今天诗祭汇成河，明日梦想实写多。踏着校长未完路，再谱中华复兴歌。

学生先小学后中学，从低年级到高年级按班级依次缓缓走到坟茔前，将亲手制作的白花及亲手写的缅怀覃东荣老校长的诗歌轻轻地放在坟茔上，山花、白花、清明条、清明笼堆满了覃东荣的坟茔！

在诗祭现场，记者采访了覃东荣的小儿子覃兵。

记者："听说你父亲当年收养的六个贫困儿童的年纪和你差不多，你父亲当时那么做，你怨恨过他吗？"

覃兵："怨恨过，那时我和哥、姐三人正在读书，哥哥读高中，姐姐读初中，我读小学。家里本来就穷，每两个星期的星期六下午，父亲是借钱称几斤肉提回家，肉炒好后，父亲要收养的六个学生先吃。父亲去世时家里穷，他是穿着几件旧衣和两件破烂的运动衫上路的！"

记者："事情过去这么久，时隔这么多年了，那你现在还怨恨他吗？"

覃兵哽咽着说："父亲去世这么多年了，看到这么多人给他扫墓，现在回想起来，他当时那样做是对的。现在我不记恨他了，反而时常想念他，对不起他！"说完抹眼泪。

扫墓活动中人民网、红网、张家界日报、张家界电视台等媒体记者在现场进行了采访报道。人民网、中国网、凤凰网、新浪、网易、新民网、和讯网、中国经济周刊、经济网、湖南教育电视台、红网、三湘都市报、张家界日报、张家界电视台、张家界在线、张家界新闻网、张家界网、张家界旅游网、永定新闻网等媒体对诗祭"拐杖校长"覃东荣活动进行了专题报道。

是什么力量驱使人们要为这位已故多年的乡村校长扫墓致哀呢？

一个贫困山区头顶没有辉煌光环普普通通的小学校长，去世十余年为什么还能不被人们遗忘呢？

这个动人的场景，实在是令人深省啊！

覃东荣同志是新时代共产党人的光辉典范。

第一章

透支过度逝医院 万人涌来悼英雄

湖南张家界。

1996年6月1日，儿童节。

这一天，本来是儿童最快乐的日子，按说孩子们该蹦蹦跳跳、快快乐乐地庆祝自己的节日。

可是这一天，整个教字垭镇地区都沉浸在忧郁焦急的气氛之中。教字垭镇中心完小的师生及全镇的干部群众，也都时刻牵挂着他们的老校长覃东荣，因前几天张家界中医院来了电话，说他们尊敬的覃东荣校长在世上的时日已不多了。

覃东荣因公负伤躺在病床上，脑海里还在思考怎样早日重返学校和课堂！他知道，只有把自己的病治好了，才有可能再去为学生上课。为此，他积极配合治疗，但他的身体透支太多，虽然他顽强地在医院坚持治疗了两年多，最后还是药石无效。

这天下午五点十五分，覃东荣在病床上，吃力地对妻子伍友妹说："友妹，感谢你三年来一直护理我，遇到你是我这辈子的福分。我一生主要做了两件事：一是在洪水中抢救出两个落水儿童；二是我们夫妻共同收养了六个失学儿童，为了供他们吃住、上学，虽欠了两万元的债务，但值得！看来这些账我还不了了，只有靠你偿还了。我走后，告诉师生和乡亲们，不要为我开追悼会，不要为我搞宣传，不要为我立碑，寿衣就穿我自己的旧衣，要多扶助那些即将失学的贫困生，不然，我死不瞑目！"说完，覃东荣的头一歪，心脏停止了跳动。

覃东荣永远告别了与他朝夕相处的妻子、儿女，永别了他心爱的学生及与他同甘共苦的同事，离开了他奋斗一生的教育事业。这一年，他才五十八岁。

真是：

青鱼甘溪教字垭镇，历程三旬校为家。
危难之中救学生，爬遍青山劝学生。
收养儿童建寒舍，义务普九诺初心，
桃李天下无数计，盛年正茂却倒下。

这天，苍天悲泪，老天也鸣不平。

本来晴空万里的天空，突然间乌云翻滚，电闪雷鸣，瓢泼似的暴雨在大声哭泣！当夜，教字垭镇地区教育办的几名领导听说覃东荣同志逝世的消息后，连夜派车，将覃东荣的遗体运回生他养他的故土七家坪（那时张家界地区没有火葬场，人去世了都是土葬）。

灵车到七家坪村李家岗时，虽已是第二天凌晨三点，当时没人声张，但乡亲们还是知道了。他们有的拿着电筒，有的提着马灯，有的打着火把，各自撑着雨伞，早早地等候在通往覃东荣家小路的两旁。

覃东荣的遗体一下车，人们就用伞遮着车门，生怕他们的"拐杖校长"被雨淋着。接着，大伙簇拥着，抬起装着覃东荣遗体的担架缓缓前行。

遗体运至覃东荣家后，乡亲们帮助装殓入棺，那棺材是镇完小帮助置办的。人们为他换寿衣时，在他身上原来穿的旧衣口袋里没有发现一分钱，只找到一张陈旧发黄的材料纸，上面记着他生前借别人多达两万元的账单。

覃东荣家没有衣柜，衣服都堆放在一张破床上。李大娘、老支书及几个老师、乡亲含泪在那破床上翻来翻去找了好长时间，却找不到一件像样的衣服，不是有补丁就是有破洞。

李大娘实在看不下去了，她边哭边捶打着自己："覃校长啊，覃校长，你每月还是有四百多元工资的！难道你生前连置一件衣服的钱都没有？人家扶贫助学都是有钱人，而你家三个儿女都在读书，自家本来就穷困潦倒，还资助无数贫困学生上学！覃校长啊，都怪我，我对不住你呀！你当时已收养了四个贫困儿童，送他们读书。你家那么穷，我不该叫你收养我那亲戚的两个孩子，送他俩读书呀，是我害了你呀！覃校长啊，去世后竟找不到一件像样的寿衣，覃校长，你……苍天啊，你作的什么孽呀！"

没办法，几个老师、乡亲最后只好将几件旧衣和两件破烂的运动衫作为寿衣，穿在覃东荣的遗体上！覃东荣的右脚踝关节腐烂得能看得见骨头，双脚也只穿了一双有洞的袜子和一双旧布鞋。在场的人见了这场面无不为之流泪、叹息！……

坐在旁边的伍友妹也很难过，但她深知丈夫是不会责怪她的，因为他们夫妻做的都是善事。穷一点，装殓差一点，不算什么，丈夫生前多次叮嘱过她，死后不要为他花费钱，连寿衣也不让买，说只要有旧衣穿就行了……

这就是被当地百姓称为一身正气、两袖清风的"拐杖校长"！

这就是以校为家、义务守校、加班加点不计报酬，把自己的一切献给贫困山区教育事业，被教委领导誉为"一条山区教育战线默默耕耘的孺子牛"的人！

这就是清正廉洁、高风亮节，被当地百姓称为"焦裕禄式的共产党员"的人！

这就是"捧着一颗心来，不带半根草去"的教育楷模覃东荣！

这就是一生默默承诺"让所有穷人子弟都能上学读书"的共产党人榜样覃东荣！

当人们沉浸在一片悲哀之中时，突然，一阵呼天抢地的哭喊声又响起。人们不约而同地望着覃东荣校长的灵柩，只见灵柩前跪着七个青年模样的人，五男二女，原来他们是被覃东荣校长曾经抚养及抢救过的学生。

第一个被覃东荣校长抚养的伍良平，头额使劲地磕着地，抽泣着说："覃校长啊，覃校长！我们的好校长……您怎么走得这么早？您是为了抚养我们这些贫困学生才累倒的！我们还没有报答您半滴恩情……呜呜……您自己舍不得吃，舍不得穿……东借西凑，拼命抚养着我们，供我们上学。覃校长……覃校长啊……我们对不住您！哪怕只为您称半斤糖、买一件衣……我们的心里也会好受些……我对不住您啊！覃校长……我太无用了！呜呜……"

一个三十多岁的高大汉子，头碰灵柩，悲痛欲绝。他，就是当年被覃东荣校长从汹涌的洪水中舍命救起的学生杨贤金。此刻，只见他手扶灵柩，痛哭流涕地说："覃校长啊……覃校长……我的再生父亲！我的救命恩人……我还没有报答您的恩情……您就这样走了！……呜呜，我对不住您啊！……那么大的洪水……除了您……谁敢救！您瘫痪在床三年，我因眼瞎没有侍候您一天……您这样走了……我的良心不安啊，我太无能了！呜呜……"

在灵柩前哭泣不止的，还有赵如秋。此时只见他号啕大哭道："覃校长啊，你走得太早了，当年你看我把红薯当正餐，经常吃不饱饭的你两年如一日，坚持每餐给我分饭吃……呜呜……没有你的爱心，我赵如秋可能已不在人世了，你的大恩大德，我永世难忘！你是为了贫困山区教育事业累死的。我赵如秋一生一世最佩服的人就是你，你把自己的一切献给了党和人民的教育事业，我们甘溪峪村的父老乡亲永远不会忘记你啊！呜呜……"

覃东荣的父亲覃服周拄着拐杖来到灵柩旁，老泪长流。白发人送黑发人，怎不让老人伤心！更何况两年前次子覃正柏去世时才五十三岁，今天又失去了五十八岁的长子。老人一手拄拐，一手抹泪，竟哭出了声，极度悲伤，几个乡亲赶紧把老人扶走，免得老人伤心。

长子覃梅元自父亲去世后，一个人忙里忙外，三天三夜茶饭未进，脸脚未洗、脚底与袜子都黏在一起，他几次晕倒在父亲的灵柩旁。此时覃东荣的眼睛始终睁着不闭，覃东荣的几个亲友和同事想让他的眼睛闭上，未能。老支书走过来含泪说："梅元，你父眼睛睁着不闭，你来一下。"

覃梅元走过来用手抚摸着父亲那骨瘦如柴的脸，痛哭流涕地说："爹，爹爹啊，您走得太早了！您这一走，叫我如何是好，我们三兄妹该怎么过？爹，爹，您是一个苦命人。我母亲生下我只六天就去世了，您同爷爷奶奶把我抚养大，容易吗？呜呜……我还没有报答您，您没有过上一天好日子就这样走了！爹，我对不起您啊！爹，您放心，我会像您那样做一个对社会有用的人，做一个让别人瞧得起的人。我会继承您的遗志，沿着您开辟的扶贫助学之路一直走下去。我会想尽一切办法，成立一个教育基金会，让我们贫困山区读不起书的学生都上得起学！爹爹，您放心，我会照您讲的去做，不会让您在九泉之下不安的。爹爹，您就放心地去吧！呜呜……"

覃梅元的话刚一落音，父亲覃东荣就安心地闭上了双眼，乡亲们、同事们放心了。

这时，几个乡亲想让伴随覃东荣多年的拐杖随他而去。伍友妹哭着说："不，不能，东荣说过，拐杖不能随他而去，他要将那根拐杖一代一代地传下去。"乡亲们只好作罢。

第二天，覃东荣病逝的消息在全镇传开了。到中午时分，成千上万的师生、家长、干部群众，竟都自发地冒雨从四面八方涌至望军岩山下的七家坪村李家岗。他们都想见尊敬的覃东荣最后一面，都想为他送行。永定区教委副主任覃程、办公室秘书熊永清代表区教委、区教育工会，赶来慰问覃东荣校长的亲属。

人们还是要违背覃东荣老校长的意愿，自发地为他举行追悼大会。人们胸戴白花，臂缠黑纱，在低沉的哀乐声中，整个会场显得庄严、肃穆。

追悼会由教字垭镇教育办副主任胡大勇主持，教字垭镇教育办主任吴伯云致悼词。

集体默哀三分钟后，吴伯云主任悲痛地说："各位领导、乡亲们、老师们、同学们，我们今天自发地冒雨来到这里举行追悼大会，沉痛悼念覃东荣校长。他是为了贫困山区教育事业累倒的，是在调查师生受灾情况的路上负伤致残的！他对教育事业的贡献是巨大的，他的逝世是我们教字垭镇教育事业的巨大损失，我们永远不会忘记他！"

吴主任哽咽着，实在讲不下去了，等情绪稳定后，他擦干眼泪，继续说："当学生发生危险时，他宁愿舍弃自己的生命。他为了抢救落水学生，造成左腿残疾。他为了不让穷孩子失学，拖着残腿拄着拐杖踏遍了我们教字垭镇的每个角落。他为了早日普及九年义务教育，在自家三个子女读书、家境相当穷困之下，毅然收养了六名失学儿童，不仅供他们吃住，还供他们上学读书。在他那爱心的感召和帮助下，教字垭镇中心完小没有一个学生因贫困而失学，率先在贫困山区普及九年义务教育。他是一名真正的共产党员，他不仅是老师们的榜样，党员干部的楷模，而且也是全社会的楷模。他是新中国成立以来我镇最优秀、最受人尊敬的'拐杖校长'，他把一所山村小学办成了全国先进单位……覃东荣校长永垂不朽！"

一篇不到五百字的祭文，吴伯云主任断断续续竟然说了二十分钟！

六月三日早晨，老天爷可能也被覃东荣的事迹所感动，被成千上万的悲哀声所感化。一会儿，太阳冲破了重重乌云，探出头，万道光芒照射着大地，照射着覃东荣的灵柩，照射在前来为覃东荣送行的人们的脸上。压在人们心中的巨石终于落下了，天放晴了。

为了送英雄最后一程，为了看覃东荣最后一眼，为了感激爱心校长，四乡八里的人早早地站满了，从覃东荣家到望军岩半山腰覃氏祖坟两里长的崎岖山路。送葬队伍宛如一条长龙，蜿蜒陡峭的山道上，人山人海，天哭地泣！

上午十一时，覃东荣正式入土。入土时没有鞭炮声，也没有举行仪式，只有一阵阵催人泪下、惊天动地的哭喊声！这哭喊声胜过鞭炮声，胜过闪电，胜过雷声！覃东荣的同事在流泪，覃东荣的学生在哭泣，成千上万的群众在哽咽，茹水在呜咽，望军岩在痛哭……

人们尊敬的"拐杖校长"，学生的好"父亲"，老师的好同事，大山的好儿子——覃东荣在坚强地为党和人民的教育事业拼搏三十四年后，终于支撑不住，倒下了！真正地倒下了！

他，走了，悄悄地走了！走时没有一点儿响声，他走得那样早，走得那样匆忙，走时甚至连一件像样的寿衣都没有！

中国现代教育家陶行知有诗云，"捧着一颗心来，不带半根草去"，覃东荣献身祖国的教育事业三十四年，真正做到了这一点。

覃东荣去世了，但他在贫困山区人们的心中仍然活着！这样默默耕耘的一头孺子牛，他不会走，他也舍不得走，贫困山区的教育离不开他！即将失学的贫困儿童，还等待着他手脚并用地爬去家访啊！

覃东荣没有走，这样一位清正廉洁、一身正气、两袖清风的共产党员，人民怎会让他走？

覃东荣的精神不能丢失，我们这个社会正需要他那廉洁奉公、淡泊名利、勤俭节约、高风亮节的崇高精神！

安息吧，覃东荣老师！

安息吧，覃东荣校长！

青山是您的归宿，大地是您的温床！

第二章

出生乱世盼识字　沐浴党恩入学堂

　　地处崇山峻岭中的张家界市永定区教字垭镇，有一块狭长的冲积平原。平原中有一条大河弯曲流过，此河名曰茹水。河东名曰罗家岗，背靠朝天观；河西名曰七家坪，以前叫姚家坪。或许因"姚"与"摇"同音，摇来摇去，摇得这一带年年灾荒，战乱不止，鸡犬不宁。本地人认为此地名不吉利，决定更改地名，因这里住着覃、吴、李、陈、张、曹、钱七姓人家，故人们就把此地更名为七家坪。

　　七家坪三面环山，景色优美、民风古朴，许多地名带有传奇典故。相传王母娘娘欲将三个女儿从七家坪村最北端的白马山一起嫁出去，接亲时间是凌晨丑时初到寅时末，这段时间必须赶到朝天观，否则三个女儿就嫁不出去了。

　　一天晚上，外面一片漆黑，王母娘娘派人打着火把，挑着嫁妆，抬着三顶土家花轿从白马山浩浩荡荡地出发了，中途下起大雨，众人在黄桃山附近山洞里躲雨。雨停后，一行人又打着火把继续赶路，经过岗家垭地段时，突然狂风大作、飞沙走石，众人大惊，被狂风吹散。此时已到寅时末，天已蒙蒙亮。玉皇大帝听后震惊，王母娘娘闻讯大哭。三个女儿落下的地方，当地人取名为三姊妹；娇子落地的地方，叫作轿顶山；随从落地的地方，叫作石桩；嫁妆甑子落地的地方，像一座圆柱形甑子，当地人把它取名为甑子岩。

　　"甑子岩，甑子岩，只准吃来不准攒，谁若攒了来年不要来"，这是在当地人们之间流传的俚语歌谣。假如需要借甑子可到这里来借，这里大、中、小各种型号的甑子都有。

　　甑子岩右后的山叫黄桃山，上面地势平坦，向东可望及武陵源景区的朝天观、三姊妹、黄石寨、袁家界、天子山的红岩壁。清晨，你走在黄桃山脚下仰望山顶,一条极似长龙的白云盘浮在山顶的上空,诱惑你想上去看个究竟。黄桃山顾名思义,山上盛产桃子,到了阳历八月,正是黄桃采摘季节,黄桃山山下摆满了各种各样的小车、大车,来山顶采摘的游客、市民络绎不绝。

七家坪西北角瓦渣峪后茂古岭的半山腰有个猫脑壳顶,顶的左侧约二十米处有块平地,叫飞机塔。因民国时期一架直升机没汽油了迫降于此,四乡五里的人赶来看热闹而得名。猫脑壳顶的下面有个高四米,宽二米五,长约六公里的黑洞,一直延伸到中坪的麻溪峪。

据传说,山下村民家如有大务小事需要碗、杯、勺、筷,尽管来借。只要你在洞口往里走五米烧点香纸,说出你的来意,一扇石门就会自动打开,东西点好后,石门会自动关上。但到后来,山下有个贪心懒汉到石洞借东西后,少还了一副碗、十个杯子、十把勺子,石门震怒,从此就紧闭不开了。

七家坪东面的山最高、最奇、最秀丽,那里是张家界国家森林公园的著名景点朝天观。

七家坪西面是连绵不断、高低起伏的山脉,仰望去,巍峨高耸,像一位英姿飒爽的女将军镇守边关,当地人把它命名为望军岩。

望军岩山顶是一块宽阔的平地,站在上面向东望去,只见一匹锣(罗家岗)、一只鼓(古城坪,唐朝前是一座城)。此山自古以来就是兵家必争之地,历代在此征剿贼匪的将军都攻占过此山。谁先抢得这个山顶,谁就可以居高临下,依仗地理优势消灭敌人。

相传很久以前,天下战乱不止,七家坪一带许多男丁被征去守卫边关。山下有一户贫穷人家,男女喜结连理时只有十七岁,小两口相敬如宾,恩爱有加。新婚妻子第二天突然获知丈夫被强行征去服役,小夫妻难分难舍。

一个炎热的夏天,一个白发白眉白胡须老道手持拂尘云游至此,看到这里山势巍峨、云雾缭绕、山水逸秀、景色优美,甚是欢喜,就在一蔸千年桂花树下休息,摇扇乘凉。

第二章 出生乱世盼识字 沐浴党恩入学堂

道士手抚胡须，对乘凉的先民说："此处风水极好，十八年后必出个将军。"众人望着道士摇头，不信。老道手拿拂尘大笑而去。

十个月后，第二年农历三月十八日午时，天空突然出现两道彩虹。一户女子产下一女，重十斤有余，骨骼粗、眼大有神、声如洪钟，大哭不止，直到天黑才慢慢停歇下来。

丈夫被征兵服役四年，同乡的一些男丁早已回家，其妻思夫心切。每月农历初二、十二、二十二申时，该妇女都会准时站在高耸巍峨的望军岩山顶上眺望，寻找丈夫回家的身影。

幼女六岁读私塾时，比同龄孩子高一个头。下课玩耍时，伙伴们都听她的。说来也怪，就是比她大三四岁的人也听她指挥。该女孩聪明伶俐，悟性高，读书过目不忘。先生很是欣慰，说她长大后会有个好前程。翌年，幼女长到七岁时，好奇地同母亲、婶婶们一起爬到望军岩山顶上，盼望看到父亲回家的身影。

不知不觉过了三年，该女已满十岁，力大无比，臂力过人，想学武艺。全村商议筹措银两，送她拜有名望的武术宗师学十八般武艺。

一个风雪交加的夜晚，少女迷迷糊糊地随两个白胡子袍笏者来到一个山洞里学武艺。当夜，少女家人没看到她，很着急，找了许久没有音信。少女悟性高，加之刻苦用功，一点就通，一学就会，六年后武功大进。

少女回到家时已满十七岁，吵着要出外寻找父亲，其母担心不允。其爷爷、奶奶、叔叔、舅舅说情，母亲拗不过，终于答允。

少女离家时，家人及族长再三叮嘱她保护好自己，不管有没有父亲的消息早日回家，免得家人担心。

少女一路女扮男装，背着包袱一直朝着北斗星方向往北走。少女来到京城，参了军。因她武艺高强、作战勇猛、有胆有识，被封为少将军。少将军在军中托人打听父亲的消息，一直没有音信。

少将军识天文地理、运筹帷幄、有勇有谋、体恤士兵，打了几次大胜仗，深得官兵拥护，不久被封为将军，后来，在一次战斗中牺牲。

以后每年每月的农历初二、十二、二十二申时，该妇女都会准时站在

019

望军岩山顶上寻找丈夫、女儿回家的身影。开始同该妇女一起站在望军岩山顶上，寻找自己丈夫身影的有十几人，后来越来越少，最后只剩她一人。

该妇女第一年站在望军岩山顶上寻找丈夫身影时二十一岁，一直站到她八十四岁，坚持了六十三年，从一个美少妇变成了老太婆！

刚满八十四岁的老太婆拄着拐杖，气喘吁吁地从山下艰难地爬到山顶时，正好申时。少顷，突然暗无天日，狂风大作。随着"嚓嚓"两声巨响，两道白光电击着望军岩山顶，老太婆大惊，还没等她缓过神来，即被一团青烟卷入望军岩中，与岩石融为一体。一个时辰后，天空复明。

玉皇大帝被该女子的真情所感化，遂将该女子的丈夫化作一只雄狮镶嵌在望军岩南约四百米的山峰上，又将该女子的女儿将军化作一个金箱子含在雄狮宽大的口中。传说打开这个金箱子的那把金钥匙藏在对面土崩岩的半山腰，后来，历朝历代都有人想寻找这把金钥匙，无果。从此，当地人把此山峰取名为狮子垴。

狮子垴下面的七树塔有九个天坑，深不见底，至今臭气未消。战争后清理战场时，把死人往天坑里丢。奈何天坑再深，也投不完漫山遍岭的死者，有的只好简易埋下。

七家坪西南角有一蔸五人都合抱不住的千年桂花树，枝繁叶茂，远远望去，就像一把绿色的天堂伞。一到中秋节，桂花盛开，香飘千里，四乡八里的人或路人，都跑来摘桂花插在自家的花钵里。酷夏，人们纷纷来这里避暑、下棋、讲故事、打渔鼓筒……农忙季节，下大雨时，百多人挤到树下避雨，外层人都不会被雨淋湿。

大树的四周有四株小桂花树，排列有序，生气勃勃，香气逼人。大树遮护着它身边四棵正在茁壮成长的小桂花树，也似乎在盼望着小桂花树能经受风、雪、雨、冰、霜的考验而快快长大。

中华古籍有"东夷、西戎、南蛮、北狄"之说。教字垭镇古属南蛮之地，交通闭塞，文化落后。此镇原来的老地名叫㖇垭，这一带自古至今都居住着以土家族为主的少数民族。

溯流探源，土家族的开山鼻祖又是清江武落钟离山之巴廪君。相传四千余年前，舜放骥兜于澧水崇山，中部部落入主南蛮，乃成先祖另一支系。春秋之后，巴庸二国被秦、楚所灭，巴、越、濮、僚、旦、庸诸人种相继流落武陵山，与原住民一起筚路蓝缕，开启山林，铸造民族历史，最终磨合成一个土人共同体——毕兹卡族。毕兹卡古时又称南蛮、旦蛮、苗、濮、巴、武陵蛮、僚中蛮、五溪蛮、板盾蛮、天门蛮、土官、土人、土丁等。土家人由于一直生活在群峰连绵、地势险峻的大山中，又素以剽悍、勤劳、勇敢著称，为人大都朴实善良，但是交通闭塞，文化水平落后。

教字垭镇，以前叫西教乡。教字垭镇辖区的七家坪村与邻近的竹园坪村是一片热土，红色文化十分突出，湘鄂西红四军二路指挥覃辅臣就出生在竹园坪村。

覃辅臣，原名覃奏章，1882年出生于西教乡竹园坪村，1914年，被选为大庸县议会议员，1915年任教字垭镇团防局长，1919年，贺龙率部到教字垭镇，覃辅臣任贺龙部副营长，从此走上革命道路，紧跟共产党走。1929年3月，覃辅臣率部三百余人加入湘鄂边贺龙领导的红四军，后被任命为红四军二路指挥，辖十一、十二两个团。后来，红四军主力开入大庸县西教乡，部队驻扎在竹园坪、七家坪、狮子垴山寨等一带，哨兵在望军岩山顶站岗，军部相继设在竹园坪覃鲤庭家、七家坪吴扬明家。

当时红四军军饷紧缺，覃辅臣心急如焚，对家人说："革命不成功，何以为家！"毅然变卖自家良田二十多亩，筹得银洋三千多元，全部充作军饷，并派红军骨干覃新之、覃国荣等在大庸县东部王家坪等地成立粮草军需站。

当地群众全力拥护红军，支援红军。在西教乡七家坪、竹园坪、二家坪、三家城、柑子坡、粟山峪等地的乡道上，到处呈现为红军送猪、送米、送菜、送稻草和干柴的热闹景象。

覃辅臣虽年长贺龙军长十四岁，但覃辅臣非常敬重贺龙军长，敬佩贺龙军长的军事指挥才能。

1933年的一天，国民党军朱际凯带着几千人马追赶红三军。贺军长见敌众我寡，便叫大部队先撤，只留下小部分部队，自己却坐在军部朝门旁边凉亭下一块直径一米的厚岩板边,和房主吴扬明妻子龙氏下打三棋,几个军部工作人员也围在旁边看热闹。

第一盘,贺军长输了,这时哨兵来报:"朱际凯带的人到官坪啦!"贺军长表情平静,接着和龙氏下;第二盘龙氏输了,这时哨兵来报:"朱际凯过茅溪垭啦!"贺军长也不作声,摆子要下第三盘,此时龙氏身如筛糠,两腿颤抖,右手拿不稳棋子,贺军长却运筹帷幄,胸有成竹。贺军长笑着说,老人家,有我在,不怕!朱际凯离这儿还有十几里路,我们下我们的棋不管他们的,走棋吧!第三盘棋逢对手,下了好久都分不出输赢,两人都在思忖高招,此时一个通信兵气喘吁吁地跑来报告:"朱际凯到了教字垭镇。"

贺军长听后哈哈大笑说,老人家,您的棋艺很好嘛,我俩战平了,敌人来了我们该走了,以后有时间我再找您接着下。贺军长说完,撩腿跨上一匹白马,鞭子一扬,"嗒嗒嗒",一阵风就不见了。吴扬明望着远去的贺军长,双眉紧锁,惊诧不已,半天缓过神来,捻着胡子啧啧赞道:"神啊!面对敌兵压境,而能如此安泰,哪个凡人做得到啊!"

据当时在场的老人回忆:一天,贺龙领导的红四军开赴外地,乡亲们站在那苑大桂花树下,看到红军头戴斗笠,打着绑腿,脚穿草鞋,背着背包和枪途经古城坪,队伍很长,走了很久才走完。行军中,贺龙军长身材高大魁梧,留着一字胡,比一般人高半个头。他爱兵如子,他的战马让给伤病员坐,自己步行。

1935年冬,覃辅臣被捕,被毒死在常德府坪狱中,时年五十四岁。新中国成立后,人民政府追认覃辅臣为革命烈士。

七家坪覃氏的先祖覃汝先原在江南,因功升官也风光一时,并领陕西覃地,以地为姓。后曾居汉中府南郑县潼关卫铁炉巷,再迁四川重庆府州排巷金鸡村,复徙瞿塘、施州,又迁湖南永定关门岩、犀牛、二甲坪、下湾、下竹园坪,最后定居姚家坪(今七家坪)。

覃祚翱,系覃氏贤公迁居教字垭镇始祖,从大庸犀牛迁居教字垭镇二甲坪。覃祚翱次子覃家彦迁居下湾,覃家彦孙子覃庆恒迁居下竹园坪。覃庆恒长子覃知远、次子覃超远、三子覃振远迁居七家坪齐家岗。

覃振远孙子覃文菊，生于清道光二十六年，字九林，与妻唐氏拥有近百亩古城坪、张家嘴良田，当时在七家坪一带可算得上较为富有的一户。生子三：长子章桂，生于清同治十二年，号紫轩，武秀才，居齐家岗中域；次子章锦，生于清光绪十二年，系国学，号绣芝，文秀才，居齐家岗下域；三子章淡，生于光绪二十年，精通医学，居齐家岗上域。覃章锦与妻吴氏生四子：长子遵燧、次子遵炳、三子遵勉、四子遵众。

覃章锦一家六口两间旧木板房如何居住？1930年，覃章锦与妻子筹借四十块光洋，买了一片山，历经两年修了一栋气势宏伟的五间土家木板房。房子建好后，按四子的年龄大小，从北到南依次给他们分了房子。

覃遵燧，1906年出生，于第二次国内革命战争中牺牲，年仅二十八岁，革命烈士。

覃遵勉，1918年农历四月二十四日出生，字服周，号周三公；妻子吴幺妹，1916年农历腊月二十四日出生，生子四：正松、正柏、正贤、正毛。

覃服周二十岁时已是当地有名的摔跤能手、耕作能手，犁耙栽种，样样都会，为人又心地善良。新中国成立前，曾任两年保长助理，后因看不惯当时国民政府的腐朽政治而辞职。

吴幺妹是本地吴家逻人氏，父亲吴贵德是西教乡一带首屈一指的锣鼓师。她家世代务农，算是名望之家。吴幺妹在其父的熏陶下，富有同情心、顾全大局、教子有方、礼貌待客、勤俭治家，人称贤妻良母，是个女中强人。她虽身体差，长年生病吃药，没读过私塾，斗大的字不识一个，但丈夫却很尊重她，四个儿子最听她的教导，她把家管理得井井有条。

当年覃庆恒将三个儿子移居七家坪齐家岗，寓意是说大丈夫修身齐家、治国、平天下，能文能武，为国家分忧。两百多年来，齐家岗世代书香门第，出了不少先生和仕官。长子覃知远、次子覃超远、三子覃振远。三兄弟后裔中，数三子覃振远的后裔居多，人才辈出。

覃振远的后裔中，数遵字辈覃遵众、大字辈覃岭尤为突出。

覃遵众，1926年农历十一月二十三日出生，天资聪颖，悟性高。七岁读私塾时，先生教过后，比他大五六岁的要读三至五遍才能背诵，他过目不忘，只读一遍就能背诵。背完后，别人在读书，他出门玩耍。

覃遵众少年矢志。1941年，十五岁的他考入湘川黔三省交界处的国立茶峒师范学校学习，为今后考大学，覃遵众化名陈有文。两年后，陈有文从茶师毕业，在三千多名考生中以第三名的优异成绩考入贵州省师范大学地理系。

覃遵众读茶师、大学期间，得到了三哥覃服周的鼎力支持。那时覃服周同伙伴们往返于四川、大庸做茶叶、桐油、食盐生意，沿茶马古道挑茶叶、桐油去四川，返回挑来食盐。覃遵众大学毕业后，学业有成，是正厅级干部，历任贵阳团市委军事体育部长、贵州省政府县团级业务处长、贵州省体委政治处长、贵州省体委纪检副书记、贵州省体育总会常委、贵州省老年书画研究会会员，为贵州省党政、体育事业做出过较大贡献。他一生廉政职守，一尘不染，资助侄儿读书，热心族事，积极为先祖修墓立碑，捐资作碑序、写墓联。

覃岭，覃服周四子覃正毛之子。1988年出生，2006年7月考入复旦大学；2012年7月在本校有机化学专业本硕连读毕业；同年10月考入法国巴黎综合理工大学有机化学公费博士研究生，2015年9月博士毕业；2016年2月赴美国得州大学西南医学研究中心，攻读有机化学博士后，2017年12月博士后毕业；2018年2月至2019年11月任康龙化成（北京）新药技术有限公司研究发展组组长、骨干带头人；2019年11月至今，任北京百济神州生物科技有限公司研究发展组组长、骨干带头人。

据《澧洲志》和《荆襄外志》记载，康熙末年，湖北荆州人伍铁岩，字致麟，获贡生之名，任训导之职，屡试不第，四方游说。看到这里山清水秀、风景宜人，土家人仁慈厚道。而这里的人们知识匮乏，文化相当落后，便在此创办私塾，设馆教书，被传为佳话。

两百多年后，教字垭镇本地也出了一位闻名遐迩的教育工作者——"拐杖校长"覃东荣。覃东荣的族爷爷覃辅臣和伍先生的事迹和精神在他身上留下了一道深深的烙印。覃东荣以他们为榜样，把自己的毕生心血都献给了这里的教育事业。

第二章 出生乱世盼识字 沐浴党恩入学堂

"七七"卢沟桥的隆隆炮声,也震撼到偏远的湘西北七家坪。山民们从逃难人口中知道日本人挑起了民族战争。

1938年农历三月十一日早晨,湖南辰沅道大庸县西教乡七家坪村的一家农妇吴幺妹生下了一名男婴。因这男婴出生在太阳刚映红天空之时,象征东升太阳之意。孩子的祖父覃章锦,文秀才,文墨好,给这孙子取字正松,名东荣,号冬云。同时作了首诗庆贺曰:

前山天门对园开,后依狮岭望军岩。
左侧天子张家界,右邻教字书箱岩。
大河弯曲环舍过,桂中五桂抱庭开。
园圃一帜迎风展,芳名留世永不衰。

这首诗把七家坪的地方风物、史事及对孩子所抱的期望都写进去了,全家人听了高兴不已。但现实却很残酷,因为覃服周家境并不富裕。他当父亲时刚满二十岁,正处乱世。日本军队快占领了半个中国,而覃氏一族家道也日益衰落。

母亲时常生病,干不了体力活,她经常给孩子们讲一些民间故事和当地的一些名人趣事。

仲夏的一天晚上,晴空万里,群星闪耀。一轮明月镶嵌在一尘不染的蓝天里。吴幺妹和五岁的长子覃东荣、两岁的次子覃正柏坐在塔子里乘凉。

两兄弟抬头仰望着天空,群星闪烁。无法数清的星星,大的、小的、亮的、暗的,似乎都在眨着眼睛对两兄弟微笑,兄弟俩兴奋不已。

覃东荣数着数着,刚数到一百,二弟覃正柏一双小手拉着哥哥指着数星星的右臂说:"哥哥,星星好像太多了,数不完,不数了。你说,这么多星星怎么不掉下来呀?"

"我也感觉天上星星太多了,也不知道它们会不会掉下来?我不晓得,你问妈妈。"覃东荣道。

吴幺妹说:"妈妈没文化,也不晓得。等你们长大后读书有知识了,就会明白的。"

两兄弟又缠着妈妈讲故事。吴幺妹说:"好,好吧,今晚的月亮又圆又亮,不扫你们两崽的兴致。我就给你们讲个清朝康熙年间,湖北荆州人伍铁岩在我们教字垭镇办学的故事。你们要认真听,听后要谈感想哟!"

覃东荣一双小手摇了摇母亲的手臂,撒娇地说:"好,好,妈妈,您快讲吧!"

吴幺妹抚摸着两个儿子稚嫩的脸庞,高兴地说起来:"康熙末年,湖北荆州人伍铁岩三十岁左右来到我们教字垭镇,看到这里的人们精神愚昧,缺少文化。于是他便决心在此创办私塾,为这里的教育发展做点贡献,遂在垕垭南侧的关庙设馆教书。由于伍先生学识渊博、教学严谨、任劳任怨、勤勤恳恳,经他教育的一批又一批的学生被送出。这些学生中,有的成才当了官;有的当了先生开堂讲学;有的从事经营,成了儒商。而这三十多年中,伍先生竟未给家里写过一封信。后来,他的大儿子从襄阳的一个学生口中得知父亲的音信,便跋山涉水、千里迢迢地来到大庸县教字垭镇关庙,哭着央求父亲回家,但伍先生舍不得离开。

"他大儿子回到家禀报母亲,老夫人大哭,当即咬破手指,含泪在一段白布上写下血书。那年是乾隆五年(1740年),伍先生已是六十九岁的老人了。老夫人要她的三个儿子及两个孙子带着血书,再次不远千里来到教字垭镇关庙,央求丈夫回家。伍先生看完妻子的血书,泪流不止,很快他恢复了平静,经过一段思想斗争后,决定暂不回家。三个儿子及两个孙子就下跪,不吃不喝,在子孙下跪两天两夜的真情威逼之下,伍先生老泪纵横。此时,一传十,十传百,集镇及附近乡民奔走相告。两个时辰后,成百上千的乡民涌来关庙,里三层外三层围住了伍先生及他的五个子孙。弟子们和乡民们看到伍先生时不时地咳嗽着,他的五个子孙下跪着,无不动容,都纷纷规劝伍先生先回家看看。

"伍先生随即走向学馆,一名弟子紧随其后,众人纷纷给伍先生让出一个通道。不一会儿,伍先生拿着五支大排笔,一名弟子拿着一大瓶磨好的墨汁和一个大碗一前一后走出学馆，向西边书箱岩走去。众弟子、乡民们及伍先生的五个子孙浩浩荡荡地紧跟其后。伍先生走到关庙西侧约四百米处书箱岩下，在紧邻茹水河边一巨石下驻足停下。弟子会意，将墨汁倒入大碗中。伍先生手抚胡须，思索片刻，用五支大排笔蘸好墨汁，一气呵成，在一块巨石上欣然写下了一个五尺见方的'教'字。咳嗽的伍先生再三叮嘱众弟子，一定要把这里的教育办好，以后只要他身体允许，他还会回来的。

"伍先生回湖北荆州老家后，身体一直不好，再也没有来过这里，但他的心和我们教字垭镇人民永远在一起。'教'字寓意深刻，左边是'孝'，右边是'文'，意思是说'要有文化懂孝道'。当地人深感伍先生教化之德，请石匠把这个'教'字刻成窝形字，免致磨灭。其字虽经二百多年的风风雨雨，迄今犹存，栩栩如生。伍先生千里迢迢来到这里办学，其忘我办学的精神令人感动，在此播下了文化的种子，对开辟蛮荒教育事业做出了巨大的贡献。新中国成立后，当地百姓为纪念伍先生办学的功绩，即把原来的地名垦垭改名为教字垭镇。"

覃东荣聚精会神地听着，听完对母亲说："妈妈，我也想去读书，学习文化知识。长大后也要当个秀才，像伍先生那样办学堂教书，把我们这里的教育办好。您看如何？"

母亲笑道："你的想法很好，家里要是有钱，肯定会送你上学，可惜我们处在乱世，家穷送不起你读书啊！"

覃东荣安慰母亲道："妈妈，不急，再等几年，说不定世道变了，家里就会好起来的，穷人家的孩子也能读书了。"

母亲惊诧道："如果真是那样，那就太好了！"

覃东荣天真地说："妈妈，说不定会有那么一天的！"

当天晚上，覃东荣躺在床上想，一个外地人都对我们这里的教育这么执着，这么尽心尽力。我作为土生土长的本地人若不把这里的教育办好，愧对伍先生，愧对先人！

1945年，日本宣布无条件投降。七岁的覃东荣到了读书的年龄，因家庭贫困还未能上学。此时二弟覃正柏已四岁多，看到同龄的孩子都到私塾读书，覃东荣羡慕不已，他多么渴望拜师识字啊！可家里实在穷得揭不开锅。母亲看出了他的心思，觉得很对不住他。

随后这一家又相继增添了三弟覃正贤、四弟覃正毛。覃服周一家六口一间木板房怎住得下，只好暂时在四弟覃遵众那间木板房居住着。

人口增长了，田地并没增长。一家六口，连吃饭都成问题，哪还有钱粮供孩子们上学。父亲为此自责无能，母亲亦常常在夜深人静时以泪洗面。

覃东荣从小就十分懂事，为了照顾生病不能沾冷水的母亲和三个弟弟，他主动承担起了作为长子的责任。

为了生计，覃服周与二哥覃遵炳在靠扒龙潭河边的张家嘴自家良田合伙开了一个水碾榨油坊。

那水碾榨油坊是三间岩砌房子，南北向，房顶盖着茅草。北面的一间有一直径六米的碾坊。碾坊由一个高八寸、宽两寸的岩槽和一绕岩槽转动的碾轮组成。在水碾榨油坊上游六百米远的土崩岩处筑一河坝，一条宽深的水渠将水源引向碾坊。源源不断的水源冲动碾坊下面的木叶子，木叶子转动，碾轮就匀速转动起来。中间一间是榨油坊，南面的一间放原料和油桶。

两兄弟收费低、出油率高，且榨出来的油质量好，附近几个县的人都在这里加工茶籽、菜籽、桐籽。两兄弟的水碾榨油坊生意开始一直很红火，榨成的茶油、菜油、桐油顺澧水而下，出洞庭下长江销售到长江中下游的武汉、南京、上海等大中城市。

然而好景不长，人间有情水无情。一年夏季，不知怎的瓢泼暴雨下了五天五夜，整个七家坪、古城坪一片汪洋，洪水顿时冲毁了沿河的庄稼和良田。

老天爷的雨水真是多！到第六天晚上，暴雨还在下，丝毫没有停下来的迹象。凌晨四点，发狂的洪水发出怒吼，巨大的轰鸣声和摇晃摆动的床惊醒了两兄弟。两人一惊赶紧跳下床，此时洪水已漫过膝盖，鞋子不知去向。覃服周看到榨油坊里的东西源源不断地往外流，想抢点东西。二哥遵炳使劲拉着他道："三弟，快跑，来不及了，逃命要紧！"

第二章 出生乱世盼识字 沐浴党恩入学堂

两兄弟头顶瓢泼暴雨逃走不到一百米，只听"轰隆"一声巨响，榨油坊房屋倒塌。幸亏兄弟俩跑得及时，不然后果不堪设想！两兄弟多年苦心经营的水碾榨油坊，就在这一瞬间被无情的洪水化为乌有。兄弟俩蹲在张家嘴一户农家的屋檐下，双手抱头呜呜大哭。

天亮后，雨终于停了。两兄弟卷着裤脚，跑向水碾榨油坊。凶猛的洪水掠过后，什么也没留下，水碾榨油坊以下两米连墙脚都冲走了，成了光滑坚硬的平塔！这次洪灾洗走了两兄弟菜籽、茶籽、桐籽两千多斤，冲走茶油、菜油、桐油一千多斤……

从此，覃服周一家的生活又变得艰难起来。为了减轻家庭负担，覃东荣帮父亲挑起了家中的重担，煮饭、洗衣、砍柴、种菜、放牛等他都干。覃东荣晚上做梦都想读书。

覃东荣的梦想终于变成了现实。新中国成立后的第四年，1953年春季开学，快满十五岁的覃东荣，终于在共产党和人民政府的关怀下，挎着帆布书包来到位于教字垭镇老仓库的大庸县立第十三完小发蒙读书识字。

报名那天，有的同学还认为他是老师，因为他的个头比老师还高，才报名读一年级，大家都对他投以好奇的目光。

有位同学取笑他道："你这么大个汉子，比老师还高，怎么还和我们小屁孩混在一起读书呀？"

覃东荣笑道："我愿意嘛！过去咱家穷，送不起我读书，现在解放了，有共产党和人民政府的支持，我也要扫盲呀！不然，怎么叫解放？"

那位同学又大声叫道："好，我们就叫你解放大哥呀！"

说得周围同学、老师及家长们都笑了起来，覃东荣不管这些，只是付之一笑。他深知这读书的机会来之不易，应该好好珍惜，所以，他决定尽自己最大的努力学习科学文化知识。

身高比他矮，年纪比他大不了几岁的班主任老师将他带入一年级教室，班上三十几个七八岁的同学惊奇地看着他。身材颀长的覃东荣双手抱拳微笑着，对同学们说："各位小弟弟、小妹妹，大哥哥我快十五岁了，今天能和你们这些小家伙一起发蒙读书，心里很高兴！"说完不好意思地抹了抹眼眸。

班主任和同学们鼓掌一阵后，异口同声道："欢迎大哥哥入学！"

覃东荣摸着头幸福地坐在教室中间最后一排。班主任老师给他发了新课本，他高兴地双手抚摸着书本，热泪盈眶，舍不得放下。

放学后，覃东荣挎着帆布书包，哼着土家山歌高兴地回到家。他一放下书包，十一岁的二弟覃正柏和四岁的三弟覃正贤急忙跑过来，打开大哥的书包。兄弟俩翻看着新课本，羡慕不已，争相抢着看。两兄弟激动得不得了，翻完这本翻那本，像过年吃肉似的高兴，舍不得放下。

晚饭后，幼小的三弟覃正贤背着大哥的帆布书包，在塔子里喊着"一、二、一"走来走去，也不知道辛苦。

当夜，二弟三弟两兄弟太兴奋。三弟拿着语文课本，二弟拿着算术课本不知不觉睡着了。半夜时分，兴奋得睡不着的覃东荣微笑着掰开两个弟弟的手，取回新课本，轻轻地给两个弟弟掖好被褥，抚摸着新课本，兴奋得一夜睡不踏实。

一个贫穷家的孩子，到十五岁终于实现了读书的梦想，他怎能不兴奋，怎能不感慨万千？那一刻，他心里真有说不出的高兴啊！

当年，这所完小开设的课程有语文、算术、自然、史地、公民、劳作等学科。校长叫唐国平，系模范教师，县教联常委，有实干精神，水平较高，业务熟悉。

在唐校长的带领下，全校教师认真教学，学生认真学习。考核教师的教学质量，首先要看学生的成绩，评优评模看班上的平均分、及格率、升学率和德、智、体全面发展情况。

教师坚持早学习、晚办公的坐班制，每位教师除教好日校的学生外，还要办好一所夜校，配合运动搞好社会宣传，如宣传"三反五反"和防止"细菌战"，积极投入小学整顿运动。

此时已是大龄少年的覃东荣主动帮老师做一些力所能及的事。学校领导和老师都很欣赏他，因为穷人家的孩子懂事早，又十分渴望知识。他学习认真刻苦，不仅各门功课名列前茅，还主动打扫卫生、团结同学、关心小同学。论年龄，他是班上最大的一个，比班上一般的同学要大一倍多，同学们都俏皮地叫他"解放大哥"。

覃东荣最喜欢上史地、公民课，因为从这些课程中可以了解国家的形势、人文历史、家乡的位置。而学校当时也很注重学生的思想品德教育，经常邀请老红军、老八路讲述革命战争年代的故事。

覃东荣深知幸福来之不易，他在感动之余，曾在笔记本上写道："我们穷人在旧社会连猪狗都不如，更不用说读书识字了。是共产党让我们翻身做主人，才有机会进学堂。我的生命是党给的，不是共产党的帮助，十五岁的我就不可能进学堂读书识字；我的知识也是党给的，我要报答党的恩情，报效祖国，把我的一生献给党和祖国的教育事业，要让所有读不起书的贫下中农子弟都能上学读书……"

第二年，二弟覃正柏入了学。后来，三弟覃正贤、四弟覃正毛也相继入学读了书。

一天晚上，吴幺妹将四兄弟招到一起训话道："不是共产党和毛主席领导的人民军队推翻旧社会，建立新中国，我们老百姓还过着牛马不如的生活。要记住是共产党和人民政府的关怀，你们四弟兄才能上学读书，要感谢共产党和毛主席！你们要好好珍惜这难得的读书机会，鼓劲学习文化知识。咱们家虽还穷，但穷也要穷得有骨气、有志气！你们长大后，将来不管干什么事，要记得报答共产党的恩情，要学会堂堂正正地做人，要心中装着老百姓，不能忘本！"

母亲的这番话，对覃东荣触动很大，他把这语重心长的嘱咐当成座右铭，一辈子铭记于心。

第三章

徒步千里找工作 百里挑粮挣学费

1955年农历乙未年冬天,气温极低,异常寒冷。时入三九寒冬后,大庸县教字垭镇乡一带山区被一片冰雪覆盖。崇山峻岭、漫山遍野银装素裹,美丽极了!乡民带着猎犬在望军岩、狮子垴、茂古岭、甑子岩一带狩猎。

十七岁的覃东荣因学习用功,成绩突出,第二年已跳级读到了五年级。

放寒假前,覃东荣回到家皱眉紧锁、心神不安。母亲发觉他似有心事,问他有什么事,他不说。其实,覃东荣看到三个弟弟吃不饱、穿不暖,饥瘦如柴,他心里不是滋味。他是在考虑为减轻家庭的经济负担,更好地让三个弟弟吃饱、穿暖、完成学业,外出找份事做挣钱补贴家用。

几天来,他悄悄与同在一个学校读书的族兄覃正业商议,决定放寒假了去投奔在贵州省体委工作的四叔覃遵众,以便找份工作。两人想,若把此想法告知父母,必遭他们反对。故瞒着家人,干脆来个先斩后奏。两人商议,时间不等人,一放寒假就走。

四弟覃正毛年纪小跟父母睡,四叔覃遵众那间木板房,里间那张床由覃东荣和二弟、三弟三兄弟睡。覃东荣与三弟覃正贤睡一头,二弟覃正柏睡另一头。

放寒假的当天深夜,外面一片漆黑,伸手不见五指。狂傲的北风呼呼地刮着,刮得塔子里的桃树枝簌簌作响,淡黄的桃树枝正在卖力地翩翩起舞,像是在知名的指挥家指挥下跳舞一样。狂风从屋檐下、从板壁下呼呼灌入,越灌越多。一阵狂风肆虐到覃东荣的脸上,他浑身打了个冷战。本来睡在床上的覃东荣心中装着事睡不着,索性坐起来,将一件补了又补的外衣穿在身上,看到二弟、三弟均匀地呼吸着,将四周被褥往下掖了掖,然后,找到火柴悄悄点上煤油灯,从床上爬起来。

第三章 徒步千里找工作 百里挑粮挣学费

覃东荣穿上草鞋，拿着煤油灯蹑手蹑脚地走进隔壁父母的房间，看到父母已熟睡。他悄悄折回房间，含泪给父母写了张留言条，放在灶房里一张破旧的饭桌上，用一本旧书压着。随后，他找来几张厚纸，将一床烂棉被包好，再把一把油纸伞放在棉被上面，用棕绳捆好，做成背包。他来到父母房间的门边，泪流满面地朝父母磕了三个头后，背上棉被轻手轻脚地走出门外，关好房门。

此时，疯狂的北风跟着覃东荣的呼吸渐渐变小。族兄覃正业背着棉被，拿着两支火把，已在屋外等候多时。

覃东荣从族兄手里接过火把，走在前，覃正业在后，一前一后迎着凛冽的寒风，经过那蔸千年桂花树，沿着茹水河西岸向南走去。

覃东荣口袋里揣有一张发黄的、皱巴巴的《中国地图》。两人上身都只穿两件破烂的单衣，下身穿一条单裤，脚穿一双草鞋，各背着一床棉被和一把油纸雨伞。

第二天拂晓，吴幺妹一觉醒来，感觉脑壳里空荡荡的，在睡梦中隐隐约约发现有什么不对，又想不起来，有一种不好的预感。她马上起床，来到隔壁房间，发现长子不在床上，二儿子和三儿子正在熟睡，大门门闩没上插销。她立即跑到茅房，没有，心里一惊，连忙跑回屋，摇醒二儿子覃正柏，惊慌道："柏，柏儿，看到你大哥没？"

覃正柏惊慌地坐起来道："昨晚我还听到大哥睡在对面给三弟讲故事呢，这么早他去哪儿了？"吴幺妹四个儿子，要数二儿子覃正柏脾气最暴躁，桀骜不驯，一咕噜爬起来，出门寻找。

吴幺妹在屋里屋外找了个遍，还是没有发现长子的踪影，最后发现家里的一床烂棉被和一把破油纸伞不见了，不觉心慌。突然，她眼睛一亮，发现灶房饭桌上有一本旧书，书下有一张纸条。吴幺妹不识字，便拿着纸条快步跑回房间，大叫道："覃服周，快起来，快起来！你还有心思睡，你大儿子不见了，这里有一张纸条，你快，你快来看一下！"

覃服周麻利地穿好衣服，跳下床，打着赤脚几步跨过来，抢来纸条一看，傻眼了。

吴幺妹看到丈夫脸色一下严峻起来，感觉神色不对，心想不好，着急道："你倒是念给我听听，上面到底写的啥呀？"

覃服周念道：

两位大人：

对不起，实在对不起！让你们受惊了，请原谅儿子的不孝。不要为我担心，我没事，不要寻找我。你们醒来时，说不定我与族兄正业已经到了温塘。此次我俩外出，事先没有对你们两位大人说一声，是怕你们伤心，怕你们不同意。为了让你们两老过上好日子，让三个弟弟吃饱、穿暖、完成学业，使他们成才，我想放弃学业。我都十七岁了，应挑起家里的大梁。我与正业兄要去贵阳投奔四叔，找份事做。我俩会照顾好自己的，勿挂念。到贵阳了再给你们写信。

不孝儿子：东荣
一九五六年一月二十一日晚泣书

吴幺妹听完信的内容后，知道温塘离这里很远，有几十公里远。方知长子已出远门多时，追赶已经来不及，不禁泪如泉涌，大哭道："儿啊，是妈对不起你们，你们出去怎么不事先给父母说一声？你们要去，父母不拦你们，我们好歹给你们筹措点盘缠！这么远的路，你们身上又没有钱，叫我们做父母的如何安心哟！"

父亲覃服周倒是很镇静地劝说妻子道："你哭啥，他俩都十七八岁的人了。我在他们这个年纪正挑着桐油去四川做生意呢！不会有事的，让他们出外去闯闯也好，年轻人到外面见见世面才有出息，才知道锅是铁打的。"

十四岁的覃正柏在覃家上湾、中湾、下湾上上下下找了个遍没找着，沮丧地走回家，听到母亲的哭声，跑进屋听说后大惊，连忙从父亲的手上接过纸条看。七岁的三弟覃正贤和三岁的四弟覃正毛纷纷被母亲的哭声吵醒，立即起床寻找大哥。三弟覃正贤听说大哥已出远门找工作去了，哭着说:"我要大哥,不要大哥出外找工作,我要大哥回来给我讲故事,我要大哥回来给我讲故事!……"

覃正柏看完留言条,右手捶打着结实的胸脯,泪流满面,痛心不甘地说:"我的大哥呀,你怎么这么傻呀!我们家虽穷,我们一起面对,你去那么远的地方,身上没带钱怎么行?我怎么就睡得那么死,不警醒点呢!"

此时,覃服周家围满了人,族长及众人都劝吴幺妹不要担心,东荣那小伙子聪明、机智、善辩,吉人自有天相,不会有事的!

两人走时,覃东荣没带钱,幸好覃正业身上带有十元钱。覃东荣与族兄商议,这钱两人先用着,等以后他有钱了,还族兄五元钱。

这些钱,供路上吃饭都不够,更不用说住宿、乘车了。因为从大庸到贵阳,差不多有近两千里路程,两人竟决定徒步去投亲。

为了节约费用,两人走近道,翻山越岭,根据地图,边走边问,每天行程约八十里。就这样,两人头天夜里从七家坪出发,经过罗水、黑潭、温塘、润雅,第二天黄昏到了永顺的石堤西。在石堤西的集镇上,每人各花一角二分钱下了一碗面条充饥。

当晚两人舍不得花钱住宿,就在一户人家的屋檐下铺上几张厚纸,再在厚纸上铺上棉套。覃东荣那床又薄又烂只能作为垫套,覃正业那床厚一点作为盖套。为防脚臭,两人睡一头。

第二天拂晓,两人马上卷好铺盖,用棕绳捆好,走到小河里洗把脸,背上棉被,再在一家面馆吃碗面条又继续赶路。沿途经吊井、大坝、泽家、保靖、复兴、花垣、团结、边城、洪安、迓驾,走了十天才走到如今重庆市的秀山。

再往南走,就是贵州的地盘了。经过松桃时,已是腊月二十八了。人们都在忙着办年货,他们两人却忙着赶路。第三天,走到贵州东部铜仁时已是大年三十了。

这天,天气晴朗,冬日的暖阳镶嵌在天空。两人各背着一床烂棉被沿着宽宽古幽的石条路,由铜仁城北向城南走去。岩板路两边客栈、商铺林立,路人皆多,熙熙攘攘,热闹非凡!两人无心观赏沿途风景、人流,一

035

股心思只顾往前走。

两人这一行装引起路人驻足观看。两人不管这些，只顾大步往前走。走着走着，突然感到肚子饿得咕咕叫，都想找家面馆吃点儿东西。此时，城南一家很简陋的面馆映入两人的眼帘。两人忙走进去，放下棉被，招呼老板下一碗面条。

面馆老板六十多岁，神采奕奕、头戴毡帽、马脸，一对"3"字形的大耳直垂双肩，深陷的一双眼睛却炯炯有神。面馆老板看到两个衣衫褴褛的青年各背着一床破烂棉被，在这大年三十，声称只要一碗面条吃，心存疑惑，忙问其究竟。

面馆老板听了覃东荣讲述徒步去贵阳投亲的故事后，惊诧不已！他是一位心地善良、富有同情心的老年人，顿生怜惜之情，说道："原来是这样，你们两个小伙子真是了不起！从湖南大庸到贵阳有近两千里的路，你们徒步这么远去投亲，真令人佩服，令人佩服！"说罢，面馆老板和老板娘都盛情留两人在他家过年。

两人吃完面条，背着烂棉被就要往外走。此时，老板急步上前，扯住覃东荣的双手，诚恳地说："年轻人，在家靠父母，出外靠朋友，今天是大年三十，你俩吃碗面条怎么行？怎么赶路？我们都是穷苦人，我们也是做父母的，你们恐怕有很长时间没吃过饱饭了，今天就在我家过年吧！"

两人听他一说，感动不已，马上对面馆老板老两口儿说谢谢。覃东荣激动地说："你们老两口儿太好了，心地太善良了，我们遇到了大好人，你们的恩情，我俩永生永世都不会忘记！"

老板娘这时把饭菜摆上桌，热情地招呼道："小伙子，你们受苦了，不要拘束，快坐下，快坐下一起吃年夜饭吧！"

两位年轻人自从离家出走后，已有十多天没吃过饱饭了，今天看到这么一桌丰盛的菜，不禁眼眶湿润。

面馆老板说："年轻人，不要想那么多，快吃，多吃点！天色已晚，今晚就在我家好好洗个澡，住上一宿，养足精神明天再赶路。"两人幸福地吃了这顿年饭。

晚上，面馆老板又领两人到澡堂洗了澡，送两人上二楼睡觉。当夜，覃东荣激动不已，躺在床上辗转反侧，久未入眠。他想，今天真是遇到了大好人，我以后也要像面馆老板那样，真诚地帮助受苦受难的人。

第二天大年初一清早，又是一个大晴天。面馆老板又留两人吃了早饭。饭毕，两人对面馆老板和老板娘各深深地鞠了三个躬，然后各自背着棉被，与面馆老板一家人洒泪告别。

两人吃了饱饭，劲头十足，迎着凛冽的寒风继续赶路。日行夜宿，又途经玉萍、镇远、施秉、黄平、福泉，五天后到达贵定。此时已到中午时分，满天飘着鹅毛大雪。

两人路过贵定县政府大门时，被一个中年好心人看到。覃东荣看向他：只见这位中年人身材高大，生得一表人才，身穿一套黑色的衣服，穿得不是很厚，头发乌黑，梳着分头，宽天堂，圆盘大脸，耳垂厚，眼镜镜框下的两只眼睛很有精神，像能看透人心思似的，鼻梁正直，嘴皮薄，不说话就给人一种温馨的感觉。

中年人在刺骨的寒风中，看见两个衣衫破烂且穿得很单薄的青年，脚穿草鞋，各背着一床烂棉被东张西望，满脸愁容，冷得哆嗦不已，心里顿生怜惜。当即走上前关切地问道："年轻人，你们是哪里人？到哪里去？遇到了什么困难？"

"我们是湖南大庸人，去贵阳投亲找工作，走到这里身无分文了。"覃正业如实答道。

"啊，你俩是大庸人，走了这么远的路？还要到贵阳去投亲？小伙子，真不简单！"

中年人随即在身上找来找去，找出十元钱，深情地说："这点儿钱你们先拿着，这么冷的天，你们穿得也太单薄了，快去买件衣服、买点东西吃。从这里到贵阳不远了，你们可以到汽车站买车票坐车去，我还有事，就不送你们了。"

覃东荣问："恩人，您能告诉我您的姓名和住址吗？等我们到贵阳找到亲戚后，好给您还钱。"

"呵呵,小伙子,不必了,人人都有困难的时候,这是我的一点儿心意!"中年人微笑着轻轻拍了下两人的肩膀,"天冷!你们穿暖和点,吃点东西,买车票去贵阳。"

"好,好!谢谢恩人的资助!"覃东荣回道。两人不禁泪流满腮,立刻对着中年人离去的方向深深地鞠了一个躬。两人随即问路人,得知这位中年好心人是贵定县的一位副县长。

两人得到资助,也舍不得买衣服,各下了一碗面条,走到贵定车站买了去贵阳的车票。

汽车在公路上奔驰着。覃东荣静静地注视着窗外,思绪万千。与族兄离家出走十七天,路上得到了一些好心人的帮助,特别是铜仁的面馆老板和贵定的县领导的无私帮助令他终生难忘!

当晚,兄弟俩乘车到了贵阳汽车站。两人舍不得花钱,在贵阳汽车站候车室的地面上铺上破棉被睡了一宿。

第二天,经多方打听,两人终于找到了贵州省体委。门卫将两人带到覃东荣的四叔陈有文办公室门外。

门卫说:"陈主任,你的两个侄儿来找你!"

"他们在哪里?"

"就在门外。"

"啊!"

陈有文快步走出办公室,遂将两人带进屋。

两人进屋放下棉被,陈有文看到两个衣衫褴褛的青年各背着一床烂棉被,头发长长的,满脸污泥,脚穿草鞋,木讷了半晌。1943年四叔覃遵众出外赶考时,覃东荣只有五岁。虽时隔十二年,但四叔的容貌覃东荣仍记忆犹新。

覃东荣走上前,说:"四叔,您不认得我了?我是东荣,您三哥覃服周的长子,他是您堂哥遵灼的儿子覃正业。"

陈有文思忖片刻,高兴地说道:"哦,我想起来了,你就是东荣侄,三哥覃服周的长子,你是堂哥遵灼的儿子正业侄。"

第三章 徒步千里找工作 百里挑粮挣学费

"嗯，嗯。"

陈有文急步上前，抱住两人，叔侄三人抱头痛哭。

半晌，陈有文喜极而泣，激动地说："老侄啊，你们来怎么不事先给我打个电话或写封信？我也好给你们寄点盘缠，这么远的路，你们走了近二十天，真是作孽了！"

当陈有文了解到两侄儿来贵阳是为了找工作时，意味深长地说："侄儿呀，你们学历只有小学水平，如何去找工作？没有文化，怎么去工作？怎么报效祖国？春季快开学了，三天后，你们马上回家，好好读书，起码争取考上初中或高中，你们家穷，到时我会资助你们的。等你们有文化了，国家自会用你们的！"

覃东荣和覃正业听了四叔的话，像小鸡啄食似的连连点头称是。

随后，四叔陈有文带着两个侄儿理发、洗澡、吃饭、买衣服。最后，陈有文带两侄儿在贵阳市公园、动物园等景点玩了三天后，将他们送到贵阳汽车站，买了回大庸的车票，并给每人十斤粮票、三十元钱。回家的路上，覃东荣还了覃正业五元钱。

春季很快开学了，覃东荣又在大庸县立第十三完小继续读书。教字垭镇当时是一个有四五千人的集镇。其地位于大庸西北约二十五公里，现在的黔张常铁路、安张衡铁路、张桑高速公路、杨家界大道、国道353与省道305天温二级旅游公路的交会处。向西可通往桑植、龙山、来凤、重庆、成都，向北可通往武陵源著名景区杨家界、天子山、湖北恩施、陕西西安，向东可通往常德、长沙，向南可通往吉首、怀化、桂林。该镇自古以来是湘、鄂、渝、黔四省市的贸易集散地和交通枢纽。

教字垭镇现在是张家界市永定区唯一一个全国重点镇，地处张家界武陵源核心景区、张家界西线景区茅岩河、贺龙故居、红二六军团长征出发地、九天洞、八大公山的中心，地理位置尤为突出。开发商与政府签约，要在这狭长的冲积平原上开发"'教'字古城旅游配套及小城镇建设项目"，在七家坪村和竹园坪村的古城坪地段建设"三百亩的旅游客运中转站"和"六百亩的张家界国防教育红色旅游文化基地"，打造全国独具特色的国防教育红色旅游文化、农业风情观光、商贸重镇。

这里地域广阔，人口众多。中华人民共和国成立后，这里曾划分为大庸县第五区行政办事组，下辖六个公社，即教字垭镇、兴隆、禹溪、桥头、罗水、中湖。

偌大的地区仅有一所1925年兴办的国民小学，这与当地人民对文化的渴求有着很大差距。奈何乡土贫瘠，未能使受教育层次得到发展，撒播文化的种子被深藏掩埋，它急需阳光雨露破土。在教字垭镇人民的深情希冀中，这一历史性的时刻终于盼来了。

1956年，大庸县人民政府决定在教字垭镇中心完小附设初中班，1958年，在教字垭镇乡集镇西北约五百米的荷叶岗，修建了大庸县第二中学。

当教字垭镇中心完小附设初中班时，覃东荣因刻苦用功，已连跳三级，小学六年只用三年就提前毕业了。1956年7月，他以优异的成绩考上了教字垭镇中心完小附设初中班。那年是首次招生，招两个班一百一十人，他分到初一（一）班。

当时，二弟覃正柏读小学五年级，三弟覃正贤读小学一年级。三兄弟在同一所学校读书，穿得都很单薄。俗话说，"多衣多寒冷，无衣自不冷"。数九寒冬，寒风刺骨。每天覃东荣三兄弟上身穿着唯一的两件单衣，下身穿着唯一的一条单裤，脚穿一双草鞋去上学。

母亲说过，人穷穿穿补丁衣不打紧，但衣服要洗干净，不要让别人闻到臭味，瞧不起你。因母亲体虚多病不能沾冷水，夜深人静时，覃东荣等三个弟弟熟睡后，将一家人的衣服洗净烤干。

覃东荣洗好一家六口人的衣服后，在灶房烧堆大火烘烤。大火周围摆上十几把椅子，每把椅子晾一件湿衣服，十几件湿衣服被炙热的高温烘烤着，水蒸气慢慢溢出，像浓浓的雾罩升向屋顶、烟雾袅袅。他不时添加柴火，炙热的高温将他身上的寒气驱除。

他走进房间看着三个弟弟熟睡的样子，心里很高兴。等六套衣服全部烤干已到凌晨两点了，他将烤干的衣服一一收好折好放好后，才上床睡觉。

只睡四个小时的他，赶在三个弟弟睡醒前帮母亲做早饭。二弟、三弟、四弟起床后,看到昨天还是脏兮兮的衣服,现在变得这么干净,都知道这是大哥洗后烤干的。吃完早饭,覃东荣三兄弟穿着干净的衣服,高高兴兴去上学。二弟、三弟、四弟心里感激大哥,长兄真如父啊!

生活上的困难能克服,求学欲望也丝毫不减,但学费从哪里来呢?自从覃东荣考上初中后,就为学杂费发愁。家里若供养不起,上初中岂不成难事?

正当覃东荣愁眉不展之际,父亲覃服周在外听到了一个好消息,到大庸沅古坪粮店挑"死库粮"可挣钱。覃服周立刻回家告诉长子覃东荣、次子覃正柏,问他们愿不愿去干这苦活挣钱,兄弟俩都说愿意。

何谓"死库粮"?因当时大庸县东部沅古坪一带人富粮足,只是交通闭塞,不通公路,粮食运不出去,只能靠人工挑运。

沅古坪离大庸县城较远,约有六十公里,道路崎岖难走,两天一个来回,往返路程一百二十公里,挑一百斤有二十斤的谷物报酬。这对覃东荣一家人来说,真是个令人喜出望外的好消息!

当晚,屋外一片漆黑,覃东荣心情激动,一夜睡不踏实,几次惊醒。第二天凌晨三点,母亲早早地为挑粮的三父子煮饭、炒菜,三父子起床洗把脸,狼吞虎咽地吃饱早饭。吴幺妹不让三父子中午挨饿,为他们备好了午饭,要长子覃东荣带着,覃东荣把三人的午饭放在布包袱里系好,放进箩筐里。

覃服周三父子挑着箩筐带着水壶,打着火把走出岩槽大门。放眼望去,岩槽门外亮堂堂如白昼,几十个同村等待挑粮的人打着火把,他们三个一群、两个一伙,有的是兄弟、有的是父子、有的是叔侄、有的是祖孙、有的是伙伴,说说笑笑,叽叽喳喳,热闹非凡!覃东荣抬眼向远处望去,只见长龙似的星星点点向这边涌来。

大伙一起浩浩荡荡经过扒龙潭,沿着茹水河西岸向南走去,路上挑粮的人络绎不绝,火光如白昼。沿途有大批挑粮的人加入队伍,经过教字垭镇集镇后,队伍汇齐,挑粮队长清点人数后,一起向东大庸县城方向走去。当时干这苦力活,为了安全每个地区都推选一个挑粮负责人,即挑粮队长。

大伙打着火把，挑着箩筐三步并作两步急着往前赶路。经过六个小时的行走，上午九点，一行人走到大庸县城最繁华的南门口，挑粮队长叫大家休息片刻，喝水装水后继续向东赶路。

太阳升到头顶，正午时一行人已走到三岔乡的一个河滩边。大家三个一群、两个一伙找个地方，坐在鹅卵石上吃自带的午饭。

覃服周三父子走到紧靠河边一块巨石上坐下。覃东荣取出三份午饭，递给父亲和二弟，三父子津津有味地吃起来。饭毕，覃东荣在河里洗好碗筷，把三人的碗筷放在布包袱里系好，放进箩筐里。

此时，挑粮队长大喊一声后，一行人又继续赶路了。覃东荣挑着箩筐，与同村大伙一起，一鼓作气向目的地走去。晚上九点，一行人赶到沅古坪集镇，吃饭、住宿、睡觉。

第二天凌晨三点，装粮的人起床吃好饭，便在沅古坪粮店前坪排队等候装粮。明月当空，夜如白昼，排队装粮的人很多。装粮的人排着长长的队伍，但人人都懂规矩，没人吵闹，没人插队。覃东荣与二弟同伙伴们干脆将扁担放在箩筐上，坐在扁担上等，前面装好一担走一人，后面等候的人就往前移一截。

约等了两个小时，才轮到覃服周父子三人装粮，先是父亲装，再是二弟装，覃东荣最后装。三十八岁的父亲装一百斤，十五岁的二弟覃正柏装七十斤，十八岁的覃东荣装九十斤。粮食装好后，开好票。为防止路上粮食被淋湿，粮食局要求挑粮人用薄膜纸把箩筐盖上，用麻绳捆紧。规定当天下午七点之前，必须赶到大庸县粮食局交货。

这一百二十里路程，十二个小时的挑粮，基本上没有休息的时间。当然，体力好的劳力，还是可以坚持干这活的，体力不好的话，根本就吃不消。现在的人，你就是给他一万块钱，要他打着空手走六十公里的路程，可以说没有几个人敢接钱！好在那时覃服周三父子的体力都还不错，吃得消。

当日下午五点前，覃服周三父子都提前赶到县粮食局交粮了，虽然很累，但他们心里都很高兴。

覃东荣算了一笔账，父子三人每两天挑一回，每回可挑二百六十斤，

>>> 第三章 徒步千里找工作 百里挑粮挣学费

就有五十二斤的谷物报酬。除去下雨天，这样挑下去，一个暑假下来可以挑二十个来回，一个暑假就可以得到一千多斤的谷物报酬。这就足可解决三兄弟的学杂费问题了，剩下的钱，还可补贴家用。

父子三人一如既往地挑了数日。一天下午，天气燥热，阳光暴晒，气温高，在家歇凉打蒲扇都出汗，陡峭崎岖的山路上没有一丝风。覃东荣汗流浃背地挑着九十斤担子，一个人走在崎岖山路上落伍了。

山路两旁尽是矮矮的树，一片茅草地。蟋蟀尽情地歌唱，像是给覃东荣打气助威呐喊似的，鼓励他鼓劲往前去追赶父亲与二弟。随着这美妙的歌声入耳，顿时心旷神怡，浑身便来了劲，汗流浃背的他鼓起腿肚子、撒咧腮帮子，两只箩筐随着蟋蟀的曲调有节奏地上下波动，一鼓作气快速翻上一段上坡台阶路时，气喘吁吁。刚上完坡，他神清气爽地挑到一棵阴凉的水桶大枞树下，突然看见前面不远处有一个黑色的四方小东西，像个钱包。走近一看，果真是一个钱包！

覃东荣马上放下担子，捡起来打开一看，哦，一数，我的天啊，有七十多元钱，此时，路上竟无一个行人。

这在当时，可不是个小数目！覃东荣脑海里呈现的是母亲和老师经常说给他的话，"人穷志气强，财富靠双手创造，不是自己的东西坚决不要"，他思忖片刻，决定把钱交给县粮食局。

此时的他顾不得汗湿衬衫，收好钱包，用破手巾揩了揩汗，深吸一口气，快步下坡追赶父亲、二弟及伙伴们。往前赶了五里路终于追上了，覃东荣心里一阵欢喜。

当日下午五点不到，覃服周三父子挑到县城粮食局，办好交粮手续。覃东荣把钱包交给收粮食的工作人员。恰好县粮食局一个戴眼镜的领导在场，当即表扬了他，并问他叫什么名字。覃东荣说，我的名字不重要，你们不要问了，只拜托你们赶快找到失主就好！

第二天，县粮食局领导经多方打听，终于找到了失主。失主取回钱包时，激动得热泪盈眶。发现里面的钱一分不少，于是想拿点钱感谢捡钱人，但却不晓得捡钱者的姓名，只知道是一个十七八岁挑粮搞勤工俭学的穷苦学生!

此事传开后,覃东荣的一些伙伴、同乡纷纷责怪他,鼓起眼睛对他说:"唉!世上只有你最憨、最傻、最蠢!蠢得哟真没药整!当时又没人看见,你父子三人就是挑一个暑假的'死库粮'也得不到那么多钱呀!你说你蠢不蠢?"

覃东荣不屑道:"人穷要穷得有骨气,穷得有志气!不知丢钱的人有多着急,说不定人家还正等着这笔钱急用呢,不是自己劳动所得,坚决不要!"

旁边的父亲听了长子这一番话后,心里很欣慰,当即支持长子的做法!二弟也认为大哥做得对,人应该这样,不能贪便宜!心里更加佩服大哥的为人。

这个暑假结束,覃东荣和两个弟弟靠勤工俭学得来的收入,终于又入了学。

初夏的一天早晨,天空下了一场大雨。一会儿阳光冲破乌云,万丈光芒普照大地,被绿荫遮蔽的美丽校园,树绿屋青、鸟语花香。

覃东荣听课时,忽闻一股臭味扑鼻而来,顿时心存疑惑。教室里怎么会有这样的气味?不应该呀,厕所离教室那么远。

他环顾四周,老师正在绘声绘色地讲课,正在讲散文的写法"形散而神不散"。周围的同学正在聚精会神地听课、记笔记,好像还没有人发现有臭味。

他仔细一闻,哦,我的天呀!原来臭气是从自己的胶鞋里散发出来的。他马上感觉到自己右脚上破烂的袜子挤到脚尖撑成一团,脚尖还感觉光滑有少许水。

他脸庞忽然一热,环顾四周,好像还没有人闻到有臭味。不能让同桌和紧挨着的同学闻到臭味,同桌是个爱干净的女同学,如果让她闻到了,自己这张脸往哪儿搁?哪有脸见人!她可能会告诉老师,不和我坐一桌了。

于是他假装到课桌下捡钢笔,将坐椅稍往后挪了挪,弯腰伸头课桌下,赶紧系紧鞋带,以便不让臭气逸出被同桌闻到。他迅速把头伸出来,身子坐正,闭紧嘴唇,鼻子轻轻往鼻孔里"呼呼呼"地呼进周围少许空气,感觉不臭了。他左眼余光看到同桌女同学正在认真听课记笔记，没什么动静。自己也认真听老师讲课，时而举手回答问题，时而记笔记。

不一会儿，下课铃响了，覃东荣觉得自己轻松了许多，可以放松下紧张的心情。由于操场积水多，不能做课间操。他想利用课间这段时间，在溪里把自己的臭脚好好地洗一洗。

覃东荣快步跑到学校西侧的一条溪沟里，溪沟刚涨过水，水大还算比较清亮。他解开鞋带，把脚从胶鞋里取出，一股恶臭难闻的气味几乎把他自己熏倒。

覃东荣马上脱下袜子，先把臭脚放在溪水里彻底搓洗干净，再把臭鞋子、臭袜子在清水中搓洗干净，挂在溪沟旁边的树枝上晒，等稍稍干了，就连忙穿上。这时，他感觉胶鞋不臭了，心里踏实多了，便快步跑回教室上课。

中午，他看到老师及条件好的同学纷纷去学校食堂吃午饭，而他连早、晚两餐都吃不饱，更不用说有中饭吃了。当火辣辣的夏阳照得师生纷纷在教室摇扇避暑时，他却冒着高温，走到学校垃圾堆里寻找有没有可写的演草纸、可穿的袜子，或像样的鞋子一类的丢弃物。

覃东荣在垃圾堆里搜寻了许久，找到半旧的几只袜子和一双鞋子，拿到溪沟里洗干净，再放在溪沟的岩石上晒，然后躲在阴凉处看看书、读读英语。等袜子与鞋子晾干之后，他立即装在备好的布包袱里，回到教室做作业。

虽然觉得有点儿饿，但他觉得，只要能念书，饿点儿算什么。放学后，覃东荣把捡来的袜子、鞋子带回家，拿到茹水河用茶枯擦洗干净。晒干后，供几兄弟穿。

1959年7月，二十一岁的覃东荣初中毕业后，以优异的成绩考入大庸一中高中部。当时大庸一中高中部是第二届招生，只招两个班，每班五十五人，覃东荣分到高一（三）班。

覃东荣家兄弟多，家庭条件差，他每餐只能吃一角的菜。这种菜表面看起来都是油珠，实际上是"跑马油"浮在上面，中间、下面没有油水。这种菜吃后容易饿。即使晚上十二点睡觉，凌晨六点起床。中间虽只有六个小时，可他怎么也睡不踏实，至少要起床小便三次。由于油水不足，亏营养，他的身体越来越差。

翌年元宵节过后，到春季开学的日子了。

农历正月十六，天刚吐出鱼肚白，覃东荣草草地吃了早饭，挎着那个黄色帆布书包，背着行李，拖着疲惫的身躯出发了。他要走七十多里山路赶到大庸一中报到上学。时下天气异常寒冷，路上很少有行人。由于经常吃不饱饭、吃的菜没油水，二十二岁的他骨瘦如柴！

他一路恍恍惚惚、脚下无力，刚翻过一座大山走到茅溪街公路出口，突然感觉心里极不舒服，一阵恶心、呕吐，竟倒在潮湿的公路旁，双手捂着肚子翻来覆去地滚。

天无绝人之路。此时，恰好一个平头、敦敦实实，挎着黄色帆布书包、背着行李的青年模样的学生朝这边走来。那青年学生发现前面公路边，有一个衣衫褴褛的男子，双手捂着肚子滚来滚去，心里一惊，马上跑上前一看，哦，是老同学覃东荣！

原来这个学生叫曹太儒，是覃东荣的同乡，柑子坡大队人，又是覃东荣初中同班同学。他见覃东荣病得挺重，脸色苍白，双手捂着干枯的肚皮，豆大的汗珠从瘦弱的脸上直滚下来。曹太儒身材矮小，扶不动，心急如焚地在路上寻求救援。

不一会儿，曹太儒仿佛看到远处有个人推着板车过来了，曹太儒心里一阵欢喜，喜笑颜开。板车离曹太儒越来越近，推车人的外貌渐渐清晰，曹太儒一看这人是个壮汉，心中大喜，心想，这下老同学有救了。只见这个大汉虎背熊腰，宽宽的肩膀，身高一米八多，年纪不到四十，穿着一套蓝色的衣服，衣服穿得不多，国字脸，平头，额头宽，垂头大耳，浓浓平平的眉毛下的那双大眼睛，看起来很有精神，穿的那双解放鞋至少四十四码。

曹太儒等中年大汉走近了，跑向他，摊开双手拦住他的去路。中年大汉鼓着眼睛，听完曹太儒的讲述，心里稍愣了下，二话不说，径直推着板车向远处的病人覃东荣跑去。

中年汉子推着板车跑到覃东荣身边，停稳板车，放下前支架。曹太儒小跑上前，只见高大魁梧的中年汉子一弯腰，伸出一双宽大有力黝黑的大手,稍一用劲就将覃东荣抱上了板车,随即将病人的行李也搬上板车。

等曹太儒缓过神来,中年汉子没有对曹太儒说什么,两手快速握住两根车架,收好前支架,两脚腾空,双手往下一压,感觉平衡后拖着板车快步向东往大庸县城奔去。曹太儒跟在后面跑着,跑着跑着便跟不上了,板车离曹太儒越来越远,那中年汉子及板车的身影渐渐消失了……

中年汉子将覃东荣拖到大庸县人民医院前坪,值班医生了解情况后很受感动,微笑地朝中年汉子瞥了一眼,马上对病人进行抢救。

大庸一中高一(三)班的师生闻讯赶来时,覃东荣已脱离了危险,好了许多。值班医生对覃东荣的班主任说:"幸亏你的学生被一个拖板车的中年汉子送得及时,否则恐怕会有性命之忧!"

此时,曹太儒汗流浃背地一路小跑到了县人民医院,看到覃东荣好多了,他放心了。覃东荣的班主任老师率众学生和曹太儒在医院里里外外、前前后后找了个遍,也没有找到救他学生的那个中年汉子。

覃东荣听说后情不自禁地流下了感激的泪水。这位中年汉子拖着板车,往返八十多里,做了好事却不留名,不图回报,他的品德是多么高尚啊!

覃东荣暗自发誓:自己要努力学习,多学本领,走向社会后,要像救他的恩人那样多做好事,才是对恩人最好的回报啊!从此,他学习更加勤奋、刻苦,成绩一直在全班名列前茅。

直到覃东荣参加工作后,他还坚持不懈地寻找这位救他的中年男人,但杳无音信。就在覃东荣即将离开这个世界之前,还对他的三个儿女说,他一生中最遗憾的是没有找到救他的那位恩人,希望他们继续帮他寻找,并反复叮嘱子女,曹太儒老师和拖板车的那位中年男子救了他的命,要永远记住这两位恩人!

第四章

教字铭记执教鞭 心中梦想终实现

父母的苦苦支撑，四叔覃遵众的无偿资助，1962年7月，覃东荣终于读完了高中。

那年暑假，覃东荣白天干农活，晚上点上煤油灯或枞膏油读《毛泽东选集》。暑假后期的八月中旬，覃东荣听说雷锋因公逝世，他流泪了，这样的好人怎么说没就没了呢？他为英年早逝的雷锋感到惋惜！他和雷锋一样，都是穷苦农民的儿子，都是在共产党和人民政府的关怀下才有机会走进学堂读书识字的。他虽年长雷锋两岁，但他非常崇拜雷锋，雷锋的事迹深深影响着他，他立志要像雷锋那样多做好人好事，将世纪第一好人——雷锋的事迹和精神世代传递下去。

半个月后，已满二十四岁的覃东荣，终于实现了当教师的初心梦想。大庸县教育科委派覃东荣以民办教师的身份到枫香岗公社青鱼潭大队筹建青鱼潭小学。

青鱼潭小学坐落在大庸县西郊枫香岗公社西南十三公里处，位于澧水北岸。校园前有一块宽阔的冲积平地。因澧水上游黎家滩河里有一对大岩石，极似青鱼，再加之这里雨量充沛，潭中一年四季清澈见底，故当地人把这个地方称为青鱼潭。

青鱼潭西依三家馆，东临周家河，南与后坪中山隔河相望，北面是柳竹成林、风景宜人的白露仙山。半山腰有一处像公鸡模样的岩壁，壁缝涌出清凉可口的泉水，一年四季从不断流。泉水蜿蜒而下，流经一个小山包，山包中坐落着三间土砖房，这就是社员老大娘罗永九的房屋。

1962年秋季，大庸县教育科根据青鱼潭大队人民群众的要求，开始筹建青鱼潭小学。可大队无资金，一时修不好学校，社员罗永九从小没读过书，不识字，看到一些适龄儿童没有教室上课心里不好受，找到大队支书和覃东荣,决定将自家的堂屋无偿让给学校做教室,支书和覃东荣都很感激她。

当时青鱼潭小学只有这间教室,设两个班,即复式班,每班十多个学生,共有三十多个学生。

覃东荣虽然没读过正规的师范学校,但是天生倔强的他有天生牛犊不怕虎的干劲,周末,他走到大庸县城新华书店购买有关小学语文、算术等课程的参考书,像雷锋"钉子"精神那样认真钻研,不断加强业务学习。

放学后,吃了晚饭,他就向枫香岗学区同行请教。他经常到周家河小学、龙盘岗小学、泗坪小学、枫香岗中心小学向有经验的老教师请教学习,看他们的教案,边看边琢磨。打着火把回到学校,虽到深夜,他还在细细消化思考,备课、批改作业。

覃东荣在学生大会上,在课堂中宣讲雷锋故事,弘扬雷锋精神。

一学期结束,他开始渐露头角,教学水平逐步提高,学生都喜欢他上的课。他所教一、二年级语数科目名列全学区同年级前茅。他教学认真、工作负责、做事踏实、以身作则,很快就得到各级教育主管部门领导及学生家长的好评。

覃东荣家离青鱼潭小学很远,走近道翻山越岭,要经过教字垭镇、禹溪、官坪、马儿山、昌溪、漩水林场、白露仙山,至少要走八个小时。一般情况下,他很少回家,有时要隔两个月才回去一次。上班时没有做完的工作,他都要在节假日把它做完。

经过负责人覃东荣一年的精心管理,青鱼潭小学有了很大的起色。生源增多,由一个班变成了四个班;教师由一人增加到四人,附近几个大队的孩子纷纷到这里读书。这所小学很快被评定为"大庸县先进工作单位"。

1964年5月,由于覃东荣成绩突出,思想积极进步,经邓国凡、陈泽厚的介绍,光荣加入了中国共产主义青年团,同年被评为"大庸县五好青年""湘西自治州最受尊敬的人"。

覃东荣在青鱼潭小学教书有了名气,当时他的故乡七家坪小学正缺当家人,大庸县教育科决定调他回七家坪小学任校长。

正在青鱼潭小学干得热火朝天的覃东荣，怎么舍得这里的学生、这里的乡亲和这里的山水？学生家长和乡亲们听到这个消息后，奔走相告，舍不得他走。

有的学生家长跑到枫香岗学区找到学区主任，要求把覃东荣留下来，学区主任无奈地说："这两年来，无论是生源还是教学质量，你们青鱼潭小学起色很大，在整个枫香岗学区都是一面旗帜！我们想挽留他也留不住，这是上级组织的决定，请大家相信组织吧！"

一个八十多岁的老大爷拄着拐杖和几十个社员来到学校，对覃东荣说："覃校长，你是好样的！你是我们的好老师，我们都舍不得你走，我们的孩子都离不开你，我们期待你以后还会来这里教书！"

覃东荣被乡亲们的真情所感动，眼眶湿润，深情地说："乡亲们，同学们，感谢这两年你们对我工作的支持，以后有机会，我还会回来的！"说罢洒泪而别。

众乡亲和学生目送覃东荣挑着行李进入深山老林，直到看不见他的踪影，才依依不舍地返回家里。房主老大娘罗永九听说覃东荣要调走了，一直伤心流泪，舍不得覃东荣离开。

覃东荣回到故里七家坪小学后，又全身心投入到紧张的教育教学工作中。

七家坪小学地处茂古岭山下的半山腰，是一栋气势宏大的土家四合院木板房，共有十六间房，被成片成片的绿竹青树环抱着，像一幅美轮美奂的精美山水画。

从吴家前坪往上走二十一级、两米宽的石阶，就可看到由两扇门组成的大门。门是土红色的，门上"七家坪小学"五个大字遒劲有力。门的顶上呈"人"字形，盖的是小青瓦。大门外有一块平塔，东西两边各有一个一米长、四十公分宽、十公分厚、六十公分高的长方体岩坐凳。

走进大门，只见四合院中间有块由长方形岩板铺成的宽敞的塔子，塔子东西两边各有一个长方形池塘。池塘的三方抵过道，一方抵塔子，池塘比塔子低五十公分。塘里一年四季都有水，从不干枯，池塘边还放有阴沟，可把污水排出池外。

四合院内共住着四户人家。西厢房是吴胜群家，靠大门的南厢房是吴明双家，东厢房是吴胜祥家，靠山北厢房是吴莲光家。当时七家坪大队还很穷，大队无经费修学校，本大队的适龄儿童想读书却无教室，深明大义的这四户人家主动各让出一间房作为学校教室。

由于校舍不够，这所学校开始只招一至五年级五个班。一、二年级一个教室，是复式班，三、四、五年级各一个教室，共有四名教师，一名教师教复式班，其余三个教师各教一个班。

有人说，本大队教师调到本大队学校教书会对工作有影响，可土生土长的覃东荣调到本大队学校后，他的工作不但没有受到影响，反而做得比以前更加出色。

秋季开学的那天上午，阳光普照大地，蔚蓝的天空看不见一片白云。覃东荣精心组织了一场开学典礼，两百多个学生整齐有序地坐在四合院中间古幽洁净的岩板上，认真听覃东荣讲话。天气还是有点热，忽然，一阵阵秋风从半山腰经过一片竹林吹来，吹拂到覃东荣和师生的脸颊上，众人顿觉舒服极了，认真听覃东荣做报告。

覃东荣深情地说："老师们，同学们，我们虽然现在没有自己的教室，是因为我们的国家刚刚解放不久，还很穷。但我相信，不久的将来，党和政府会为我们修建新教室的，困难是暂时的。我们这所学校是社会主义学校，不是有钱有势人的学校。它是在中国共产党、毛主席的领导下专门为劳苦大众的子女读书识字，培养社会主义劳动者而建的学校。我们一定不会辜负共产党、毛主席的期望，要把这所学校办成有特色、有影响的社会主义学校！"话毕，会场鼓掌声经久不息。会后，师生都感触极深。

当时学校条件艰苦，只有供学生上课的教室，却没有教师办公室，更不用说有教师办公的桌椅。学校没有办公室，备课、批改作业怎么办？覃东荣想到一个办法，他让裁缝给他缝了一个灰色大包袱。

放学后，他把学生的各科作业和自己的教科书、备课本装在包袱里背回家，在家点上煤油灯或枞膏油备课、批改作业直到深夜。

第二天凌晨五点覃东荣起床煮饭、炒菜，吃完饭后背着一大包袱东西早早地来到学校。他先把学生的作业本放在座位上,学生来后好及时更正。然后,覃东荣站在学校大门外等候每一位师生的到来。

就这样,覃东荣七年如一日,风雨无阻,天天背着几十斤重的大包袱,来校上课,回家备课批改作业。时间长了,他的肩上有了一道深深的痕迹,背偏向一侧变了形。当地学生及家长亲切称他为"包袱校长"。

覃东荣对学生在学习上、纪律上都落实一个"严"字。覃东荣不仅要管理好自己的班,还要管理好全校。管不严,父之过;教不严,师之惰。覃东荣认为现在放纵学生,任凭学生自由发展,是对学生的不负责。学生现在认为你好,长大以后会埋怨你的。教学生不仅要教知识,更重要的是教学生如何做人、如何感恩、如何报效祖国。

覃东荣在师生大会上强调,要大唱革命歌曲,每名教师都是音乐教师,教学生唱革命歌曲,唱歌时,每名学生都要大声唱。每天五节课,上午第一节和下午第一节课前唱歌时间为五分钟,其余三节课前唱歌时间为两分钟。任课教师必须在上午第一节和下午第一节课前五分钟,其余三节课前两分钟到班上督促、检查、登记。

除音乐课外,每天课前五次共十六分钟,学生大声地唱革命歌曲,附近社员跟着哼唱,到处回荡革命歌曲,社员夸赞现在的学校就是办得好!

覃东荣表面看起来十分凶悍,其实他内心是最善良的,只要和他打过交道的人都知道。他看到班上陈自明、李光银、覃正春、覃大植、吴胜佳等学生因家庭贫困买不起笔、墨、纸、砚、本子等学习用品,他自己省吃俭用也要给他们买。

覃东荣不仅重视学生的文化成绩,更注重学生的思想品德教育。本大队第二生产队覃二婆是个孤寡老人,膝下无儿无女,手脚不方便,生活困难。覃东荣便带领学生帮老人煮饭、洗衣、抬水、砍柴、打扫卫生,覃二婆心情舒畅、精神特好、身体硬朗,深受当地领导群众的一致好评。

1967年初春的一个星期天,艳阳高照,蔚蓝的天空像大海一样蓝,万里无云,人民心旷神怡。教字垭镇公社大桥大队大桥生产队派吴月生与覃正庚两人到大庸县城购买春耕农具。吴月生与覃正庚走遍全城,等买好春耕农具已到中午时分。两人经过一上午的行走，疲惫不堪，现在又搬着农具，肚子饿得咕咕叫，没有一点儿力气，想吃点东西后乘汽车回生产队。

两人走到县城最繁华的南门口码头"工农"大客栈时，恰巧遇到老同学覃东荣，此时的覃东荣挎着一个黄色帆布书包正朝这边走来。

吴月生与覃正庚放下农具，吴月生喊了一声覃东荣。覃东荣听到呼叫朝这边一看，看到吴月生与覃正庚很高兴，与两人寒暄起来。

覃东荣说："两位老同学，今天进城给生产队买这么多农具？"

吴月生道："是的，老同学，你今天进城又是买书籍的吧？"

覃东荣说："是呀，利用周末休息时间进城买教学用书和有关雷锋的书籍。"

吴月生半正经半开玩笑地说："今遇老同学，你又是人民教师，我俩是'农民伯伯'，你看我们两人的这餐中饭，是不是该你请？"

覃东荣笑着，脸颊微红，左手摸了摸口袋，说："讲的什么话，都是为建设社会主义事业服务，我请你俩吃顿午饭的钱还是有的，走，进去吧。"

三人进店找了一个靠窗户的方桌座下。那时吃饭先购买餐票，再凭票开餐，购荤购素任你挑选。为了节省开支，吴月生提议三人各买一盘小菜就可。

覃东荣买好菜票，哪知送菜的是一位驼背老职工，竟把三盘小菜错送成了三盘青椒炒肉片。

覃正庚看了看驼背老职工，风趣地说："老师傅，你都这么大年纪了，该退休了吧？"

驼背老职工不明其意，答道："我身体还好，离退休还有几年。"

覃正庚、吴月生看着驼背老职工始终微笑着，看得这位老职工都不好意思起来。

吴月生与覃正庚正要准备动筷子时，覃东荣着急道："两位老同学，慢着，现在还不能吃，这菜要么加钱，要么就退回？"

吴月生与覃正庚笑而不语。覃东荣说："笑什么，人要穷得硬气，不能贪便宜，必须加钱，否则不吃！"说完覃东荣站起身走向收银台，补了差价，三人这才安心地吃了起来。

在场的驼背老职工终于明白两位客人笑他的缘故了，快步走到覃东荣跟前，紧紧握住覃东荣的双手，激动地说："谢谢，谢谢你！年轻人，不然……"

覃东荣诚恳地说："不用谢！老人家，我们应该这样做，不能贪图便宜。"

客栈老板夸赞覃东荣品行好，几十个客栈吃客纷纷站起身，向覃东荣投来敬佩的目光，一个老者说，"好人呀，真是品德高尚雷锋式的好青年！"

同年六月的一天，万里无云，阳光灿烂，天气炎热。阳光透过木窗挤进教室，将原本不太明亮的木板房教室照得通明，几束阳光照进来，照在学生的脸上和覃东荣写字的右手上。

四年级三十多个学生正在聚精会神地听覃东荣上语文课。不料课刚上到一半时，覃东荣的胃病发作，严重得很，疼得他昏倒在地，有的同学们吓呆了。几个大同学跑上前扯、拉，却怎么都扯不起来，有的同学吓得跑到教室外大喊："救命啊，救命啊！覃校长晕倒了……"

房主吴明双、几个附近社员及老师听到呼救声，急忙跑进教室一看，覃东荣倒在地上，昏迷不醒，脸色苍白，豆大的汗珠源源不断地滚落下来。几个社员一齐用力，才把覃东荣扶到学生的课桌上休息了一会。

过了一会儿，覃东荣渐渐苏醒了。他第一句话就问："同学们，上课了没有？"几个社员和老师建议送他到医院检查一下身体，开点药。覃东荣摇摇头说："谢谢你们！不要紧，这是老病，过会儿就好，没事！"说罢，他艰难地站起来，慢慢地走上讲台，继续给学生上课。

学生们看到覃东荣把自己的腹部紧抵讲台吃力地上课，都非常担心。一个同学哭着说："覃校长，您病得太厉害了，您休息一下，我们会好好自习看书的！"

覃东荣忍痛微笑着说："不要紧，不能耽误你们的学习，继续上课吧。"学生都感动得说不出话来，都流下了心疼的泪水。

后来才知道，覃东荣因家庭贫困，兄弟多，经常把饭让给弟弟及儿子吃，饥一餐，饱一餐，营养不良，导致他患上了严重的胃病和胆囊炎。

1967年6月17日，中国第一颗氢弹爆炸成功。就在这一年，为了争观点，大庸许多地方的革命群众分成了两派，两派闹武斗，很快波及七家坪小学。

九月，七家坪小学学生开始闹武斗，学生罢了课。两派人马各自用石头、木棒、小匕首、梭镖等武器严阵以待。

覃东荣气急了，不顾个人安危，在校园内挺身而出，一声厉吼："放下武器，不准打斗！你们要打就打我！"

两派的学生头头被覃东荣的威严所震慑，放下武器，后退一步，低下了头。覃东荣和其他老师一起，当场收缴了木棒三十根、梭镖十根、小匕首八把、菜刀八把。七家坪小学学生闹武斗的局面，在覃东荣、吴硕六、吴修文、吴明伦等教师的制止下，终于得到了有效控制，从此学生又可以安心地上课读书了。

1969年3月，由于学生数量迅速攀升，为适应贫下中农子女上学的要求，七家坪大队队委会决定将七家坪小学搬迁到七家坪大队部，并由四个班扩展到六个班，办一所完全小学。

当时大队部只有三间教室，就租用覃二婆的两间房和吴登化的堂屋做教室，总共六间教室六个班。生源增多，由两百多人迅速发展到三百多人，附近几个大队的学生都纷纷到这所小学来读书。

那时，教师的思想政治教育抓得很紧，几乎每个周末，学区都要召开中小学负责人会议。

当年冬季的一个周末上午，寒风刺骨。覃东荣挎着那个黄色帆布书包与各校负责人一起走进会场，坐下来倾听学区主任传达会议精神，边听边记笔记。

当时，覃东荣坐在最后排。开会不到一刻钟，坐在覃东荣身旁的曹太儒发现覃东荣穿得单薄，脸色苍白，两手颤抖，直吐酸水。在长达两个多小时的会议中，曹太儒看到覃东荣边轻声呻吟边坚持记笔记，呻吟声很小，只有紧挨着他坐的曹太儒才听得到。

会上，学区主任还肯定了覃东荣任七家坪小学校长五年来，七家坪小学在德育、教学质量、少先队、教育管理、教研教改、体卫、夜校等方面所取得的成绩，各项工作在全学区，甚至全县都处于领先地位。学区研究决定，号召全学区教职工向覃东荣同志学习。

会议结束后，覃东荣挎着黄色帆布书包，弓着腰艰难地走出来。曹太儒问覃东荣是不是病了？覃东荣说，家里大米很少，他几天没有吃过饭了，今天来开会，只拿两个煮熟冰冷的红薯边走边吃，引起胃病复发，直吐酸水。

曹太儒说："东荣，你脸色不好，我陪你到医院检查一下买点药，你没钱我这里有。"

覃东荣强装微笑，吃力地说："谢谢！这是老病，不要紧，过几天会慢慢好的。"

覃东荣忍痛弓着腰向北七家坪小学慢慢走去。此时，西北风越来越大，越来越刺骨，穿着单薄的覃东荣身躯颤抖着。

第五章

志同道合结姻缘　痛失爱妻抚婴儿

覃东荣调回七家坪小学后，在努力工作的同时，也开始考虑自己的婚姻大事。他的许多同学、伙伴都已成家立业，有的小孩都快读小学一年级了。

有年冬季，堂姐覃银妹给他做媒，认识了一个名叫向佐梅的农家少女。向佐梅是大庸县中湖公社石家峪大队天子堰生产队人。

天子堰坐落在大庸县中湖公社袁家界的八仙山之西，位于鸡母娘嘴的半山腰。那里有一个天然生成的堰塘，深不见底，此堰以前叫天自堰。

何谓天自堰？传说很久以前，一个风雨交加的深夜，电闪雷鸣，狂风大作，只见天空中出现一道闪电，随即"嚓嚓"一声巨响，地动山摇，房屋倒塌。鸡母娘嘴与小观音山之间的地带突然下沉，形成了一个方圆近百亩的堰塘，当地人惊诧，便把它取名为"天自堰"。

据考证，天子堰这一带其实一直是向氏家族居住的地方。北宋末年，向氏土酋参加钟相、杨幺领导的洞庭湖起义，失败后逃到青崖山（今张家界）水绕四门隐居。

南宋末年，天下战乱不止，向氏土酋的三个儿子向龙、向虎、向彪都已成年。三兄弟在水绕四门揭竿起义，向军被朝廷的军队打败。

所幸的是三兄弟之中的长兄向龙留下一脉，隐居水绕四门。过了若干年，到明朝初期，靖安土司向氏的儿子向大坤又在袁家界揭竿而起。

向大坤自幼习武，悟性极高，而且力大无比，学得一身好武艺，为人重义有计谋。成年后，向大坤听说朱元璋派兵十万攻打覃垕，同为九溪蛮人，便来到七年寨决心与覃垕一起战斗。

几年后，因覃垕的女婿叛变，覃垕被捉，七年寨被官兵攻下，起义军大败。向大坤化装成道士，侥幸逃脱。

明洪武十六年（1383年），向大坤在袁家界开荒屯垦、积蓄粮草，在矿洞峪炼铁打造兵器，在袁家界下坪松子岗修建天国皇城。向大坤正式宣布建立"天国政权"，自称"向王天子"，高举义旗，附近几个县的穷苦百姓纷纷响应，向朱明王朝宣战。

朱元璋听说九溪蛮的向大坤自称"向王天子"，大怒，立即派重兵前去征剿。两军在三关寺、闸口关相遇，起义军人少抵挡不住，明军一路追杀，起义军不得不向青崖山撤退。

起义军到达袁家界后，在天自堰周围的深山密林里埋伏起来。当明军追杀到鸡母娘嘴的半山腰时，天空突暗，电闪雷鸣，狂风大作，飞沙走石，暴雨如瓢，明军惊慌。

头戴斗笠、身披蓑衣、面目漆黑的起义军如天兵天将，一鼓作气，从四周冲下，杀声震天。明军溃不成军，纷纷落入万丈深的天自堰中，无一生还。

从此，朝廷再也不敢派官兵讨伐九溪蛮，这里的人们一直过着世外桃源般的日子，民丰地肥，安居乐业。后来，当地人民为了纪念土家英雄"向王天子"，又把天自堰改名为天子堰。

天子堰一年四季水清塘满。当地人看到堰塘里的水太满，怕水满堰崩，便开始寻找水源，想堵住水源。

后来，有人发现堰东鸡母娘嘴山中有两股水源，源源不断地流入堰中。一股水源有碗口大，从冒水洞流出；另一股水源有鼎罐大，从牛鼻子洞流出。当地人想封住水源大的，留一个水源小的。便用岩石、细沙、石灰将牛鼻子洞封住，把水源阻挡回去。每每失败，水源不仅没有减少，反而还在增加，众人无奈，只好放弃。

后来，一位白眉白发苍苍的老道路过此地，乡民问及此事，请求帮忙。老道手抚胡须，大笑道："嗬，这还不简单，你们不妨用布片堵堵试试，看能否成功？"山民照办，果真奏效。

牛鼻子洞的水源堵住后，堰塘里的水逐年减少，犀牛藏不住了，从堰中飞出，路过大观音山之西双合岩山顶时，留下两个脚印，接着向北飞去，不知去向。犀牛飞走后，堰中的鲤鱼精耐不住寂寞也飞走了，听说飞

第五章 志同道合结姻缘 痛失爱妻抚婴儿

到桑植县竹叶坪乡汩湖村的一个阴沟里隐藏了起来。

堰中央还有一株柳树,传说这株柳树之所以不会被塘水淹死,反而更加生机勃勃,是因为柳树根的下面是莲花穴。每到春夏交季时节,在晴朗的夜晚,堰塘对面大观音山半山腰的山民,都会看到天子堰的上空亮堂堂,像是无数朵莲花竞相开放,甚感奇怪,便纷纷跑到堰边看个究竟。当时,只见万道光芒相互映射,好看极了!

有一富商路过此地,听说后想以巨资买下天子堰,以便自己过世后埋在莲花穴里,会福禄永世、子孙满堂,山民们不允。

在天子堰之北,有一座郁郁苍苍像青龙似的仙山,当地人把它取名为青龙山。青龙山半山腰的牛栏湾,住着几十户向氏家族的人。到向氏延字辈这一代,有一个性格倔强的生产能手名叫向延阁,1921年出生,妻子李桂妹1926年出生,系大庸县西教乡香炉山村李家湾组人。

夫妻俩膝下有三女二男,三女大,二男小。三女:长女向佐梅、次女向佐端、三女向佐满,二男:长子向佐明、次子向佐顺。

向佐梅,1945年农历正月初三出生,故又名珍妹,天资聪颖、知书达理、贤惠厚道、孝敬父母、勤俭治家。

向家世代务农,辛勤耕作,一直过着清贫的生活。向佐梅家境窘迫,几个弟妹需要人照料,向佐梅小学还没读完就含泪回家,帮父亲做农活,照料弟妹。由于人口多,生活条件差,父亲向延阁劳累过度,不幸患上腰背疼痛、慢性支气管炎。

1958年初夏,正是高寒山区农忙季节。一天上午,艳阳高照,太阳格外晒人,大地沉闷。

正在田坎下割草的向佐梅,听到父亲在犁田时咳嗽不止,不觉心疼。她立即爬上田坎,放下背篓,看到咳嗽中的父亲背驼腰弓,越咳越厉害。她随即卷起裤脚,急跨几步便来到父亲的身边。

向佐梅看着气喘吁吁的父亲,央求道:"爹,您头上冒着毒汗,病得这么厉害,您在树荫下歇会儿,女儿替您犁!"说罢,向佐梅从父亲手中接过犁,右手掌犁,左手拿着竹条,学着父亲的样子吆喝着犁起来。

当爹的心疼不已，泪珠滚下，心疼道："女儿呀，你还小，才十三岁，如何拖得动犁，犁得好田？"

向佐梅懂事地说："不会慢慢学，爹，您在树荫下歇会儿吧！"

喘着粗气的父亲坐在一棵大树下，咳嗽减轻了。他左手捶打着腰，右手吃力地给女儿指点。向佐梅年纪虽小，悟性却高，一教便会。

说来也怪，这头黄牯还真听话，依着向佐梅的吆喝声有规律地前行着。从没犁过田的向佐梅犁得有模有样，附近犁田的老农、割草的妇女都来看热闹。两个时辰后，向佐梅犁完了这丘大田。

附近犁田的老农也纷纷给向佐梅指点犁田、耙田的要领，向佐梅一一点头，记在心中，慢慢琢磨。不到半年，她就掌握了犁田、耙田的要领及技巧，成为了本地有名的耕作能手。

湘西的一方山水，养育着一方土家人。

秀水青山出美人，原住山民人的美，不仅仅在外貌，而且是在心灵。天子堰碧青水绿，清澈见底。周边垂柳倒映塘内，形成一幅优美的山水画。

秋夜，是那样宁静、安谧，犹如一幅构图绝妙的油画。在朦胧粉红色的晚霞下，天子堰边，来了一群身材苗条、轮廓优美的妩媚少女。湘西山水，赋予她们美妙的音容。大自然，修炼了她们健美的身段。令人遗憾的是，山区农民供养不起孩子上学深造。尤其是女孩子，能读完小学六年级就不错了。

老祖宗传下来的"耕读为本"史训，到了20世纪60年代中期，就只剩下"耕"作为本了。所以，山区男孩子将出路放在当兵入伍上，女孩子就指望嫁一个有"米本本"的脱产干部了。

当年，覃东荣虽为人民教师，但其身份却为"民办教师"。这个名词与职业，现在的人们似乎快忘却了。而20世纪60年代，这个职业还是颇能吸引人"眼球"的。二十六岁的覃东荣，在当时，能当上民办教师，还算是幸运的，加上年轻有文化，自然赢得了很多山乡少女的青睐。

到了1963年，向佐梅已经出落成一个十八岁的少女了。她身材高挑、肤如凝脂、白皙细嫩、气质佳，她的美既有天仙般的英姿，又有月光般的灵秀。

每当晚霞降临，她从淡红色的光环中走向银灰色的巨石旁，月光从浓郁婆娑的树隙间，流泻到她的身上。她，面山而立，默默凝望着巍巍群山和奔腾变幻的彩云，就像一尊天笔制作的女神雕塑。这样一位美丽能干的土家少女，自然也吸引了众多的仰慕者。

1964年春节过后不久，处于高寒地区的石家峪大队寒气袭人。西北风"啪啪"地拍打在行人的脸上，行人冷得直打哆嗦。天子堰山顶的积雪很厚，压断了许多树枝，一尺多厚的积雪不怕春阳的照射，仍不融化，坚定地俯视着山下所发生的一切。

湘西北这块贫穷落后、精神愚昧的土地虽然解放十五年了，但父母包办婚姻的堡垒却丝毫没有动摇。善良可怜的父辈们总认为，大人过的桥比子女走的路还要长，父母包办的婚姻不会错，一定能让子女幸福！

经媒人介绍，向延阁欲将长女向佐梅嫁给附近大队的一户人家。受婚姻自由思潮影响的向佐梅看不上那家青年，誓死不从。为这向佐梅与性格暴躁的父亲闹僵了，父女之间的隔阂越来越深。向佐梅整日忐忑不安、闷闷不乐，乡亲们再也看不到向佐梅往日的笑容了。

千里姻缘一线牵。

向佐梅的堂舅母覃银妹听说外甥女的遭遇后，认为外甥女的做法是对的，新社会了，父母不应该包办子女的婚姻，很同情向佐梅的处境。为缓和向佐梅与父亲的关系，覃银妹决定接外甥女到自家住上一段时日再说。

覃银妹是覃东荣的叔伯堂姐，家住张家嘴，与覃东荣家只隔一条茹水河，两家隔河相望，相距不到两里。

覃东荣的母亲吴幺妹早就要堂侄女覃银妹帮长子物色一个对象。覃银妹与丈夫李启华经过反复权衡，认为覃东荣与向佐梅都是进步青年，志同道合很般配，便有心撮合他们结成百年之好。

暑假的一天早晨，覃东荣起得很早。红彤彤的太阳从东边朝天观的山顶南侧不远处冉冉升起，映红了东方的那片彩霞。

覃银妹让长女李家秀到河对面把大舅覃东荣叫来。李家秀一路小跑，跑到覃东荣家。一进门，李家秀气喘吁吁，秀眉舒展，等呼吸平缓后，对覃东荣莞尔一笑，说："大舅，大舅！我是跑来的，我妈要你穿好点，赶快到我家去，我妈找你有事，看起来很急！"覃东荣母亲吴幺妹看到满头大汗、衬衫湿透的李家秀，不无心痛，赶紧找出一条干净的毛巾让她擦擦汗。此时，覃东荣马上意识到，银姐这么急要他过去肯定是看对象，不知是哪家的姑娘，想着想着不觉脸红起来。他马上打开那口木箱子，取出平时舍不得穿的那套黄色衣服。

覃东荣穿上这套黄色衣服，拿出一个破旧的小镜子照了照，随即将小镜子放入口袋。吴幺妹踮起脚帮儿子理了理头发及衣服，催儿子快走。

两舅甥一路小跑，不一会儿到了茹水河。河宽百米有余，无论怎样天干大旱，该河从不断流，是澧水在张家界市永定区境域内最大最长的支流。此时水深不过膝盖，两舅甥卷着裤脚，穿着凉鞋快步趟过，再小跑一段平地后，就到了张家嘴。

覃东荣让外甥女先回家报个信，他再去。覃东荣在进银姐家之前，蹲在一条宽大的水渠边用水整了整头发，再拿出那块破镜子照了照，整理了一番又一番，自己感觉满意后，才走向银姐家。

堂姐夫李启华早在大门口等着，李启华看到覃东荣来后，立即把他引向堂屋。覃东荣走进银姐家堂屋，望里一瞧，只见里面坐着一位剪着学生头、瓜子脸、皮肤白皙、端庄清秀的少女，正在和银姐说着话。覃东荣心想，这女子就是我今天要看的对象，长得蛮漂亮的。

此时，李启华提来一把椅子，让覃东荣在向佐梅的对面坐下。李家秀用茶盘给两人端来一杯热茶，出了门。覃东荣鼓起嘴巴吹了吹茶杯，在抿茶的同时，悄悄瞧了向佐梅一眼。可是，让覃东荣没想到的是，正在此时，向佐梅也看了他一眼。两人的目光就这样无意中对视了一下，向佐梅害羞地低下了头，覃东荣脸红了，也不好意思地移走了目光。

一会儿，李启华将内弟覃东荣叫到屋外，覃银妹趁机问向佐梅满意不满意？向佐梅不好意思地点点头。李启华从内弟那满脸的笑容中就知道，覃东荣很满意。覃银妹走出堂屋与丈夫嘀咕一阵后，要覃东荣进屋与向佐梅好好谈一谈。

覃银妹留覃东荣吃了早饭，饭后，覃东荣回了家。当天下午，向佐梅随堂舅妈覃银妹一起回到久别的家。

第二天清早，覃东荣带着礼物，来到堂姐夫李启华家，请求堂姐夫到向佐梅家说媒去。

当天下午，李启华提着礼物来到堂姐夫向延阁家。此时，堂姐夫向延阁怒气未消，在媒人覃银妹夫妇及妻子李桂妹的再三劝说下，答应先到覃东荣家看看再说。

这一年，覃东荣的二弟、三弟正在读初中，四弟正在读小学，家境一贫如洗，饭都吃不饱，更不用说有谈婚论嫁的钱财了。

覃东荣大伯家的堂兄堂姐早已从永顺师范学校毕业，成了国家教师，家境相对宽裕些。

大伯娘杨小妹时常想起丈夫覃遵燧为了人民的解放，让穷苦百姓有饭吃有衣穿，二十七岁就壮烈牺牲了，是二弟与三弟含辛茹苦帮公公把自己的两个幼儿抚养成人。现在三弟家过得相当艰难，大侄儿覃东荣到了谈婚论嫁的年龄了，很快要扯家了，就与二弟媳吴大妹商量，尽自己最大的努力帮三弟家一把，让三弟家把大儿媳娶进门。

扯家的日子定于1964年农历九月十三日，星期天。

这天，蔚蓝的天空比任何时候都蓝，深秋的阳光照得人暖洋洋的，舒服极了。为了让这次扯家给女方留个好印象，覃银妹要让覃东荣家提早有个准备，免得到时措手不及。

覃银妹把长女李家秀叫到跟前，再三叮嘱："家秀，明天是你堂大舅扯家的日子，但妈很不放心，因你堂大舅家太穷了。我今天下午就去石家峪你梅表姐家，妈给你布置个任务，明天早上你吃了早饭，站在古城坪中间的郭坟包上，你看到我们来了，赶紧跑到你堂大舅家报个信，好让他家好好准备一下。记住妈妈的衣服，明天妈妈就穿这套青色衣服，千万要记住，不然你堂大舅的婚事就吹了！"

李家秀淘气地说："好，妈妈，您放心，保证完成任务，这件事包在我身上！"

第二天，李家秀与父亲李启华早早地吃了早饭，过了茹水河，两父女在河对岸古城坪路段分路了。父亲李启华往西到覃东荣家去，李家秀往北到古城坪郭坟包望风去。

古城坪中间的郭坟包高五米、方圆二十余米，地势较高，宏伟壮观。站在上面，向东可看见罗家岗，向西可望及覃东荣堂大舅家。

李家秀在郭坟包上坐了一会儿，心里想：不能再坐了，万一妈妈和梅姐提前来了咋办？我是对妈妈打了包票了的。她随即站起来，目不转睛地望着东边，许久不见母亲、表姐她们来。她想坐下休息，又怕误事，这样对不住堂大舅。她索性踮着脚向东北方向望去，还是看不见母亲与表姐她们的踪影。

李家秀有点儿不耐烦了，跺了跺脚，还是不敢坐下来休息。功夫不负有心人，两个小时后，只见河对岸走过来一男三女。哎哟！前面那个穿着一套青色衣服的很像母亲，中间那个穿着蓝色上衣、青色裤子，剪着学生头的不正是梅表姐吗？母亲与梅表姐穿的衣服她记得很清楚。李家秀揉了揉眼睛，仔细一瞧，是，真是，果真是妈妈和梅表姐她们！

顿时，李家秀高兴得手舞足蹈起来，马上跑下郭坟包，向西狂奔，边跑边喊："来了，梅表姐来了，梅表姐来了！"路上行人看到一个十二三岁的女孩边喊边跑，认为她癫了。李家秀却不管这些，只顾往覃东荣堂大舅家跑。

听说女方扯家的人快来了，覃东荣家顿时沸腾起来。人们有的扫地，有的抹桌子，有的抹椅子，有的挑水，有的烧茶……真是忙而不乱！

杨小妹拿着一套自己平时舍不得穿的青色新衣服，一跑进覃东荣家，就说："幺妹，快，快换上这套衣服，你身上那套补丁衣服怎见你亲家！大妹，快帮幺妹换上。服周三弟，快带上几个侄儿跟我来，把我家的米、腊肉、鸡蛋、红糖拿来！"

时间一点一点过去，一会儿，不知怎么回事，众人突然哈哈大笑起来。覃东荣循着众人的目光看去，原来笑的是自己的母亲。母亲显得很不自然，身上的这套青色的新衣服太小了，把身体箍得紧紧的。因母亲的身材要比大伯娘高大得多，难怪母亲穿上大伯娘的这套新衣服显得这么窘迫尴尬！

在众人的大笑中，女方来扯家的向佐梅及其父母三人，在媒人覃银妹夫妇的陪同下已来到岩槽大门外。覃银妹来到覃东荣家，让覃东荣把女方三人接进来。

男女双方落座后，媒人覃银妹把男女双方一一做了介绍。覃东荣按照当地风俗给女方三人及媒人夫妇敬献了蛋茶。

茶毕，向佐梅的父母站起来，在屋里看了看。向父向延阁打开米坛一看，米是满的，然后女方三人同媒人覃银妹夫妇走出门外，在房屋周围看了看。

向延阁说："这大坪大坝，好是好，就是房屋太窄，四兄弟只有两间房怎么住？"

"没有房子，只要人不懒，勤劳肯干，可以修嘛！"向母李桂妹说。

九月间还有腊肉吃，这在当时还是相当不错的。这次扯家，女方总的来说印象不错，挺满意。顾全大局的覃东荣大伯娘，在侄儿这次扯家中无偿贡献了一坛子米、一块腊肉、三十多个鸡蛋、一包红糖，为覃东荣家赢回了脸面。

从此，杨小妹、吴大妹、吴幺妹三妯娌患难与共，精诚团结，在当地传为佳话。

覃东荣与向佐梅恋爱，没有浪漫的罗曼史，他俩的恋爱，在互相帮助下萌芽，在比学赶帮中迸出爱的火花。覃东荣家里穷，向佐梅就经常到覃东荣家帮忙；向佐梅学习基础不好，覃东荣便主动抽出时间，帮助向佐梅补习文化知识。两颗年轻的心越靠越近，终于碰撞出爱情的火花。

四十三天后的农历十月二十六日，又是一个星期天。

那天，万里无云，冬阳暖暖。迎亲队伍从凌晨五点打着火把出发，一直走到正午，来回六十多里，将新娘从石家峪天子堰迎娶到覃东荣家。

这天，新郎覃东荣穿的还是那套平时舍不得穿的黄色衣服，新娘向佐梅穿的仍然是那套蓝色的上衣、青色的裤子。乡亲们为覃东荣和向佐梅举行了简短而隆重的婚礼。

司仪吴文圭要新郎新娘拜堂，覃东荣说："新社会了，还拜什么堂！"说完，走在新娘后面径直进入洞房。

这次婚礼，覃东荣办了十二桌，总共用了六斤肉！乡亲们虽没吃着喜糖，但乡亲们的心里是甜的；乡亲们吃的虽然是萝卜饭，没有油水的菜，但乡亲们认为这餐是世上最美的佳肴！

深夜，乡亲们不想耽误覃东荣老师的睡眠，因他明天还要给他们的孩子上课，都纷纷回家了。

向佐梅嫁到覃家后，看到丈夫覃东荣与二弟覃正柏都在教书，三弟覃正贤、四弟覃正毛正在读书。家中农活只有公公覃服周一个人忙，实在忙不过来。公公年纪大了，又身患前列腺炎，干重活吃不消，向佐梅让公公干点轻松活，自己犁田、耙田。

天刚出现鱼肚白，向佐梅已做好早饭。饭后，婆婆洗碗打扫卫生，公公去山上割牛草，丈夫去本大队小学教书，三弟、四弟去上学。向佐梅打着赤脚，卷起裤脚，白皙的小腿，精致稚嫩的脸庞，牵着一头大水牯，搬着沉甸甸的犁铧，一下田她右手托着犁，左手拿着竹条，口中吆喝着："上移！上移……"大水牯拉着犁铧匀速地前行，扎在深田里的犁铧如同蟒蛇过路一样在水田里飘移，泥土从犁铧两边纷纷翻去。掌犁把的向佐梅脸上浮现出自信的微笑，这头水牯还真听话，依着吆喝声有节奏地向前走着。

路过的乡亲，看到向佐梅犁田、耙田有门有路，纷纷夸奖说："覃家真有福气，娶到这样一个好儿媳，不仅绣得一手好针线，还会犁田，干得起男人的活！"

婆婆吴幺妹身体差，长年吃药，沾不得冷水。向佐梅忙完农活，主动清洗一家人的衣服，挑粪去菜园种菜，挑着农家肥上望军岩半山腰挖地、种农作物。覃东荣一家人都很感激她。

第二年春季的一个星期天下午，覃东荣不幸患上重病，疼得满地滚，脸上豆大的汗珠往下滴。向佐梅紧急叫两个邻居将丈夫抬到教字垭镇西医院进行抢救，得住院一个星期。

向佐梅跑到学区给丈夫请假，学区主任派不出教师代课。这两年学区主任也听说过覃东荣时常辅导妻子向佐梅学习初中课程，就要她代几天丈夫的课。向佐梅想推辞，怕上不好，但想到丈夫教课不能耽误，从来没有上过讲台的向佐梅硬着头皮走进教室给学生们上课。

这几年，向佐梅勤奋好学，自学初中语文、数学等课程，覃东荣倾囊相授，耐心辅导，原只有小学六年级文化水平的向佐梅，实际达到了初中水平。

放学后，向佐梅像丈夫那样将学生的各科作业、自己的备课本装进大布包袱里背回家。向佐梅批改完作业，备好第二天的课，又来到医院照顾丈夫。她凌晨五点赶回家吃早饭，又背着装有学生的作业、自己备课本的大布包袱来到学校给学生上课。

说来也怪，学生都很喜欢听她上课。放学后，学生李家友对母亲说："妈妈，我们班今天来了一个新老师，姓向，讲课好懂，声音好听，我们都很喜欢她！"山区女孩自幼聪慧，心灵手巧，连上讲台教书，也一学便会。这样的事，在讲文凭、凭职称工作的今天是很难想象的。

覃东荣在向佐梅的照顾下，很快恢复了健康，重上讲台。向佐梅内外操持，使覃家变了样。男耕女织，日子虽不富裕，但也十分温馨、和谐。

夫妻恩爱，相敬如宾。两年后，1966年农历六月十八日，晴空万里，炙热的太阳暴晒着大地，太阳好像快要落下来似的，酷热难当，一会儿，又雷声阵阵。

就在这一天，一个胖乎乎的男婴诞生了。当地人说，天子堰和武陵之魂天门山一样也有发怒的时候。据山民祖辈传说，凡是大灾之年，或者有人得罪了天庭，天子堰、天门山就翻洪水，大晴天会突然电闪雷鸣。

"天有不测风云，人有旦夕祸福"，老天专门捉弄那些苦命人！

果然，就在这个男婴出世第六天，覃氏家族的族长及族中有学问的长者纷纷聚集在覃东荣家，正在给婴儿起名，筹备送祝礼事宜时，灾难突然降临到勤劳朴实的覃东荣妻子向佐梅身上。

这天中午，正在月子中的向佐梅突发高烧不退。中伏天，午时的烈日炽热难耐，猛烈地肆虐着大地，乡亲们冒着酷暑急忙把向佐梅抬到教字垭镇中医院抢救。

哪知当时的医疗条件是那样简陋！医生的专业技术是那样低劣！接诊的那位医生说要迅速降温，必须用冷水擦抹身子。覃东荣照办，谁知擦抹不到半个小时，向佐梅体温急剧上升，口吐白沫，心脏停止了跳动，肚子胀得鼓鼓的，竟然告别了出世仅仅六天的骨肉！

这一噩耗犹如晴天霹雳，但斯文理智的覃东荣没有为难那位医生，只是暗恨自己平时没有照顾好爱妻，心存愧疚。

此时，晴朗的天空突然变脸，电闪雷鸣，下起了暴雨。

婴儿断奶后大哭，同为母亲，附近有奶水的妇女们十分溺爱这个命苦的婴儿，纷纷来到覃东荣家，争相喂养婴儿。全然不知的婴儿，睁着眼使劲地吮吸着各种味道的奶水。

那时人民的生活都相当艰苦，一贫如洗的覃东荣家，又如何拿得出钱买棺材？

正当覃东荣一家人欲哭无泪、焦急万分时，同一生产队的好心人李尚志看在眼里、急在心上，来到覃东荣家。李尚志对覃东荣及其父亲覃服周说："东荣弟，服周叔，不要着急，我岳母有具好棺材，现在派人跟我去，我一定想办法把棺材借来！"

覃服周与次子覃正柏带领十几个乡亲，跟着李尚志赶到军家垭他岳父家。李尚志说明来意，李尚志的岳父怕覃东荣家还不起，犹豫不决。

李尚志激动地说："爹，人都有困难的时候，现在需要这具棺材。死者的丈夫是我们大队的老师覃东荣，也是您外孙的老师。他家是世代书香之家，人缘、人品好，几代都是讲诚信的朴实人！"

李尚志见岳父还是犹豫不决，着急道："爹，您要是还担心！今天我女婿李尚志当着众人的面，给您做个承诺，对天发誓：若明年农历八月十五中秋节前，他家没有给您还具好棺材，我女婿给您赔付八百块钱，您看可以不？"

第五章 志同道合结姻缘 痛失爱妻抚婴儿

开通明理、心地善良的李尚志岳父母终于点头同意了。就这样，由李尚志做担保，连夜带人将他岳母的棺材借来，乡亲们与七家坪小学的师生含泪将向佐梅安葬了。

人是懂得感恩的。在关键危难时刻，李尚志帮了覃东荣一家，覃东荣一大家几代人都铭记李尚志的恩情！覃东荣家也很讲信用，第二年农历五月初五端午节前，就将一具上等棺材还给李尚志的岳母，岳父母一家人看后都很满意。

面对出世只有六天就失去亲生母亲的婴儿，覃东荣悲痛欲绝，在屋南那株千年桂花树下铺上凉席大哭了七天七夜，茶水不进，几次昏死过去。老支书及众乡亲都劝不好他。

李大娘是看着覃东荣长大的，她一直陪在覃东荣身边，看他几天没吃一点东西，伤心过度，心里很着急，怕他一时精神失常想不通，一头撞死，与爱妻同赴阴曹地府。

夫妻恩爱有加，现在这种情况谁劝都没用？李大娘想到了一个办法：叫人悄悄把婴儿抱来，放在覃东荣旁边，用婴儿的哭声唤醒他、刺激他。

悲痛欲绝的覃东荣看到旁边饿得"哇哇"直哭的可怜婴儿，他的心软了，下不了决心，他抱起婴儿，抚摸着婴儿稚嫩的脸庞，啜嚅着："我不能死，我不能死，我死了婴儿怎么办？"

乡亲们看到此情景，不由纷纷落泪。众人纷纷劝他："覃校长，人死不能复生，节哀顺变吧！好好地把你们的骨肉抚养成人，这样才对得起你那命苦的贤妻！"于是，覃东荣接受大家的劝说，打消了轻生的念头。

婴儿的外婆李桂妹得知长女向佐梅过世的噩耗后，昏死过去，痛不欲生。她听说外孙骨瘦如柴，立即叫人把外孙抱来喂养。当时外婆的次子向佐顺也只有半岁。向家也很贫穷，饭都吃不饱，营养跟不上，一个幼儿都吃不饱，怎能同时喂饱两个幼儿呢？

覃东荣听说后，为不影响教学，只好托人把婴儿接回家。为了把婴儿抚养大，覃东荣东借西凑每月筹二十元请奶妈，自己却吃不上，穿不好。婴儿慢慢长胖了，覃东荣却渐渐消瘦了……

外婆李桂妹因思念苦命的长女和可怜的外孙心切，忧郁成疾，在长女去世不到一年三个月，含泪告别了人间。前后不到一年三个月，相继失去两个亲人，对覃东荣的打击太大了。为纪念婴儿的母亲向佐梅及外婆李桂妹，覃氏族人给这个婴儿取名为覃梅元。

对于一个贫困农民家庭，每月拿二十元钱请奶妈谈何容易！覃梅元半岁时，覃东荣不得不把他从奶妈家接回。由于突然断奶，覃梅元在竹窝里饿得啼哭不止，奶奶吴幺妹心疼不已，不禁老泪纵横。

奶奶边摇着竹窝边唱着童谣哄幼孙睡觉：

推粑粑，接嘎嘎，嘎嘎不吃娃娃的酸粑粑；推豆腐，接舅舅，舅舅不吃娃娃的酸豆腐；推合渣，接姨妈，姨妈不吃娃娃的酸合渣……

幼孙听着亲切的歌声，随着竹窝左右摇摆的节奏，两只眼睛鼓鼓地盯着奶奶。奶奶一看就知道幼孙没吃饱，要爷爷擂米糊。

爷爷用菜刀把子擂了十几分钟才擂好米糊。奶奶喂幼孙吃，幼孙吃完一小碗米糊后睡着了。

当时没有像现在这样有营养丰富的奶粉、米糊，只能靠人工磨出来的粗米糊喂养度日。奶奶一日三餐给长孙擂米糊糊吃，不知磨了多少餐，磨了多少米，熬了多少个夜晚，就连擂米糊用的菜刀把子都磨得只剩下半截了！

覃梅元一岁时，能吃饭了。当时家里太穷，全家七口人，可以说一年没有吃上几餐像样的大米饭。每餐锅中放半锅水，水烧开后，倒下半升米，等米煮开花熟了，奶奶为让这个没娘的孙儿吃得好一些，用锅铲在本来米饭就不多的半锅沸水中舀出一小平碗开花米，倒在一块洗净的白布中间包好，用线缠紧留活套，放在锅里煮熟。一会儿，等开花米煮熟了，奶奶用锅铲把包着的白布袋取出，解开线活套，打开白布，把里面的饭倒入一个小碗中。奶奶而后在很少能见米饭的半锅沸水中放入洗干净的杂粮和野菜，再用锅铲搅拌均匀，放些盐，这就是大人们的伙食。

开餐时，覃梅元面前摆的是一小平碗白米饭，而爷爷、奶奶、父亲、二叔、三叔、四叔吃的都是稀得能照出人影的杂粮和野菜汤！四叔看到侄儿的这碗白米饭，馋得直流口水。

娘去世后，哪有孩子不缠自己的亲爹？哪有自己的亲爹不想多抱几次自己的骨肉？可是覃东荣以工作为重，婴儿半岁后就一直由奶奶吴幺妹喂养着，他把全部精力又都投放到教学工作中去了。

每天清早，覃东荣要去学校上课，孩子追赶着大哭，吵着要爹爹抱，覃东荣只好忍心含泪离去。当时覃东荣身穿蓝色的对胸布纽扣衬衫，幼儿吵着要奶奶抱到岩槽门外找爹爹。只要一看到有人穿蓝色的衣服路过，幼儿以为是爹爹就追赶着大哭。

"我要爹爹，我要爹爹抱。"

奶奶实在拗不过，哭泣着说："孩子，他不是你爹爹，不是你爹爹，你爹正在学校上课呢！"

孩子就是不听，哭得更厉害，祖孙俩哭成一团，奶奶吴幺妹只好坐在岩槽门外，向北望着七家坪小学，盼望儿子早点归来。

孩子哭着哭着没力气了，哭声小了，边哭边打着饱嗝。奶奶边拍幼孙边轻唱童谣：

虫虫飞，虫虫飞，一飞飞到嘎屋里。嘎嘎不赶狗，咬到虫虫手；嘎嘎不打蛋，虫虫不吃饭；嘎嘎不杀鸡，虫虫要回去……

孩子听着歌声渐渐睡着了，奶奶也拍累了。奶奶看着熟睡中的幼孙，幸福地笑了，笑得是那样的灿烂，笑得连眼角那一道道皱纹都几乎看不见了。

1968年，二弟覃正柏要结婚，暂住四叔覃遵众那间木板房，三弟覃正贤、四弟覃正毛只好在四叔木板房东边修两间土砖厢房。

覃正贤生得敦敦实实，力气大，先在一公里外的茹水河选好红砂岩，用锤子把红砂岩整理成用于砌砖柱的方体岩，再挑回来。挑的红色方体岩，一头一个，足有两百斤，一块桑树扁担两头压得弯弯的，随着他的步伐一上一下地波动，挑起来感觉轻松些。他还经常从茹水河背回大石条下基脚、砌走廊。背的石条有两三百斤，要两个壮汉给他上。

覃梅元这个没娘的幼儿，在奶奶的精心喂养，爷爷和三个叔叔亲切关怀下，三岁时已比同年的孩子高半个头，白白胖胖、壮壮实实的。

大人们为寻开心，常拿着糖果站在小孩子们中间看孩子们摔跤，谁摔跤厉害谁就拿糖。十多个孩子跃跃欲试比试起来，比试完，同龄的孩子都不是覃梅元的对手，即使比他大一两岁的孩子都甘拜下风。

覃梅元拿到糖果很开心，跑回家告诉奶奶、爷爷和叔叔们，一家人哈哈大笑。爷爷教幼孙摔跤技巧，并告诉幼孙摔跤时怎样注意安全，怎样才不伤到别人，覃梅元一一默记在心中。

1970年，覃东荣被评为"大庸县先进教育工作者"。

1971年1月，大庸县教育组看到覃东荣工作认真、为人正直、绩效突出，正式录用他为国家公办教师。同年三月，组织上将他调到兴隆公社宋柳小学任校长。

翌年七月，经叔伯幺妈石家勋老师介绍，覃东荣认识了比他小十三岁的农家姑娘伍友妹。伍友妹父母都是农民，母亲有病，上有一哥哥、一个姐姐，家庭也比较贫困。伍友妹身高虽只有一米五，心地却很善良，富有同情心。

覃东荣认识她后，两人相互了解了一段时间，彼此都感到比较满意。

1972年农历八月初的一天，正值暑假，七家坪生产队覃东荣家异常热闹。全生产队社员为覃东荣和伍友妹举行了简朴而隆重的婚礼。这天，新郎覃东荣穿的还是那套黄色衣服，新娘伍友妹穿着一套崭新的大红花衣，显得年轻、漂亮。

刚收完早稻，插完晚稻秧，沉浸在丰收喜悦里的七家坪生产队的大人、小孩祝福新郎新娘新婚幸福！在三弟、四弟土砖屋前大石条走廊上，大人们有的下打三棋、有的打扑克、有的下象棋，孩子们有的跳绳、有的躲迷藏、有的追逐玩耍……

晚上，一轮半月镶嵌在天空，淡淡的月光照在塔中桃树和众人的脸上。新郎新娘给众人筛红糖水。李大娘要大家安静坐好吃喜糖，众人有序坐好，满脸笑容的吴幺妹、杨小妹、吴大妹将炒好的黄豆当作喜糖一一发给大家。大家"咯嘣咯嘣"津津有味地吃着，发出清脆的响声。

桃树下，六岁的覃梅元与伙伴们们朗诵着一首童谣：

缺牙齿，扒猪屎，扒一担，做年饭；扒一斗，做年酒；扒一斤，自己蒸……

覃东荣和伍友妹在众亲友的祝福声中，结成了夫妻。婚后，伍友妹积极支持丈夫的工作，把所有的家务活、农活全包了。

第六章

有饭同享济同事 危难之中救学生

1972年8月,兴隆公社学区决定派一名工作经验丰富、管理有方的教师到本公社最偏僻、条件最艰苦的甘溪峪小学任校长。

在全公社学区教职员工政治学习讨论中,宋柳小学校长覃东荣毛遂自荐,自愿去边远艰苦的甘溪峪小学工作。覃东荣晚上回家征求妻子伍友妹的意见,伍友妹也很支持他,于是组织上答允了他的请求。

甘溪峪小学坐落在大庸县西北部兴隆公社东部朝天观山下的峡谷中。有谚语曰:"大庸有个朝天观,山尖伸到天里面。"可见朝天观的高险。

朝天观山顶呈阶梯形,地势不平坦,却很开阔,方圆数百亩。朝天观最高海拔一千二百四十八米,东、南、北三面连山,西面是五百多米的悬崖峭壁。

站在山顶,俯视山下,有一览众山小的感觉。极目远望,向北可看到武陵源城区;向南可眺望到张家界城区;向东看,武陵源核心景区的黄石寨、夫妻岩、三姊妹、袁家界等景点尽收眼底;向南看,云朝山、猪石头等清晰可见;向西可望及望军岩、狮子垴、甑子岩、八大公山等,一块狭长的冲积小平原镶嵌在群山环抱之间,一条弯弯曲曲的河流向南流去,密密麻麻的土家山寨屋瓦鳞鳞、炊烟袅袅,一堆堆、一簇簇,犹如春蚕杂乱地贴在桑叶上,夕阳西下,晚霞映照在山岗上,格外美丽。

朝天观山顶有一座寺庙,面积约三千平方米,始建于汉明帝时期。到明清时,香火鼎盛,方圆数百公里以内及附近三县交界地的乡民,常常前来烧香拜佛,祈求家庭平安、国家风调雨顺、百姓安居乐业。但到后来,处在深闺中的朝天观寺庙还是逃不脱劫难,遭到严重破坏。

如今,寺庙的大体轮廓依稀可见,由三块大石条组成的寺庙大门、近十块功德碑挺立在山顶,四周用大石条砌成的墙脚残垣盘亘在山峰上。

从石门由南向北走进去，左转几道拐，右转几道拐，站在庙宇的正中，会见到一间由附近热心香客搭建的茅草屋。仔细看，搭建的茅草屋有些年代了，有些毛草是新加的，毛草上铺有一层细土，防止风吹日晒雨淋。

解救人间疾苦的观音菩萨坐北朝南，慈祥地立在那里。茅草屋内，香、纸、蜡应有尽有，墙角有一长方体玻璃盒，盒子上面有个投香纸钱的长方形口子，盒子外用红布包好。烧香纸拜佛祈祷后，香客可自留香纸钱，投多投少香客随意。

朝天观一年四季的气温适宜蜜蜂生长。朝天观山顶南下两百米处，一条宽阔的石条游道下，成千上万只蜜蜂，大的、小的、公的、母的嗡嗡地来回穿梭，像是迎接远方来的客人。

你在游道上行走，若有蜜蜂飞到你头上、肩上、手上、腿上，那是欢迎你、亲近你，你千万不要拍打它、惹怒它，否则它会发怒蜇你惩罚你的。蜜蜂繁殖旺盛，采蜜的蜂桶几十个。蜂糖绝对正宗，游客来朝天观游览观光、膜拜观音菩萨后，都会多买几斤带回家，孝敬父母、送亲朋好友。

当地政府想弘扬宗教民族文化，带动当地经济发展，有开发商欲投资九个多亿在这一带修建"张家界朝天山文化生态博览园"，把寺庙照原样建造起来，修建一条从七家坪村古城坪直通朝天观山顶的观光索道。

朝天观下，山青岩陡，宏伟壮观。

树木葱郁的半山腰有几处岩壁，岩壁缝隙中有一股碗口大小的泉水直泻而下，流经朝天观山脚时汇成清澈见底的小溪。此溪无论怎样天旱，从不断流，水质甘甜，遂取名甘溪。甘溪流经由两个山包组成的峪，故当地人把此地取名为"甘溪峪"。

覃东荣第一次来到甘溪峪小学，看到校舍破烂不堪。窗户是通的，用岩石砌成的墙面高低不平，四周还有很多破洞，有些教室的屋脚虚了，墙有些倾斜。站在教室里不经意往上看，能看到许多亮点，稀稀疏疏的瓦片让人心寒！用"外面大落，屋里小落，外面不落，屋里还在落"来形容这所学校，最恰当不过了。

覃东荣看后心里很难过，极不好受。为了学生的安全，覃东荣立志改变这一状况，尽自己最大的努力，为师生建一所舒适安全的教学楼。

九月一日，又是一个大晴天，蔚蓝的天空，秋阳高高地挂起。在开学典礼上，覃东荣意味深长地说："老师们、同学们，校舍破了，我们不怕。只要我们自己的心没有破裂，就自力更生，发扬愚公移山、艰苦奋斗的精神。愚公一家人能把一座山挑平，我们却有两百多名师生，难道就比不上一个愚公一家人吗？我就不相信。要修教室，要沙要石头，我们的甘溪河里有的是。我相信，只要我们大家齐心协力，上级领导会关心我们的，我们会有新教学楼的！"师生热烈鼓掌，掌声经久不息。

随后，覃东荣打报告，四处寻求资金。他带领崔业英、向绪华、赵如秋、吴国祥、杨贤周、赵兴佳等教师，利用中午、放学后和有月光的夜晚，在溪里挑沙运岩。

一个烈日当空的中午，处在深山中的甘溪峪小学也异常炎热，大地像火烤似的，外面没有一丝微风，坐在屋里不动都出汗。六名教师在覃东荣的带领下，挑着撮箕顶着烈日去河里挑沙运岩。

瘦弱颀长的覃东荣挑着一担沙上坡时，右脚不幸被石头一绊，跌倒在地，沙撒落一半，扭伤了腰。但他还是坚持吃力地站起来，忍着剧痛挑着，仍一步一步地往前走着。

这一幕恰好被一个高大的六年级男生看见了，他很感动，立即跑到覃东荣身边，深情地说："覃校长，我刚才看到您跌倒受伤了，不能再挑了，您歇会儿，我来帮您挑！"覃东荣不让，该男生左脚往左跨上一步，右脚紧跟跨来，双手往上一用劲就接过了覃东荣的扁担，健步如飞往前走。

覃东荣弓着腰站稳脚跟后，说："孩子，小心，慢些走！"

附近乡亲看到七名教师利用休息时间挑沙运岩，内心都很感动。乡亲们想：人心都是肉长的，教师们这样做，还不是为了让他们的孩子安全地在新教室上课，我们做家长的，不能袖手旁观！我们虽没有钱，但是可以出力呀！在大队长的带领下，乡亲们纷纷加入到挑沙运岩的队伍中。

第二天，学校和小溪之间的小路上，人山人海，尽是挑沙运岩的社员，来来去去，忙而有序！

这些举动感动了上级领导。在兴隆公社、甘溪峪大队以及各级教育主管部门的大力支持下，几个月后，一栋两层八间砖石结构的教学楼终于竣工。师生们可以在宽敞明亮的教室里安全上课了，孩子们手舞足蹈，家长们兴高采烈，教师们微笑着，覃东荣放心了。

覃东荣在担任校长的三十一年间，有一句名言，叫作"善政不如善教"。他不仅关爱学生，更关心他的同事，"有福同享，有苦共当"是覃东荣多年埋在心里的一句话。

早在困难时期，覃东荣就具备了关爱他人胜过自己的秉性。

该校民办教师赵如秋，每月只有五元津贴。他家人口多，父母年老体弱，疾病缠身，三个弟妹又小，生活过得很艰难，于是他只好每天带红薯到学校当正餐。

一天中午，开学后几天，秋阳高照。下课后，穿着对胸蓝衬衣的覃东荣从食堂打来四两饭，端着饭路过青年教师赵如秋房间，看到赵如秋的房门关着。覃东荣颇感惊奇，心想：现在是吃午饭时间，一个大男人大白天怎么关着房门？覃东荣用力推了一下门，推不开，里面闩了门闩。覃东荣轻轻敲门，门开了，覃东荣走进去，发现书桌上有一包煮熟的红薯，还有没吃完的半个红薯。赵如秋坐在椅子上，眼睛看向墙角，不看覃东荣。

覃东荣心想，难怪赵如秋老师不去食堂打饭，原来在自己房间吃红薯当正餐。看到这一幕，覃东荣眼眶湿润，心里不好受。

覃东荣问："小赵，你中午怎么不去食堂打饭，就这样吃红薯当正餐？"

赵如秋把没吃完的半个红薯放在布袋里，低着头不说话。

覃东荣又问："开学几天了，也怪我这个当校长的平时没注意，今天才知道，你给我说说你家里现在的情况。"

赵如秋还是沉默不语。

覃东荣急了："你恐怕很久没吃过米饭了，现房间只有我们两个人，没有别人，你给我说实话，是不是家里没大米了？"

赵如秋嘴唇动了动，嗫嚅道："嗯。家里大米很少，煮的饭让弟妹吃，我和父母吃红薯。"

覃东荣道:"喔,小赵,天天吃红薯怎么行?从现在起,你吃我的饭,我吃你的红薯。"

赵如秋眼眶湿润,说:"覃校长,那怎么行?你家也困难,你一个月也只有二十八斤大米,一家五口人全靠你那点微薄的工资,负担也很重,我不能吃你的饭。"

覃东荣深情地说:"一个人一日三餐吃红薯哪行?这样身体会垮下去的!"

赵如秋哽咽道:"你自己也经常吃不饱饭,我还年轻,挺得住!"

这时,覃东荣眼眶湿润了,说:"小赵,来,我们两人分吃这四两饭,吃不饱,再吃你的红薯,咱们互补,好不好?"

覃东荣取出赵如秋的碗,边说边把碗中的大部分饭和菜拨入他的碗中。此时赵如秋泪如雨下,感动得说不出话来。

覃东荣心疼地说:"小赵,别哭,男子汉大丈夫,有泪不轻弹,吃吧,不要想那么多!我的饭就是你的饭,只要我覃东荣有一口饭吃,就决不让你一个人吃红薯。困难是暂时的,我们共同渡过这个难关。我相信,日子会一天天好起来的!"

覃东荣递筷子给赵如秋,赵如秋抹了下眼泪吃起来,覃东荣也擦了擦眼角,两人会心地笑了。饭吃完后,两人分吃赵如秋的煮红薯。

就这样,覃东荣两年如一日,在吃不饱饭的情况下,每天两餐都会把自己的四两饭分一半给赵如秋,使他度过了困难时期,安心地教学。赵如秋老师不辜负覃东荣的期望,教学水平不断提高,成了甘溪峪小学的一名教学能手。

覃东荣从小就在茹水河边长大,没少和河水打交道,练就了一身游泳的本领,常常派上用场。自参加教育工作以来,他在老家七家坪小学和兴隆公社甘溪峪小学教书期间,就曾舍生忘死,两次救过溺水的学生。

第一次救学生是在望军岩山下的扒龙潭里。扒龙潭位于七家坪、竹园坪、张家嘴三个大队、联组的交界处,是茹水河中最大、最深的潭。说它大呢,百多人同时在潭中洗澡、游泳都显得很宽敞,不拥挤;说它深呢,潭水深不见底,没几个人能一口气钻到潭底抓把沙子上来;说它冷呢,即使三伏天，无论太阳怎么暴晒，外面怎样炎热难当，潭底的水却依旧冰冷刺骨，人钻到潭中过半时还是抵御不住冰冷阴凉的寒气，不得不返回水面。

遇到天大旱，三地各组织抽水机，从此潭中抽水灌溉各自的农田。东、西、北三方八九台大型抽水机无论抽多久，潭中的水也只下降二三米，一对极似棺材的石盖子出现后，水面就不会再降了。有人不信，在岸边用石灰做了记号，再加了几台大型抽水机，几天后，水面还是不动。到底是什么原因？直到现在还是个谜。

凡是大旱之年，别的地方良田干裂拳头宽、颗粒无收，而这里灌溉均匀，田里鱼虾成群，谷穗饱满。当地的百姓都称扒龙潭是一个"救命潭"。

扒龙潭的西边是七八十米高的悬崖峭壁，树木葱郁。下游竹园坪大队为灌溉农田，在离河面五六米的悬崖峭壁上，凿开一条一米宽、一米深的水渠，再从河底用岩石、水泥砌起一米二宽的通道。该通道是七家坪、中坪等大队，兴隆、中湖等公社的人去教字垭镇集镇赶集、开会，去大庸二中上学的通道。

1969年8月25日，午时的太阳炙烤着大地，酷热难耐。十几个小孩实在热不过，想到扒龙潭洗澡降温，一群小孩叽叽喳喳、三个一群两个一伙来到扒龙潭。

几个年龄大的同学从水渠通道上跳入潭中，很刺激。孩子们在潭中游来游去，嬉戏着，无比高兴。可爱的孩子们，他们哪里知道，可怕魔鬼的爪牙正在伸向他们！果真，不一会儿，游泳中的吴胜发同学突然双脚抽搐，两手在水中不断挣扎，渐渐下沉。年纪小的伙伴站在岸上身如筛糠，哆嗦不已。年纪大的伙伴就大声呼救："救命啦，救命啦！有人沉到水里了，快来人哪！"

此时，覃东荣从教字垭镇学区报到回家正好路过此地，听到呼救声后，飞快跑到岸边，来不及多想，奋不顾身地跳入潭中。覃东荣几经努力从后抓住吴胜发，两手将他托出水面，两脚频繁摆动向岸边奋力游去，上岸后把吴胜发抱到阴凉处，只见吴胜发脸色惨白，肚子胀得鼓鼓的。本已疲惫不堪的覃东荣来不及休息，立即把他肚里的水倒出，再给他做人工呼吸，只听"哇"的一声，几口污水吐出，吴胜发终于哭出了声，吴胜发同学得救了。早已筋疲力尽的覃东荣脸上这才露出了笑容，用手抹去脸上的汗水。

当天下午，吴胜发的父母领着儿子，带着礼物来到覃东荣家。吴胜发的母亲哭着说："覃校长，如果不是您舍命相救，我家胜发可能已不在人世了，您的大恩大德，我们永世难忘！这点儿东西不成礼物，您就收下吧。"

覃东荣摸着吴胜发同学的头，对胜发的母亲说："胜发是我的学生，学生有危险，抢救学生是我们老师应该做的。若当时我不在场，遇上别人，别人也会伸出援助之手的！请你把东西提回去，胜发的身体还很虚弱，正需要营养，好好给他补补！"

覃东荣坚持不要道谢，更不肯收礼。吴胜发的父母只好千恩万谢，把礼物又提了回去。

覃东荣第二次救学生是在兴隆公社甘溪峪大队的土门潭里。

那是一九七三年五月十日，这天清晨，岚雾升飘如流银。不一会儿，大雾笼罩着崇山峻岭，天气异常燥热。甘溪峪小学被浓浓的雾液包围着，屋里地面翻出明水，墙壁一片潮湿。瘦高的覃东荣早早地起床，披着晨雾，巡视校舍。

晌午，突然乌云翻滚，电闪雷鸣，飞沙走石，瓢泼似的暴雨倾盆而下。由于山区沟多雨急，不到五个小时，山洪暴发。甘溪峪小学前那条弯弯曲曲的小河，涨了半河水，似骏马脱缰，蛟龙出海。它震怒了，咆哮着，发出惊人的怒吼。

下午三点，雨渐渐停了，天空中黑压压的乌云向南方涌去，那是即将又要下大雨的迹象。学生如果继续待在学校，一旦暴雨袭来，造成山洪爆发，冲垮房屋，后果将会不堪设想。

怎么办？大家看着校长覃东荣，覃东荣教老师们紧急磋商后，当机立断，决定各班提前放学。这个山村小学，共有七个教师，只有覃东荣一个是公办教师。覃东荣安排好教师护送学生的路线后，学生队伍像一条水龙似的离校转移。

学校西南方约两百米处的土门潭岩槽，系转移学生的咽喉，潭上唯一能走人的仅一座一尺五寸来宽的独木桥，桥下三丈多高处，是黑不见底的洪流。由于久雨不晴，桥面长出一层薄薄的青苔。

此时，土门潭浊浪排空，呼啸的山洪疯狂"扬威"，大有风雨压来山欲倒的架势。潭下，山流湍急，过桥人若稍有闪失，便会跌入无情的洪水。

突然，六年级学生杨贤金一个踉跄，从独木桥上不慎脚一滑，掉到离桥三丈多高的土门潭中。潭中的水是漩涡水，虽值初夏，却冰冷刺骨，四周岩石突兀狰狞。同学们被这一幕吓得呆若木鸡，有的吓哭了。

在前面带路的赵如秋老师更是急得团团转，他就一个劲地大声疾呼："救命哪！救命哪！有人掉到潭里去了，快来人呀！"

断后的覃东荣听到呼救声，飞速跑到独木桥边，站在独木桥上，俯视桥下的土门潭，只见跌落在潭水中的学生在波涛汹涌的漩涡中挣扎，渐渐下沉。

救人紧急，刻不容缓！说时迟，那时快，只听"咚"的一声，覃东荣从三丈多高的独木桥上，奋不顾身跳入洪流滚滚的土门潭中。赵如秋老师和在场的学生，浑身颤抖，大气都不敢出，都替覃东荣捏着一把汗，大家静静地注视着土门潭中正在挣扎的师生俩。

洪水打着漩涡，泛起汹涌的浪花，覃东荣在土门潭漩涡中旋转，他使尽了浑身的力气，可无论怎样游，都不能游到杨贤金的身边。于是，他咬紧牙关，借助漩涡的力量，拼命向杨贤金靠近，想尽力抓住正在挣扎的学生。

从小在茹水河边长大，拥有一身游泳本领的覃东荣，渐渐掌握了漩涡水的习性，一点一点地靠近杨贤金。几经努力，总算抓住了杨贤金，心里一阵欢喜，使劲将他托出水面。

然而，一排惊涛骇浪打来，两人又被洪水淹没，冲出土门潭。覃东荣在与汹涌的洪水搏斗中，左腿不幸撞击在乱石上，钻心般疼痛，削弱了他的力量。可他强忍剧痛，一手托着学生，一手拼命向岸边划游。

这时洪水仍在上涨，两人被湍湍激流冲向下游快一百米处，覃东荣已是筋疲力尽。岸上的学生齐声大喊："不好，覃校长与杨贤金被洪水冲走了，快来人啊！"

在这千钧一发的时刻，赵如秋老师和闻讯赶来的几个会水社员迅速跳下河，合力把两人打救上岸。

此时，覃东荣因舍命抢救学生，左腿骨折伤势过重，已面呈土色，但他的左手仍然死死地抓住杨贤金的右手。被救学生杨贤金吃了半肚子的水，水被倒出后，经过人工呼吸渐渐苏醒，脱离了危险。

杨贤金的母亲闻讯跑来，看到儿子安然无恙，而恩人覃东荣一只脚穿着凉鞋，另一只脚光着平躺在地上，气息奄奄，不禁泪如泉涌。她抱起儿子，跪在覃东荣面前，失声痛哭："覃校长啊，覃校长，您拼着性命把贤金从洪水中抢救上来，自己却搞成这样，这么大的洪水，谁敢救！您要是被洪水冲走，该如何使好？您一家五口谁来照顾？叫我们如何安心哟？"

为了师德，为了抢救落水学生，正值"而立"盛年的覃东荣失去了一条腿，沦为终身残疾，但他无怨无悔。从此，他只好以拐杖为伴，当地人民亲切称他为"拐杖校长"。

一个星期后，杨贤金的母亲领着儿子提着几十个鸡蛋和一双新凉鞋来到学校。杨母对覃东荣说："覃校长，您为救我家贤金，左腿骨折，您的凉鞋被洪水卷走了。这些鸡蛋您补补身子，这双凉鞋，您就收下吧！"

"这些鸡蛋，你还是提回家，让你家贤金补补身子，他身体虚弱，惊吓过度，更需要营养！我已托人买了一双凉鞋，这双凉鞋就算是我送给贤金他爹的吧！"

覃东荣边说边指向自己脚上的一双新凉鞋。覃东荣硬是不收，杨母只好含泪把鸡蛋和凉鞋提回家。

第二年农历正月，杨贤金的父母领着儿子来到七家坪大队覃东荣家。杨父哽咽着说："覃校长，我们这个孩子的命是您舍命换来的，为了救他，您才三十五岁却挂上了拐杖，您就让贤金认您做干爹吧！"说罢，就让贤金跪下，拜覃东荣为干爹。

覃东荣急步走上前，边拉贤金边说："孩子，别这样，快起来，坐到椅子上。"

覃东荣随即对杨贤金的父母说:"学生有危险,抢救学生,是老师的天职!假如那天,我没有把你家贤金救起来的话,我愧为人师,愧为校长,我哪有脸面去见乡亲们?请不要这样,每一个学生都是我的孩子!"

覃东荣不同意做杨贤金的干爹,他认为每个学生都是他的孩子,他是每个学生的爹!

覃东荣多次在教师例会上强调这次事故教训:"安全重于泰山。我们做老师的,一定要保证学生的安全。幸好这名落水学生被救上来,否则后果不堪设想!今后,我们一定要从这起事故中吸取教训,对学生的安全负责,坚决不允许这样的事再次发生!为了师生安全,我们要想办法请政府为我们修一座石拱桥。"

此后,覃东荣多次向甘溪峪大队队委会汇报修建石拱桥一事。甘溪峪大队也非常重视师生和社员的安全,积极向上级争取。最后在兴隆公社和大庸县相关主管部门支持下,在独木桥原址修建了一座石拱桥。学生再不用提心吊胆地过独木桥了,学生和家长都很高兴,覃东荣和老师们放心了。

当地人民深知覃东荣两次舍己救人的英勇事迹后,更加爱戴他、崇敬他。寒冬腊月,杀年猪了,乡亲们来到学校,都想接覃东荣去他们家吃饭,以表谢意。覃东荣多次婉言谢绝,实在拗不过,吃完饭后也会留下几元钱,这是覃东荣做人的原则,不然他心里会不安。

覃东荣这次舍己救人的事迹,很快在甘溪峪、教字垭镇地区广为传颂。不久,中央媒体的一位记者,听说此事后,曾千里迢迢前来采访。但覃东荣把名利看得很淡泊,他对记者说:"作为一名教师,师德是第一位的,抢救学生,是实施师德的具体行动,是应该的。一个真正的人民教师,图的是卓有成效的行动,而不是功名利禄。我抢救杨贤金同学,是我分内的事,无论谁碰上,都会这样做。所以,我不希望自己应该做的事,让媒体来宣扬,请你谅解吧!"

覃东荣的一番肺腑之言,把热心的记者深深地感动了,为尊重他的意愿,这位记者放弃了这次采访。

1974年春季开学后,覃东荣的妻子伍友妹来到甘溪峪小学,照顾残疾丈夫的生活，做一些力所能及的事，为丈夫分忧。

　　1975年农历四月初五，覃东荣的次子出世，乡亲们来到学校看望婴儿，胖乎乎的，非常可爱，老支书有文化，为孩儿取名为覃峪生，覃东荣夫妻也特别高兴。这年暑假，伍友妹抱着幼儿覃峪生回到七家坪。

第七章

培养幼子凝毅力　跪悼慈母泪长流

1975年9月,覃东荣的长子覃梅元已满九岁,该读四年级了。覃东荣为了培养他的独立生活能力,想辅导他的功课,决定把他带在身边。

从覃东荣家到甘溪峪小学走近道要翻几座山,穿过茂密的树林,成人步行至少要三个小时。

这年秋季开学,甘溪峪小学办了一个初中班,调来了一个年轻公办教师伍国清,永顺师范刚毕业。学校八名教师,除两人是公办教师外,其余六人都是本大队的民办教师。在开学工作会议上,覃东荣宣布,他自己星期天下午必须赶到学校守校,其余老师可以星期一早晨赶到学校吃早饭。

作为学校负责人,覃东荣到兴隆学区开会的日子多。初秋的一个星期天下午,覃东荣与家人早早地吃过晚饭。覃东荣拄着拐杖挎着黄色帆布包,长子覃梅元拿着木棍背着书包一前一后走在田埂上,向东罗家岗方向走去。

田埂两边一丘丘、一片片晚稻禾苗,绿油油的,生机勃勃,正在茁壮成长。东南风吹来,禾苗一阵阵上下起伏,像绿色的海洋,又似乎是专门欢送覃梅元去上学的小伙伴。

覃梅元拿着木棍挥舞着,东看看,西瞧瞧,不知不觉走了二十分钟,来到茹水河西岸巷子口。昨晚下了一场暴雨,茹水河涨了水,覃梅元向东望去,河面百米有余。

覃东荣看水势消了,估计水深不过大腿,先试试看能不能过,要儿子在岸边等。覃东荣脱下长裤,只穿着短裤拄着拐杖从最浅处走,一直蹚到河中间,河水最深处也没把他的短裤打湿。

他感觉能过就返回岸边,将儿子扛在肩上,拄着拐杖蹚下水,儿子背着书包拿着木棍和父亲的裤子坐在父亲的肩上。覃东荣扛着儿子边蹚水边以拐杖为支撑点，一步一步慢慢往前挪动，蹚到河中间时，他感觉水势比先前大了些，不知是不是上游发水了，此时的覃东荣不敢往前蹚，也不敢往后退，僵硬在那里。坐在父亲肩上的覃梅元看到父亲急得满脸汗珠往下滴，许久都没有动，覃梅元吓哭了。

正在这时，一个十八九岁的高大青年穿着短裤，哼着革命歌曲路过河西岸，他不经意间看到河中间有一团黑影，仔细一瞧，见一个大人扛着一个小孩过河许久都没动，他马上意识到这父子俩遇到了险情。青年来不及多想，飞奔下河，疾步蹚过去，走近一看，啊，是覃校长。青年一步就跨到覃校长的前面，两脚站稳，背紧挨着覃校长站立，头往下一低，先将小孩的双脚放在自己的肩膀上，然后双手抓住小孩的手臂往上一挺，随即向河对岸蹚去。少时，青年再返回扶着覃校长过了河。

该青年叫吴伯顺，十九岁，曾是覃东荣的学生。覃东荣谢过小吴，小吴的一双大手紧紧握住覃校长的双手，深情地说："覃校长，应该的，我们七家坪谁不知道您的水性，若不是前年您在甘溪峪为救学生伤了腿，这点水对您算什么。这是学生向您学习呀！记得我读小学一、二年级时，您时常背着我过小河，还教会我们游泳、过河的本领。覃校长，您父子俩刚才真的很危险，以后遇到涨水，您父子俩过河记得叫上我们，我们巷子口、望家垭十几个后生都是您的学生，我们送您父子俩过河是应该的。"

父子俩又走十分钟到了罗家岗公路上，父子俩该分路了，覃东荣要去兴隆学区开会，覃梅元要到甘溪峪小学去。

覃东荣叮嘱覃梅元路上要小心，多长些心眼，要勇敢，不要害怕，手里的木棍千万不能丢！这根木棍是爷爷专门为长孙准备的，有一米长，坚硬无比，是檀木材料制作的，耐用，光滑圆溜，很适合小孩子使用。

覃梅元紧握木棍，背着书包，依依不舍地目送父亲，只见父亲拄着拐杖，沿公路往北一瘸一拐地走去，望着父亲高瘦的背影，覃梅元黯然神伤，内心里更加敬佩父亲，认为父亲是一个对工作极其负责任的人！

覃梅元极不情愿地拿着木棍，一个人向东走在通往甘溪峪小学的山路上。他翻过一道山坡，来到一条水渠上，水渠宽深一米，渠水清澈见底，缓缓地流动，覃梅元惬意地洗了一把脸，冰凉冰凉的，舒心极了。水渠路宽一米有余，便于路过的行人挑东西，水渠的左边是悬崖峭壁，右下方是万丈深渊。

走完两里长的水渠，水库坝侧面用石灰写成的"枞榔峪水库"五个宋体大字刚劲有力，栩栩如生。坝底左侧闸下水流湍急，发出"轰轰"的声音，震耳欲聋，覃梅元往前一看，路在水库坝底下，旁边是一望无垠的森林。

少时，覃梅元爬上一道山坡，就到了郁郁葱葱的森林。一个九岁的孩子在荒无人烟而且有野兽出没的森林里行走，确实让人放心不下！

秋阳射不透深幽、茂密、阴森恐怖的树林。小鸟在树枝上尽情地欢唱，路旁的蟋蟀也叫个不停，似乎在联合演奏一支欢迎曲，又好像在专门为这个只身一人在阴森恐怖的树林行走的儿童演奏一支壮威曲。

此时，微风吹得树叶簌簌响，覃梅元感到一阵清凉从脸颊拂过，舒服极了。突然，"噗"的一声，不知什么东西从他的身边飞起，吓他一大跳'，他连忙收住脚，跨马步，屏气凝神，本能地抡起木棍打去，可什么也没打着。他环顾四周，哦，原来是一只野鸡停在三丈开外的枞树枝上。此时，他已吓得出了一身冷汗。

覃梅元慢慢平静下来，他听奶奶吴幺妹说过，走山路、夜路时唱唱歌，解开纽扣，可以壮胆。随即他就唱起上个星期刚学会的"向前，向前，向前，我们的队伍向太阳……"他唱着唱着，逐渐唱出了威风，唱出了勇气，胆子果然大了，镇静了许多，他精神抖擞地拿着木棍，威武无比。

前面山尖上的几头大野猪，听到覃梅元那雄赳赳气昂昂的歌声，不敢过来，远远地绕道走了。

覃梅元翻过几道山梁，走出了森林，眼前一片开阔，隐隐约约看见了一片农舍。走近农舍，覃梅元心里舒坦了许多，压在心里的石头终于没了。

随后是一段下坡路，晚上八点，他到了甘溪峪小学，拿出钥匙打开了父亲的房间，将书包和木棍放进去。

覃梅元打开食堂门，烧水洗脚，正洗时，一位姓崔的女老师走进食堂，覃梅元抬头看向她：崔老师四十多岁，长脸，头发披着，直直的鼻梁上，架着一副白色宽边眼镜，镜片下的一对明眸炯炯有神，身穿蓝色的上衣，黑色的裤子，脚穿一双布鞋。

崔老师是该校八个教师中年纪最大的一个，也是唯一的女教师。她的侄儿同覃梅元读一个班，四年级，她爱人是大队的秘书，家里有电话。原来，覃东荣在兴隆学区打电话给崔老师，拜托她到学校照看一下他儿子，他今晚开会学习讨论，结束很晚，回不了学校，在学区住下了，明早才回学校。

崔老师温和地说："梅元，你年纪小，晚上一个人睡在学校，你爹不放心，要我来给你搭个伴。"

覃梅元微笑着说："谢谢您，崔老师！我不怕，真的不怕，没事儿的。您回家吧，您家小孩更需要您！"

崔老师满脸笑容，说："梅元，你真乖，真是个知事的好孩子！那我回家了，你真的不怕？"

"真的不怕！"覃梅元果断地说。

"那好吧。"崔老师说毕，向外走。

崔老师回家后，覃梅元回到父亲的房间，做完作业，看了一会儿书，预习一下明天的功课，关好门就睡了。

第二天清早，老师们陆续来到学校，吃早餐时，听说了这件事，都纷纷责怪覃东荣说："覃校长，我们什么都佩服你，唯独这件事我们对你有意见，你让你长子独自一人穿过深山老林到学校来，这就是你的不是了。他只有九岁，山上有野兽出没，一个大人在荒无人烟的森林里行走都害怕，更何况一个儿童！你就不担心？"

覃东荣语重心长地说："谁不心疼自己的孩子？没办法，开会不能把小孩带在身边，这样对开会有影响。孩子从小就要培养胆量、毅力，培养他独立生活的能力，长大后才能成为对社会对国家有用的人！"

老师们说："原来是这样，覃校长，我们错怪你了。既然是这样，你怎么不早说？凡是星期天你要去学区开会，我们几个男老师可以轮流在枞榔峪水库边接他。他怪可怜的，真勇敢！"说完，几个老师微笑着相继摸了摸覃梅元的头。

后来经过几次这样的单独行走，覃梅元练就了不怕妖魔鬼怪、不畏野兽的坚强性格。

覃东荣原打算把长子带在身边多辅导一下他的功课，可事与愿违，晚上覃东荣不是备课、批改作业、写政治和业务学习笔记，就是做一些白天没有做完的学校工作，每天工作到凌晨才睡下。

的确，覃东荣一生中很少辅导三个儿女的功课，他不是不想给自己的孩子辅导功课，而是根本抽不出时间。但长子覃梅元自己学习刻苦、认真，没有辜负父亲的期望，成绩在班上总是名列前茅。

1976年，农历丙辰年，是极不平凡的一年，对于中国人民来说可谓灾难深重。因为这一年，中国上空乌云密布，三颗巨星坠落，相继失去了周恩来、朱德、毛泽东三大伟人。全党、全军、全国各族人民沉浸在一片悲哀之中。

对老一辈无产阶级革命家充满阶级感情的覃东荣，身躯颤抖，悲痛欲绝。在甘溪峪小学沉痛悼念伟大领袖毛主席的追悼大会上，覃东荣悲哀地说："老师们，同学们，没有共产党，就没有新中国；没有毛主席领导的人民军队打败蒋家王朝，我们这些穷人的孩子就不可能进学堂读书识字。毛主席的逝世，是我们中华民族的巨大损失，也是全世界人民大团结的巨大损失！现在，我们要化悲痛为力量，老师们更要用实际行动来抓好教育工作，同学们更要努力学习科学文化知识，以此来报答他老人家！"会场上，哭声阵阵、悲悲切切，师生们红着眼，擦眼泪。

为了增加学校收入，购买更多的教学用具，学校便请示兴隆公社学区和甘溪峪大队队委会，大队给学校划分了一片区域作为砍柴烧炭搞勤工俭学基地。

覃东荣主持会议，征询教师们的意见，学校研究决定：男教师砍柴烧炭搞勤工俭学，女教师守校。

教师们看覃东荣的腿不方便，就说："覃校长，砍柴烧炭的事交给我们，你就别去了。"

覃东荣笑了笑，说："众人拾柴火焰高，多个人就多份力量。我虽左腿不得力，但在安全方面，我可给大家参谋参谋。"

赵如秋诚恳地说："覃校长，你还是不去了，我们保证安全操作，不出问题！"

说完放心不下的覃东荣，还是挂着拐杖坚持同老师们一道去朝天观的半山腰砍柴烧炭。

全校七名男教师，一放学就吃晚饭，吃完饭拿着柴刀、斧子、锯子，带着手电筒、马灯出发了。

一行人走了二十分钟爬到了一个小溪边，众人各自找个岩石蹲下磨柴刀和斧子。几个年轻教师看到覃校长磨柴刀磨得有模有样，纷纷走来学习技术。覃东荣说："有的人认为磨刀会耽误砍柴时间，其实不然，老班子讲得好，'磨刀不误砍柴工'。不要小看这磨刀，其实磨刀是个很重要的技术活，磨刀有要领，首先是选岩，红砂岩最好，因这种岩石岩质硬，耐磨；磨时刀口倾斜不能过陡，过陡的话容易伤刀刃，砍树时砍不了几下，刀刃就卷了；磨刀时要讲究节奏，就是说，磨刀时一推一收用力均匀；磨了一面一段时间后，翻过来用相同的时间磨另一面；磨时隔一段时间给刀面洒少许水，使岩面光滑湿润；磨刀最重要的是心沉，不能心浮气躁，磨刀要慢慢来，要有'铁棒磨成针'的毅力。"

几个年轻教师听后效仿覃校长的磨法磨了几分钟，渐渐得了要领，收获不小。覃东荣说，你们看向绪华老师磨斧子时，很有节奏，他是个磨刀的高手，大家以后多向他学习磨刀技术。

七名男教师中，除覃东荣年长外，向绪华排第二，他是退伍军人，在部队立了许多功，人很耿直。此时，向绪华已磨好斧子，洗了洗手，站起身朝大家笑了笑，又见他弓着腰，左手拿着斧子，口刃朝上；右手食指、中指、无名指、小指四根指固定斧头后，拇指螺纹面轻轻地刮着斧子口刃，好快的斧子呀！

不知不觉磨了十分钟，众人喝了几口泉水，起身向山上爬去。一刻钟不到就到了目的地，开始砍伐起来。向绪华握着斧子，手臂粗的小树只要一斧子，就像《水浒传》里面黑旋风李逵砍杀敌人那样一斧子一个，碗口粗的树，不要三斧子就能解决。别看覃东荣左腿不得力，论起砍柴这门手上功夫，丝毫不比几个年轻教师逊色，加之他的柴刀锋利，两个小时下来，砍的柴的数量和质量位居前列。

天黑了，一行人打着手电筒，提着马灯回到了学校，几名教师洗了澡，开始批改作业，备第二天的课。就这样，只要天不下雨，七名教师循规蹈矩，放学后去，天黑后回。

十月七日放学后，几名教师又来到目的地。正在炭窑边锯柴的覃东荣，突然听到上面有响声，往上一看，只见几根大檀木快速滑下来，像发怒的蟒蛇呼啸而下，覃东荣大喊一身"快散开"，并用尽全力将同他一起锯柴的年轻教师推开，自己躲闪不及，被滚下的一根大檀木擦了一下腰。几名教师闻讯跑来，把覃东荣扶起，此时，覃东荣脸色苍白，右手摸着腰，疼痛不已，但他咬牙坚持，不哼不叫。

几名教师一看现场，心有余悸，幸好覃校长发现得早，几根大檀木滑下时正经过同他一起锯柴的那个年轻教师。这名年轻教师吓得目瞪口呆，大气都不敢出，看着大檀木滑下的痕迹。心想：多险呀！刚才不是覃校长全力推我一把，自己早就被砸成肉粑粑了。

这名年轻教师缓过神来，伸出右手摸着覃东荣的腰，哽咽着说："覃校长，多谢您救了我的命！"覃东荣笑着说："还好，老天保佑，没造成大事故，否则后果不堪设想！大家都在，今后大家千万要注意安全。"

这位年轻老师背着覃东荣下山，几名教师跟在后面，轮流把覃东荣背回学校。到校后，教师们想送他去兴隆医院治疗，覃东荣连连摆手，说："谢谢，住院要花钱，就不必了，过几天就会好的，无大碍。"随后，覃东荣暗自托人去兴隆医院抓几服解疼的中药煎了喝，从不向上级反映情况，报销一分钱医药费。

时间到了冬月下旬，天气变冷了，以向绪华老师为主的烧木炭团队，烧了两窑木炭，质量好，没有烟头。当年除供本校师生及本大队五保户保暖外，还卖得一笔收入。这些钱，都用于购买、添置学校教学用具、体育器材及解决部分贫困学生的学杂费。几年后，为了更好地保护环境，保持生态平衡，学校取消了烧木炭搞勤工俭学的做法。

1978年农历四月二十四日，是覃东荣父亲覃服周六十大寿的大喜日子。一些亲戚纷纷来到七家坪给父亲拜寿，覃东荣家一派热闹景象，而正在甘溪峪小学工作的覃东荣不能回家给辛劳的父亲拜寿。

夜深人静时，覃东荣含泪挥笔作诗一首，以报答父亲养育之恩：

《贺父亲六十大寿》
  黄口学耕读，随伯务阳春。
  长成至青壮，保长抓壮丁。
  日如惊弓鸟，夜深怕犬声。
  大伯气难忍，弃农参红军。
  剿匪身先死，遗孀孤零零。
  兄姐尚年幼，待哺育成人。
  家父与二伯，照护为己任。
  弱冠成家业，养家苦操心。
  苦力少生计，与伯辟新径。
  合伙开油坊，苦作房建成。
  日间锤声急，半夜仍未停。
  费尽一身力，换来微酬金。
  用来养老小，寒衣添几层。
  兄姐成园丁，父伯皆欢喜。
  吾父花甲时，犬子不在身。
  愿父身强健，福禄满南山。

1972年9月至1979年8月，整整七年，覃东荣一直担任甘溪峪小学校长。在他的带领下，不仅把甘溪峪小学办成了一所完全小学，还根据群众的需要，附设办了初中班，生源兴旺。邻近几个大队的孩子纷纷来这里读书，学生很快由两百多人发展到三百多人。教师认真教，学生认真学，甘溪峪小学很快成为"大庸县先进单位"。

1973年、1977年，覃东荣被授予"大庸县先进教育工作者"。

1979年9月，兴隆学区调覃东荣到兴隆公社罗家岗小学任校长。此时，二弟覃正柏已是教字垭镇公社乡镇企业有名的拖拉机手，三弟覃正贤从吉首卫校毕业后在桑植县人民医院实习，四弟覃正毛正在永顺民族师范学校读书。

母亲吴幺妹胸部经常疼痛，日渐消瘦，三弟覃正贤把母亲带到自己实习的医院进行检查，医生诊断为乳腺癌晚期。这晴天霹雳的消息，震颤着覃东荣一家人！覃东荣哭了。一个月后，二弟覃正柏与三弟覃正贤护送母亲到湘西自治州人民医院动手术。

1980年农历正月初三，母亲吴幺妹经医治无效病逝，终年六十三岁。

覃东荣回想母亲得重病一年半来，自己没有护理过她几天，没有尽一个做儿子的孝道，不觉哀痛不已，跪在母亲坟前大哭三天三夜。哭声响彻山谷，听者亦悲泪。

他边哭边悼念道：

吾母吴幺妹，生在吴家逻。
贵德掌上珠，理明贤淑妹。
桃李嫁家父，夫唱妇相随。
持家勤劳作，养我四兄弟。
白天家务忙，夜间少得睡。
吾等口中食，孺子身上衣。
温饱时牵挂，呵护身不离。
哺儿渐长大，入校去学习。
儿等均成才，贤母心中慰。
含辛数十载，心血未白费。
六四儿结缘，六六得贵子。

儿生刚六天，烧急妻仙逝。
　　慈母喂幼孙，刀把磨去半。
　　幼孙变少年，吾母劳成疾。
　　花甲又添三，绝症竟不起。
　　医药难奏效，乘鹤往西去。
　　儿是不孝子，忠孝两难全。
　　呜呼吾母亲，儿难报您恩。

　　母亲去世后不久，1980年暑假，覃东荣又被组织调到教字垭镇公社学区中坪小学任校长。

第八章

临危受命展宏图 立体网络强校风

1981年暑假，教字垭镇公社学区经过集体研究决定：扩大办学规模，欲办一所有竞争力的完全小学，将邻近的凉水井小学并入大桥小学，组建教字垭镇公社中心完小。

该校地处教字垭镇办事组、教字垭镇公社集镇中心。教师队伍中相当一部分是教字垭镇办事组、教字垭镇教育办、组直单位、社直单位、大庸二中等单位干部职工的家属。要想把该校办成在县、州、省具有一定影响力的学校，必须有一个以身作则、具备先进管理经验、在师生中具有一定威信的带头人。

教字垭镇公社学区几名成员经过反复商议酝酿，报教字垭镇教育办同意，大庸县教育局欲调覃东荣同志任教字垭镇公社中心完小校长。调动前，学区主任罗振声来到七家坪李家岗覃东荣家，征求覃东荣的意见。

罗振声说："东荣，我们想换换你的工作。你也知道，新组建的教字垭镇公社中心完小学生多，教师背景复杂，不好管理，是个烂摊子！需要一个务实的带头人。你参加工作十九年，担任六所山村小学校长，可以说都办得红红火火。特别是你在本学区中坪小学工作只一年，学校起色很大，各项工作处于全学区前列。更重要的是，你在全学区老师们中有威信，老师们都信任你。我们学区几名成员想来想去，觉得你最适合担任教字垭镇公社中心完小的负责人，不知你意下如何？"

覃东荣抬头看了一眼罗振声主任，诚恳地说："老罗，你们如此抬举我，我深表感谢！但本人能力有限，恐怕难以胜任。"

罗振声说："老覃，你能胜任。"

"真的难以胜任。"

"东荣，不要谦虚了，除了你没合适的人。"

"全学区这么多校长和老师，哪个不比我强？"

"我们相信你有这个能力，不要推辞了。今天我给你说句实话，推荐你担任此重任的，不仅是我们学区几个成员和教育办几名领导的意见，而且也是县教育局主要领导的意思。"

"老罗，既然各级组织如此瞧得起我，我覃东荣再推辞，就是我的不是了。我就是拼了这条老命，也要把工作做好，不给你们丢脸。但我有个小小的要求，需要你答应。假如这个小小的要求你都不答应的话，我还是不能接任！"

"好。东荣，只要你能接受担当此职务，莫说一个要求，就是十个要求，我也答应你，说来听听。"

"从我担任六所村小负责人近二十年来的管理经验来看，管理学校主要靠严格的制度来执行。我担心，我担任这所学校校长后，严格按制度办事，到时肯定会有人找你说情。老罗，你说，到时我该咋办？"

"在制度面前一视同仁，按制度办。"

"到时，如是上级领导找你说情呢？"

罗振声主任思忖片刻，意志坚定、斩钉截铁地说："坚决按制度办！"

覃东荣说："好！老罗，这是你说的，我接。"

罗振声说："我原以为是什么苛刻的要求，工作中就应该按制度办事。这个要求我答应你，你就放心地干吧，我给你做主！"

"君子一言。"

"驷马难追。"

覃东荣说："好。老罗，既然你都这样说了，我先试试，干得好，继续干；干得不好，你们换人！"

两人相视一笑，紧紧地握着对方的双手，许久没有分开。

这年的八月二十六日，艳阳高照，万里无云。覃东荣早早地来到教字垭镇公社中心完小看一看。这所完小位于大庸二中之下，建在一个山包上，由上、下两块平地组成，上面平地建有教室、教师办公室、教师宿舍、乒乓球台、厕所、食堂；下面的平地则是半个篮球场，一个篮球架。

看起来很凄凉，哪像一所大公社的中心完小。

覃东荣鼻梁上架着一副旧眼镜，镜片下的两只眼睛炯炯有神，他拄着拐杖，走在操场上环顾四周的远山近岭，思绪万千，边走边吟道：

前山盘龙基坚固，后山雄狮多威武。
左侧陆坪盛产谷，右临矗立书籍岩。
三八创办校史久，桃李天下英辈出。
振兴教育靠园丁，千秋万代展宏图。

上午八点半，教字垭镇公社学区全体教职工齐聚一堂，进行政治理论学习。

学区党支部书记、主任罗振声环视了一下会场，挥了一下手，大家安静后，大声地说："老师们，大家好！在政治学习之前，我现在宣布下各校负责人的名单……经本学区成员反复商议酝酿，报请教字垭镇教育办同意，决定暂调中坪大队小学校长覃东荣任教字垭镇公社中心完小任校长，正式任命要等大庸县教育局下发文件。这次全学区暑假集中政治学习三天，每个教职工都要认真学习，任何人都不准缺席。学习完后，每个教职工写篇心得体会，八月三十一日下午四点半之前，以校为单位收齐交学区。刚才各校负责人名单都已宣布，请各校校长清点好本校人数，做好出勤记录。二十九日，各校安排开学工作，制定好各校规章制度。现在进行政治理论学习……"

根据教字垭镇公社学区工作安排，罗振声主任负责教字垭镇公社中心完小各项工作。

八月二十九日上午八点半，教字垭镇公社中心完小暑假学习和开学工作布置会议开始。罗振声主任清了清嗓子，说："老师们，首先给大家介绍一名新老师。"教职工鼓掌。

罗主任继续说："这名新老师家住县城，是县教育局分配到你们学校刚从省城毕业的师范生，今后大家多多关照她。"此时，李老师怯羞地站起来，向大家鞠了一个躬。

罗主任说："这两天以校为单位，希望大家在覃东荣校长的领导下组建好班子，进行政治学习讨论，讨论制定好规章制度，安排好开学工作。"

覃东荣说："首先欢迎李老师来我校工作！老师们，这次学区、教育办领导推荐我担任你们的校长，我感到压力很大、担子很重。实际上，我们在座的老师比我能力强的大有人在！既然上级领导、各位老师瞧得起我，要我担当此重任，我会尽自己最大的努力试试，把学校的各项工作做好，给你们一张满意的答卷！干得好继续干，干得不好换人。按照学区安排，今天进行政治学习讨论，明天下午四点半放学之前，每个教职工写篇高质量的学习心得体会，交到教导主任那里，字数不少于两千字。"

随即，覃东荣严肃地说："我们要狠抓教职工的工作作风，办人民满意的教育。只有工作踏实了，才能真心放在工作上，为学生服务。是牛就不要误春，要发扬老黄牛精神，默默奉献。既然当了老师，就要当一名让老百姓放心的老师，家长把孩子交给我们，我们就有责任认真地把孩子教育好，使他们成才。我们吃的是国家的俸禄，拿的是人民的血汗钱，要对得起党，对得起人民，对得起孩子！"

说完这番话，覃东荣话锋一转，又道："可是，今天开会却有人迟到，这种现象很不好，希望下次不要出现这种情况。我们教职工出勤制度从明天开始执行，明天上午开会时间同样是八点半，若再有人迟到，莫怪我覃东荣到时翻脸不认人！我们就要按制度办事，应当罚款的就要罚款。罚款不是目的，主要靠自觉，罚款不能解决问题，但罚款结果将计入年终考核。一个月迟到三次，不仅要取消当月的出勤奖，还会影响当年的文明奖。希望各位老师支持我的工作，在制度面前，人人平等，不管是谁，只要违反了制度，就要按制度办事，受到处罚。同时，我也请老师们时刻监督我，如果我有违反制度的地方，大家可以提出来，也可以向上级教育主管部门或党委政府反映。值周轮流转，每人一周，这周从我开始！"

随后，进行政治学习讨论。

第二天清晨，老师们看到覃东荣挂着拐杖，早早地站在学校操场五星红旗下迎接每一位教职工的到来。这天,教职工早早地来到会议室,果然没有一个人迟到,覃东荣双眉舒展,嘴角勾起一丝笑容。

全校教职工看到身患残疾的覃东荣校长这样以身作则,深受感动,他们都在想,只有努力工作,才能对得起这位"拐杖校长"。

覃东荣曾说:"一所学校办得好不好关键看校长。看校长会不会管理,能否一碗水端平;看校长在师生中能不能起到模范带头作用,能否真正遵守规章制度;看校长能不能在财经方面过得硬,经得起历史检验。因此,我希望老师们随时随地监督我。如果我有做得不好的地方,一定会接受大家的批评。同时,我也以此标准严格要求大家。学生成绩的好坏关键在于老师的品德及教学态度。我认为,一名老师不管水平有多高,教学能力有多强,如果教学态度不好,教学不认真,教出的学生不一定成绩就好;相反,老师虽然学历低了点,业务水平一般,教学能力不是很强,但只要他全身心投入到教学工作中,慢慢学,他的学生一定会有长进,我们就需要这样的老师。"

这天,经过全体教职工积极讨论,制定出以下规章制度:

一、为了更好地搞好教学,便于对老师科学管理,经过全体教职工讨论,学校校委会研究决定,全校教职工实行坐班制。即老师从早上八点到校至下午四点半放学这段时间不准离校,否则视具体情况做旷工处理。

二、空堂课老师要深钻教材、认真备课、制作课件、批改作业、看党报党刊、写业务笔记、写政治笔记和心得体会,不准闲谈、打毛线、做刺绣鞋垫等与教育教学无关的事情,否则罚款一元。

三、上班迟到、下班早退一分钟罚款一元,超过四十分钟,视具体情况做旷工处理;一月迟到、早退三次,不仅要取消当月的出勤奖,还会影响当年的文明奖;上课前两分钟,打了预备铃,任课老师必须赶到教室门口等候,否则罚款一元;下课铃声一响,任课老师立即下课,否则视为抢堂;上课迟到或早退一分钟罚款一元;不准坐着椅子上课,上课中不准会客,不准走出教室,否则罚款一元;不能搞"放羊式"教学,否则做旷教处理;每一节课都要达到预期的教学目标。罚款结果将计入该教师年终考核档案中。

四、不能私自调课，若发现私自将思想品德、自然、历史、地理、音乐、美术、体育、科技、劳动、班队等课程上了语文、数学，相关教师都做旷教处理，罚款五元；若发现上课没有教案，或拿旧教案上课，做旷教处理，罚款五元，写出深刻的检查；一学年三次上课没有教案，或拿旧教案上课，不仅要罚款，写出深刻的检查，并且在年终考核中定为"不称职"。

五、每名老师每学期至少上两节公开课；听课不打招呼，按课表听推门课；课听完后，当场检查该老师的教案与学生的作业，看上课的内容与教案是否吻合，看学生上次做的作业是否与教材同步，作业的布置是否呈阶梯式；课上到哪儿，课就备到哪儿，超前备课最多不能超过两课时；听课后评课不走过场，听课老师要提出实实在在的意见与建议；年老的教师至少辅导一名年轻老师，并制定详细的辅导方案。

其后，覃东荣带领教师们认真学习教育部颁发的教育教学方针，加强教师思想品德学习。

覃东荣还说，要想把学生教育好，关键在于自己做一位好老师，没有教不好的学生，只有没教好的老师。他认为，一所学校办得好不好，不仅看学生的成绩，更重要的是看教师的师德以及学生的思想道德素质。政治思想是统帅，思想没提升上去，教学质量也不可能得到提高，即使提高了，也不会长久。

20世纪八九十年代，为把学生的政治思想工作抓好抓落实，身残志坚的覃东荣带领全体教师率先在全市（州）进行素质教育探讨，探索改革学生的思想品德评价，打破以往评价学生的思想品德仅靠一张试卷上分数的做法，首创学生思想品德"六三一"科学评价分值，即笔试占百分之六十、师评占百分之三十、自评占百分之十。

还首创"立体式德育网络教育"，建立德育领导小组、德育顾问小组、家长委员会。坚持党的群众路线，让家长监督管理学校，办人民满意的教育。

学校建立了德育领导小组，聘请教育意识强、重教兴教的中共教字垭镇党委副书记杜方杰，中共教字垭镇学区党支部书记、主任罗振声，中共教字垭镇教字垭镇居委会党支部书记熊廷万，中共七家坪村党支部书记吴光林等为学校德育领导小组成员，让他们指导狠抓德育工作。同时建立德育顾问小组，聘请具有丰富的教学经验在本地具有一定威信的退休老师黄土渊、吴明浩、刘少唐、覃遵初为德育顾问，为学校德育工作出谋献策，协助学校抓好德育工作。此外，还建立家长委员会，聘请家长吴光林、覃正春、向德茂、刘佳新等为委员，征求家长意见，定期开会。

各班任课老师将学生的在校表现面对面通报给家长，家长将自家孩子在家的表现如实告知老师。老师与家长交换意见后，班主任将材料以书面形式上报学校校委会，学校校委会经过研究后将材料呈报给家长委员会。

同时由家长委员会组织家长检查老师的教案和学生的作业，再深入课堂听课，然后当堂出题目测试学生。家长委员会根据检查结果给被检查老师打分，评出家长、学生最喜欢的老师，对家长反映大、分数较低的老师，学校要求他限期整改，限期整改不到位的，调离本校。

自覃东荣参加教育工作来，不管是在村小，还是在中心完小，每个星期一早上，覃东荣都主持升旗仪式。面对鲜艳的国旗，覃东荣有着特殊的感情。每年三月五日，他都会组织全校师生，隆重举行毛泽东主席"向雷锋同志学习"题词纪念大会，学习雷锋精神，学习雷锋故事，对学生进行爱国主义教育、革命传统教育。

覃东荣把雷锋当作自己一生学习的榜样，雷锋牺牲那一年，覃东荣刚走上工作岗位。他被雷锋的事迹感染着，他是带着阶级感情学习雷锋事迹的，他要学生以雷锋为榜样多做好事，弘扬雷锋精神，将雷锋的精神传承下去！

覃东荣在全校开展学雷锋活动，他要求老师像雷锋那样爱岗敬业，多做好事；要求学生以英雄人物为榜样，用英雄的言行对照自己，做雷锋、赖宁式的好学生。

在教字垭镇中心完小任校长期间，每年清明节，他都组织全校老师和少先队员，给贺龙领导的红四军第二路指挥覃辅臣烈士扫墓。在覃辅臣烈士墓前庄严宣誓，弘扬烈士精神，珍惜今天来之不易的幸福生活，努力学习本领，为烈士争光。

覃东荣定期邀请司法所的同志来学校进行法律讲座，使学生懂得哪些事能做，哪些事不能做；定期邀请老红军、老八路来校讲革命战争的故事，激发学生珍惜今天来之不易的学习机会，懂得今天的幸福生活是革命烈士抛头颅、洒热血换来的。

覃东荣还非常重视学校的少先队工作，少先队工作由历任学校少先队辅导员覃玉林、向小桃主抓。学校少先队组成一个大队，下辖三个中队，每个中队又分为三个小队。

每逢节假日，学校少先队还组织队员为五保户送柴、送米、洗衣、煮饭、挑水，为家庭贫困的学生捐款捐物；为缺少劳力的家庭插秧、收割……

教字垭镇中心完小六年级学生覃卫平的母亲体弱多病，弟弟只有六岁。而家中唯一劳力的父亲不幸患上绝症，不久含泪离开了人世，家里因此欠下了一身外债。

一个农忙的夏季，看到母亲整日为无人犁田哭红眼睛，十二岁的少先队员覃卫平心里难受极了。他懂事地对母亲说："妈妈，不要哭，不要哭坏了身体，我已经失去了爸爸，可不能再失去您啊，您要保重身体！爸爸虽然走了，但是我都十二岁了，我会做农活，我要让您和弟弟过上好日子。我以前跟爸爸学过犁田，这个星期六我就下地犁田！"说完，覃卫平用手擦去妈妈眼角的泪水。

覃卫平妈妈心疼地说："平平，你腿不得力，你要小心，那头大水牯连大人都不敢触，更何况像你这样的小孩，妈妈不放心！"

"妈妈，您放心，儿子会有办法制服它的！"覃卫平坚定地说。

星期六，晴空万里，天上没有一朵白云，农民都在田地里忙碌着。中午放学后，覃卫平一回到家，放下书包，连忙吃了一碗冷饭，牵着一头大水牯，搬着沉甸甸的犁，打着赤脚走向自家的责任田。

一下田，覃卫平学着爸爸的样子，一手托着犁，一手拿着竹条，口中吆喝着："上移！上移……"这头水牯还真听话，依着吆喝声有节奏地走着，只是每到转弯时，比犁高不了多少的他，花了九牛二虎之力才把犁拖转过来。这一个下午，覃卫平犁了三分田。

十二岁的好儿童覃卫平犁田的事迹，感动着附近的乡亲们，也感动了教字垭镇中心完小的全体师生。

少先队辅导员向小桃把此情况向覃东荣校长反映后，校委会研究决定，号召全校师生向覃卫平同学学习，学习他自立自强，从小勇挑家庭重担的自强不息的精神。学校少先大队也迅速做出决定，星期天组织四年级以上的少先队员帮覃卫平家插秧。

第二天，碧空万里，天空没有一朵絮云。田坎上、公路上校旗、队旗、彩旗迎风飘展，只见覃卫平家三亩责任田中，尽是戴着红领巾的少先队员，从远处看去一片白，白里透出红，红得鲜艳，红得一闪一闪的。

少先队员们在辅导员向小桃老师的带领下，有的插秧，有的挑秧，有的提秧，真是忙而不乱！

覃东荣边插秧边对少先队员们说："蔸对蔸，行对行，行行对到大路上……"待大家顺手熟悉了，又讲了插完中稻过六一开秧门的故事。少先队员边听边插秧，秧插得有模有样。

炎热的六月，少先队员们戴着草帽顶着烈日，不到两个小时，就把覃卫平家责任田的秧插完了。尔后，少先队员们还帮邻近的农民伯伯插秧，秧虽插得不是很标准，却也有路有线，同学们心里美滋滋的。

一个农民伯伯高兴地说："现在的学校就是办得好，学生就是调教得好，很懂事，你们都是好样的！长大后定能成为国家的有用人才。同学们，你们插了半天秧，肯定饿了，走，到伯伯家吃中饭去！"

带队的少先队干部说："老伯伯，谢谢！我们插的秧，插得不好，您扶正一下吧，我们走了，老伯伯，再见！"

到了秋天，稻谷收割期间，覃东荣、向小桃带领全校老师和少先队员干部帮覃卫平家收割。农民伯伯也欢喜不已，因为同学们插的秧苗长得分外粗壮，结出的谷穗格外饱满，这又是一个丰收年啊！

教字垭镇中心完小率先在全州（市）推行的"立体式德育网络教育"和学生思想品德"六三一"科学评价分值，很快得到了上级教育主管部门的认可，此成果逐步在湘西全州（市）各区县得到了大力推广。

同时，该校的少先队工作也得到上级领导的充分肯定。该校自1983年以来，先后荣获"湘西自治州雷锋式中国少年先锋队中队""大庸市德育工作先进单位""湖南省学习雷锋先进集体""全国读书读报先进单位""全国少先队红旗大队""全国雏鹰红旗大队"等荣誉称号。

1984年1月，教字垭镇公社中心完小更名为教字垭镇乡中心完小。

1981年至1984年，覃东荣连续四年被评为"大庸县先进教育工作者"。

第九章

严谨治校求质量 勤俭治校账目清

　　覃东荣主持教字垭镇中心完小工作踏实肯干、不说空话、以身作则、言行一致，坚持党对教育工作的绝对领导，随后建立了一个团结、坚强的领导班子。

　　开学后不久，领头羊覃东荣遇到了一个难题，这个难题解决得好不好，直接影响学校制度的执行力。如这个难题解决得好，学校将继续严格按制度办事，一竿子插下底，这所学校前途一片光明；如这个难题没处理好，覃东荣当不当这所学校的校长还是次要，可要想把该校办成县、州、省具有一定影响力的学校，那就不好说了。

　　那是开学后第一个星期一，家住县城的李老师因班车堵车，上课迟到一刻钟，按制度要罚款十五元。

　　中午，覃东荣和主管考勤的会计走进李老师房间，了解情况，与她谈心。

　　放学后，李老师来到邮政所，给在本县任职的县领导姨夫拨了个电话，说明来由，不想在这所学校教书了！

　　……

　　第二天中午，学区主任罗振声急匆匆来到覃东荣房间，商量此事。覃东荣只说了一句话，"罗主任，当初你们要我担任该校校长时，我就想到会有这么一天，会有人找你罗主任说情，没想到这一天会来得这么快。你没忘记十天前你的承诺吧"？罗主任，没说什么走出了房间。

　　当天晚上，覃东荣和主管考勤的会计又走进李老师房间，与她谈心。

　　通过这件事，全校教职工看到了覃东荣及校委会执行各种规章制度的决心。此后，覃东荣廉洁奉公、以身作则、一身正气，逐步带领该校教职工取得了一个又一个成绩，逐步迈向全县、全州、全省、全国先进单位行列。

覃东荣除了严谨治校,抓好师生思想品德工作外,还十分注重深化教改,提高教学质量。

覃东荣说:"一所学校肩负的是为国家培养栋梁之材的重担,教育学生是学校担负的第一责任,教学质量是学校的生命线,若教学质量搞不上去,还办什么学校,如何对得起党和人民?我们坚决按照省教育厅的指示精神开课设节,开设什么课,是经过教育专家结合学生的心理特征总结出来的,不能随意更改,是什么课就上什么课。我们不仅要把学生的语文、数学成绩搞好,还要使学生各方面都得到发展,要把学生培养成德、智、体、美、劳全面发展的社会主义劳动者。"

"我们要向四十分钟课堂要质量,要效率。那么如何向四十分钟课堂要质量呢?上好一堂课,前期准备非常重要。俗话说:'台上三分钟,台下十年功。'上课就好比打仗,要想打赢仗,必须做到知彼知己。那么要想把课上好,备课是个重要的环节。课备得好,胸有成竹,这样课就上得好;相反,不管你业务水平有多高,教学能力有多强,如果备课敷衍了事,教学态度不端正,学生也会学得不深刻,教学效果不一定好。"

"在职教师都要备课,任何人都不能例外,专职教师必须备详案。教主课又兼教术科的教师,主课备详案,兼教的术科可以备简案。备多少课时按上级教育主管部门的文件执行。备课要因地制宜,老师既要熟悉教材,又要了解学生,注意学生层次,千万不能照抄照搬,要自己思考,要用自己的话把课备好。备课是要花时间的,备课不是几分钟、几十分钟就能完成的,要备好一堂课不是一件容易的事,有的甚至要花几小时。课备好后,针对学生层次,还要认真反复修改。"

"听课不打招呼,打招呼的课,没必要听,这样的课也不值得听。打招呼的课虽然上得好,但不能看出该老师平时的上课情况和真实教学水平。假如每个老师都能像公开课那样上好每一节,那我们的教育真的就有希望了!有的老师,为了上好一堂公开课,花了三四节课做准备,上了一遍又一遍,学生都听厌烦了,都能把答案背出来了。上公开课时,老师上的是重复课,学生按照老师的思路去学,听课的领导、老师都很满意,都认为这节课上得好,很成功,达到了预期的目的。一节课的内容花了学生三四节课的时间去准备,我们不需要这样的公开课,这值得吗?这简直是浪费学生的青春!我们不需要这样的课!"

随着教学改革工作的步步深入,教职员工的观念也在不断更新,园丁们都在思考,振兴本地的教育事业要怎样大胆创新,谱写新篇章。

覃东荣常说,为适应社会进步的形势,提高教学质量,教育必须改革。他带领老师们积极大胆地推行教育改革,勇于开拓试验,先后开办了语文"注·提""电教听说训练",数学"三算""尝试法",思想品德"立体式德育网络教育"等各学科课题实验班。

在覃东荣的努力下,教字垭镇中心完小确定了"学生是根本,教育是核心"的育人方针,提出"教师要创造一切可能让学生成才"的教改目标。覃东荣督促全体教师开办"自学辅导教学""合作讨论式教学""课题研究式教学""分层学习式教学"和"开放式学习"等多种新式教学模式,从而探索出培养学生学会做人、学会学习、学会合作、学会生活、学会交往的"立体式德育网络教育"方式。

在教学改革中,覃东荣既"挂帅"又"出征",真抓实干,带头自制课件,取得了明显的实效。他压缩学校其他开支,将节省下来的资金全部购买教学用具。在培养老师业务水平方面,采取"请进来,走出去"的方法提高教师的业务水平。将教学经验丰富的外校名优教师请进来上示范课,利用节假日将老师带出去,学习别校的先进教学方法,将有发展前途的年轻老师送到师范院校学习、进修、深造。

为了帮助教师提高教学水平,更新知识,覃东荣十分注重对师资水平的培养,主要是提高在职教师的知识水平,以实现教师队伍综合素质的提高。教字垭镇中心完小有一条规定:每学期都要举办一系列教学、教研活动,组织"观摩课",举行"专题讲座"。各班级互教互动,探讨交流,这种方式后来成了教字垭镇中心完小的传统。一段时间后,整个教字垭镇中心完小教育教学改革如火如荼、生机盎然。

学校工作千头万绪,校长不能不管,大小会议、各项检查,覃东荣都不推卸。老师见他残疾在身,实在忙不过来,都纷纷提出分担他的教学任务。可是他认为,一个教育工作者,第一是教师,第二才是校长,如果脱离了教学实践,就成了水上浮萍,也就当不好校长,他不仅要把自己的课上好,还要把学校的工作管理好。

覃东荣的楷模作用,燃烧了教师们的责任心,为巩固这一长效激励机制,覃东荣不失时机地采取了奖罚措施。对成绩突出,提高幅度大的老师实行奖励,以达到典型引路的作用;对不称职者,绝不留情面,予以处罚。奖罚分明的制度,赢得了大家的肯定,全校教职员工争先恐后地忙教学业务。

为了督促制度的实施,覃东荣经常深入课堂,查备课、听课,查班务工作记录,突击检查领导在岗、教师在堂、学生到位的情况。

每学期结束时,老师们都回家休息了,覃东荣还待在学校,不计报酬地加班。他把老师的教案、政治学习笔记、业务学习笔记、听课记录、家访记录、任课教师分数登记册,班主任的各学科分数登记册,学生的各科作业、期末考卷搬到自己的房间。

他首先拿着算盘,抽查学生的考卷、任课教师的分数登记册、班主任的各学科分数登记册有没有错误;接着检查学生的各科作业,一页一页地查,一本一本地看,看哪个老师批改的作业认真、细致;再检查老师的教案、政治学习笔记、业务学习笔记、听课记录、家访记录,一页一页地看,看到底哪个老师的课备得好、笔记写得好、记录记得好;最后他把老师的教案、政治学习笔记、业务学习笔记的右侧边缘展开成平面,盖上公章,防止偷懒的老师下次继续使用。

面对一堆堆小山似的各种检查东西,他虽感到累,但看到师生这么认真、这么敬业,他会心地笑了,觉得虽累也值得!

师生齐称:"覃东荣做事认真,一碗水又端得平,扯不得半点儿谎!"

覃东荣一天都在忙。他每天早上六点起床,同寄宿生一起做早操;他不仅上好自己所带班级的课,每天的课间操、眼保健操的磁带都是他放的,别人放他不放心,怕误事;他挂着拐杖带领少先队干部检查学生做课间操、眼保健操的情况,打分。中午,师生休息了,他顶着烈日,挂着拐杖在校园里查看安全卫生工作，带领班干部检查学生教室和教职工房间卫生情况，打分，贴清洁等级标签。晚上，他打着电筒巡视校园，看有没有不安全因素存在，检查学生学习、睡觉情况，督查老师备课、批改作业；深更半夜，他提着马灯，迎着凛冽的寒风巡视校园，在学生寝室里给掀开被褥的寄宿生盖被褥，回到房间，点上煤油灯，做一些白天还没有做完的工作，直到凌晨一点才睡。

覃东荣全身心投入到教学工作中，因劳累过度，旧病复发。同学们经常看到他把腹部紧抵着讲台，豆大的汗珠滚落下来。

有几次，覃东荣由于胃病、结肠炎、胆囊炎发作，晕倒在讲台上，苏醒后，他吃力地把课上完。下课后，覃东荣腹痛难忍，右手拄着拐杖，左手按住腹部走进学校柴草房躺会儿。

柴草房铺有厚厚的稻草。原来有个附近学生的家长路过，看到覃东荣腹痛躺在柴草上，为使他躺着不着凉，暖和点，就搬来自家的稻草。后来其他几个村民也仿效这么做，柴草房里的稻草就多了起来。

乡亲们、师生们实在看不下去了，都劝他去医院住院。他摇了摇头，说："谢谢！不要紧，没事，无大碍，过一会儿就好，你们回家吧。"其实，他家正收养着六名贫困学生，哪舍得花钱住院啊！

辛勤的汗水浇灌出明艳的花朵，到位的学校管理，带来了教字垭镇中心完小可喜的变化。在覃东荣校长和全体教职工的齐心努力下，教字垭镇中心完小的教育教学改革结出了累累硕果。看着手捧优异成绩美滋滋的学生和精神焕发的教师，覃东荣深深地感到欣慰。该校教育教学质量逐年稳步上升，肄业班的调考和毕业班的统考，十二年来一直名列市（州）区（县）前茅，成为贫困山区教学的一面旗帜。

1983年秋季，黄士祥老师被调入教字垭镇中心完小，任六年级语文老师、班主任兼学校会计。黄士祥妻子是农民，在家要干农活，父母年老多病。黄士祥将两个儿子带到所任教的学校读书，老大读三年级，老二读一年级，以减轻妻子的负担。

当时学校有规定，教职工子女不准在学校食堂搭餐，所以黄士祥三父子每天早晚两餐只能吃一份菜。覃东荣看到后，心里不好受，每天将自己一份菜的大半拨入黄士祥的菜碗中，而他自己只吃一点菜和汤，时间长达两年。

"你想覃校长家也是'半边户'，爱人也是农民，三个儿女也在读书，老大读高中，老二老三读小学，比我家还困难！他却两年来每天两餐给我父子三人分菜吃……唉，黄士祥边说边擦眼泪，说不出话……"这是后来记者采访黄士祥老师，黄士祥说的话。

覃东荣不仅在教学上有一套科学的管理方法，而且在管理学校财力上也有一整套严格的管理制度和得力的措施。

覃东荣爱校如家，把学校的财产看得比自家的财产还重，他勤俭节约，艰苦办学，把每一分钱都用在刀刃上。有人说他太吝啬、太小气，是的，覃东荣确实是这样的人，学校每用一分钱他都精打细算。

他在学校财务管理上制定了详细的规章制度。如损坏公物照价赔偿；学校的办公用具发到个人后，调离时要如数退还学校；教室里的课桌椅谁坐谁保管，损坏后要照价赔偿；教室里的黑板擦、扫帚、铁撮、桶子都做了登记，每学期结束时学校会计要一一清查；教科书、备课资料、挂图、小黑板、幻灯机、课件、图书等都做了登记，谁损坏或遗失要照价赔偿；每学期结束时，各班的桌椅等东西由会计清查，若遗失或损坏要照价赔偿，班主任还要负责追查到人。

有一次，一位刚参加工作的老师，中午在办公室吃饭时，不慎将办公桌上的玻璃板损坏了。覃东荣知道后，来到办公室查看损坏情况，按照制度这位教师要赔七块钱成本。这位老师当时想不通，认为不是故意的。

晚上，覃东荣走到这位老师的房间，看到他眼含泪水。覃东荣情意深长地说："制度不是针对某个人的，而是经过大家讨论共同制定的。没有规矩，就不能成方圆，你不执行，他不执行，那么定的制度还有什么用？我们知道，你每月工资不多，家庭负担也很重，我们不忍心要你赔钱，可是制度就是制度，在制度面前人人平等，不能有半点儿私心啊！对这件事你要想开些。"

那位老师说:"覃校长,在制度面前人人平等,损坏东西理应赔偿,我愿意从下月的工资中扣除。"

学校还规定,教职工调离时,学校即使再忙也要开欢送会。人是有感情的,调离时都依依不舍,为调离教职工买个纪念品也是人之常情,但学校分发给他的东西调离时要如数归还。

有一位年轻教师,是覃东荣校长的一个远房亲戚,由于工作需要,教字垭镇学区将他调到一所村小去工作。调走时他忘记把学校发给的分火开关、台式日光灯退还给学校,覃东荣得知后,硬是要学校主管财务的黄士祥会计,到该老师新调单位把这些东西取回来!

放学后,虽是下午四点半,但秋阳还是射得人眼睛睁不开。黄会计徒步走到该村小,找到该老师问及此事时,那位老师说:"黄会计,对不起,害得你亲自跑到这里来。你不来,我也准备今天放学后把这些东西退还给你。昨天我走得匆忙,没在意。这是教字垭镇中心完小的制度,发的东西走时应该退还给学校。这是对的,人人都要遵守,真不好意思。"

另外,学校规定,职工晚上十点必须关灯,否则罚款一元。灯头与插口的接合处用胶布贴上,盖有学校公章,以防撕毁。灯泡坏后,要把坏灯泡拿到学校财务室让黄士祥会计查看坏灯泡上的型号,看坏灯泡上的型号与学校登记的灯泡型号是否相符。然后将新灯泡上的型号登记下来,领灯泡的教职工确认签字后才能将新的灯泡拿走,学校派专人更换灯泡,不能自己更换灯泡。

一天晚上,覃东荣拄着拐杖提着马灯,在教职工宿舍走廊上巡视时,发现李老师房间的灯光比其他老师房间亮很多。覃东荣疑惑不已,随即叫上黄会计,让他带上教职工电灯使用型号登记表、一个新灯泡和梯子。

覃东荣敲了敲李老师的房门,这位老师开了门。

李老师疑惑:"覃校长,你们有什么事?"

覃东荣抬头指了指横梁下的灯泡,说:"李老师,你这个电灯泡是多少瓦数?怎么感觉比其他老师的房间亮得多?"

李老师抬起头看了下横梁下的那个灯泡,说:"我没仔细看,反正是

111

到学校黄会计那里领的！"

覃东荣说："黄会计，你上去看看这个灯泡是不是在你那里领的？灯头与插口的接合处的胶布撕毁没有？灯泡是多少瓦？"

覃东荣在下面左手撑着梯子，右手高举马灯，以便给黄会计照亮。黄会计爬上去，打开电筒一看，说："覃校长，胶布撕毁了！这不是我们学校的灯泡，这个灯泡有四十瓦，我们学校没有这种灯泡！"

黄会计在覃东荣马灯光的照耀下取下灯泡。

覃东荣转身对李老师严肃地说："李老师，学校统一的瓦数都是二十五瓦，你这个灯泡怎么会有四十瓦呢？做人要诚实，学校制定的制度都要遵守。下不为例！更换灯泡学校安排有专人，今后换灯泡记得要叫上黄会计呀。"

李老师脸红了。黄会计把二十五瓦的新灯泡型号记下来，让李老师确认签名。黄会计将新灯泡安上，在灯头与插口之间用胶布缠了起来，盖上学校公章才下来。

李老师对覃东荣的做法非常反感，若不是姨父再三嘱咐，要忍着点，不然她早就与覃东荣翻脸走人了。

后来，一个星期天，覃东荣去城里办事。办完事后，他无意中在一家商场发现台式日光灯既节约电又不刺眼，十五瓦的台式日光灯的亮度赶上或超过六十瓦的电灯泡，自己便买了一个十五瓦的台式日光灯带回学校，老师们试后都说好。后经学校研究决定，给每个教职工配发这种十五瓦的台式日光灯，用于办公，调离后退回学校。

财务管理方面也有专人负责，按照制度，奖罚分明。

学校的一切开支由校长一支笔签字，两百元以下的小额支出，由财务人员向校长反映，由校长审批；数目超过两百元，五百元以下的支出由校委会集体研究决定；数目超过五百元的大额支出，由学校工会组长召开全体教职工讨论决定，以少数服从多数的原则、举手表决的形式确定下来。

覃东荣说："学校是大家的，不是我覃东荣一个人的学校，每个教职员工都有权利有义务管理好这个学校。学校的账目要透明，要经得起考验。账目一天一结，主管财务的会计每天向校长汇报一次收支账目。一个星期一小结，一个月一大结，月底学校财务人员把收支情况张榜公布，接受师生监督。教职工对学校财务收支账目有疑问的，可以先向学校工会组长反映，工会组长向学校汇报后，组织职工代表清查有疑问的账目，希望每位教职工把这个学校当成你们的家。"

"每学期结束时，学校的收支账目要彻底盘算，要让师生明白收入多少、支出多少、结余多少、招待费多少等。清账时，除各班班主任、工会代表、学校相关人员参加外，其他想参加清账的教职工都可以，我们校委会表示热烈的欢迎。这是对学校一学期经济工作的大检阅，这是好事。我代表校委会还要感谢他们，我不喜欢背后说三道四。有什么问题当面讲，我们要真正做到民主理财，阳光理财！"

考虑到"天有不测风云，人有旦夕祸福"。学校还规定，若个别教职工因有困难急需向学校借款，可写出借款理由，一百元以下，财务人员报请校长签字；一百元以上三百元以下，需经校委会集体研究讨论决定，再由校长签字，上月借下月还，绝不允许出现挪用公款的现象。

由于覃东荣主持制定的财务制度公正、民主、完善，他自己又带头清正廉洁，学校的财务工作也从没出过纰漏，学校多次被评为"财务工作管理先进单位"。

第十章

替父守校遭火灾 关爱学生深夜访

覃东荣无私地帮助别人，对自己的家庭却照顾得很少。

1985年春季，覃东荣的长子在大庸二中读高中，女儿、次子在读小学。家中一切农活由妻子伍友妹一人承担，确实需要劳力，但覃东荣为了减轻学校的经济负担，节假日坚持义务守校，不计报酬地加班加点。

一年四季最忙的莫过于收割农作物，犁田后插中稻秧，各家各户倾巢出动，割草、犁田、砍田坎、施肥、插秧……

覃东荣的三个子女多么想让自己的父亲回家、帮家里做点事，虽然父亲身体残疾，不能下田干农活，但帮家里煮煮饭也好。因为母亲伍友妹一年四季都在田间、山上劳作，太辛苦了！

可孩子们知道父亲是个"工作狂"，工作起来不要命，一心一意投入到学校工作中，舍小家为大家，以校为家。虽然家中这样忙，但父亲还是在学校里不计报酬地加班加点，做一些上班时没有做完的工作，晚上义务守校。孩子们认为父亲的选择是对的，当个人利益与集体利益发生冲突时，要以集体利益为重。他们对父亲没有丝毫意见，相反还支持父亲的思想工作，常常做母亲的思想工作。父亲是个受大家敬重的人，孩子们为有这样的父亲感到自豪！

为了更好地支持父亲的工作，三个子女利用周末的休息时间拼命帮母亲做家务、干农活。

有时，孩子们看到父亲拖着疲惫不堪的身体回到家，吃了晚饭便倒在床上呼呼大睡，孩子们在家做事都轻手轻脚，生怕把父亲惊醒，因为父亲也是血肉之躯，更何况是一个残疾人。他为了把学校工作抓好，以身作则，做师生的表率！学校各种事情他不能不管，早上六点起床同师生一起做早操；中午，老师们休息了，父亲拄着拐杖还在校园巡视；晚上加班加点到凌晨一两点才睡。父亲在学校确实太累了，在家要好好地休息，常常一觉醒来已到第二天下午两点。

这年五月的一个星期六下午，覃东荣患重感冒，咳嗽不止。本来就十分消瘦的身躯，经一阵咳嗽后，脸色苍白，更加消瘦，家人心疼不已。

吃过晚饭，覃东荣拄着拐杖要去学校守校，家人们哭了。长子覃梅元几步跨到门口，拉住父亲的手，心疼地说："爹，您看您病得这么厉害，还要去学校守校。平常您守校我们不拦您，可是您现在这个样子如何守校？您这个样子去守校我们不放心。今晚您在家好好休息一下，吃点儿药，我替您去守！"覃梅元说罢把父亲扶到椅子上坐下，从父亲身上取下钥匙便出了门。

覃梅元来到学校，在学校食堂烧水、洗脸洗脚。在天黑之前，覃梅元像父亲平时那样，拿着电筒将校舍周围认真地检查一遍，看有没有不安全的因素存在。然后回到父亲的房间，打开日光台灯，做作业、复习功课。时值春末夏初，微风从窗外吹拂进来，让人神清气爽、心旷神怡，凉爽极了。

晚上十点，覃梅元来了困意，想巡视校园后睡觉。他打着电筒关上房门，走到校园的西侧办公室附近巡视时，突然闻到一股恶臭的气味，接着听到"噼噼啪啪"的爆炸声。覃梅元想：这个时候了难道还有人放鞭炮？

覃梅元迅速回头一看，说："哦，不好，学校着火了！"只见父亲住房的上空浓烟滚滚，火光冲天。

覃梅元大吃一惊，不过很快缓过神，镇静下来，连忙跑到教师办公室将总开关关上，防止线路短路，然后跑到父亲的房间，拿着钥匙打开房门，看到房里书桌、钢笔、书纸等"噼噼啪啪"燃烧起来了。

站在门外，炙热的高温气流袭来，覃梅元想进去把棉被抢救出来，他试着冲进去三次，只跨两步就被滚烫的高温热气挡了回来，再不退出就会葬身火海！

他只好跑到操场上大声疾呼："快来人哪，快来人哪！学校着火了，学校着火了！"覃梅元一边大喊一边向学校食堂跑去。

覃梅元从食堂提来两桶水扑火，这时附近的乡亲们听到呼喊声纷纷赶来了。此时，操场上火把亮堂堂，乡亲们有的搬来梯子，上屋揭瓦，拆下椽子，让明火热气渗出；有的打着电筒提着水；有的提着马灯提着水；有的将水浇向火舌；有的打着火把给提水的人照路……

不到半个小时，大火终于被扑灭。幸好乡亲们扑救得及时，房屋损失不大，只是覃东荣房间里的东西烧光了。

覃梅元拿着手电筒走进被火烧过的房间，床上的帐子、棉被、床单、枕头、稻草等已成灰烬，自己的书、本子、钢笔烧得干干净净，留下一堆灰……

覃梅元哭了，自己的书没有了，还可以借，可父亲唯一的一床棉被没有了，找谁借去？

第二天清早，覃东荣来到学校，看到自己的房间烧成这样，心里很难过。覃梅元内疚道："爹，对不起，我没有守好校，对不住您！"

"这不怪你，只要没伤到人就好，幸亏你当时在巡视，发现得早，损失不大，否则后果不堪设想！你不要自责，我相信失火原因上级会调查清楚的。"

后经教字垭镇派出所的民警调查查明，失火原因是日光台灯电线老化短路引起的。

镇学区领导看了现场后，要补偿覃东荣的损失，被覃东荣拒绝了。覃东荣说："谢谢领导的关心！我的这点儿损失不要紧，我能克服，一床棉被而已，只要学校没有损失就好，我自己想办法！"

傍晚，覃东荣备了一会儿课，取出烟丝袋子打开，抓起一点烟丝放在薄纸里，卷了会挨挨嘴唇，卷成喇叭筒，点燃火吸起来。

不一会儿，家住张家嘴联组的覃东荣堂姐夫李启华得知后，知道覃东荣家没有多的棉被，就搬着自家的一床棉被来到学校，要送给覃东荣。

覃东荣坚决不接受。李启华责怪他道："东荣老弟，我知道你这个人，不随便接受别人的东西，但是人人都有困难的时候，你收下！我知道你家也没有钱买棉被，没有棉被你晚上怎么睡？怎么守校？这就算我暂时借给你的,等你以后有钱买了棉被再还我,可以吧!"李启华说完把棉被放在床上,转身出门。

不一会儿,覃东荣在房间拉起二胡来,曲子名叫《二泉映月》,曲调婉转、柔美、低沉、激扬,覃东荣边拉边跟着曲调轻唱起来。

深夜,覃东荣睡在这床充满人间真情的棉被里,思绪万千。令覃东荣这辈子遗憾的是,直到他去世时都没有把这床棉被还给好心人李启华!

自参加教育工作的第一天起,覃东荣就十分关爱学生,无论调到哪所学校,他都对学生的一天到校情况了如指掌。

到教字垭镇完小当校长后,他对学生更加关心。如发现有学生未到校,无论白天还是夜晚,晴天还是雨天,三伏酷暑还是三九寒冬,无论路程有多远,他都会拄着拐杖亲往其家了解情况。

山区学生因距学校较远,凌晨五点便拿着电筒从家里出发,晚上八点才能回到家。为了不影响孩子学习,家长要求孩子在学校寄宿,学校尽最大的努力满足家长的需求。

六年级吕志雄老师的班上有二十多个路程远的学生在学校寄宿。这年深秋的一天,天刚黑下来。覃东荣拄着拐杖打着电筒,照样在教室外的走廊上巡视。班主任吕志雄发现班上伍秋霞同学没来上晚自习,立即告诉覃东荣校长,覃东荣心急如焚,与校委会成员紧急磋商,迅速分人分组安排好寻找路线。

覃东荣和伍秋霞同学的班主任吕志雄一组,覃东荣拄着拐杖同吕志雄各自打着电筒一起寻找。

当晚,外面一片漆黑,伸手不见五指。覃东荣和吕志雄在学校里里外外找了个遍,没找着,随即在集镇上边找边打听,还是没有,遂往伍秋霞家找去。

伍秋霞家在紧临风景明珠张家界国家森林公园西南角,香炉山半山腰的一个边远土家山寨,距学校有十几里山路,道路崎岖难走。两人翻山越岭,从伍秋霞的亲戚家一户一户地找,边找边问,直到晚上十二点,才找到伍秋霞家。

117

伍秋霞家处在山坳里，随着两速电筒光的缓缓移动，只见左后右三面被成片成片高大的楠竹覆盖着，阴森恐怖；下面是悬崖峭壁，光照的尽头是郁郁葱葱的溪沟，附近的狗吠一声连一声，此起彼伏，令人胆怯。

此时，伍秋霞家已睡多时，万籁俱寂，周围漆黑一片。高寒山区的深秋气温低，寒意重，一阵冷风从竹林的间隙吹来，两人不禁打了个冷颤。还好，伍秋霞家没有养狗。

吕志雄老师边敲门边喊："请问，这是伍秋霞同学的家吗？伍秋霞在家吗？"

熟睡中的伍秋霞父亲仿佛听见外面有人在敲门，附近狗吠声叫得稠密、厉害。他翻过身来，睁开眼，仔细一听，确实听到有人在"咚咚"敲门。

睡意蒙胧的伍秋霞父亲揉了揉惺忪的双眼，双眉紧锁，不耐烦地问："这深更半夜的，哪个在敲门？"

"请问这是伍秋霞同学的家吗？我们是伍秋霞的老师。"覃东荣大声叫道。

伍秋霞的父亲一听，是伍秋霞读书学校的校长来了，马上起床，点上煤油灯，穿好衣鞋，快步奔到堂屋。打开门一看，只见一名高瘦的年老者拄着拐杖，旁边站着一个敦敦实实中等个子的年轻人，两人手里都拿着电筒，冷得浑身哆嗦。

伍秋霞的父亲借着电筒的反光，依稀辨认出来者，"这不是覃校长与吕老师吗？这深更半夜的，两人来到我家，肯定有重要的事才登门"。他心里默念道，不免有些感动。

伍秋霞的父亲缓过神，浓眉舒展，深情道："两位老师，快进屋，外面风大，冷！为了我家秋霞，害得你们走了这么远的山路，真是辛苦你们了。覃校长，您的腿不得力，却走到我家，我们对不住您呀！来，进来坐，喝杯热水，解解寒气！"

覃东荣拄着拐杖，和蔼地问："想必你是伍秋霞的父亲，我们不进屋了，水就不喝了，我只问你秋霞在家吗？"

"嗯，在家。"

"在家就好，在家就好！这样我们就可以放心了，她什么时候回家的？"

"天黑之前，她说感冒了，头有点儿晕。覃校长、吕老师，我家秋霞是不是在学校不听话？"

"没什么，只不过她今天晚上回家没请假，老师不知道。我们没看到她上晚自习，放心不下。从晚上七点找起，边找边问，一直找到现在，才找到你家。"

"喔，是这样的啊！这个不听话的孩子，我马上叫她起来给你们认错！"

"不必了！不要影响孩子的睡眠。明天早上你带她到学校来，顺便给她看下医生，买点儿药。等她病好了，我们再严肃教育她。时间很晚了，我们该回学校了！"

"两位老师，鸡叫头遍，都这个时候了！在我家宿一晚，明早我们一起去学校。"

"不必了，谢谢你！学校其他老师也在寻找，他们还在学校等我们的消息，我们必须回校，免得他们着急！"

"哦，既然这样，我送你们下山！"

"不用。我们走了，你休息吧！"

伍秋霞的父亲说："我不放心，覃校长，你的腿不方便，我一定要把你们送下山！"

这时，伍秋霞的母亲已起床，点好马灯递给丈夫。伍秋霞的父亲一手提着马灯，一手搀扶着覃校长，把两人送到山下柏油公路上才放心返回。

两名老师回到学校已是凌晨三点，其他老师因都没找着伍秋霞同学，在学校办公室等待覃校长他们的消息。老师们不约而同地望向门口，从两人进来的神色中，便猜想出伍秋霞同学找到了，当听说伍秋霞同学安然无恙在家时，压在老师们心中的巨石才终于落地，老师们会心地笑了，这才回房间睡觉。

可敬可爱的这些山村乡村教师，只睡三个小时，第二天早上六点照常起床与寄宿生一起做早操！

学生有困难，覃东荣积极想办法帮助解决；学生有病，他亲自背着上医院，为学生交费、喂药、喂饭，关怀备至。

有一年，六年级黄士祥班上有个叫覃正祥的学生，放学后，在他家门前瓦窑上玩耍，不小心一只脚踩进了烧得通红的烟囱里，左腿烫得红肿起疱，不能行走，在家治疗。

覃正祥的家住在红旗堰的一个山冈上，离学校将近两公里。班主任黄士祥老师了解这情况后，告知覃东荣校长。放学后，覃东荣与黄士祥一同到覃正祥家家访。

覃正祥的父亲说："覃校长，你看，我家正祥一只脚烫成这样，在学校很不方便，我又要做生产，没时间接送，可能要休学。"

覃东荣深情道："覃正祥的父亲，您虽然年纪比我小，按辈分，我应该叫您叔，现在离六年级毕业只剩下一两个月了，如果休学就要耽搁一年多时间，学生的学习不能误。这样吧，你早晨负责把孩子送到学校，到校后由我和黄老师负责背他上厕所，放学后把他送回家，你看怎样？"

覃正祥的父亲听覃东荣这样一说，感激万千。一双大手握着覃东荣的双手说："两位老师，太感谢你们了，给你们添麻烦了！"

"不麻烦，应该的！"黄士祥道。

就这样，早上覃正祥的父亲把孩子送到学校；覃东荣、黄士祥轮流背他上厕所；放学后，两位老师又轮流把他背送回家，黄士祥年轻力壮，背的路程长些。这样一直到该生伤势痊愈，时间长达近五十天。

覃正祥不负众望，小学毕业时，以优异的成绩考入大庸二中初中重点班学习。

覃东荣十分关怀家庭贫困的学生。三年级学生吴腊春的父亲去世得早，与母亲相依为命，母亲身患重病，吴腊春经常未吃早饭就去学校读书，很少吃中饭。覃东荣从学生中了解到这一情况后，觉得孩子可怜，随即来到吴腊春所在班级，将他带到自己房间询问。

覃东荣和蔼地问："腊春同学，听说你每天上学来没吃早饭？"

学生都畏惧覃校长，吴腊春低着头，不敢看覃东荣，有气无力地轻声回道:"嗯。"

覃东荣神情凝重起来,立即带着吴腊春同学到食堂,用自己的餐票给吴腊春打了一份饭,看着他狼吞虎咽的样子,覃东荣思绪万千、眼眶湿润。

等吴腊春吃完,覃东荣看向吴腊春,又问道:"腊春同学,不要怕,饭要吃饱,没吃饱再打份?"

吴腊春低着头说:"覃校长,我吃饱了。"

覃东荣当即把自己的当月餐票放进他的上衣口袋里,深情地说:"腊春,不吃饭,哪有力气上课学习。记住,今后没吃饭就告诉老师,老师们都会关心你的!"吴腊春同学哭了。此后,吴腊春在覃东荣和其他老师的关怀和救济下,安心读书,直到小学毕业。

张家嘴联组有个叫吴云山的同学,家庭相当贫困,父亲劳力不强,吴云山是老大读五年级,弟弟在读三年级,两兄弟时常迟到,面临着辍学的情况。

覃东荣从吴云山班主任口中了解这一情况后,决定放学后带着两兄弟的班主任亲自去他家了解情况。

覃东荣挂着拐杖与两位班主任走了一个小时来到张家嘴吴云山家。三人走进屋,看见吴云山正在堂屋里剁猪草,他的弟弟正在灶前烧火煮饭。因烧的柴是生枞枝,吴云山的弟弟时不时用吹火筒吹火,搞得满脸都是黑灰,让人心疼。

覃东荣想起自己小时候煮饭的事,不禁眼泪夺眶而出。

覃东荣说:"云山,你父亲呢?"

"给别人干活。"

一名老师帮吴云山的弟弟烧火,另一名老师帮吴云山剁猪草。饭煮熟后,吴云山开始炒菜。

覃东荣问:"云山,你家多长时间吃餐肉?"

"半年。"

"云山,来,老师这里有二十元钱,明天放学后称斤肉,改善一下伙食。记住,不管有多苦多困难,都要努力学习,上课不能迟到,老师们都会帮助你们的！"

吴云山不接，覃东荣只好将钱塞进云山的上衣口袋里，吴云山眼眶湿润。

不一会儿，吴云山的父亲回到家，看到三位老师来家访，双眉舒展，两边嘴角勾起笑容，心里很高兴。他知道老师们的来意后，对三位老师说，今后要多关心孩子的学习和生活，多准备些干柴，买个闹钟，以免孩子上课迟到。三位老师放心地离开了吴云山家。

在山区，许多学生上学常常要蹚溪过河，下雨天溪河涨了水，覃东荣放心不下。早上，他总是站在河对岸把学生一个一个地接过溪河；放学后，他又把学生一个一个地背送过河，不能让学生有任何闪失。

1985年5月24日，大庸县更名为县级大庸市，教字垭镇乡中心完小又更名为教字垭镇中心完小。

由于覃东荣思想过硬、政治觉悟高、踏实工作，在日常工作生活中以身作则、廉洁奉公，在师生中树起了威信，带了好头，向党组织靠拢的条件也已成熟。

1985年6月，经中共教字垭镇学区党支部书记熊朝流、老党员吴珍荣介绍，全体党员一致通过，学区党支部正式接收覃东荣为中共预备党员，第二年六月转为中共正式党员。

在教字垭镇全体党员大会上，覃东荣眼眶湿润，激动地说："感谢教字垭镇党委、教字垭镇学区党支部、全体党员同志们接纳我成为中共预备党员，我感到很荣幸，圆了我二十年的入党梦想。我从1965年写第一封入党申请书开始，到今年为止，断断续续写了十几年！以前党组织没有接收我加入这个组织，是因为我入党的条件还没有成熟。但我不气馁，思想上积极向党组织靠拢，工作上更加努力，我想总有一天党组织会考虑我的，接纳我的。各位领导，同志们，我今天加入了中国共产党，从现在起，我就要像个共产党员的样子，保守党的秘密，绝不叛党，绝不为党丢脸！中国共产党是工人阶级的先锋队，今后，我这个先锋队中的一员要在师生中起模范带头作用，吃苦在前，享受在后，先天下之忧而忧，后天下之乐而乐。为人民服务是我党的宗旨，我要为师生服务，为人民群众服务。请党组织看我的实际行动吧！我要报答党的恩情，为党和人民的教育事业鞠躬尽瘁，死而后已！"

这年暑假，县级大庸市教委领导看到"工作狂"覃东荣日夜不停地劳累，教字垭镇中心完小异军突起，有了一定的起色，一所贫困山村的小学不到四年一举跃入全县、全州先进单位。而拄着拐杖的覃东荣带病坚持工作，渐渐消瘦，长此以往，他的这条老命非搭进去不可！为了他的身体着想，市教委想给他换份工作，调他任某学区主任。可覃东荣却不领这份情，教字垭镇教育办主任覃子畅同志受市教委领导的委托，找覃东荣谈话，征求他的意见。

覃东荣说："感谢各级领导对我的信任。覃主任，你也知道，我这个人天生就不是当官的料！你们要我当这个完小的校长，我都感到力不从心，能力有限，更何况要当学区主任，我恐怕不能胜任！我这个人不能离开学生，不能离开讲台，否则就会浑身不自在，心里空虚，不舒服。你们让有能力的人上吧！我还是当这个完小的校长比较好，要不，我当一名普通老师更好！"

几句朴实的话语，让覃子畅主任感触很深，他只好去城里向市教委领导如实汇报。市教委没办法，只好尊重他的意见，继续让他任教字垭镇中心完小校长。

第十一章

爬遍青山劝学生 收养儿童骨肉情

在老少边穷土家族集聚地教字垭镇，入学率、巩固率成了乡村学校无法逾越的拦路虎。瘦高的镇中心完小校长覃东荣被贫穷这座大山压得腰弯背驼，挂着的那根拐杖似乎短了一截，左腿残疾的覃东荣使出浑身解数，最后只好使用绝招：收养。

1985年秋季开学之初，覃东荣在开学工作会议上强调说："老师们，我们在座的大部分人是国家公办教师，是拿国家工资的，每月或多或少还是有八九十元的工资。你们可以试想一下，我们的农民兄弟一年到头面朝黄土、背朝天地劳作，又能挣得多少钱呢？不少家庭贫困得连饭都吃不饱，哪有钱来供他们的子女上学啊！昨天，我参加了大庸市教委召开的开学工作会议，市教委领导一再要求我们，不能让一个贫困学生失学。学生的学杂费一律按市物价局、市教委的文件执行，绝不能多收学生一分钱。对于没有钱入学的学生，要想尽一切办法使他们先入学，学杂费的问题可以缓一缓，以后再交；对于家庭实在困难的学生，班主任报上来后，由学校校委会集体研究，当减免的要减免。再穷再苦，绝不允许有一个学生因贫困而失学！"

根据市教委的安排，八月三十日、八月三十一日两天报名，九月一日正式上课。

八月三十日下午一点，四十七岁的覃东荣的鼻梁上架着一副黑色宽边眼镜，镜片下的两只明眸炯炯有神，头发乌黑乌黑的，看不到一根白发，可能是遗传，他的父母、祖父母头发也一直是乌黑的。覃东荣坐在会议室前台，主持全体老师入学进度汇报会。

围坐在椭圆形办公桌旁的老师们边听边记，须臾，旁边的教导主任将全校未报到学生的名单交给覃东荣。覃东荣看后，双眉紧锁，面对严峻的入学形势，覃东荣要求各班班主任认真统计好未到学生的姓名、性别、具体住址、家长姓名、年级班级，越详细越好。然后安排劝学事宜：除一名教师留校给学生办理报到注册外，其余老师都去劝学，由校委会成员带队，分人分片进行地毯式家访，做通家长工作，把家庭困难的学生都劝回学校。

覃东荣和老师们带好相关资料及电筒，三三两两地出发了。

八月三十一日上午，一些贫困学生纷纷被劝来报到注册，覃东荣嘴角勾起一丝笑容，欣慰不已。

下午三点，覃东荣第二次主持全体老师入学进度汇报会。覃东荣了解到还有少数贫困学生没来报到，再次叮嘱老师们，按既定家访路线继续劝学，想尽一切办法使贫困学生入学，然后覃东荣和老师们带好相关资料及电筒又去劝学。

九月七日，星期六，炙热的烈日暴晒着大地。中午学生放学后，覃东荣第五次主持全体老师入学进度汇报会。

覃东荣从班主任口中了解到，全校只差五年级伍良平和三年级伍凤华兄妹俩因家庭贫困没来上学。曾饱尝家庭穷困不能继续升学之苦的覃东荣焦急万分，一种责任感驱使着他，下决心帮助这兄妹俩。

散会后，覃东荣要黄土祥会计和伍良平、伍凤华的两位班主任留下，了解情况。

伍良平的班主任说："覃校长，我们这一组在黄会计的带领下，去伍良平家劝学好几次了，伍良平兄妹俩都想读书，但家里确实贫困拿不出钱。伍良平父亲去年砍树擦伤了腰，下不起重力；奶奶年老体弱，时常吃药；母亲今年春得了重病，为给他母亲治病，家里欠债千多元。兄妹俩实在太可怜了，学校能否研究下，减免他俩的学杂费？"

覃东荣说："好。情况我知道了，辛苦几位了！减免学杂费一事，等我和黄会计去趟伍良平家进一步了解下情况再说。不知两位班主任今天下午有没有时间？若有时间陪我俩去一趟。"

两位班主任顿时秀眉舒展、喜笑颜开，异口同声："有时间，有时间！没时间挤出时间也要去，那太好不过了！"入学率、巩固率与班主任的岗位津奖、年终文明奖和评优评先挂钩，两位班主任做梦都想把本班的学生劝回学校。

伍良平的家住在边远山寨军家垭村沙母界组，在一个高山上。为给伍良平的母亲治病，家中一切能卖的都卖了，负债累累。奶奶年老体弱需要人照顾，兄妹俩不得不含泪失学在家，帮家里做些力所能及的事，挣点儿钱给妈妈治病，替家里还债。

同龄的孩子背着书包高高兴兴地去上学，而伍良平却早晚牵着一头大黄牯在乡间小道边徘徊，妹妹伍凤华一天到晚忙着做饭、洗衣、扯猪草……

为了让躺在床上的母亲高兴，白天，两兄妹装作一副快乐的样子；晚上，两兄妹躲在被窝里偷偷哭泣。两兄妹多么渴望能回到教室与同学们一起读书识字啊！

作为一个出生在偏僻的小山村，交通既不发达，又没有任何经济来源的贫困农民家庭的孩子，想来想去，又能如何呢？就在兄妹俩绝望失学在家欲哭无泪的时候，一个使他们命运发生转变的机会，很幸运地降临到兄妹俩的头上。

九月，骄阳仍似火，天气炎热。人们不愿外出，纷纷在家避暑纳凉。

覃东荣心里牵挂着失学儿童，不顾身残，拄着拐杖同几名老师，头戴草帽去伍良平家劝学。伍良平家距学校很远，道路崎岖难走。一行人走到教字垭镇大桥时，覃东荣突然重重地摔倒在地上，两手撑地，一双膝盖跪在地，拐杖也甩出老远。同去的老师们心里一惊：不好！覃校长摔倒了。大家疾步上前，合力把覃校长搀扶起来，把拐杖递给他。

刚才这一幕，恰好被迎面走来的教字垭镇教育办覃子畅主任看到，覃主任快步走到覃东荣面前蹲下，伸出右手摩挲着覃东荣的膝盖，心疼地说："东荣，我刚才看你摔倒了，膝盖受伤没？你看你自己，搞成这个样子，这么大的太阳，你们这是去哪儿呀？"

同去的老师说："覃主任，我们准备到军家垭伍良平家劝学，他兄妹

第十一章 爬遍青山劝学生 收养儿童骨肉情

已有一个星期没来上学了。"

覃主任深情地说:"覃校长,不要硬撑了,身体是本钱,快上医院治治腿伤吧!劝学的事交给老师们。"

黄会计劝道:"覃校长,我们先送你去医院,我们再去伍良平家劝学。"

覃东荣左手抹去额角的汗水,揉了揉腿,右手拄着拐杖使劲往地上戳了戳,站直身子,说:"覃主任,老师们,这是老病,不要替我担心,不要紧的,我能坚持!"说毕,覃东荣拄着拐杖,戴上草帽,一瘸一拐地走在最前面,几人紧跟在他的后面。在场的人无不为之感动,忍不住眼眶湿润,同去的几名老师心里想,帮助失学儿童重返校园,才能对得住这位残疾校长!

冒着炙热滚烫的太阳,覃东荣与几名老师继续前行。在翻过一道山梁时,几名老师看到覃东荣手脚并用地爬着,心里不是滋味,要搀扶着他上坡,他不让,坚持自己往上爬,几名老师只好跟在后面。

只见覃东荣右手拿着拐杖,左手拿着一个黑色破旧手提包,手脚并用往上爬,好像一只乌龟那样坚韧地爬着。覃东荣爬完这道山梁费了九牛二虎之力,大汗淋漓、气喘吁吁。

滚烫的夕阳射不透深幽、茂密、阴森恐怖的树林。一行人正在树林里穿行,突然,"噗"的一声,不知什么东西从李老师的身边飞起,李老师"啊"的一声叫出来,吓大家一大跳,打了个冷颤。

走在前面的覃东荣连忙收住脚,屏气凝神,拄着拐杖环顾四周,原来是一只猫头鹰停在路旁二丈多高的杉树枝上,心有余悸的几名老师也看到这只黑色的猫头鹰,开怀大笑起来。覃东荣不苟言笑,仍然拄着拐杖往前走。

此时,微风吹得树叶簌簌响,众人感到一阵清凉从脸颊拂过,舒服极了。再往上走,是一段有石阶的上坡路,道路更加陡峭难走。黄会计看到覃东荣实在走不动了,便心疼地劝道:"覃校长,你的腿不方便,刚才看你爬那道山坡,吃尽了苦头,疲惫不堪。这里有块荫凉的大岩板,你在这里歇着等我们,我们上去劝学,一定不辜负你的期望,保证劝他兄妹俩入学！"

覃东荣点头道："行，你们先去吧！"几位老师爬上台阶远去了。

稍微歇息后，覃东荣还是放心不下，拄着拐杖坚持赶往伍良平家。过了一会儿，两个家长从后面走上来，看见前面一个拿着拐杖的人，在台阶上手脚并用地爬着，心存疑惑，会是谁呢？两人快步走近一看，原来是覃校长！高瘦的身材，水肿的眼睑，湿透的衣服紧贴脊背，满头大汗，正喘着粗气。两人不由眼眶湿润，马上将他搀扶起来，深情地说："覃校长，您这是到哪儿去？又是去家访的吧？您看您，腿都这样了，哪有像您这样拼着性命家访的？你这样做到底图个啥呀？"

覃东荣挣扎着站起身，右手拄着拐杖在石阶上戳了戳，拐杖底部包的铁皮在岩石上溅起少许火花，气喘吁吁地说："谢谢！我准备到伍良平家去，他两兄妹失学，我放心不下，想了解一下情况，接他兄妹俩上学。"

两人听了无不动容。覃东荣拄着拐杖站立了片刻，待呼吸平缓后，向两位家长打听伍良平家的情况。

一个家长说："覃校长，他家十分贫穷，他父亲去年砍树擦伤了腰，现在下不起重力，母亲今春患重病，您到他家就知道了。"

"唉！我们也搞不清楚，一个原本好好的家庭，哪晓得去年伍良平他父亲砍树伤了腰，母亲又得重病，两个孩子跟着作孽呀！"另一个学生家长道。

覃东荣听后神情凝重，五味杂陈，心里不是滋味。两个家长搀扶着覃东荣翻过几道山梁，再走一段斜上坡路，就到了失学儿童伍良平家。

覃东荣拄着拐杖抬头一瞧，只见伍良平家三间破烂不堪的旧木板房摇摇欲坠，走近一看：山尖柱子、横梁用几根大长圆木支撑着；南北两侧墙是由土砖砌成的，没砌上顶；东面墙是由竹条编装成的，只装半截；西面是通的，放着柴火。高山上的风大，虽是初秋，却寒气袭人，冻得覃校长打冷颤。

覃东荣看罢一阵心酸，他感知，不是农民兄弟不送子女上学，而是贫穷这座大山压得家长喘不过气来！

几名老师突见覃东荣出现在伍良平家的堂屋门口，简直不敢相信自己的眼睛。

黄会计睁大眼睛站起来，疑惑地问，"覃校长，你的腿不方便，怎么这么快就上来了？"

"是他们搀扶我上来的！"覃东荣伸出左手指了指旁边的两位学生家长道。

覃东荣与两个家长握手道别后，收好拐杖走到伍家堂屋靠板壁坐下，知事的伍良平给汗流浃背的覃校长端来一碗泉水解渴。

覃东荣喝完了水，抹了下嘴，说："好水，清甜可口啊！良平，来，坐在老师身边，老师问你，为啥兄妹俩没来上学？"

伍良平沉默不语。

覃东荣和蔼地问："良平，你给老师说，你自己想不想读书？"

伍良平低着头，难过地回答："覃校长，黄会计、李老师、陈老师等老师来我家几次了。他们都问过我，我想，我天天做梦都想，可家里没钱。"

此时，伍良平的父亲提着锄头，妹妹伍凤华背着一柴背篓猪草一前一后走进堂屋门。伍良平的父亲听说覃校长左腿残疾，是手脚并用爬上来的，不由眼眶湿润，牵着女儿伍凤华的手，不好意思地说："老师们，为了我家的两个孩子，害得你们几次走了这么远的山路。覃校长，你的腿不方便，却走到我家，我对不住您啊！"

覃东荣说："伍良平的父亲，这是应该的。送子女入学是家长应尽的义务，你家两个孩子已有六天没来上学了，为什么不送他们读书？有什么困难？"

"覃校长，你们看我这个家，家不成家，业不成业。唉，只怪我自己去年砍树不小心伤了腰，现在下不得重力。娃他奶奶身体也不好，时常吃药；哪晓得娃她娘今春患了重病，为她治病，借光了亲戚，卖掉家中所有值钱的东西，家里现在欠下千多元的账。吃的都是亲戚、邻居施舍的，连饭都吃不饱，哪来钱送他兄妹俩读书啊？我对不住我的两个娃呀！"说着说着，他不禁蹲在地上双手抱头哭了起来。

129

"伍良平的父亲，不哭，困难是暂时的。我们国家虽然现在还很穷，但我相信，等不了多久，国家富裕了，到时学生上学不用交学杂费，由国家负担！眼下得让孩子先入学，再苦再穷，也不能苦孩子。伍良平该读五年级了，再等两年小学就要毕业了。他兄妹已缺课六天了，不能再耽误了，后天都来上学！这样吧，兄妹俩的学杂费由我负责！"

此言一出，黄会计等几个老师不禁打了个冷颤，心里一惊，齐刷刷地望向覃东荣。

"那怎么行？听说你三个子女正在读书，一个读高中，两个读小学，负担也很重，如何负担得起啊！"

"不管负不负担得起，反正孩子不能失学，孩子不能没有文化，慢慢想办法。"

早已感动得泪流满面的伍良平，情不自禁地跪在覃东荣面前，呜呜大哭起来。此时，面容憔悴的伍良平母亲躺在床上不时轻声地呻吟，伍凤华正在不时给咳嗽的奶奶捶背。

覃东荣忙把跪在地上的伍良平使劲拉到椅子上坐下，轻拍着伍良平的肩膀，喃喃地说："孩子，莫哭，擦干眼泪。坚强些，走，跟老师到我家去！"

同去的几名老师又不禁打了个冷颤，覃东荣家境他们不是不知道，想不到覃校长竟会做出这样的决定。

伍良平从覃东荣的身边站起身，擦干眼泪，去清理自己的衣物。覃东荣拄着拐杖同几名老师走出堂屋门外，来到天塔里。伍良平的父亲走到覃东荣的身边，一双大手握住覃东荣的双手颤抖着，哽咽着说："覃校长，给您添麻烦了！"随即对儿子说："儿呀，你要听覃校长的话呀！"覃东荣眼眶湿润，对伍良平的父亲说："小伍，你放心吧，我会把良平当作自己的孩子看待的！"伍良平转身回屋哭着同妈妈、奶奶告别，与父亲和妹妹说再见。

伍良平的奶奶拄着拐棍，颤颤巍巍地走到天塔的边缘，远望着一行人远去的背影，连声说："好人，难得的好人呐！"

返回的路上，覃东荣拄着拐杖走在前，伍良平背着衣物紧跟其后，黄会计几个老师走在后面。

一段下坡路，覃东荣不让人搀扶，一手拿着拐杖一手拿着那个黑色破旧手提包，手脚并用艰难地往下滑，就像小孩玩滑坡那样滑。黄会计不放心，怕覃东荣摔倒，就赶紧跑到他的前面，覃东荣一滑下底，黄会计就将他拽拉起来。

李老师看到覃东荣下坡手脚并用地滑行，不禁双眉紧锁，嘴角下滑，让人心疼。她回忆四年来，这个残疾校长一心一意扑在工作上，事事带头，爱岗敬业，以校为家，每个周末和节假日都是义务守校；自己什么地方都过得硬，很有威信，全学区的教职工、学生、家长、群众及各级领导都很尊敬他；镇中心完小在他的带领下，短短四年不仅在全县有了名气，而且还跃入全州先进单位。现在回想起来，四年前，自己上班上课迟到十五分钟被罚十五元，当时自己还想不通，恨过他，现在看来他是对的，应该这样！不然……

李老师瞅着前面一瘸一拐行走的覃东荣，内心在想：我那口子在城里工作，工资有我两个多，我们只有一个孩子，都感到钱用不过来，而覃东荣的工资比我多不了多少，近一百元；他家那么困难，三个子女读书，老大读高中，两个读小学，他今天不仅答应为这两个贫困学生负责学杂费，还把一个学生接到他家里生活，真不可思议！

李老师内心有些撑不住了，放慢脚步轻声问并排行走的黄会计："黄会计，你和覃校长共事时间最长，你应该最了解他，他家那么困难，为何还要为这兄妹俩出学杂费，收养贫困学生去他家生活？"

黄会计轻声道："雷公脸，菩萨心，难得的大好人！"

李老师眼眶湿润了："他真不容易，为学校为学生付出太多了！"

黄会计笑了笑："唉，李老师，你现在不记恨覃校长了？"

李老师看了一眼黄会计，平静地说："在制度面前人人平等，他当时那样做也是为了学校，也身不由己！人心都是肉长的，四年来，他为学校为师生付出太多太多，他太伟大了！"

黄会计说："我们学校有这样的校长，是我们学校的荣幸！同他一起工作，不管多苦多累都是一种享受，都心甘情愿！"

李老师驻足不动了，悄悄对黄会计说："是的，我也有这种感觉。我现在担心，覃校长回家后怎么对他妻子说？你说，他妻子能接受吗？"

黄会计鼓着眼睛看向另外几名老师，大家轻声说："我们也担心！"

覃东荣在前面喊："喂，黄会计，你们说什么，快些走！"

黄会计大声道："来了，来了！"

不知不觉三个小时过去了，一行人走到了教字垭镇集市。分路时，几个老师眼巴巴地瞅着覃东荣，好像在说，我们都在担心，你回家后怎样给你妻子交待？覃东荣从老师们看他的眼神中，意会到老师们的意思，覃东随即挥了挥左手，笑着说："放心吧，问题会妥善解决的。辛苦各位了！大家快回家。"

覃东荣拄着拐杖，带着伍良平走了一个小时，晚上八点才走到七家坪村李家岗自己的家中。此时，妻子伍友妹和两个儿女正在吃晚饭。

覃东荣领着伍良平来到一间低矮的土砖灶房前。伍友妹看向门口，颇感惊奇，心想：今天丈夫怎么带了个孩子回家？

伍良平羞涩地叫了声："师妈好！"

"唉。"伍友妹瞬间缓过神慌乱地回道，她忙放下碗筷走向门口，取下伍良平的背包，和蔼地说："孩子，快坐下吃饭。"

女儿站起来给两人去盛饭，小儿子覃兵站起身给两人搬来椅子。

等一家人吃完晚饭，覃东荣拄拐站起身，说："覃兵，你和姐姐带良平去看看书，我和你妈商量件事。"

等三个孩子离开后，覃东荣说："哦，友妹，今天突然把这个孩子带回家，事先没跟你说，情况紧急，请谅解！事情是这样的，这个孩子叫伍良平，十二岁，是军家垭的，家里穷。他父亲去年砍树擦伤了腰，虽治好了，现在下不起重力；孩子母亲今春得重病，治病欠了千多元的账；吃的粮食都是亲戚邻居施舍的。唉，这家实在无法送兄妹俩读书，两兄妹已辍学六天了。今天下午，我同几个老师到他家劝学，看到他家那样，我就说兄妹俩的学杂费我想办法，这个孩子扑在我怀里大哭，我不忍心就把他带回家。事先来不及跟你说，我想收养他，送他两兄妹读书。不知你意下如何？"说完擦了下眼角，默默地看着妻子。

伍友妹边听边擦眼泪，思索片刻，轻咬嘴唇道："这孩子确实作孽，东荣，你做得对！若是我在场，我也会这么做的。再说，孩子你都带来了，还有什么说的，支持你。我只担心这孩子住哪儿？"

覃东荣立刻笑逐颜开，自豪地说："我就知道，我家妻子慈爱善良，友妹，谢谢你！我代表孩子谢谢你。只要你同意接收，孩子住处我有办法。"

伍友妹听完一诧，说："喔，你有什么办法？"

覃东荣把拐杖放在椅子边，坐下说："对面堂弟覃正模一家不是几个月前，搬到城里公安局宿舍去了，你忘了？"

伍友妹拍了下脑壳，说："哦，是，我怎么就没想到呢，不知他两口子愿不愿意？"

覃东荣说："我晓得他两口子的秉性，心地善良，你明天进趟城说明情况，应该会答应的。"

伍友妹起身走到灶前，高兴地给三个孩子烧洗澡水，覃东荣给三个孩子交待一番后，右手挂着拐杖，左手拿着电筒回校守校。

覃东荣走到学校已是晚上十点半。李老师及几个住校老师看到覃东荣房间亮了灯，走来探听消息，几人一走进房间，就在覃东荣的身前身后站着。李老师瞅着覃东荣的脸，一个老师瞅着覃东荣的后颈，覃东荣疑惑不已："你们干什么？疑神疑鬼的，我一个男同志有什么好看的？"

正在这时，李老师和几个老师摇摇头。"没什么？"李老师说。

覃东荣恍然大悟，随后哈哈大笑道："你们是不是在找血印？"

李老师笑道："你怎么知道？"

覃东荣笑道："血印是你们女人的绝招！"

李老师疑惑："覃校长，看来，你妻子的思想工作做通了接受了，没捣你。"

覃东荣笑道："你们不知道她的为人，她慈爱善良得很呢！"

李老师若有所思地说："那这样，真是为难她了！她一个女人家，既要干农活,照顾自家两个孩子,又要操心收养的孩子。她品德太高尚了!这个星期六,我们几个去你家看看她。"

覃东荣笑道:"好,欢迎!但是我提醒你们,来时不准带东西,不然到时不好看!"

翌日,伍友妹坐早班车来到堂弟家,说明来意。堂弟和堂弟媳听说都很支持,立即把钥匙交给堂嫂,留堂嫂吃早饭。

伍友妹当天中午回到家,覃东荣看到妻子拿回了钥匙,很高兴,两夫妻打开堂弟家三间土砖屋的房门,清理卫生,搬来一张床和一个破旧桌子,给伍良平和小儿子覃兵安排床铺和写作业的地方。

这年九月九日,星期一,学校升完国旗后,学区熊朝流主任来到学校办公室,给大家带来了一个好消息:覃东荣被湘西自治州人民政府授予"州优秀教师",参加第一个教师节湘西自治州优秀教师表彰大会。老师们听后鼓掌,覃东荣一头雾水,荣誉来得太突然,他自己却不知道。同年,县级大庸市人民政府为他记功。

1986年农历正月春季开学,覃东荣夫妻又把伍良平的妹妹伍凤华接来,收养在家,供她读书。

这一年秋季开学后的第一个星期六下午,覃东荣回到家,走近木板房靠板壁的椅子上坐下,他两边嘴角下拉的厉害,愁眉苦脸,闷闷不乐。

伍友妹做完农活,拿着一把锄头一跨入木板房的门槛,看到丈夫的神情,惊诧了一阵。她缓过神后,放下锄头,忙问其故:"东荣,你是怎么搞的?你在学校劲鼓鼓的,打得死老虎!那就怪呀,你怎么一回到这个家,就愁眉不展,好像别人欠你钱似的。你自己好好想一想,我和你结婚十四年来,家里的农活你干过一天没有?三个儿女的学习你过问过没有?有你这个男人像没有一样!你星期六下午回家吃餐饭,又要去学校守校。好像学校才是你的家,这个家不是你的家!这个家,你到底要不要?"

伍友妹机关枪似的炮轰丈夫半晌后,丈夫仍浓眉紧锁,沉默不语。

伍友妹急了,心想:今天是怎么搞的?数落他半天,竟一句话也不说!平常无论怎样讲他,他都会回几句。

第十一章 爬遍青山劝学生 收养儿童骨肉情

伍友妹瞅了一眼丈夫,语气变得委婉了,温和地说:"我们都知道,你是个残疾人,一心扑在工作上,确实不容易!有什么烦心事不要闷在心里,把它说出来,这样心里会舒服些。不管有多大的事,多大的困难,我和孩子们永远都理解你、支持你!"

覃东荣沉默一会儿,嘴唇动了动,终于开口道:"友妹,真是辛苦你了!这个家全靠你了。我确实是一个不称职的父亲,不称职的丈夫!有件事我想和你商量一下,但又不知道怎么向你开口?"说完看向别处,不敢看妻子的眼睛。

伍友妹坐在椅子上,大大咧咧地说:"一家人,有什么不好说的,什么事?你直说吧,怎么变得这么吞吞吐吐、婆婆妈妈的了?"

覃东荣看了一眼妻子,心虚地说:"童家峪村的吕飞跃、吕启银两兄弟因母亲生病,家庭贫困无钱上学,已辍学几天了。我们以前收养了两个贫困孩子,我还想把吕家兄弟俩接到家里来,送他们读书,真不好意思向你开这个口。"

伍友妹听完一惊,眼眶立刻涌满了泪水,看着丈夫的眼睛,说:"东荣,我们已收养了两个孩子,你还想收养?"

覃东荣不敢看妻子的眼睛,痛心地说:"友妹呀,你给孩子们洗衣、煮饭,家里一切家务、农活全靠你了,真是难为你了!本来不该再给你添麻烦了,可看到有孩子失学,我就心痛,想帮帮他们。这就算最后一次,行吗?"

因家庭困苦,只读到小学二年级的伍友妹,被丈夫的话语感染了,她内心挣扎了片刻,抬手擦了擦眼角,说:"东荣,我发现你的口才越来越好,适合当政工干部,会做思想工作。刚才被你说得眼泪在眼眶里直打转,心里佩服!"

覃东荣两边嘴角勾起笑容,说:"友妹,这么说,你同意了?"

伍友妹嗔怪道:"我不同意行吗?看你那痛心的样子,我也心痛。你的性格我知道,我若不答应,你恐怕要痛心死。这可是你自己说的,最后一次?"

覃东荣坚定地说:"最后一次!"

伍友妹说:"刚才听你一说,吕家兄弟俩家穷,这么小就失学,确实于心不忍!我只读到小学二年级,吃了没文化的亏,不能让孩子们也吃这样的亏。东荣,我支持你,孩子们也会支持你的!好,不能让这兄弟俩失学,明天我就陪你去接他们!"

覃东荣顿时喜笑颜开,握住妻子的双手说:"友妹,谢谢你!你以后会有好报的!"

吕飞跃家在离张家界国家森林公园不远处,巍峨耸立的十八山半山腰童家峪村,距覃东荣家大约三十里,道路崎岖难走。吕飞跃家五口人,母亲身患各种疾病,父亲劳力差。为了给吕飞跃的母亲治病,家里负债累累,两兄弟不得不含泪失学,在家做些家务,捡些破烂挣点钱给妈妈买药。

第二天,骄阳似火,人们不愿外出,纷纷躲在家里避暑摇扇。覃东荣在妻子的搀扶下,拄着拐杖拖着残腿,翻山越岭走了四个小时,来到吕飞跃家,把吕飞跃、吕启银两兄弟接到了自家来住,送兄弟俩上学读书。

五星红旗迎风飘扬,蓝天白云下,教字垭镇中心完小放学后的校园显得空荡荡的。

覃东荣腹痛难忍,右手拄着拐杖,左手按住腹部走进学校柴草房,柴草房铺有厚厚的稻草。

覃东荣正准备躺在稻草上歇息,看见李大娘在柴草房门口徘徊,像是有什么心事,又像是找人?头上冒汗的覃东荣吃力地喊李大娘进来。

李大娘慢悠悠地走进柴草房,支支吾吾:"覃校长……"

李大娘看清覃校长病痛成这个样子,着急地要出去叫老师。

覃东荣制止道:"李大娘,您莫急,我的病我自个儿清楚,不要紧的!"

李大娘说:"覃校长,有病就得治,不能硬撑着!"

覃东荣问:"李大娘,凭直觉您找我有事?"

李大娘欲言又止。

覃东荣轻言细语:"大娘,您说吧,什么事?只要我能做到。"

李大娘神情尴尬:"我外地两个亲戚家的孩子,两家都穷。一家父亲去世，母亲患病，两个成绩优异的姐姐不得不含泪失学；另一家父亲残疾，母亲又体弱多病。两家都送不起孩子读书，这两个孩子想跟着我，来这里读书。我留这两个孩子吃住了几天，我想收留他们，送他俩读书，却无能为力，赶他们走，又不忍心。覃校长，你家已收养了四个贫困孩子，负担太重了，不想为难您，我说不出口。"

覃东荣右手拿着拐杖，左手撑地，从柴草上慢慢爬起来，焦急道："李大娘，您快带我去看看这两个孩子！"

覃东荣拄着拐杖忍住疼痛，跟着李大娘走了二十分钟。走进她家只见这两个孩子，一男一女，面黄肌瘦。覃东荣要李大娘陪着两个孩子，自己一瘸一拐地迈着沉重的脚步，回家同妻子商量。

覃东荣走了半个小时到家了，他进入一间低矮的土砖灶房，走进正在做晚饭的妻子。

伍友妹感觉有人进来，忙转过身一看，惊奇地问："哎，东荣，是你啊！今天又不是星期六，你怎么有空回家了？太阳从西边升起来了。"

覃东荣愧疚地说："友妹，这个家真难为你了！"

伍友妹注意到丈夫满脸的汗珠，心疼地说："东荣，看你额头上冒细汗，是不是身体不舒服？"

覃东荣说："原先腹痛了一会，不过现在好些了。我今天回家同你商量件事，唉，但又不知怎么向你说。"

伍友妹情不自禁打了个激灵，切菜的两手颤抖了下，放下菜刀，心想，莫非又是收养学生的事，随即双眼盯着丈夫，疑惑地问："你，你，是不是又想收养失学儿童？"

覃东荣不敢直视妻子的眼睛，神情尴尬地轻声说："嗯，我是想再收留两个。"

伍友妹听后木讷了半响，顿时眼眶湿润，哽咽着说："什么？两个，你还想再收留两个。前不久，你自己说收养吕家兄弟是'最后一次'！我们已经收养了四个，你自己看这个家已穷到什么样子了，你还想收养？这日子没法过了。"说完伤心地哭起来。

137

覃东荣愧疚不已，眼眶瞬间湿润，深情地说："友妹，不哭，我知道你跟着我受苦受累，没过上一天好日子！你不知道呀，这两个孩子非常可怜，外地的，是李大娘的亲戚。一个父亲去世，一个父亲残疾，母亲都患病，送不起孩子读书。"

伍友妹看了一眼丈夫，抹了把眼泪，一惊一乍地说："喔！我想起来了，李大娘家确实有两个孩子，一男一女？"

覃东荣惊诧地问："你怎么知道？"

伍友妹含泪说："我前天在李大娘家借东西看见过。"

覃东荣深情地说："你看到的这两个孩子都想读书，两家孩子的母亲实在没办法，只好把孩子送到李大娘家，想跟着李大娘读书。友妹呀，你知道，李大娘无儿无女，这么大年纪了，养活自己都困难，她如何送得起这两个孩子读书？我们能忍心眼看着那两个孩子失学在李大娘家？"

伍友妹哭着说："听你这么一说，这两个孩子也怪可怜的。我看那两个孩子灵性，是块读书的料，失学了实在可惜！可是东荣呀，你每月一百二十元的工资送自家三个儿女和四个收养的孩子读书都困难，你一心想的是学校的事，你可能还不知道咱家现在穷到什么地步了！今天煮的晚饭米是向邻居借的，明天的早饭米不知在哪里？"说完抽泣起来。

覃东荣语重心长地说："友妹呀，实在难为你了，我对不起你！但看到有学生失学我就心痛。我是共产党的干部，又是校长，再穷再苦砸锅卖铁也不能让一个穷孩子失学！钱米问题我来想办法。"

伍友妹抹了下眼泪说："好吧。我若不同意，你心里更加难受，你要收就收吧，再加两个孩子也就是多加两双筷子两个碗，每天多洗几件衣服。不过……"

覃东荣焦急地问："不过什么？"

伍友妹无奈地说："堂弟覃正模前几天回老家对我说，要我转告你，他家准备明年冬季在城里修房子，需要老家的木材和瓦，要我们有个思想准备。到时他家这几间土砖房拆掉了，收养的孩子住哪儿？"

覃东荣听后吃惊不已，说："啊，听你这么一说我也心急，不过船到桥头自然直，到时再说吧。谢谢你，友妹！我替那两个孩子谢谢你。"

伍友妹说："谢什么谢？你去学校守校，我去李大娘家把这两个孩子接来。"

伍友妹从李大娘家接来的两个儿童，男孩叫代新华，女孩叫陈霞。伍友妹心疼不已。

许多乡亲来到伍友妹家，看到覃东荣夫妻共收养了六个儿童，都感慨不已！一个穷困的"半边户"，相亲相邻的彼此了解，都替覃东荣夫妻着急，捏着一把汗。

覃东荣的长子覃梅元读高三，女儿覃云、次子覃兵在镇中心完小读六年级和四年级，加上收养的六个儿童，这一家就有了九个"兄妹"。

第十二章

座谈教改取真经 潜移默化子承业

1986年6月，湘西自治州和大庸市两级教委组成的检查团，对大庸市西北部教字垭镇办事组所辖的中湖、兴隆、教字垭镇、罗水、桥头、禹溪五乡一镇进行四天四夜的教学工作检查。

九日下午一点半，检查团来到教字垭镇中心完小，来不及休息就进入办公室，听取校长覃东荣、教导主任伍建国的工作汇报。

覃东荣在汇报中说，我们学校共有七个教学班，十三名教师，三百八十三名学生。目前校舍条件比较差、班级学生多、老师数量少，为了减少学校的经济开支，我们想了很多办法。比如，为了节约用电，我们把教职工房间的灯头和插口之间用胶布封上，盖有学校公章，防止撕毁。制定详细的用电制度，做到人走灯灭，限制开灯时间，晚上十点必须关灯。为加强教职工的政治思想学习，我们规定每个教职工每天必须坚持一个小时以上的读党报党刊政治学习，并写下政治笔记，每学年至少要写高质量的四十篇政治学习笔记和二十篇心得体会。

我们一贯倡导用老师的一桶水去灌输学生的一杯水，加强教师自身的业务学习。要想备好课、上好课必须练好"三笔字"，即粉笔字、毛笔字、钢笔字。三笔字的训练，我们有专人辅导，有详细的辅导方案。平时给学生上课在黑板上写板书时，其实就在训练粉笔字，板书时要写正楷字，一笔一画地写，要取好间架结构，不要潦草。对于毛笔字和钢笔字的训练，我们给每个教师发了一本钢笔字帖、一本毛笔字帖。其实我们每个老师在备课时就在练钢笔字，写钢笔字的要领同写粉笔字一样。要想练好毛笔字，就要注意握笔的姿势，拿笔的手要空，要能放得进鸡蛋，写字时握笔的手要悬空。练字要按字帖练，要从最基本的一点、一横、一竖、一撇、一捺练起，不要急，慢慢来，一步一个脚印。每学期至少要练八十页高质量的毛笔字，由教导处检查打分。每学期举行一次教职工"三笔字"比赛，每项取前三名，进行奖励，还加强督促老师简笔画的学习。

为改革传统的教学模式，我自制了幻灯片八十多张。全校教研教改活动生机盎然，涌现了语文教改以伍建国主任为代表、数学教改以熊廷尧老师为代表的先进教改人物。熊廷尧深化数学教学改革，在教改中联系实际撰写了《应用题求异思维奇偶》等论文在省级以上杂志上发表。语文教学上的拨笋法、数学教学上的尝试法正在全校推广。

为了激发学生的学习兴趣，陶冶学生的情操，使学生在乐中学，在学中乐，学校成立了美术组、音乐组、舞蹈组、书法组、体育组、写作组、科技组、故事组、奥数组等兴趣小组，每天坚持至少四十分钟的第二课堂学习，学生根据自己的爱好可以从以上小组中任选一组。学生踊跃参加第二课堂，学生学习的积极性提高了，充分发挥了学习思维。

在各项比赛中，我校参赛选手取得了优异的成绩。有一篇作文获市三等奖；寒暑假学生找的化石标本荣获州一等奖；学生彭朝阳在全市成人围棋比赛中，战胜许多成年高手，获得第二名；手抄报比赛获得市三等奖。

探索改革学生的思想品德评价，我们打破了以往评学生的思想品德仅靠一张试卷上分数的做法，首创思想品德"六三一"科学评价分值，即笔试占百分之六十、师评占百分之三十、自评占百分之十，从而彻底扭转了学风。

我们对少先队工作常抓不懈。比如每年清明节给红军烈士扫墓，进行革命传统教育；开展向雷锋同志学习，争做好人好事活动，伍星同学把自己的中饭让给别人吃；少先队员纷纷捐出自己的零用钱买礼物看望孤寡老人；有的为五保户送柴、送米、洗衣、做饭；有的为贫困学生捐款捐物；有的为缺乏劳力的家庭插秧、收割……这样的好人好事层出不穷。

为充分发挥学生的主体作用，打破以前老师只管教，学生跟着老师的思路去学，束缚学生思维的传统教法。在日常生活中、教学中，强调老师与学生是平等的，学生要尊重老师的劳动成果，老师也要尊重学生的人格。学生有缺点，老师可以帮助改正；老师有做得不好的地方，学生同样有权利指正。

　　要把学生完全融入学校事务管理中来，要让学生知道学校是大家的，每位学生是学校中的一员，可以提出自己的建议与意见。本学期我们开展了五、六年级学生给校长的一封信，说出自己的知心话活动，一共收到七条宝贵的意见。这样一来，校风、学风、班风得到进一步改善，学生学习主动了，老师在教学中也丝毫不敢马虎，勤勤恳恳地教学，生怕学生找出自己的缺点。

　　接着是伍建国主任的工作汇报……

　　两级教委领导听完覃东荣校长和伍建国主任的工作汇报后，对教字垭镇中心完小的各项工作都给予高度评价。

　　检查团一致认为，该校的各项工作之所以这样出色，是因为有一个团结务实、开拓进取的领导班子；有一个以身作则、廉洁奉公、一身正气的好校长。教字垭镇中心完小的各项工作有目共睹，始终走在全州前列，其管理经验确实很值得在全州推广。

　　下午，在上课前十分钟，检查团拿着教师花名册，按课表随机抽出两名教师的课。听完课检查该教师的教案和学生的作业，抽查询问学生，检查团及时反馈，给予高度的评价。

　　随后，检查团又检查了该校的第二课堂，看九个兴趣小组的活动情况，随机询问学生，查看资料和学生成果，反响很好。

　　晚上七点，检查团在该校办公室又召开了教研教改座谈会，老师们争先恐后、踊跃发言。

　　教导主任伍建国讲的是分层法批改作文初试。他主要讲两个方面的问题：

　　第一个问题是如何修改作文。作文修改要经过自改、同桌改、小组改三个过程，这样可以培养学生的自觉性，充分发挥学生的自主性，学会全心尽力去修改，有机会发挥学生见解，使学生能相互学习，减轻老师的负担，提高作文质量。

　　第二个问题是开头、结尾、联想方面的指导。一年之计在于春，一天之计在于晨。同样的道理，一篇作文在于开头，开头写好了，后面就好写了。开头要短小而精悍，要尽快入题，开头不要千篇一律，要学生自己想；结尾要短，要紧扣作文题目，要大气，要有力量；要想写好作文关键是要让学生会联想，如从简单到复杂，从局部到整体，但联想不是凭空捏造，要合乎情理。这就需要学生平时多观察，培养学生的观察能力，只有亲身经历过的，写出来才能有真情实感。在这方面，多做学生扩写的训练至关重要。

接着是黄士祥老师发言，他讲的是"采用提问式教学，培养学生的思维"。他说，传统的教学方法是老师讲、学生听，老师抄、学生抄。先是学字词，再分段，概括段落大意，最后抄中心思想，这样一篇文章就算讲完了。实际上，学生根本就没思考，还没有进入到课文情境中去，而采用提问式的教学方法，就可以把学生带进课文情境中去，让学生去思考，这样既开发了学生的智力，也培养了学生的思维及口头表达能力。

数学教研教改首先发言的是覃遵兵老师，他讲的主要内容是根据小学生的特点或者差异因材施教。他说，温故而知新，只要把以前学过的知识温习一遍，滚瓜烂熟之后，新知识你不学也会懂。在教学中要根据小学生的特点因材施教，先易后难，老师布置作业时要有梯度，成绩优异的学生作业难度加大，成绩稍差的学生作业难度适中。

陈生祥老师讲的是小学应用题教学的体会。他说，应用题的教学在小学阶段很重要，有的学生一看到应用题就头疼、就恐惧。实际上，应用题学好了是最容易的，学得不好是因为应用题中某些关键字、词没搞懂。要学会拼题、拆题、插题、举一反三，要对应用题的结构有所了解。教学要与实际生活相结合，只要你把这些问题搞懂了，那么应用题就能迎刃而解了。

吕志雄老师讲的是学生作文程序的改革。他说，要学好语文，写作文是关键，如果作文写得好，说明语文就学好了，我们平常学语文基础知识，实际上都是为写作文服务的。现在有的学生怕写作文，一提到写作文就反感，有的甚至干脆照《作文选》抄，为什么？就是因为原程序束缚了学生的思维，框死了学生的思维，学生写得呆板。而新程序使学生大胆写作，不受束缚，对学生对症下药，学生习作时可以一题多练，导评合一，

143

导中有评，评中有导。

中年女教师刘云讲的是启发智力偏低学生的探讨。她说，人非圣贤，人不可能一出世就是天才。天才在于勤奋，实际上聪明人与迟钝人的智力是差不多的，只是聪明人在智力方面开发得早，启发得好；而智力偏低的学生不是天生就迟钝，只是在智力开发方面迟了点，多鼓励他们，他们会有作为的。

老教师熊廷尧讲的是求异思维和求同思维在教学中的应用。他说，求同思维就是集中思维，求异思维就是发散思维。平常说，一通百通，任何一道应用题都有几种解题方法，你如果只会一种解题方法，虽然做对了，那么你对这个应用题还没有真正搞懂。比如说从大庸到北京，有很多路可走，可以步行，可以坐汽车，也可以坐火车。在这方面多做一题多解、一题多练的练习，要充分发挥学生的思维。

最后是覃东荣校长发言。他讲的是利用幻灯教学来缩小优劣生差距。优生和差生是相对的，不是绝对的，没有绝对的优生，也没有绝对的差生，优生是反应快一点，差生只不过反应慢了一点。通过观察，优生与差生之间的差距是可以缩小的，而利用电化教学，可以激发差生的学习兴趣，可以把他们的注意力很快集中到直观的图像教学中去，老师稍加点拨，问题就迎刃而解了。

检查团成员听了教师们的座谈，都感到这个学校的教改搞得很不错！

检查团走后，覃东荣又召集老师们认真总结经验。覃东荣对大家说，为早日把教字垭镇中心完小建成全州、全省甚至全国名校，只靠我们现有教师的教学水平还是远远不够的，我们必须进一步努力，建立起一支真正思想觉悟好、业务水平高、教学能力强的教师队伍。

针对校内某些教师存在骄傲自满情绪的现象，学校校委会一班人集体研究决定，暑假带领老师们到外面取经。看外面的世界到底有多大，看别校是怎样管理的，看别人是怎样教学的，看自己到底教学水平如何。

初步确定去邻近的湖北省教育教学搞得好的宜昌、武汉两地的重点小学学习去看看，顺便让老师们感受一下祖国的大好河山，实地瞧一瞧祖国的重点工程——葛洲坝，这对今后的教学是很有帮助的。

暑假一到，学校组织老师们到宜昌、武汉两地几所重点小学参观，通过实地听课、看资料后，老师们感受极深。

老师们都说，比起外地，我们山区的教育确实太落后了，起码还要二十年、三十年，甚至五十年才能赶得上这些学校的校园建设、教学设施、教学设备！

你看，这里有标准化的四百米跑道，还有宽敞的一人一个座位的学生就餐食堂，能容纳一千多人开会的礼堂，还有多功能语音室、设备齐全的仪器室、多功能电化教学教室、建设独特的体育馆，还有那干净整洁的舞蹈训练室，老师们都看得眼花缭乱、心潮澎湃！

回到学校后，老师们将学来的先进教学方法运用到实际教学中去，教学质量又得到了显著提高，原来有些自满的老师也自感愧疚。

覃东荣看到老师们在紧张有序地进行教研教改，颇受感动，高兴之余，他特作《参观取经》诗一首，来表达这次参观考察学习的感受。

其诗曰：

参观三峡葛洲坝，水力发电第一家。
建筑工程多宏伟，我们感谢科学家。
宜昌武汉取真经，教学方法让人夸。
回去一心搞教研，培养栋梁强国家。

1986年11月，国家开始尊师重教，全社会都在关心教师，教师普遍涨了工资。覃东荣的工资也由原来的每月一百二十元涨到了一百八十六元。

星期天，覃东荣利用在大庸市教委开会时的中午休息时间，来到大庸一中给长子覃梅元送生活费。原来覃东荣每月给覃梅元二十元生活费。粮票每斤收燃料费三角，遇到小月，每月三十六斤粮票，需交十元八角的燃料费，余下的九元二角供吃菜，每天三角，用一个月后剩二角；如遇到大月，每月三十七斤二两粮票，需交十一元一角六分的燃料费，余下的八元八角四分供吃菜，每天三角，用一个月后，还差四角六分钱。不管是大月、小月，都没有余钱买牙膏、洗衣粉了。

时任大庸一中党支部书记的李子才是覃梅元的叔伯姑父，为人心地善良，非常同情覃梅元家的处境。两年中李子才姑父一家人对覃梅元非常关怀，前几个星期的每个星期六、星期天，李子才都要接覃梅元去他家改善伙食。

后来，覃梅元怕麻烦姑父一家，不好意思再去。慈爱的李子才每个周末带一罐头瓶炒熟的好菜，送到覃梅元的教室或寝室，覃梅元热泪盈眶。覃梅元得到李子才一家人的帮助，才有钱买牙膏和洗衣粉。

覃东荣想给长子增加点生活费，可覃梅元不让。覃梅元说："爹，我每月二十元钱够用了，我现在过得挺好，李姑父一家人很关心我，至少我中午还有饭吃，弟妹在小学读书没吃中饭，您就将增加我的那笔钱让弟妹吃点中饭吧！"覃东荣听到长子的话，不由眼眶湿润。

高考，乃人生大事，覃梅元却因一支钢笔不争气，落下终生遗憾。

1987年7月9日，是覃梅元高考的最后一天，天气相当炎热，坐在教室里考试时不知不觉间汗湿衬衫。

上午考英语，覃梅元信心十足地做着试卷。距开考铃不到十分钟，钢笔笔尖突然不下墨水了，他把钢笔打开，修理了几分钟，墨水还是时下时不下，便开始心慌。

覃梅元修理钢笔的动作，被坐在讲台前的主监考老师看见了，主监考老师看他焦急的样子，当即把自己的钢笔借给他。

覃梅元虽然拿着主监考借给他的这支高级钢笔，但还是收不下心，精神集中不起来，心还在"扑通""扑通"地跳个不停，不知不觉终考铃响了，覃梅元哭了，心想这场英语考试肯定考砸了。

高考成绩公布后，覃梅元不敢看，总分距中专最低控制分数线相差几分。虽然上了计划内自费专科线，可是每年至少几千元的学费，这对于一个农村贫困家庭来说，无疑是个天文数字，想都不敢想！他只好把计划内自费这一志愿栏放弃了。

原来这支不争气的钢笔两个月前就出了故障,经常写着写着就不下墨水了。其实,买一支钢笔只需要两元钱,当时覃梅元手里攒有几元钱,买两元钱一支的钢笔还是不成问题的,但他舍不得买,因为两元钱够他吃一个星期的菜呀!

后来,父亲覃东荣知道了这件事,没有对长子说什么,只是心里感到愧疚,觉得对他关心太少,怎么不多给他几元钱,买支好钢笔呢!

覃东荣愧疚之余,对长子说:"梅元,这次高考失利,是父亲对你的关心不够。我看你还是有潜力的,总分一百二十分的数学你考了一百零八分,其他功课再努力一点,还是有希望的,你就复读一年吧!"

"爹,你不要自责,是我平时读书不努力,但和别的孩子相比,我还是幸运的,你送我读到高中毕业就相当不易了,不少人莫说读完高中,就是能读完小学都无望。我都二十一岁了,下学期妹妹读初中一年级,弟弟该读小学五年级,我家收养的六个'弟妹'要上学,用钱的地方还很多。这是我的心里话,您不要劝我复读了,我想出去打工挣点儿钱,帮你多抚养几个读不起书的贫困学生!"

听着长子几句朴实的话语,覃东荣不由自主地流下了自豪的泪水。

山区缺乏人才,更缺乏人民教师。

八月中旬的一天傍晚,覃梅元与伙伴们正坐在塔子里歇凉,无意中从广播里听到一则消息:大庸市教委计划招聘三十名初中抵编代课教师和一百二十名小学抵编代课教师。

何谓抵编代课教师?抵编代课教师就是抵一个教师的编制,工资由市财政发,以后有机会可以转为国家教师。

覃东荣拄着拐杖回到家,问长子覃梅元知不知道市教委招聘抵编代课教师的事?

覃梅元说:"知道。"

覃东荣说:"既然知道,那你想不想当老师?"

覃梅元大声地说:"不想!"

覃东荣感到愕然,问:"为什么?"

147

覃梅元说:"当老师有什么出息?你看您教一辈子书,您现在月工资不到两百元,穷得叮当响,还背一身债!"

覃东荣问:"那你想做什么?"

覃梅元说:"爹,我正要给您汇报一件事。我昨天去了一趟城,城里最繁华的那个居委会缺个秘书,想找个字写得好的高中毕业生。我与该居委会的领导见了面,通过考察,他们想让我去,我说回家听听父母的意见。"

覃东荣沉默半晌,说:"啊!这个问题等下说,我先带你去个地方。"

覃梅元说:"去哪里?"

覃东荣说:"跟我走,到了你就知道了。"

说罢,覃东荣拄着拐杖在前,覃梅元紧跟其后,走了一个小时到了教字垭镇集镇西南四百米书箱岩对面的茹水河滩上。

覃东荣站在河滩上,指着河对岸距水面不远处,一块巨石上雕刻的红油漆描绘的五尺见方的"教"字。覃梅元望了望那个大大的"教"字,心想:不知父亲唱的是哪一出戏,先看看再说。

覃梅元正思忖着,覃东荣转过身来,深情地说:"梅元,其实我刚教书时也有机会出去,不当老师,可能比现在过得好。二十多年前,我高中毕业后,和你一样被县里某机关单位领导看重,邀我去当秘书,当我把这个令人兴奋的好消息告诉你爷爷时,你爷爷不但不高兴,反而领着我来到这个教字岩下,让我跪下!"

覃东荣继续说:"你爷爷当时说,我们住的这个地方叫'齐家岗',你爷爷的天祖覃庆恒将三个儿子迁居在这里,寓意就是大丈夫修身齐家治国平天下,为国家分忧做贡献。你爷爷的父亲覃章锦是个文秀才,你爷爷的大伯覃章桂是个武秀才。到了你爷爷那一辈,你四爷爷覃遵众绝世聪明,过目不忘,才华横溢。"

覃东荣看了看儿子,问:"你知道这'教'字的寓意吗?"

覃梅元说:"不知道。"

覃东荣说:"你看那个'教'字,寓意深刻。左边是'孝',意思是说,要有孝心,要尊敬老师和长辈;右边是'文',意思是说教会更多的人识字、读书,要有文化。整个'教'字的意思是要有文化懂孝道。"

覃梅元聚精会神地听着,听完后点点头。

覃东荣又问:"你知道这'教'字是谁写的吗?"

覃梅元说:"不晓得。"

覃东荣右手拿着拐杖指着"教"字,就像当年父亲给他说的那样说给长子听,覃东荣激动地说着,覃梅元静静地听着。

半个小时后,覃东荣问长子:"你说当年湖北荆州人伍铁岩为何千里迢迢来这里办学?"

覃梅元若有所思地说:"这里人愚昧无文化,他来兴办教育。"

覃东荣说:"好。我再带你去个地方。"

半个小时后,覃东荣拄着拐杖,带着覃梅元来到竹园坪红四军二路指挥覃辅臣烈士墓前。覃梅元明白了父亲的良苦用心,决心报考抵编代课教师。

第二天,覃梅元与几个伙伴结伴到市教委人事股报了名,覃梅元报的是小学抵编代课教师。当时有近两千人报考,结果覃梅元以优异的成绩考上小学抵编代课教师,被市教委分配到桥头乡高枫小学任教。

秋季开学前,覃梅元乘车专程来到城里该居委会,说明来意,居委会领导尊重他的选择,只是叹息不止。

爷爷听说长孙考上了小学抵编代课教师,虽不是国家正式教师,但也能为家乡的教育做贡献,异常兴奋。

爷爷看到长孙家穷,置不起棉被,就将自己的棉被送给长孙,并叮嘱说:"梅元,总算你这几年高中没有白读。从明天起,你就成为一名教师了,进课堂给学生上课。要多向老教师学习,学习他们的教学方法,要把学生看作自己的弟妹。要当个正派的老师,要向你父亲学习,做一个师生喜爱、群众满意、领导称赞的好老师,不要让别人指着你的脊梁骨吐唾沫!"

覃梅元没有辜负爷爷的期望,经过一学期的努力,他的工作受到学校师生及家长的一致好评。在年终评优评先教师大会上,覃梅元被评为县级"大庸市先进教育工作者"。

第十三章

举步维艰抚学生　为生居住建寒舍

覃东荣夫妇不仅管这六个孩子吃住，还要送他们读书，家里还有一个身患慢性前列腺炎七十多岁的老父亲，这对一个本来就很困难的家庭来说，又多了六张嘴吃饭，这是一个怎样难撑的家啊！又是一个在怎样强撑的校长！

一天傍晚，老支书走进覃东荣家木板房，待老支书坐定后，覃东荣给他倒了一杯浓茶。老支书问覃东荣："东荣，我们都搞不明白，你家三个孩子正在上学，本来就穷，一下子多抚养六个孩子，你有这个能力吗？你这样做到底图个啥？"

覃东荣摆摆手，咬着嘴唇唏嘘说："老书记，小声点儿！孩子们正在邻屋做作业，不要让他们听到。我不图什么，只知道孩子不能失学，不能没有文化。老书记您还记得三十多年前，对我说的话吗？"

老支书摸了摸花白的胡须，思忖片刻，说："哦，我当然记得，当时我说，你十五岁能发蒙读书，是托了共产党和毛主席的福！现在要发愤读书，等以后有文化知识了当个老师，要使更多的穷人子弟都能上学读书！"

覃东荣激动地说："老书记，虽然时间过去了三十三年，您说的话我一直铭刻在心，一辈子都不会忘记！人要懂得感恩，没有共产党，我们这些穷人的孩子哪能踏入学堂发蒙读书呀！所以，我要报答党恩。虽然我家穷，但再穷再苦，孩子要读书，我夫妻俩就是砸锅卖铁，也要想办法把他们送到初中毕业！"

正在屋里做作业的六个孩子听到覃校长的话语，忍不住偷偷流泪，他们都被覃校长一家人的义举所感动，他们都在想：覃校长夫妇太善良了，我们遇到了大好人，他们把我们当成了自己的子女。

覃东荣妻子伍友妹是一个慈祥的师母，是孩子们的"再生母亲"，她积极支持丈夫的工作。不是老师的她，帮丈夫做起了家中的所有工作。丈夫以工作为重，舍小家为大家，以校为家。家中一切农活、家务全落在她身上，可她没有半点儿怨言，待这六个孩子胜过自己的亲生儿女，吃的和自己的孩子一样，甚至比自己孩子吃得还好。

她为了让孩子们多学点知识，很少要他们做家务。每天，当东方出现鱼肚白，她便起床为八个孩子做饭，吃着热乎乎的饭菜，孩子们热泪盈眶。孩子们吃的不是一般的饭菜，而是品尝着人间最慈祥最具爱心的营养佳肴，享受着覃东荣一家人最善良的招待。望着孩子们背着书包，打着饱嗝哼着歌蹦蹦跳跳去上学，伍友妹心里像吃了蜜一样香甜。

白天，伍友妹在田里、山上做农活，下午她要为孩子们做晚饭，孩子们放学后，回到这个温暖的家，就会吃到香喷喷的饭菜。

每当夜幕降临，伍友妹总是提着马灯迎着凛冽的寒风，背着一柴背篓衣服，到一公里之外的茹水河为孩子们洗衣服。尤其三九寒冬，河水冰冷刺骨，冷得她手脚水肿，裂口渗血。

孩子们围着有炭火的桌子做作业，看到师母从河里归来，一双大手冻得通红时，孩子们眼眶湿润，都心疼地说："师母，为了给我们洗衣服，您的手都冻坏了。"

师母说："不要紧，不要紧，烤一下就没事了，你们认真做作业吧，不要分心！"说毕，她又用冻得通红的一双大手，为孩子们筹备翌日的食物。孩子们都对人夸赞，师母太善良了，她比自己的亲娘还要亲！

九个孩子读书要学杂费、书本费，要买学习用具；老大覃梅元在城里读高中，凭粮票吃饭、吃没油水的清水寡菜，每月生活费至少要二十元；孩子们有时感冒、咳嗽、发烧等要看医生搞点药吃；赡养双方的三个父母要开支；每天炒菜要油，每两个星期为孩子们改善生活，称几斤猪肉要钱；为孩子们洗衣、洗被褥、洗鞋袜要洗衣粉和肥皂，孩子们洗头、洗澡要洗发膏和香皂。

覃东荣经常告诫伍友妹，孩子们都这么大了，一定要搞好孩子们的个人卫生。五个男生至少三天洗次头，三个女生至少两天洗次头，女生头发长不会洗的帮她们洗，不要到了学校让人闻到有臭味，有时间去集镇多买些洗发膏、香皂回来。春、秋、冬三季还好，特别是夏季，天太热，五个男生基本上都是一两天洗次头，伍友妹鼓励孩子们多洗两次，不要攒洗发膏。

收养这六个孩子实在太艰难了，因为时间还很长，从小学读到初中毕业，最长的要读七年书。那时，覃东荣家除三亩贫瘠的责任田收入外，全部经济来源，仅靠他每月一百八十六元的工资，包括收养的六个贫困生在内，一个十二口之家其生活的艰辛可想而知！

恐怕这也只有像覃东荣夫妇这样的人，才有毅力承受下来！

夫妇俩是为了振兴贫困山区的教育事业，为了山区贫困户的孩子早日脱贫致富，才这样咬紧牙关勒紧裤腰带过日子，才这样东借西凑地拼命维持着！

尽管家中捉襟见肘，但是每两周的星期六下午，覃东荣总是借钱称几斤猪肉为孩子们改善伙食，补补身子，并叮嘱孩子们要努力学习，其他的事都不要想。

一个星期六下午，覃校长照常提着三斤猪肉回家。

饭熟后，伍友妹炒好菜，把三碗肉和几碗小菜放在桌上，准备吃晚饭。覃东荣说："覃云、覃兵两姐弟跟我去木板房，你们吃饭吧。"那是覃东荣故意让自己的两个孩子避开，让六个孩子先多吃一点儿。

当时收养的六个孩子眼含泪水，谁也不动筷子，心想：怎么吃得下呢？我们要等覃校长他们一起吃！过了几分钟，师母走进来说："孩子，你们先吃吧，他们等会儿就来。"伍良平给覃校长三人预留了一碗肉，放进菜柜里，六个孩子才慢慢地吃起来。

十分钟后，覃东荣夫妻与他的两个子女走进灶房，覃东荣打开菜柜见有一碗肉，立即端起这碗肉要给收养的六个孩子平分。

六个孩子着急了，哽咽着说："覃校长，三晚肉我们吃了两碗，这碗肉是给你们留的，我们已经吃了！"

覃东荣说："孩子们，吃，快吃，你们多吃点！"覃东荣边说边把这碗肉中的一半给六个孩子平分了。

覃东荣、伍友妹、覃云坐下来吃饭。覃兵勃然变色，瞪大眼睛，怒气冲天，不吃，破门而出。爷爷覃服周拄着拐杖紧跟其后，追到灶房南百米外的千年桂花树下才追上，开导孙子。

饭后，六个孩子又看到他们敬爱的覃校长拄着拐杖，迈着艰难的步子，一瘸一拐地走在通往教字垭镇中心完小的乡间小道上。当时孩子们搞不明白：为什么覃校长天天都要去守校，学校又不是他一个人的？一年三百六十五天，除他开会、生病，大儿子替他守校外，恐怕他有三百五十天住在学校，节假日总是看到他不计报酬地加班加点、义务守校，好像待在学校是他人生的一种乐趣。

覃东荣夫妇不仅要为粮食、生活费发愁，还要为住房发愁。

因为覃东荣家是"半边户"，妻子伍友妹是农民，家中三个子女正在读书，收养六个孩子后，这对住房本来就相当紧张的覃东荣一家来说是个大问题！

覃东荣家原只有一间木板房，此房还是父亲覃服周从祖父那里传承下来的唯一祖业。覃东荣家没有地方做饭，只好在三弟、四弟的土屋山尖旁用土砖搭建一间低矮的房子做灶房。

当时，覃东荣自家的那间木板房中摆放着两张床，一张床是覃东荣夫妇的，另一张床是女儿的。

堂弟覃正模家的三间土砖屋东西向，坐北朝南。在西头两间正屋土砖房里，覃东荣夫妻为五个男生建造了一张大床铺。因地面潮湿，大铺的下面用水泥砖砌成六个支点离地面一米，前后三个支点各放一根四米长的大方木，再在两根大方木的左中右铺着三米长的厚木板，用门头钉固定，最后在厚木板上铺上薄木板，钉上钉子。这样，一张长四米、宽三米、高一米的大床铺就算建好了。

为让孩子们睡得暖和点，防止孩子们着凉感冒，木板上铺着厚厚的稻草。这张大床铺供吕飞跃、吕启银、代新华、伍良平、覃兵五名男生居住，大床铺的西头吕飞跃、吕启银两兄弟睡，东头代新华、伍良平、覃兵三人睡，每头一垫一盖。东头偏房里摆着一张床，是专门供伍凤华、陈霞两名女生居住的。

没办法，长子覃梅元没地方住，星期六回家后只好和爷爷一起睡。

邻居都很同情覃东荣夫妇的处境，两夫妇活得太累了，同时也向他们投去敬佩的目光。

一天晚上，覃东荣拄着拐杖拿着手电筒准备先查看孩子们的睡觉情况，然后去学校守校，刚走到门口，听见大床铺挤得"哐哐""哐哐"响，偏头一瞧，看见大床铺东头铺上的三名男生都往内铺挤，不想睡外铺，因睡外铺的人经常摔下床。随后，覃东荣喊："覃兵，你睡外铺。"覃兵极不情愿移到最外铺，蒙头就睡。其实三名男生中代新华年龄最长，伍良平次之，覃兵最小。覃兵半夜在蒙胧的睡梦中被蹬下床，摸着疼痛的头痛哭，记恨父母偏心！怀疑自己不是他们亲生的？

一个星期六下午，秋阳暖暖。覃梅元走进旧木板房，父亲坐在椅子上目光有些呆滞，眯缝着眼睛，吧唧吧唧地抽着喇叭筒烤烟，烟雾弥漫整个木板房。

覃东荣看到长子回来了，高兴地说："梅元回来了，好像有几个月没回家了吧，学习还好吧？"

覃梅元被烟雾呛了几口，立刻打开木窗，让烟雾飘散出去，说："还好。爹，您今后要少抽烟。哦，我回家取伙食费。"边说边用手扇去眼前的烟雾。

覃东荣看把长子呛成这样，立即把燃着的烟头在坐椅旁摁了摁，将烟蒂扔进一个烂瓷缸里，说："梅元呀，爹现在没有，等两天我托人把伙食费捎给你。"

等屋里烟雾飘散得差不多了，覃梅元轻轻地关上房门，疑惑地问："爹，怎么家里又多了四个孩子？"

覃东荣说："哦，梅元，你不知道，这些孩子家庭特别困难。看到他们失学，爹就心疼，就把他们收养了。"

第十三章 举步维艰抚学生 为生居住建寒舍

覃梅元愠怒，压低声音说："失学的又不是一个两个，您没看到的还有很多，您都顾得过来吗？"

覃东荣意味深长地说："顾得一个少一个，别的地方爹不知道，但咱们镇现在没有学生失学。"

覃梅元说："人家扶贫助学都是有钱人，不是老板就是商人，有一定的经济基础。最起码扶贫助学的人自家有余钱剩米，生活搞得过来！"

覃校长深情地说："不是共产党的关怀和人民政府的帮助，你爹十五岁哪能进学堂发蒙读书？人要懂得感恩，要报共产党的恩！看到有孩子失学，爹就心疼！"

覃梅元哽咽道："爹，弟弟写信都告诉我了，您和继母是关心别人的孩子胜过关心自己的儿女！您们自己舍不得吃穿，有病拖着，您看您们的身体都变成什么样子了？您们就不想多活几年含饴弄孙？还收养！"说完揩了揩眼角，气愤地走出房间，回城去了。

长子的怨愤出走对覃东荣的打击很大，他眼眶湿润，目光更加呆滞，精神恍惚，过了很久才缓过神来。他从板壁上取下二胡，拉着歌曲《没有共产党就没有新中国》，在激越的歌曲中他忘记了烦恼，边拉边哼唱起来。

不久，覃东荣听说堂弟覃正模要在城里修房子，需要老家的瓦和木材，心里不由着急起来，那收养的六个孩子将居住何处？邻居都劝覃东荣夫妻在自家老屋场上修几间房子，供收养的学生居住。

覃东荣想起唐代大诗人杜甫的一首诗："安得广厦千万间，大庇天下寒士俱欢颜，风雨不动安如山？"念着这首诗，他不禁咬牙决定在原老屋场上修建几间平房，以供收养的贫困孩子居住。这个决定得到妻子伍友妹和长子覃梅元的大力支持。

伍友妹拿着李家岗组三十多户户主"在伍友妹房屋修建申请书上"的签名，来到教字垭镇国土所，要求批建房屋。国土所的几名工作人员早就听说覃东荣家收养了几名贫困孩子，决定到覃东荣家现场看看，再做决定。

几名国土所工作人员随着伍友妹来到七家坪村李家岗组，看到伍友妹家确实只有一间木板房和一间低矮的灶房。他们并在现场进行实地丈量，房屋总共占地面积三十平方米，收养的六名贫困学生不计算在内，伍友妹全家五口人，人均住房面积只有六平方米，早已达到了修建房屋的条件。当几名工作人员看到那四米长、三米宽的大床铺时，不觉肃然起敬，眼眶不由湿润，心想：覃东荣夫妇确实不容易！把寄宿生寝室搬到家里来了，不知覃东荣一家是怎么熬过来的！

感动之余，几名工作人员将"伍友妹房屋修建申请书"上报给大庸市国土局，没过多久，市国土局按照政策同意伍友妹在原老屋场上建造三间平房。

修建房屋的手续办妥了，可修建房子的钱从哪里出？没有钱怎么修？

1987年暑假，每天天一亮，覃东荣就拄着拐杖带领家人到一公里之外的茹水河挑岩头，运细沙。长子覃梅元年轻力壮，每小时挑三回，每担一百五六十斤，挑六回后吃早饭。然后他又头顶烈日，健步如飞，每天坚持挑十个小时，挑三十多回。两个月下来，一家人脸晒得黝黑，肩膀上结了一层茧，三十多方岩头和十几方细沙终于运到老屋场上。

虽然暑假中一家人苦战两个月，将下基脚的岩头和砌砖的细沙挑足了，但这只是杯水车薪。目前，为了负责几个孩子吃和学杂费，早就欠了一身外债的覃东荣已无可奈何！

高枫小学的老师们知道了覃梅元家的情况后，很受感动，五名老师每人当即从自己不多的工资中挤出五十元借给覃梅元。

星期六下午，覃梅元拿着这二百五十元钱，回家交给父亲。"爹，这是我校五名老师借我的二百五十元钱，也是我本学期的工资，您拿着吧。不管怎样困难，我们也要早日把房子修好，让这六个'弟弟''妹妹'住。"覃东荣拿着长子借来的这笔钱，两手颤抖着，半天说不出话来。当年抵编代课老师覃梅元的月工资是每五十元，每年六百元。

覃东荣的许多亲朋好友知道这件事后，纷纷给他借钱，东拼西凑很快借到了三千多元。覃东荣不管自家有多困难，但他从不向教字垭镇中心完小借一分钱！

第十三章 举步维艰抚学生 为生居住建寒舍

七家坪村的几个砖厂老板都是覃东荣的学生。他们听说覃东荣校长为了供收养的贫困学生居住，而无钱修建房子时，都纷纷来到覃东荣家，动容地说："覃校长，您是我们最尊敬的老师！您为了供收养的六名贫困学生居住才修建房子，我们作为您的学生感到无比自豪！覃校长，您没有钱不要紧，砖您只管派人来挑。钱嘛，等您以后有了再给，我们放心！"

覃东荣夫妇收养贫困孩子的事迹，也感动了四乡五里的人，附近村民纷纷加入到帮助覃东荣家运砖的队伍中。

砖厂距覃东荣家约有一公里，只见蜿蜒曲折的小路上尽是人，教字垭镇学区的许多男老师也利用周末休息时间帮覃东荣家挑砖。覃东荣再三叮嘱伍友妹："咱家虽穷，但穷要穷得硬气，这么多好心人帮我们挑砖，无论是村民还是老师，都要记住，砖六分钱一匹，按每匹砖两分钱给他们开点报酬，这样我们才心安！"

在修房子期间，覃东荣还是全身心投入到学校工作中，没有请过一天假，晚上也不回家，还是在学校加班加点，甚至星期六晚上，覃东荣也要在学校义务守校。老师们实在看不下去了，纷纷劝道："覃校长，修房子是人生中的大事，一个人一生能修几次房子，你白天上班，晚上还是回去看看吧！"

"我家修房子，确实是大事，但学校的事更大，我睡在家里，心里可就不踏实了，睡在学校，心里才踏实！"覃东荣回答道。

四个月后，一栋九十平方米的平房终于竣工。

星期六下午，覃东荣回到家，两夫妇对孩子们的住处进行了分配：北头西的一间摆着两张床，由五名男生居住，一张床睡吕飞跃、吕启银两兄弟，另一张床睡代新华、伍良平、覃兵三个；北头东的一间是覃东荣夫妇居住；南头西的一间是伍凤华、陈霞两个女生居住；南头东的一间是覃云居住；老木房里专门放柴火。

有了新房，这一大家人的居住条件得到了改善，收养的六个儿童终于有地方住了，覃东荣放心了。为此，覃东荣家修建该房屋欠了六千多

157

元的债。覃东荣想：只要收养的六个孩子有屋住，即使欠更多的钱，也值得！

　　有人说，爱学生要像爱自己的孩子那样付出真爱，才叫爱生如子。的确，爱生如子最高尚，而覃东荣夫妇却做到了爱生胜于爱子！

　　当今世上能有几人有此胸襟，有此境界？

第十四章

清正廉洁拒礼物 淡泊名利讲贡献

做一个清正廉洁的共产党人,一直是覃东荣一生的追求。

日常生活中,覃东荣最反对请客送礼,他时刻以一个共产党员的标准严格要求自己。了解他的人都知道,自他参加工作三十四年来,从未给领导拜过年、送过礼,他也从不收受别人的一针一线。

有次年关,覃东荣在寒假教职工散学大会上激动地说:"老师们,反腐倡廉是我党的立党之本,我们要坚定不移地坚持四项基本原则,旗帜鲜明地同各种腐败分子做斗争。做人要清正廉洁,中央三令五申,要求春节期间,不拿公款大吃大喝,不拿公款给上级领导拜年送礼,不拿公款打着考察学习的幌子在外面旅游。为什么有些人把中央的指示当成耳边风?我看主要还是思想问题,今后我们党要想根治请客送礼的劣习、反腐倡廉,就要从整顿这些人的思想上下功夫,国家要形成专门的约束机制。"

"礼尚往来固然也要,但是为什么不多走走长辈,孝敬双方的父母?有的人,一切向钱看,动不动拿公款买着贵重的烟酒等礼品讨好上级领导,有的甚至干脆把公家的钱当成红包'孝敬'自己的上司。他们认为这又不是自己掏腰包,既搞好了上下级关系,又得到了领导的信任,且能疏通自己今后青云直上的关卡,这一举三得的事,何乐而不为呢?"

"今天,在这个会上,我把丑话讲在前面。我覃东荣最不喜欢提东西搞来搞过去。春节期间,有老师想到我家来玩,只管空手来,我欢迎,谁要是提着礼物来,不要怪我到时翻脸不认人,让你不好看!"

覃东荣就是这样的人,坚拒送礼,铁面无私,他永葆共产党员先进性、廉洁性的作风。当地人把他的拒腐倡廉、公正办事的行为传为佳话。

教字垭镇中心完小经过覃东荣五年的精心管理,从一所名不见经传的山村小学演变成市(县)、州先进单位后,无论教学质量,还是生源,每年都在稳步上升。这对一所乡村小学多么的不容易！这一点，很值得为当今教育部门提出的"城区优质教育资源帮扶乡村薄弱教育理念"提供参考。

许多邻近乡镇的家长都想把自己的子女转入该校学习。谁不想自己的孩子出人头地，谁不想自己的孩子比别人多学几门特长，谁不想把自己的孩子送到校风好、信誉好、教学质量高的学校读书呢？因此许多人，自然而然就想找校长来帮忙了。

1986年暑假八月下旬的一天，虽是下午四点，太阳快落山了，但炎热的天气丝毫没有转凉，人们纷纷躲在家摇扇乘凉。

此时，军家垭村的一个学生家长想把自己的孩子转入教字垭镇中心完小读六年级，经过几番打听，终于找到七家坪村李家岗覃东荣家。

这位家长提着礼物，从五间土家大木板房的后门走到天塔中央，边走边喊："覃东荣在家吗，覃东荣在家吗？"

覃东荣听到有人喊，挂着拐杖从破烂低矮的灶房里走出来，见一个中年妇女站在天塔中央遥望着。覃东荣走近中年妇女，看起来年纪五十岁上下，气质佳，身高一米六以上，头戴草帽，圆盘大脸，双耳大，双眉平，两只明眸炯炯有神，上穿一件白色短袖衬衫，下穿一条浅蓝色的涤良裤子，脚穿一双白色的凉鞋。覃东荣马上联想到是为转学的事来的。

覃东荣问："大姐，你找谁？"

中年妇女道："我找覃校长。"

"你找他有什么事？"

"我想把我的小孩转入教字垭镇中心完小六年级读书。你就是覃校长吧！"

"你怎么知道我是覃校长？"

"我听说覃校长经常挂着拐杖。"

"喔，我就是。"

"那太好了！我是军家垭的一个学生家长。"

"你小孩上学期在哪个学校读书？"

"禹溪完小。"

"为什么要转学？"

"因为到你们学校读书近些，一个女孩子到禹溪完小读书太远了，做家长的不放心！"

覃东荣说："转学的事不是我一个人说了算。如果有实际困难，需要转学，要经学校校委会集体研究。另外，转学还要征得原读书学校的同意，不是想转就能转的。这样吧，开学时再说，请你把东西提回去！"

"覃校长，这点东西，不成礼物，是自产的，不是买的，也是我家的一点心意，就算是我送给你家孩子的，请你收下吧！"中年妇女仍缠着说。

覃东荣严肃地说："你的心意我领了，但东西我不能收，您不至于让我违反纪律吧！"

中年妇女抬头瞅着覃校长那威严无比的脸庞，思忖片刻，意识到现在跟他说什么都没有用，他都不肯收。她不管这些，迅速提着东西跑进低矮的灶房，放到一张破方桌上，拔腿就跑。

中年妇女这一快速动作，让覃东荣不知所措，愣了一下才缓过神来，拄着拐杖疾步走进灶房，提着东西边追边喊："大姐，你等一下，不要跑，把东西提回去！"

中年妇女不听只顾跑，当她跑到离老木板房堂屋门槛还差两步时，只听"嗵"的一声，原则性强的覃东荣怒气冲冲地将礼物摔到塔子中央。中年妇女吓得一跳，停下脚步转过身，双眉紧锁，惊诧地看着覃东荣。半晌，她才缓过神来，走上前，弯腰提着东西怏怏返回。

路上，她边走边思忖：这个覃校长，果然厉害，送他点儿自产的东西，又不是好大个礼物，硬是不收。名不虚传！我活了快五十岁，还是第一次看到这样的人。他不愧是一个严于律己、清正廉洁的好校长！假如我家小孩能转到他管理的这所学校读书该多好呀！

秋季开学时，让这位中年妇女没有想到的是，教字垭镇中心完小校委会经过研究，她的孩子符合转学条件，原就读学校也同意转学，就这样，这位中年妇女的孩子顺利转入教字垭镇中心完小六年级学习。

在学校经费的开支方面，覃东荣更是精打细算，不准乱用。

覃东荣在会议上规定：上级领导来校检查工作，学校出纳装烟只装根根烟，不递包包烟；住宿不进旅社，一律住在学校；就餐不进馆子，一律在学校食堂；招待领导的标准是每人每餐五元，仅限一人陪同；食堂管理人员要计划好，只有这么点钱，买点肉，炒几盘可口的菜，凡是超出这个标准的，超出的部分学校不报销，由食堂管理人员自己掏腰包。

覃东荣从不取悦领导搞特殊招待。招待领导时，他从不作陪，他要学校其他分管领导作陪（仅限一人），他自己始终与同事们同甘共苦，从不搞特殊，甚至不抽学校一根烟（他常抽的是烤烟，喇叭筒）。

有一次，上级教育部门的两名领导来到学校检查教学工作。上午听了语文、数学、自然三节课，两名领导对这三节课评价高。评完课到吃午饭时间了，这天检查教学工作，按规定该校教导主任覃遵兵陪同领导吃饭。

覃遵兵带领两名领导一走进食堂，两名领导颇感惊奇：食堂南侧紧挨过道的地方摆着一张方桌，桌上摆放着几盘热气腾腾的菜；食堂的北侧紧挨灶台的地上摆放着一大盆白菜，覃东荣正和十几个老师蹲在地上，津津有味地吃着。

覃遵兵主任走到覃校长身边蹲下，轻声说："覃校长，还是你陪领导吃饭吧！"

覃东荣道："学校有规定，谁分管谁作陪。今天检查教学工作，该你教导主任作陪，去，陪领导吃吧！"

两名领导看学校给他们两人搞特殊化，不忍心，吃不下。其中一个年老的领导说："覃校长，来，你带个头，同老师们一起来这里吃吧！"

覃东荣微笑着说："领导们，实在对不起，怠慢你们了！我们学校一是经济困难，二是定有招待制度。我们就不来了，有我们的教导主任陪你们吃是一样的。不要客气，菜不好，饭要吃饱！"

两名领导眼眶湿润，思绪万千，想不到这个残疾校长竟是这样一个以身作则、不搞特殊、与老师们同甘共苦的人！心里更加尊重佩服他了。

这顿饭，两名领导只吃过半饱，便站起身回办公室，覃遵兵主任跟在后面。

待三人走出很远后，覃东荣说："老师们，你们好像有两个月没有吃过荤菜了，把没有吃完的肉吃完，改善一下伙食。"

老师们说："覃校长，你也有几个月没有吃肉了，一起来吃吧！"

覃东荣摆摆手，说："老师们，你们吃吧，我就不来了。我就吃这个菜，好！"

1987年秋季，教字垭镇学区更名为教字垭镇联校。同年，县级大庸市人民政府为覃东荣记功。

1988年1月23日，大庸市由县级市升级为地级市，辖两区两县，原县级大庸市变成了永定区。

1988年4月28日，覃东荣被湘西自治州职改办授予小学高级教师职称。同年，覃东荣被评为"永定区先进教育工作者"。

鉴于覃东荣在教字垭镇联校中的威望和业绩，不久，永定区教委任命他兼教字垭镇联校纪检组长。

1989年6月的一天，正值教字垭镇联校每学期第二次教学评估检查。教学评估检查团由联校四名领导，与精通业务且在教师们中有一定威信的三名精干老师组成。

一分耕耘，一分收获。全联校八所小学无论是中心完小、片完小，还是只有一名老师的村小，都要先听课，再查看资料，检查后客观、公正打分，分数记录在联校教师档案中，与年终考核、评优评先挂钩。

这天早晨，没有雾。不久，一轮红日从武陵源核心景区张家界西南边的十八山慢慢升起，由七人组成的教字垭镇联校教学评估检查团，在八点上班以前赶到一所小学。这所小学是一所片完小，颇具规模，在全联校列居第二，有一至六年级六个班，九名老师。

检查团决定，听课按课表进行，听课不打招呼，课表上是哪个人的课，就听哪个人的课，每位老师听一节。

听课时，七名检查人员都同时参加。听完后马上检查被听老师的教案，看上课内容教案备了没有，是否差课时，并及时找学生谈话，上课内容以前是否上过，检查人员给其打分，取其平均分；然后把教案的右侧铺成平面，盖上公章，防止以后再用；接下来检查学生的作业，看批改日期、批改质量，作业是否与上级教育主管部门的规定相符；最后看政治笔记及心得体会、业务笔记、优差生辅导记录、家访记录、创新活动记载、评教记录、家长会记录等；根据细则一项一项地评分，最后得出被检查老师的综合得分。

正午时分，格外炎热。太阳射着柏油公路，柏油被高温晒得渗了出来，穿凉鞋的行人都格外小心，担心凉鞋被柏油粘住，提不起来。太阳光照得行人的眼睛都睁不开，撑着的防晒伞快要被骄阳烧焦了。

这时，检查团成员要吃午饭了。大家鱼贯而行，刚走进食堂门口，一股浓烈的肉香味扑鼻而来。覃东荣拄着拐杖，抬头向里面看去，只见桌子上摆放着比较丰盛的菜，他笑逐颜开的脸骤然变成严峻又温怒的脸，当即把该校校长叫到一边，询问该校校长：

"为何对检查人员给予特殊招待？"

"没什么，几盘肥肉而已。"

"你们平时是不是这样吃的？"

"不是。"

覃东荣严肃地说："你们学校财力本来就相当紧张，不要认为我们是领导，就搞特殊，炒这么多好菜干啥！平常吃什么菜就炒什么菜。我身为本联校纪检组长，今天要批评你。希望你们能把钱用在刀刃上，把节约下来的钱用在购买教学用具上，多购买点幻灯机、录音机、收音机、幻灯片、挂图、小黑板……当然炒了就不能倒掉，我们不饿，你们自己吃吧！"说罢，覃东荣拄着拐杖狠狠地戳了戳地，气冲冲地回到办公室工作去了。

有一年年底，湖南省政府教育工作督导评估专家组成的一行十几人检查团，来到教字垭镇中心完小检查教育目标管理。出于礼节，镇党委政府在镇上一家馆子订了两桌招待检查团领导，镇党委书记打电话要镇联校校长通知覃东荣陪同领导吃饭。

镇联校校长走进覃东荣房间，说："覃校长，镇党委书记要我通知你，和我一起陪省市检查团领导吃饭，交流下情感。"

覃东荣说："领导，你也知道，我覃东荣从不到馆子里吃饭。我们学校有规定，就餐一律在学校食堂，为何要到馆子里招待！你们不会让我违反制度吧？"镇联校校长没办法，只好如实给镇党委书记汇报。

镇党委书记说："唉！这个覃东荣，也真是的，又不要他们学校出一分钱，怎么就那么死板呢？叫他陪上级领导吃餐饭就那么难呀！"

后来老师们才知道，覃东荣已有三个多月没吃过荤菜了。可他还是每两个星期借钱称几斤猪肉提回家，为收养的六名贫困学生改善伙食。

由于覃东荣坚持原则、大公无私、不畏权势、清正廉洁，说一是一，说二是二，从不拐弯抹角，搬起碓码不换肩，教职工及群众又都称他为"碓码校长"。

覃东荣确实是这样的人！自他参加教育工作后，从没吃过本校和检查校的一根烟和一顿招待餐！搬起碓码不换肩，于是覃东荣"碓码校长"的绰号在教字垭镇和教育系统传开了。

平平淡淡的生活是覃东荣幸福的组合，在当地人们常流传这样的名言："平淡过一生，幸福伴你行"，这句饱含人生哲理的话，早就成了覃东荣的人生信仰。他常在工作中对老师们说："不要看我们现在的工作很平凡、很平淡，但是在这平凡中，有多少人的期望；在这平淡中，能繁衍出多少幸福。"覃东荣就是这样，他把人生看得平淡，看得珍贵，工作也很有节奏。

踏实工作，成了他做人的信条。学校就是他的家，师生也就是他的亲人，他一身正气地投入到工作中，无论大事小情，他都抓严、抓实，做到细心、细微，不留死角。正是他兢兢业业的工作、朝夕的忙碌，教字垭镇中心完小才取得了许多骄人的成绩。

教字垭镇中心完小这一成绩，其实凝结着覃东荣校长的全部心血，该校也多次被市（州）区（县）授予荣誉。

1986年正值"普六"火红年代，学生的心理也牵动着覃东荣的心。那时要想不让学生辍学，要保住学生入学率，提高教学质量，教师就得关心每个学生，了解学生的心理需求。

覃东荣作为一个镇中心小学校长，在会上他对教师严格要求，而且他自己也要做一个榜样。1986年10月15日，"普六"工作面临验收。

教字垭镇中心完小在进行学生入学情况自查时发现全校有一名学生未入学，这是怎么回事？开学以来打算辍学的学生、贫困生都劝回来了，而这个学生在表册中显示出未上学。表册中六年级学生李敏显示转学到别的学校，可是该学生去向不明，覃东荣上完课拄上拐杖，约上该生原班主任陈生祥老师到张家嘴去问个明白。

有老师说："覃校长，这个同学即使转出去了，对我们学校的入学率也没有什么影响，你又何必跑那么远的路？"

覃东荣说："工作就要做到真实细致，不留死角，即使这个学生转到别的学校，也要相关证明。"

于是覃东荣决定亲自去，覃东荣发现这个组没有这个学生，为什么户口册上却有？他不厌其烦地查户口，多次到张家嘴了解，前前后后为这个学生花了很长时间。家访让他疲惫不堪，有人说他是个死脑筋，不转弯，随便指个不就完了。

覃东荣的坚持，终于查明了李敏是随母到浙江落户，本地的户口没有销，他对每件事就是这样认真。他在会上说："我们的工作虽很平凡，但也是很重要的工作，我们要在这平凡中做到让人民放心，要不厌其烦地去做细做实。"他的这番话带给全体教师深深的教诲，也是他对自己的严格要求。他就这样朝夕奋斗在这极其平凡的工作岗位中。

俗话说，村看村、户看户，群众看的是干部，一所学校办得好不好，能不能持续发展，要看这所学校的校长是否带得起头，这话一点儿不假。

这几年教字垭镇中心完小能取得那么多骄人的成绩，其实凝结着校长覃东荣的全部心血。

清正廉洁、一身正气的覃东荣，却对名利看得十分淡泊。

1989年年初，湖南省人民政府计划在五月一日劳动节这天，表彰一批各行各业劳动模范，要求各地、市、州总工会上报一批政治觉悟高、贡献突出的先进个人。上级领导看到大庸市永定区教字垭镇联校这几年政绩突出，为了表彰先进，决定将一个"省劳模"名额下放到教字垭镇联校。

"省劳模"名额下放到教字垭镇联校，这在当地可以说是破天荒的事情。中共教字垭镇联校党支部书记、校长熊朝流与其他联校领导异常兴奋。那么，这么高的荣誉应该给谁呢？这也是上级领导对我联校评模工作的大考验啊！既要公正，又要评选出真正能享受这种荣誉的人，只有先听听教学第一线各小学校长的意见了，联校校长熊朝流思忖着。

讨论的那天上午，天气格外晴朗、风和日丽。各村小、片完小校长及镇中心完小校长早早赶到竹园坪小学会议室。

会议由教字垭镇联校党支部书记、校长熊朝流主持。熊朝流校长说："这次上级领导将'省劳模'名额下放到我联校，这是对我们教字垭镇联校工作的充分肯定。这几天，我在思考这个问题，要在我联校内评选出一个政治思想觉悟高、纪律强、工作突出的先进模范人物出来，下面就请各位校长谈谈自己的观点，推选出自己的候选人。"

会议的气氛很浓，各小学校长、联校领导争先恐后地发言。

竹园坪小学校长覃建新第一个发言：

"这次评模座谈会能在我校召开，我作为这个学校的负责人深感荣幸。大道理我就不讲了，我只讲两点，供在座的各位领导和校长们参考。第一，这次'省劳模'名额为什么会下到我联校？'省劳模'名额下放到我联校，是中华人民共和国成立四十年来，对我联校，甚至教字垭镇教育办来说是第一次。为什么以前不下放，今年却放下来这个名额呢？第二，我联校能取得这样的成绩，主要由教字垭镇中心完小做支撑。这几年教字垭镇中心完小取得的成绩有目共睹，教字垭镇中心完小多次受到区（县）、市（州）政府的表彰，教字垭镇中心完小的教学质量一直名列全市（州）、区（县）前茅。可以说，教字垭镇中心完小做有这样的成绩，校长覃东荣功不可没，我提名覃东荣为'省劳动模范'候选人。"

新路小学校长熊凤鸣激动地说："我提名覃东荣为'省劳动模范'候选人。讲句不好听的话，镇中心完小假如不是覃东荣在那里尽心尽力地当校长，我们在座的任何一个在那个人际关系复杂的学校当校长，能取得那样的成绩吗？覃东荣校长，十六年前我就佩服他。1973年他在甘溪峪小学工作期间，为了在洪水中抢救落水学生，连自己的性命都不要，最后搞得终身残疾，那么大的洪水，谁敢救！他的确是老师们学习的楷模。他无论在哪所小学工作，无论环境、条件多么艰苦，他都以一个胜利的淘金者出现，直到把这所学校办得轰轰烈烈，成为全县先进单位才离开。"

七家坪小学校长覃正伦深有感触地说："我同意上面两位校长的意见。我们就入学率、巩固率来说，整个联校除了完小以外，哪个学校的入学率、巩固率能达到双百？为什么他教字垭镇中心完小就达到了？他为了普及九年义务教育，不让穷孩子失学，拄着拐杖拖着残腿，上坡手脚并用爬、下坡手脚并用滑，踏遍了我们教字垭镇的每个村村寨寨，甚至把六名失学儿童收养在自己家中，不仅供他们吃住，还为他们代交学杂费。同志们，我们可以试想一下，覃东荣工资现在有多少，和你我一样多，还不到三百元。1986年他收养六名贫困学生时，他的工资不到两百元，那时他自家三个子女正在读书，其家庭的艰辛可想而知！大家还记得1986年10月15日那次'普六'验收吧，我们联校只有镇中心完小入学率、巩固率能达到双百。所以说，镇中心完小的入学率、巩固率能达到双百不是偶然的，而是要花费心血的，我提名覃东荣为'省劳动模范'候选人。"

柑子坡小学校长曹永富说："我同意以上几位校长的意见，提名覃东荣为'省劳动模范'候选人。覃东荣做事认真的态度值得我们在座的每位同志学习。我认为教字垭镇中心完小的财务公开制度搞得很好，值得推广。不管是哪一级领导在完小检查工作，递烟递的是根根烟，就餐在学校食堂，住宿在学校。他把每一分钱都用在刀刃上，学校收支账目透明，每期结束清理账目人人参加，人人理财。学校从不欠账、负债，每期都有节余。学校来人来客后，他没有陪领导吃过一餐饭，喝过一滴酒，而同老师们一起吃大锅菜，像这样节俭的校长少有啊！……他是我们教字垭镇人民公认的好校长！"

……

覃东荣环视了一圈，说："刚才几位校长提名我为省劳动模范候选人，我深表感谢！在这个会上，我衷心地表个态，请同志们不要提我为省劳动模范候选人。虽然我取得了一点儿成绩，但与省劳动模范标准还有很大的差距。我讲的是真心话，不管有没有荣誉，工作都要努力干。刚才几位校长发言时，我在思考一个问题，自我1981年调到镇中心完小任校长八年来，在镇联校领导下，经过全体教职的共同努力，取得了一点儿成绩，难道这些成绩就应归属我一个人？我参加工作二十七年来，我得到的荣誉够多了，十一次获得区县级'五好青年''先进教育工作者'、记功、两次获得地市级'最受尊敬的人''优秀教师'，今后不要再给我什么荣誉了。其实我们联校教职工中比我工作做得好、贡献突出的人还有，应该选他们。"

……

最后，熊朝流校长做总结讲话。他说："今天的评模座谈会开得相当成功，每个人都发了言，提出了自己的候选人。今天是初步意见，各位校长回到学校后认真传达会议精神，使每个老师都有心理准备，提出自己的候选人。三天后，在镇中心完小召开全联校教职工大会，再确定下来。"

在镇联校全体教职工评模大会上，许多老师又提名覃东荣为省劳动模范候选人。覃东荣又表明了自己的态度，坚决拒绝了。

过后有人问他："覃校长，我们始终搞不明白，你为什么推辞候选人？最终，候选人只有两人，其实，你参加竞选是很有实力的。这么高的荣誉你为什么不争取？假如你得到了这个荣誉，不仅可以加一级工资，还可以将你长子的农业户口转为非农业户口。"

覃东荣说："你不当农民，他不当农民，谁当农民？一个人不管是居民户口，还是农民户口，都能为国家做贡献。我是一名共产党员，不能总想着荣誉。莫说加工资，我的工资够高了，我们的农民兄弟一年到头又能挣到多少钱呢？做什么事不能向钱看，要向前看。再说，成绩不是我一个人的，是大家共同努力的结果，只要党和人民认可我的工作，我就满足了！"

覃东荣淡泊名利，更赢得了各级领导、全联校教职工的尊敬与爱戴。不久，永定区教委又任命他兼教字垭镇联校业务校长。

由于教字垭镇中心完小德育工作突出，地级大庸市教委于1989年春季，在教字垭镇中心完小召开了全市德育工作先进经验交流现场会，覃东荣在大会上做了德育工作先进经验介绍。

1990年暑假，覃东荣在永定区教师进修学校参加全区中心完小校长培训班学习。同年，他因成绩显著，永定区人民政府为他记功。1991年，大庸市教委授予他"全市德育工作先进个人"，教字垭镇中心完小被评为"全市德育工作先进单位""湖南省学习雷锋先进集体""全国读书读报先进单位"。1992年，教字垭镇中心完小被评为"全国少先队红旗大队""全国邹鹰红旗大队"。

1989年深秋的一天晚上，覃东荣感觉自己的身体每况愈下，恐怕在这个世上的日子也不多了，想在有生之年把《教字垭镇中心完小教育史》编写出来，以供后人参考，他把此想法告诉了学校教导主任覃遵兵和出纳覃金春。

覃遵兵说："覃校长，兵马未到，粮草先行。编写校志要经费，可学校哪有这笔钱？编写校志要资料，需要深入采访、访问，是要花时间的。不是一天两天就能写出来的，起码要花几年时间。采访要车费，要吃饭，这些钱从哪里出？你看你现在的身体，我们都感到心疼，你把你的病治一下吧！身体是本钱，不要想那么多，争取多活几年！"

覃东荣说："我们编写校志，不用学校一分钱，我们有脚、有手、有笔，自己写，我想在我有生之年，为教字垭镇中心完小做点贡献，一定要把《教字垭镇中心完小教育史》编写出来！"

此后，覃东荣利用放学后和节假日时间，拄着拐杖，夏顶烈日、冬迎寒风，跋山涉水、翻山越岭，访问一些健在的老师、老人，收集资料，实地采访掌握第一手材料，亲自撰写校史。

后来，覃遵兵、覃金春两位老师看到身体残疾的覃校长，为撰写校史搞得那么累那么辛苦，心里不是滋味，两人商量，决心帮助覃校长完成心愿，遂联系黄士渊、吴明浩两位退休老师，帮覃校长一起搜集整理资料。

教字垭镇教育办主任覃子畅也很重视教字垭镇中心完小校志的编写工作，经常来学校调研、审核、校对。

功夫不负有心人，经过近三年的精心准备，1992年10月9日，一部花去覃东荣、覃遵兵、覃金春、黄士渊、吴明浩、覃子畅等编写人员无数个休息日，学校不出一分加班费，近万字的《教字垭镇中心完小教育史》终于完工了！

此史志记载了该校从1925年开始建校到1992年，经过大庸县第十二学区区立第一高等小学、大庸县民众学校、大庸县强华学校、大庸县西教乡中心完小、大庸县立第十三完小、大庸县教字垭镇完小、大庸县教字垭镇公社中心完小、大庸县教字垭镇乡中心完小、大庸市（县级）教字垭镇中心完小、大庸市永定区教字垭镇中心完小十次更改校名，历经熊相熙、高小恒、刘中庸、彭卫衡、覃鲤庭、熊世奎、吴芳伯、覃劲松、刘中庸、刘振湘、陈国信、刘振湘、熊钢夫、唐国平、黄利斌、杨吉祥、刘家宽、陈锦辉、笃周娱、周叙国、许亚雄、王子敬、杨仲清、刘经锡、李光宗、覃东荣二十六任校长艰苦办校，共六十八年的历史。

六年来，覃东荣夫妇收养的六名学生终于一年年长大了，由儿童变成了青少年。1992年8月，代新华初中毕业后以优异的成绩考入湖南省物资学校，毕业后分配到永定区金属材料总公司。

伍良平初中毕业后考入张家界旅游职业学校，可是面对三千元的学杂费，他一家人欲哭无泪，就在伍良平母亲为凑不齐学杂费哭红眼睛时，覃东荣听说后，东借西凑，筹得一千块钱，拄着拐杖送到伍家。

当伍良平的父亲双手接过这充满人间真情的一千块现金时，不由双手颤抖，泪如雨下，哭着说："良平啊，你一定要记住，当我们每次走投无路时，覃校长一家人总是帮助我们，覃校长的大恩大德你一定要记住呀，长大后一定要好好地报答人家！"

覃东荣语重心长地说："良平，你要努力学习，毕业后成为一个对社会有用有爱心的人。多关心帮助那些读不起书的贫困孩子，就是对为师最好的报答！"

第十五章

严管子女做表率 率先普九受褒奖

覃东荣平生把自己的名利看得很淡薄，但对自己的子女，要求却很严格。

俗话说，上梁不正下梁歪，冬瓜葫芦跟种来。覃东荣不希望自己的亲属在自己身边工作，更不希望自己的子女和自己同在一所学校工作。他不是害怕管不住他们，而是担心子女在教职工中起不到模范带头作用而失望。

世上的事就有这么奇怪。越是想本来该来的事，它硬是盼都盼不来；越是不想来到的事，它却偏偏会到来。

1990年8月，教字垭镇联校为了更好地提高教育教学质量、整合教育资源，进行布局调整，两公里以内的竹园坪小学在调整之列。

竹园坪小学只留一至四年级，五、六年级划到教字垭镇中心完小就读。在竹园坪小学刚刚工作一年的覃东荣长子覃梅元，随着这次教育资源调整，随学生到镇中心完小工作。

八月三十一日清晨，大雾很浓，伸手不见五指。浓雾散去后必是个大晴天。覃梅元心想，今天是去新学校第一次开会，要给学校领导和老师们留个好印象，于是就早早地来到教字垭镇中心完小。

覃梅元吃过早饭，走到学校会议室一看，已经来了五六个老师。会议室南面墙壁上的那口大钟"嘀嗒嘀嗒"不停地响着。呵，来早了！才七点半，离开会时间还有一个小时。他想利用这段时间到自己的房间修理一下书桌，打扫一下卫生。

覃梅元修理好床和书桌后，脸颊上的汗珠往下滴，用右手揩了几下脸，开始清理房间的卫生。谁知聚精会神地打扫卫生的覃梅元入迷了，他拿着一把半新半旧的扫帚扫着扫着，虽然脑海里总感觉有什么事，但又想不起来。他突然发觉四周异常安静，没有一点儿动静。愣了片刻，想起来了，不好！是不是已经开会了？

第十五章 严管子女做表率 率先普九受褒奖

覃梅元连忙丢下扫帚，拿上会议记录本，飞快地跑向学校会议室。他刚跑到会议室门口，傻眼了！一看，老师们整齐地围坐在椭圆形办公桌旁边，背靠椅子，正专心致志地听父亲讲话，显然自己迟到了。

覃梅元心里顿时慌了，好不容易定了一下神，壮了壮胆，喊了声："报告！"这一喊声打破了会场的安静，打断了会场的秩序。

正在讲话的覃东荣回过头，老师们也不约而同地看向会议室门口。天花板上的两台吊扇快速地旋转着，此时感觉风速加快了。但即使再大的凉风，也扇吹不去，覃梅元那早已流得满背的、惊慌的汗水。

只见覃东荣神情严峻，双眉紧蹙，愠怒的脸像灌了猪血似的，严肃地说："覃梅元老师，今天是你到我校第一天上班，开会就迟到，我作为校长很不满意。你自己看看墙上的钟，会议已经进行了三分钟。你迟到了三分钟，按学校规定罚款三元，座位上有姓名，自己找座位！请值日老师记下。"

有几个老师说："覃校长，我们看到他七点半就到了办公室，肯定他刚才有什么特殊情况耽误了。念他今天刚来，不知道我们学校的规章制度，就免于处罚吧！"

覃东荣坚定地说："不行！是别个初来乍到的老师，还可以原谅，但他是我覃东荣的儿子，更要严格要求！这不是罚款不罚款的问题，是给他贴个'记性皮'。要他永远记住遵守规章制度是没有理由可讲的，今后请自重。耽误了大家的时间，我代表他向大家道歉！好，我们接着开会……"

覃梅元不敢抬头，看父亲那涨红而严肃的脸，低着头，不觉脸红，眼眶湿润。感到自己对不住以身作则的父亲，假如此时会议室里有地洞，他非马上钻进去不可。

会后，覃梅元仍思绪万千，忐忑不安，心想："父亲啊！今天是儿子不对，给您丢脸了，今后我要做教职工的表率，不再让您伤心！"这次开会迟到的教训，就这样深深震撼了覃梅元。在以后的工作中，他无论在哪个学校，时间观念都很强了。他一直受到领导与教职工的好评。

心有灵犀一点通。说来也怪，儿子一年前迟到三分钟被罚款三元。一年

173

后,同一个日子,父亲竟也因公事迟到两分钟,被罚了两元,还写了检讨。

那是1991年8月31日,清晨太阳早早就升起来了。休息了一个暑假的学生在家长的带领下快乐地来到学校报名。学校原定早上八点半正式开教师大会,安排报名事宜。

教字垭镇中心完小修建于20世纪70年代,它的前身是大桥村办小学。校舍破烂不堪,教室少而窄,每班最多容纳三十张双人课桌,最多可容纳六十名学生。课桌挨课桌,前抵讲台,左、右、后三面抵墙,教室里只有两行狭窄的过道供学生们进出。

两公里以内的凉水井小学、竹园坪小学相继被撤销后,七家坪、中坪、香炉山、丁家峪四个村只保留一至四年级,五、六年级学生全部进入教字垭镇中心完小学习。当时教字垭镇中心完小教室严重不足,一年级只能招收两个班,国家规定是每班四十五人。学校根据实际情况,决定每班招六十人,两个班共招收一百二十人。但据初步统计,大桥居委会、凉水井村、竹园坪村三地年满七周岁该读一年级的儿童却达到一百二十人!

学校决定,招收一年级新生,按照上级文件规定执行。贫困地区凡是年满七周岁的孩子一律进入一年级学习,凡是年龄没有达到的一律不收。

当时有几个家长求学心切,其孩子只有五岁多一点,他们欲将其小孩送入一年级学习。

秋阳照耀在一直等候的几名家长的身上。几名家长看到覃东荣校长拄着拐杖向会议室方向走过来,立刻围了上前,要求覃东荣开绿灯将其小孩收入一年级学习。

覃东荣环顾一眼众家长,温和地说:"我们快开会了,你们有什么事情,等我们开完了会再好好地谈一谈。"

一个四方脸、满脸络腮胡的中年汉子仍纠缠着覃东荣,说:"你是校长,读不读一年级,还不是你一句话的事,老师们哪个敢不听你的!"

"你的小孩几岁了?"

"五岁半。"

"你的小孩几岁了?"

第十五章 严管子女做表率 率先普九受褒奖

"五岁多一点。"

"你的小孩几岁了？"

"五岁。"

覃东荣耐心地解释说："你们的心情我理解，不是不收你们的孩子，可是你们的小孩只有五岁多。国家规定，贫困地区年满七周岁才能收，差一天都不行。现在想读一年级的小孩太多了，教室少、窄，我们只能招两个班一百二十人，而在辖区年满七周岁需读一年级的远远超过一百二十人！假如我们收了你们的孩子，那些年龄达到七周岁，而读不上一年级的孩子怎么办？人家怎么想。"

"不好，到开会的时间了，迟到是要罚款的！"覃东荣说。

"你是校长，谁敢罚你的款！"一个年轻妇女道。

"在制度面前人人平等，校长更要遵守！"覃东荣拄着拐杖边走边说，急忙走进会议室。

覃东荣走进会议室后傻眼了，墙上的钟已到了八点三十二分，已经错过开会两分钟！

面对端端正正静待开会的老师们，覃东荣神色凝重地环视了一下会场，未作任何解释，只是说："老师们，今天是我覃东荣第一次迟到，迟到了两分钟，违反了制度，耽误了大家的时间，我向大家道歉！按规定罚款两元，请值日老师记下。"

随即，覃东荣右手伸进上衣口袋中摸了摸，掏出两张皱巴巴的一元的纸币，放在桌上，双手将两张纸币展平，轻轻按压好后交给值日老师。值日老师收下两元钱，并在校务日志上做了登记，覃东荣签了名。

目睹这一切的老师们纷纷表示反对。覃东荣却说："老师们的心意我领了，我是校长，更要带头，今天有许多学生家长来问一年级报名上学的事，说明我们平常对《义务教育法》宣传得不够。这不能怪家长，是我们严重失职，我是校长当然要负主要责任！"

灿烂的阳光下，站在办公室窗外的几名家长，亲眼看到覃校长为了给他们作解释，开会迟到两分钟，果真被罚款，不由心神不安，惭愧不已！

175

散会后,这几名家长走进会议室。中年男子忐忑不安,不好意思地说:"覃校长,对不起!是我们害得你被罚了款,你是为了给我们解释才被罚,我长这么大,还从来没看到过像你这样作风过硬的人,你被罚的两元钱,我给你出!"说罢,他从上衣口袋里掏出两元钱。

覃东荣摆摆手,意味深长地说:"这件事你不要放在心上。我身为校长,负有主要责任!这真的说明我们学校对《义务教育法》宣传得不够,我们是贫困地区,年满七周岁才能读一年级。是我们的工作没做好,我还要感谢你们提醒呢。好,你的心意我领了,把钱收回去,今后还要请你们多多监督我们的工作!"

覃东荣依然执行了学校的规定,当天便将自己的检讨,贴在学校的批评栏上,并在上面作了批示:制度就是制度,没有任何理由。

覃东荣因公迟到被罚款的事很快在教字垭镇地区传开了,当地人民纷纷议论说,看起来覃东荣是"菩萨心肠"的人,但执行起规章制度,却是铁面无私,毫不留情。尤其对自己和子女的要求更加严格,在单位能有这样带头作表率的人,实在难能可贵啊!

随着社会的不断发展,教字垭镇山区的教育面貌也在日益发生着变化。1991年,永定区委、区政府为了整合教育资源做出决定,教字垭镇"五·七"中学正式并入大庸市第二中学,成为一所完全中学。

1992年春季开学后,教字垭镇中心完小整体搬迁到原教字垭镇"五·七"中学校区。镇完小的校园变大了,教室变宽变多了,师生们特别高兴。从此,镇完小有了像样的教室、像样的寝室、像样的操场、像样的礼堂、像样的食堂……

镇中心完小搬过来后,原来有些在镇"五·七"中学卖过东西的附近村民,照常挑着东西在学校操场上卖。时值三月,阳光明媚。周围山林中梧桐树、枞树、杉树、松树等争相吐绿;校园内柳枝垂钓,桃花绽开,让人陶醉。

一天上午,风和日丽。一个近二十岁的年轻女子,背着一捆广西甘蔗走进校园。在操场上的一棵大槐树下摆起了摊,卖起甘蔗来。该女子正是该校校长覃东荣的亲外甥女熊金桃。

熊金桃想，附近这么多村民都在学校卖东西，这里的校长是自己的亲姨爹，他会睁一只眼，闭一只眼，不会为难她，赶她走的。但事与愿违，就在熊金桃放下甘蔗不到十分钟，覃东荣拄着拐杖，从办公室一瘸一拐地走到外甥女身边，笑着说："金桃，你今天在这里卖甘蔗。"

熊金桃说："姨爹，你们搬过来了，我不知道。来，您吃甘蔗。"说罢，熊金桃取出一根大甘蔗递到姨爹的手上。

覃东荣连忙把手中的甘蔗放回原地，说："谢谢！姨爹不吃甘蔗。金桃，你可能不知道，镇'五·七'中学搬到大庸二中去了，现在镇中心完小搬到这里来了。我们学校有规定，校园内不准卖东西。外甥女，对不起，不是姨爹要为难你。你是我的亲戚，更要带头遵守学校的制度，你不会怪姨爹吧！"

"姨爹，我不知道，您做得对，我这就背到市场上去卖。"外甥女背着甘蔗边走边说。

望着外甥女远去的身影，覃东荣一时心里感到很不是滋味，是不是自己六亲不认，太绝情了啊？但是，仔细一思考，这是为了给师生创造一个安静舒适有序的教育环境、培养学生良好的卫生饮食习惯，外甥女以后会理解的。几个附近卖东西的村民看到覃校长的亲外甥女都背着东西离开了，觉得不好意思再卖了，纷纷把东西背回家。

覃东荣在教职工会上重申了一个决定：禁止在校园内卖东西，并在学校醒目处张贴公示。同时，他还在师生大会上作了宣布：为杜绝学生吃零食，禁止任何学生在校园内买东西，发现有学生买东西，实行责任追查制。学校找班主任，班主任找买东西的学生，不仅要扣该班级的分，还要在班主任岗位责任制中扣分。不到一个星期，附近村民在校园里卖东西的现象就消失了。校园变得整洁，教学环境也彻底改变了。

1992年11月的一天，冬日暖暖。市、区教委两级领导组成的检查团在教字垭镇中心完小对教育目标管理进行初检。

覃东荣拄着拐杖，戴着一副破旧的宽边眼镜回自己的房间取迎检资

177

料。由于长期劳累，突然头晕目眩，"咚"的一声，头撞在砖柱上。正在房间办公的教导主任覃遵兵听到响声，立即跑出房间。只见覃东荣右手捂住头，左手拿着资料撑着砖柱，站在那里，摇摇欲倒，拐杖掉在地上。

覃遵兵快步上前，一双大手将覃东荣扶住，看到他头上撞起了一个大包，镜框下眼睛充血，脸色苍白，捡起拐杖递给他，用宽大的背部紧抵挨着他，心疼地说："覃校长，我扶你回房休息一下，我替你送资料去！"

可覃东荣什么也没说，仍然拄着拐杖拿着资料一步一步地走向办公室。覃遵兵怕覃东荣摔倒，紧跟其后，心疼不已。检查人员并不知道覃东荣受伤，只看到覃东荣脸色苍白。

下午，检查组结果出来了，教字垭镇中心完小得了高分，成为优秀等次。

一个月后，十二月中旬的一天，冬日暖照。由省政府教育工作督导评估专家组成的一行十几人的检查团，对教字垭镇中心完小的教育目标管理进行复检。

学校出纳覃金春，按惯例给检查团的领导及专家递的是根根烟。覃金春装的五元一包的盖白沙烟，一一给领导，领导们都说不吸，不接。一位年轻的评估专家刚走到教学楼的转弯处，连忙从上衣口袋中取出十元一包的精品白沙烟，抽出一支点火吸着。

检查团经过细致、详细的复检，教字垭镇中心完小分数仍然很高，成为湖南省教育目标管理先进单位。

检查团成员很惊讶。一位年老的督导感慨地说："同样是老少边穷地区，为什么这个学校的入学率、巩固率都能达到双百，手写的教育目标管理资料这么齐全、工整，能够成为湖南省普及九年义务教育的创优集体及教育目标管理先进单位，真不可思议！"

众人大笑中，有专家要覃东荣谈谈创优的体会。覃东荣激动地说："以前如果不是共产党和人民政府的关怀和帮助，十五岁的我永远也踏不进学校识字读书。我要报答党的恩情，就想要让所有读不起书的适龄儿童都能上学读书。我的妻子对我也很理解，是她鼎力相助，我才能对工作全力以赴！"

"原来有个贤内助啊！不错，这是一个好经验哩，军功章上也有她一半呀。"一个年轻的督导员开玩笑道。

大家听了，都哈哈大笑。覃东荣也很高兴地笑了，连头上的包也不觉得疼了！

榜样的力量是无穷的。人们都说，在教字垭镇，大凡认识覃东荣，或与覃东荣相处、共事过的老师、学生、家长及领导，都不会忘记他。覃东荣身残志不残，他的一生是战斗在第一线的一生，是为山区教育无私奉献的一生，是廉洁奉公、受人尊重的一生。

在他的带领下，教字垭镇中心完小筑起了一道"堤坝"。他是防治学生"流失"的"安全堤"，是实现九年义务教育的"责任堤"。

覃东荣在教字垭镇中心完小任校长期间，始终将学生巩固率纳入全年工作管理目标，逐月量化。他要求学校领导、班主任和任教老师，把加班加点加在走访劝学上。

他制定制度，带头履行，如果学生流失，在三天内未家访的，扣除岗位目标奖，并通报批评。对特困家庭的学生，学校行政管理，班主任和相关老师包干到人，采取对口捐助，绝不允许有一个学生流失。再穷再苦，绝不允许一个学生失学。

1991年秋季开学后的第三天，覃东荣听说六年级覃建新班上覃双来同学由于家庭困难没来上学，心急如焚。

放学后，覃东荣与覃遵兵、覃建新、伍方西、覃基权等老师一起去覃双来家了解情况，劝他上学。

覃双来的家，位于偏僻边远的教字垭镇丁家峪村扎营山组的一个高山上，离学校较远，道路崎岖难走。

放学后，覃东荣与几位老师早早地吃了晚饭，就上路了。时间虽是下午四点，可初秋的太阳依旧滚烫威猛射人，射得行人睁不开眼。柏油公路上还是那样热气逼人，闷热难受，仿佛野火烧烤似的。

一行人走到教字垭镇粮店西门附近时，覃东荣突然双脚跪地，双手撑在地上，拐杖甩在旁边。紧跟其后的几名老师不禁一惊，随即喊道："不好，覃校长摔倒了！"

　　同去的几名老师发现覃东荣摔伤了左手，鲜血直流。覃东荣用右手将地上的黄泥土粉末敷在伤口上，右手拿着拐杖撑地，试想站起来，但挣扎了几次还是不行，拐杖又倒地。几名老师快步上前将他搀扶起来，把拐杖递给他。

　　覃东荣用右手拍了拍身上的灰尘，右手拄上拐杖，跺了跺右脚，又要往前走。同去的老师不由眼眶湿润，心疼地说："覃校长，你的腿病又发了。覃双来家很远，你就别去了，我们几个保证劝他明天入学！"

　　"不要紧，这是老病，过一会儿就好，没事，走吧！"说罢，覃东荣拄着拐杖一瘸一拐地走在最前面。

　　经过三个小时的艰难行走，晚上七点，覃东荣一行人终于走到覃双来家。只见覃双来家的三间木板房，摇摇欲倒。右边房间倾斜，用三根大长原木支撑着；两边的房间用木板装的板壁；堂屋后面土砖砌成的墙只砌半截，前面是由竹条编装成的墙。高山上的风大，坐在堂屋里，虽是初秋，却寒气袭人，从屋后吹进的狂风让人冷得直打哆嗦。

　　覃双来有三兄弟，覃双来是老大，十二岁，二弟、三弟都还小，没到读书的年纪。覃双来正在家里煮晚饭，看到覃校长与老师们来接他上学，眼眶湿润。急忙用抹布将几把椅子上的灰尘抹干净，很有礼貌地请老师们坐。

　　几个老师坐下后，覃东荣问覃双来："双来，这几天怎么没来学校报名读书？"

　　"家里没钱。"

　　"你自己想不想读书？"

　　"想。"

　　覃双来的父亲闻讯从外面走进堂屋，听说覃东荣的腿不得力，是手脚并用爬上来的，不由感动得眼眶湿润，深情道："覃校长，您的腿本来就不方便，可为了我家双来，还是爬了这么远的山路。把你们害得够苦的，很对不起你们！"

"不辛苦,应该的,覃双来是我们的学生,家访是我们老师的职责。不管条件有多艰苦,有多困难,孩子要读书,孩子不能失学!"

"覃校长,您说得对,只有知识才能彻底改变贫穷落后的面貌,我决定克服困难送他读书,不让你们白跑这一趟!覃校长,您放心,虽然娃他妈生病,为她治病欠了许多债务。但是我即使讨米也要送双来上学,不会再让他失学。明天,我就送双来到学校来,不送他上学,对不住您呀!"覃双来的父亲激动地说。

覃东荣笑逐颜开,高兴地说:"覃双来的父亲,那太好了!这样我们就放心了。你明天送他到学校来,学杂费、伙食费我们再想办法。天快黑了,我们该回学校了,明天见!"

覃双来父亲说:"覃校长,您的腿不得力,这山路不好走,无论如何我要送送你们!"

覃东荣不让,覃双来的父亲坚持要送。覃双来的父亲提着马灯,搀着覃东荣,一直护送到山脚下的公路上才转身回家。

覃东荣同几名老师回到学校已是晚上十点。兴奋不已的覃东荣先拉了十分钟的二胡,又花两个小时备好课、改完作业。喝了口水站起身,提着马灯来到寄宿生寝室,为掀开被子的学生盖好被褥。回房间睡觉已到转钟一点。

第二天清早,覃双来背着书包提着桶子,他父亲背着棉被,一同来到学校,覃东荣很高兴。覃东荣当即把自己的当月餐票送给覃双来,鼓励努力学习,长大后做一个对社会有用的人。班主任覃建新也买了半月餐票送给覃双来。

为了普及九年义务教育,为了贫困山区早日脱贫致富,为了不让任何一个贫困孩子失学,覃东荣拄着拐杖几乎走访了全镇贫困山村的每个角落,这里的山山水水都留有他的足迹。"上坡手脚并用爬,下坡手脚并用滑",这是当地百姓,对覃东荣翻山越岭家访时真实而形象的勾画。

后来,有人粗略地统计,覃东荣从教三十四年中,曾访问学生一万多人,为贫困生垫交学杂费、书本费、生活费三万多元。对一个"半边户",

身体残疾，既要用微薄的工资供养三个子女上学，又要赡养双方父母的覃东荣来说，这些钱是多么珍贵啊！

在覃东荣爱心的感召和全校教职工共同努力下，教字垭镇中心完小没有一名学生因贫困而失学，入学率、巩固率年年都是双百。

为了普及九年义务教育，当年，湘西自治州、张家界等地区几乎所有的贫困山区学校都欠了债务。奇怪的是，教字垭镇中心完小却不欠一分钱！

那么，同样是贫困山区，为何教字垭镇中心完小成为全省普及九年义务教育创优集体，不仅没有欠下一分债务，还略有结余呢？

追其原因，人们不难发现，教字垭镇中心完小原来有一个爱财如命、爱校如家、加班加点不计报酬、义务守校，把每分钱都看到骨头缝里面去的当家人。

据不完全统计，覃东荣担任教字垭镇中心完小校长十二年间，不计报酬地加班加点、义务守校折算成标准工作日二千五百多天。

假如他遇到开会或生病，不能去守校，他就要他的家人替他守。他家是一个地地道道的"半边户"、困难户，三个孩子又小，确实需要劳力。可他为了普及九年义务教育，为了"四率"达标，为了贫困山区早日摆脱贫困，不得不以工作为重。舍小家为大家，节假日经常在学校加班加点、义务守校，不要学校一分钱报酬。

学校其他领导及老师们多次在会上，提出给覃东荣点加班补助、守校生活补助，却都被他拒绝了。

有的老师说："覃校长，你守校、加班不是一天两天，而是十几年没日没夜地守校、加班，不给你点生活补助怎么行？何况你在学校加班、守校也要吃饭，不能空着肚子工作啊！你家也很困难，不给你补助点生活费，我们心里都过意不去，这也是你应该得到的！"

可覃东荣却说："老师们的心意我领了，虽然我家很困难，但学校的困难比我家的更大！这个钱我不能要，我为学校节约一分是一分，学校还有很多事要做，还需要很多钱。我家欠债不要紧，但学校不能欠债啊！我守校加班不是为了钱，而是想把工作做好，不让学校财产流失！"

"我家可以欠债，学校却不能欠债！"这是多么感人的话语啊！老师们眼泪盈眶。老师们觉得，有这样的当家人真是自豪！

他们的"残疾校长"，硬是把自己的全部心血都献给了贫困山区的教育事业！

覃东荣原想在1995年教字垭镇中心完小七十周年时，搞个盛大的校庆。可是这一年还未到，自己却因公致残，瘫痪在床，愿望没有实现，这是他的终身遗憾！

后来覃东荣曾在教字垭镇中心完小七十周年时，躺在病床上作诗纪念道：

团紫关庙创学校，为民办教心中笑。
民众强化六次换，五十沧桑校史册。
原定今年贺校庆，只怪吾身瘫在床。
国强民富校庆日，切记勿忘告尔师。

第十六章

编外妈妈撑蓝天 爱洒乡间人世情

伍友妹知道丈夫的秉性好，做人真心，心慈。不是要自己接受这六个贫困儿童，丈夫也不会三番五次、苦口婆心地给自己讲好话。她了解丈夫的脾气，一生从未求过别人。

唉！自己每天为几个孩子做两餐饭，洗洗衣鞋也没什么。辛苦点都不要紧，力气用完了，第二天又会有。但是家里现在的收入，只有丈夫每月一百八十六元的工资。仅凭丈夫这点微薄工资怎么用？伍友妹五味杂陈，欲哭无泪。

为了增加粮食收入，解决吃菜吃油问题，补贴生活费用，夏天，伍友妹头顶烈日，不畏三伏；冬天，她不畏三九严寒，在田间，在山头，耕种劳作，不辞辛苦拼命地劳动。

一天晚上，皎洁的月光倾泻在沉睡的大地上。望军岩山下的七家坪村李家岗，冬天的夜晚格外寂静。

三间寒舍南边那苑千年大桂花树像一把巨大的天堂伞，遮护着它身边几棵正在成长的小桂花树。大桂花树也似乎在盼望着小桂花树能经历风、雪、雨、冰、霜的考验，快快成长起来，成为国家社会的栋梁。

夜里，村里的公鸡打鸣声此起彼伏，好像参加竞赛似的，一声比一声响亮，一声比一声激烈。伍友妹被吵醒，心里装着事睡不着，索性起床。

她到对面堂弟土砖屋里孩子们的房间巡视，为掀开棉被的孩子轻轻地盖好。看着九个孩子熟睡的样子，看到他们一天天慢慢成长起来，她嘴角勾起笑容，脸庞像熟透的苹果。这几年来，为了抚养这六个孩子和自己的三个孩子，她一直都没日没夜地忙碌着。

鸡叫三遍时，伍友妹已煮熟饭，炒好菜。此时，天才开始露出鱼肚白，她叫孩子们起床。九个孩子洗漱后，围在一张破旧的方桌边，津津有味地享受着香喷喷的早饭。九个孩子中,大的十五岁了,小的也有九岁了。孩子们吃起饭时,你一碗,我一碗,好像在进行饭量大比拼似的,不到十分钟,满满一箩子饭所剩无几。

孩子们走后,伍友妹洗碗筷,打扫卫生。她走到大门边一看,只见东边巍巍朝天观半山腰,被厚厚浓浓的雾笼罩着。半小时后,朝天观上空出现了红彤彤的一片火烧云,那是太阳快要出来的征兆。果然,不一会儿,一轮红日冲破重重包围,从最薄的那片乌云中挤了出来。

伍友妹想,这一向忙于农活,已有一个多月没给孩子们洗被褥、被罩、床单、枕套、枕巾、帐子了。今天是个大晴天,她决心把孩子们和公公的被罩、床单、枕套、枕巾、帐子好好地洗一洗,棉絮好好地晒一晒。被罩、床单、枕套、枕巾、帐子,加上昨晚九个孩子换洗的衣服、鞋袜,足足有两箩筐。因为丈夫在学校很少回家,家中一切农活、家务全落在她的肩上,可她没有半点儿怨言。

伍友妹挑着一担要洗的东西来到茹水河边。河北岸有个面积不大的小温泉池,温泉的水冬暖夏凉。

酷夏,人们纷纷拿着热水瓶排队在这里取水回家解暑退凉。喝着香甜可口、清洌冰凉的泉水,人们感到心旷神怡,炎热烟消云散。人们都说,此温泉是附近几个村人民公用的消暑之宝地。

正值严冬,附近的妇女都会挤在这里洗衣服。此时,温泉周围已挤满了十几个洗衣服的女人。

当伍友妹挑着两箩筐衣物走到温泉池旁边时,洗衣的女人不约而同地抬起了头,目光齐刷刷地扫在伍友妹满是皱纹的脸上,继而又集中到她挑的两只箩筐上。同村的女人们都知道,伍友妹年纪不大,今天也只有三十五六岁,按说不该这么苍老?

其中有几个年轻媳妇,是经过伍友妹牵线搭桥嫁到这里来的。她们看到媒人挑着这么多衣物来洗,甚感震惊,心疼地说:"伍阿姨,您挑这么多衣物,快到我们这里来洗吧,这里水温和、不冷。"

伍友妹挑着担子,稍微停了停,微笑着说:"谢谢!不用,你们自己洗吧。我今天洗的东西多，你们那里码头太窄，被罩、床单、帐子抖不开，我到河中间洗，水深好洗些。"

为了孩子们今晚能及时睡到换洗的被罩、床单、枕套、枕巾、帐子，她要先洗这些，再洗孩子们的衣服、鞋袜。

伍友妹边洗边把洗好的被罩、床单、枕套、枕巾、帐子一一晒在河滩中的卵石上。九床被罩、九床床单、十二条枕套、十二条枕巾、六顶蚊帐竟占了半个河滩，像天上飘着的白云那样洁白、轻盈。

此时，太阳已升到头顶，正午了。她开始洗孩子们的衣服。

几位年轻媳妇已经洗完了自己的衣服，看到媒人还有那么多衣服、鞋袜没有洗完，都想帮帮她。几个年轻媳妇走到河中间，诚恳地对伍友妹说："伍阿姨，您太辛苦了！我们都知道您是一个好人，您已洗了一个上午，水太冷，您看您的手都冻成什么样子了，让我们帮您洗，您就休息一下吧！"

"不必了，水冷，你们还是忙你们自己的事吧！到吃中饭的时候了，你们快回家吃饭，我习惯了，没事，很快就会洗完。"伍友妹感激地说。

下午三点，伍友妹终于洗完了所有的衣服！她搓衣时，因心里着急，用力过猛，时间过长，手上已搓破了皮。鲜血一滴滴滴在洗衣的灰色岩板上，岩板变红了。她的一双大手肿得像馒头。她顾不得冷疼，紧接着又洗孩子们的鞋袜。

太阳离望军岩山顶不到二丈了，快落山时，寒气开始袭人。伍友妹洗完了孩子们所有的鞋袜。

今天洗的多，伍友妹用完了整整两大包洗衣粉和一坨肥皂！

伍友妹来不及休息，立即收拾好已晒干的被罩、床单、枕套、枕巾、帐子折好装在一只箩筐里，再把未干的衣服、鞋袜等装在另一只箩筐里。

干的一头轻，湿的那头重，她把轻的那一头放了一块干净的石头。伍友妹挑着箩筐试了试，感觉两边平衡了，才挑回家。

回到家，她晾开孩子们的衣服、鞋子、袜子后，又为九个孩子赶做晚饭。

晚上，孩子们睡在暖烘烘、干净的被褥里偷偷地流下了感激的泪水！

第十六章 编外妈妈撑蓝天 爱洒乡间人世情

秋天,是收割稻谷的季节。别人还未起床,勤劳朴实的伍友妹早就割完了半亩田的稻子。

秋种油菜冬种麦,伍友妹总是挑着一百斤的农家肥,沿着狭窄陡峭的山路艰难爬行两里,才能到达望军岩山半山腰的自留地。崎岖不平狭窄的山路,身高只有一米五的她走得非常吃力,但她为了让孩子们能吃好一点,咬着牙一步一步地爬着,累得腰酸背痛、筋疲力尽。

下山还要挑着满满的一担红薯,她的两条腿有些发抖,险些跌入悬崖峭壁,吓出一身冷汗。每日两餐为孩子们做饭用的柴火,都是她从山上一担一担地挑回家的。面对陡峭的山路,每回至少一百三十多斤,连一般的男劳力挑起来都感到吃力!

冬修水利,她家五口人的义务工都是她一锄一锄、一担一担地超额完成的,她多次被村(大队)评为"劳动生产积极分子"。

乡亲们说,伍友妹就是这样的人,她天生就具有助人为乐的品质。只要她有三升米,宁愿分给别人两升;她有三元钱,宁愿给别人两元;她有三件衣,宁愿给别人两件;她有一碗饭,宁愿给别人分半碗。

一个农村妇女像一个精壮的男劳力那样做农活,这样长时间的过度劳作,就是铁打的也经受不住!

六年来,收养的六个贫困孩子逐渐长大,渐渐成才,伍友妹却渐渐消瘦了,她的体重由原来的一百五十多斤减少到一百二十斤!乡亲们看到她这几年自己舍不得吃穿,一切为了孩子们,承担了所有的苦!乡亲们都深受感动,常常向她伸出援助之手。

又是一个漆黑的夜晚,伍友妹背着一背篓衣服,左手提着马灯,右手捂住胸口,喘着粗气艰难地走进大门,脸上豆大的汗珠往下滴,少量水从她背上垫着的薄膜纸上往下滴。

正在做作业的孩子们看到师母脸色苍白,放下作业本便疾步上前,赶紧把她背上的背篓和薄膜纸取下来,把她扶到椅子上坐下。孩子们围在她的周围,心疼地说:"师母,您病得这么厉害,我们送您去医院!"

伍友妹左手捂住胸口,右手摆摆手,吃力地说:"你们快把衣服晾在竹竿上，把我扶到床上睡一觉就好，没事。不要为我着急，做完作业早点睡，明天早点起床。"

其实已患糖尿病、高血压、心脏病多年的伍友妹早就知道自己的病情，但因无钱医治，她一直强忍着，拖着……

她胸前长着一颗肉瘤，不知是良性的，还是恶性的。丈夫及乡亲们都劝她到城里大医院检查一下，可她总是笑着说："谢谢，没事，你们看我好好的，能吃饭，能有什么病？"

伍友妹不是不想检查一下自己的病，她也想多活几年，她与丈夫还有很多事要做，可对于一个负债累累的家庭，实在拿不出看病的钱呀！她知道，一旦检查了，不是吃药，就是打针，甚至动手术，需要很多的钱，哪来那么多钱？

作为家庭主要劳力支撑的她，一天也不敢耽搁。一旦她倒了，她家的农活、家务扔给谁？她必须强忍着。她在拼，不遗余力地给这个家一片蓝天！乡亲们都称她是"编外妈妈"，也有人称她是"编外保姆"。

伍友妹虽然不是教师，但却帮当校长的丈夫尽了无数教育孩子的义务。特别是收养的六个孩子在她的精心照料下一同上学、一同长大，一同进步，他们互相帮助，时而吵闹，时而嬉戏，九个孩子亲如兄弟姐妹。

伍友妹不仅关爱这些贫困孩子，而且还帮附近的一些贫困村民解决过不少困难。

当地患妇科病的妇女比较多，许多贫困家庭的，由于无钱上医院医治，越拖越厉害。同为妇女，为帮病者减轻痛苦，伍友妹利用祖传秘方免费帮助她们治疗。农闲时，她上山采草药，回来制成半成品。说来也怪，经她治疗的病人大都痊愈了，不再复发。

"我得妇科病这么多年了，想不到您的两服药，就治好了我的病，还给我免费。您夫妇还收养了我的两个孩子，不仅供他们吃住，还送他们读书，您夫妇是我家的恩人，我家永世也不会忘记您夫妇的恩情！"童家村的吴芳云感激地说。

有人还听说伍友妹能利用家传秘方治疗痔疮，来她家治疗的人更多了。病人都想给她一点材料费,她说要什么钱,几服草药而已,只要能减轻病者的痛苦,她就满足了。

"构建社会主义和谐社会,是人与人之间的和谐,人与自然之间的和谐,也包括亲情和谐、友情和谐、婚姻和谐。伍友妹这个只有小学二年级学历水平的农村妇女,在当地构建社会主义和谐婚姻中,竟做出了一定的贡献。"这是后来有人报道她时所总结的话。

初夏的一天傍晚,七家坪大队李家岗生产队一个李姓堰塘边突然传来一阵哭喊声,打破了山区黄昏的寂静。

伍友妹听到急促的哭喊声连忙跑出来看究竟,嗬!堰塘旁边围满了百余人。只见一个满脸胡喳快四十岁的中年汉子,手持一把大柴刀怒目圆睁,气势汹汹地对准一个六旬大娘的左手就是一柴刀。顿时,只见鲜血直冒,陈大娘马上用右手捂住正在流血的伤口,疼痛不已。旁边站满了人,但没有一个敢上前制止。

中年汉子大骂道:"你这个老不死的,我都三十好几,快四十岁的人了,还没讨上老婆。你们做大人的难道心里一点儿也不着急?老子今天要砍死你!"说着说着,举起柴刀准备砍第二刀。

说时迟,那时快,只见伍友妹一个健步奔过去,一声巨吼:"放下柴刀!你这个大逆不道的不肖子,竟敢用柴刀砍自己的亲生母亲,你就不怕遭天谴!"

中年汉子转身一看,见是伍友妹,不觉心惊胆战,快快地放下柴刀,退后几步低着头站在一旁。

陈大娘看到伍友妹来了,哭泣着说:"友妹呀,快救救我!因为他还没有讨上老婆,就怪我不关心他,要砍死我。友妹,求求你,麻烦你赶紧帮他找一个老婆,不然我就活不成了!"说罢,双腿跪在地上泥巴里。

伍友妹赶紧搀扶她起来,她不肯。

伍友妹急了:"大娘,你站起来,马上止血!"

"你不答应,我不起来,反正我没有好日子过,血流完死了算了!"

"好,好!我答应你,你快起来!"伍友妹焦急道。

伍友妹把陈大娘搀扶起来后，立即在路旁扯了一把止血的草药，经过嘴嚼后敷在陈大娘的伤口上。

伍友妹严厉地对中年汉子说："你不能再这样下去了，你妈把你们几兄妹拉扯大，容易吗？你妈这么大的年纪了，还能活几年？一个星期后，你到我家里来，我给你找一个老婆！"

七天后，伍友妹带着这个中年汉子到临乡一个边远山寨相亲。经她撮合，不久，这名中年汉子竟然与一良家女子结成了姻缘。陈大娘一家对伍友妹感激不尽。

像这样做媒的例子还有许多。在七家坪村、在教字垭镇，哪家儿子娶不上媳妇，哪家大龄姑娘嫁不出去，都会找到伍友妹。因为她热心、诚心、真心，经她介绍的对象基本上都能成功。她家成了乡村名副其实的免费"婚姻介绍所"。

做红娘，做成功了就好，没做成功，不仅自己赔上钱米、车费不说，还要两边受气。夫妻吵架后，还要找媒人理论。儿女们经常反对，但善良的伍友妹凭着一颗真挚的心感动着男女双方。经她介绍的对象都经得起风吹雨打，不容易拆散。

看到一对对有情有义的新婚夫妻举行婚礼时，伍友妹笑得合不拢嘴。在教字垭镇，经她撮合成功的夫妻不下百对。乡亲们都说："伍友妹做了好事，她是我们乡村免费'婚姻介绍所'的好红娘。"

教字垭镇是个老少边穷山区，经济比较落后。虽然政府一再提倡孕妇分娩要到正规医院，可有的人家由于经济条件差，舍不得花钱，生孩子不愿到医院分娩。

一年仲夏的一天上午，万里无云，天气闷热。七家坪三组有一村民看到妻子即将临产，就连忙把村里的接生婆接到家里来。

老天偏偏作弄人，灾难就降临到这位憨厚朴实庄稼汉的儿子身上。妻子分娩时顺利，婴儿却危在旦夕！三十出头的婴儿父亲焦急万分、痛哭欲绝，听说李家岗组的伍友妹对接生有些经验，立即派人去请。

此时，伍友妹正在一尺来高的禾苗田里扯草。来人说明来意后，伍友妹马上放下农活，草草洗手、洗脚后，裤脚卷着就直奔吴家。

其时，吴家门前围满了乡亲，潺潺溪水在婴儿屋门前静静地流着，似乎停下脚步祈盼婴儿挺过难关。接生婆累得汗流浃背，像是热锅上的蚂蚁，无计可施，一屁股坐在地上。产妇脸色惨白，昏迷过去。

伍友妹来不及细想，凭借多年的经验，快步挤到婴儿的床边。她两手将婴儿的头部移向床沿，深吸一口气，用嘴对准婴儿的嘴，一口一口地吸出污水，吐在脸盆里。许多妇女闻到这种气味纷纷退出门外。随后，伍友妹又给婴儿进行人工呼吸，几分钟后，随着"哇"的一声大哭，婴儿得救了。

可伍友妹被污水感染，作呕不止。婴儿的父亲"扑通"一声跪在伍友妹的面前泣不成声。

伍友妹连忙把他扶起来，责怪道："你看看，是钱重要还是命重要。今天险些出了人命，不要怜惜钱，在家生小孩多危险！"随即她转身对众乡亲说："大家今后要引以为戒，不要怜惜钱，分娩都要进医院！"说完，她依旧裤脚卷着，走向自家的农田，此时已到正午时分。

那孩子的父母后来对伍友妹感激不已，逢人就说伍友妹是他们家的恩人。覃东荣也夸赞妻子做了大好事，夫妻俩更加相互和睦敬重了。

十八年后，此孩儿高中毕业，还考上了全国一所名牌重点大学。大学毕业后，在省城某单位工作。

第十七章

调查路上身负伤 卧病榻心系师生

久雨就会大旱,久晴就会涨洪水,这是人们对天灾现象的总结。

1993年上半年连续几个月的干旱,茹水河快断流了,农田裂缝有两手指宽,有的放得下小孩的拳头。人们认为这是一个不祥的预兆,日后会发大水。

果然没过多久,七月中旬的最后一天夜晚。浩瀚的天空星星点点,满月的四周堆起浓浓的、厚厚的毛发。俗话说,大毛大雨,小毛小雨。

一个时辰后,本来晴朗的天空,突然变脸,狂风大作,电闪雷鸣,乌云翻滚,黑黑的云向南方涌去。不一会儿,天空中的黑云重重压下来,大地像一口倒扣的黑锅。顷刻,暴雨如瓢泼一样泼向大地,从不间断,下了三天三夜,立刻造成山洪爆发。

百年罕见的一场洪涝灾害,随即袭击了湘西北张家界。

七月二十三日凌晨两点,覃东荣辗转反侧,难以入眠,仿佛听到远处有急促的敲锣声。

只听见敲锣声越来越急促,边敲边大喊:"老乡们,兄弟姐妹们,快起来呀,快起来呀!小河的水漫过岗啦,堤快决口啦⋯⋯"

覃东荣赶紧爬起来,穿好衣鞋,打开大门,只见雨越下越猛,眼前一片漆黑,一里之外的坪中间各家各户灯火通明。到处都是哭喊声,到处都是亮光,到处都是忙碌的身影。有的拿着手电筒,有的提着马灯,有的打着火把,向地势高的地方转移财产。千年桂花树上的鸟儿叽叽喳喳,沉睡在雨夜之中的小山村顿时沸腾起来。

天刚出现鱼肚白,又听见"轰隆"一声巨响,小河堤有一处地方决口了,人们被这突如其来的洪水惊呆了!只见五米高的洪峰,像一条饿得发狂的巨龙从北向南一扫而过,似雷霆万钧、排山倒海,大有吞没一切的架势！洪水掠过之处，稻穗连根带泥被冲走。整个七家坪、古城坪都进了水，小沟堤水满堤决，大沟堤水满告急，堤坝危在旦夕！

大雨中，爱田如命的农民伯伯，有的头戴斗笠，身披蓑衣，正在搬石头沿途加高加固小沟堤；有的干脆光着头和膀子，搬来自家的门板拼命地堵决口。只因洪水太猛，放不稳，门板一放下就被冲开。农民伯伯只好双手撑着门板，两脚叉开，与门板形成一道钢筋铁壁防护钢筋混凝土，保护着农田，保护着稻穗，保护着命根子。

覃东荣家的三亩责任田，处在小沟堤与大沟堤之间，小沟堤决口的洪水与大沟堤翻出的洪水形成包围之势，渐渐吞噬着覃东荣家的良田与稻穗。

此时，覃东荣担心的，不是自家作为唯一生活依靠的责任田和房屋被冲毁，他担心的是教字垭镇中心幼儿园的房屋与财产。因镇中心幼儿园紧靠茹水河，地势低，这么大的洪水，房屋很有可能被淹没，甚至冲垮！覃东荣心里默念着镇中心幼儿园的安全。

长子覃梅元花了九牛二虎之力卸了好久，才卸下自家的一块门板，满脸汗珠，紧张的神经才松懈下来。稍歇片刻后，搬起门板去挡住小沟堤决口，保护快要收割的稻穗。

这时，覃东荣对长子大声说："梅元，快放下门板，教字垭镇中心幼儿园危急，跟我走！"

覃梅元双眉紧锁，犹豫不决嗫嚅道："这……"

覃东荣厉声道："国家财产高于一切！快放下，跟我走！"说罢，覃东荣卷起裤脚，穿着凉鞋，拄着拐杖拖着残腿，举把旧伞走出家门，一头扎进狂风暴雨中。

父亲的语气没有任何商量的余地，覃梅元只好怏怏地放下门板，拿把雨伞紧跟其后。心想，这么大的洪水，自家的责任田、稻穗被毁不抢险，偏要跑到镇中心幼儿园抢险去，怎么胳膊肘总是往外拐！自家田的稻穗被冲走，吃什么？覃梅元心中虽是这样想着，但脚步不停，不听使唤的双脚还是跟随父亲的脚步往前跨。

覃东荣拄着拐杖、拖着残腿在前，覃梅元跟在后。雨还在倾盆而下，雨伞挡不住雨水的侵蚀，打着雨伞可以说不起作用。覃东荣除头部没湿透外，全身其他部位都湿透了。覃梅元心疼不已，父亲身体差，体质弱，左腿残疾，怎经得起如此折腾！

看着父亲在全是稀泥的山路上一瘸一拐地走着，不觉深深感动。覃梅元想劝父亲回家休息，可话到嘴边又咽了回去。覃梅元心想，此时劝父亲也是白劝，是没有用的。父亲认定的事情，就是十头驴都拉不回去。自己干脆加快步伐，超越父亲往前走。

两父子行至竹园坪村茅塔坟墓包地段，覃东荣偏头朝左下看去，汹涌滚滚的茹水河波浪滔天！"轰轰"的洪水声震耳欲聋。"梅元，你看大河里的洪水快满岗了，教字垭镇中心幼儿园危急！你比我行动快，赶快上前帮我喊一下沿途的老师，我随后就到！"覃东荣拄着拐杖，边追边对长子说。

覃梅元道："知道了。爹，我先走了，你自己注意安全啊。"边说边加快步伐。

覃东荣说："我没事，你自己也要注意安全！"

四十分钟后，覃东荣拄着拐杖走到教字垭镇大桥上。大桥下波涛翻滚的洪水发疯似地怒吼着，不时发出震耳欲聋的轰隆声。好像它要冲垮大桥，吞没村庄与农田！

覃东荣走在桥上，身躯在颤抖。拿拐杖的右手无力握紧拐杖，两腿在发抖。右脚不听使唤不敢往前迈，五脏六腑在担惊受怕，心快被揪出来了。大桥仿佛在漂移，人走在桥上好像坐在轮船上一般在漂移、在逃遁。覃东荣脑袋"嗡嗡"作响，他不敢往旁边看。他闭着眼睛，凝神消除杂念，片刻后，紧握拐杖，一鼓作气，一步一步地从大桥中间往东行走。三分钟后，他终于走过了大桥，心里一阵高兴。

此时，大雨丝毫没有停下来的迹象，还在继续肆虐着。洪水仍在上涨，已经漫到镇中心幼儿园的操坪。覃东荣拄着拐杖，好不容易走下台阶，来到镇中心幼儿园，想进去查看险情。

几位老师劝说："覃校长，你的腿不得力，洪水在上涨，这里很危险，你就站在公路上指挥吧！"覃东荣不听，还是拄着拐杖同老师们以及附近

第十七章 调查路上身负伤 卧病榻心系师生

群众走进了院内转移财产。

值得庆幸的是，在洪水淹没镇中心幼儿园之前，财产已转移完。一个小时后，最大洪峰淹没了镇中心幼儿园一层楼！整个教字垭镇一片汪洋，最深处有四米，真的好险呀！若不是老师和附近群众奋力转移财产，镇中心幼儿园的损失可就大了。

洪水退去后，覃东荣带领附近老师铲除镇中心幼儿园的淤泥，清洗操坪、教室。把镇中心幼儿园清理干净后，他又带领附近老师清洗集镇街道。第二天，覃东荣按地域将全镇分成几个片区，将附近老师分组，每组调查一个片区师生受灾情况，做好登记。

七月二十七日下午三点多，覃东荣带领覃遵兵、覃建新、覃基权、覃金春等老师走到农校上坡石头台阶路段时，因劳累过度，突然一头栽倒在石阶上，不省人事。后面的老师们见状，立即把他送到张家界市人民医院进行抢救。

因为平素身体透支过度了，他的体质早已极端虚弱，头部又受重伤。覃东荣这一倒下，就再没从病床上起来过。医院尽了最大的努力对覃东荣进行抢救。连续六天六夜急救后，他仍没有醒过来。

在这六天六夜的抢救中，妻子伍友妹一直守候在他身边，丝毫没有休息。前两天两夜都未曾打个盹；后四天四夜，因救夫心切，她更睡意全无，仿佛是个木制的脑壳，一天二十四小时，一千四百四十分钟，都是眼睁睁地望着丈夫，盼望他早点醒来。

家中的三个儿女也焦急地期待着父亲早日醒来、康复；教字垭镇中心完小的师生默默地祈盼着他们的"拐杖校长"，快点好起来，回到学校主持工作，一起备课，一起学习，给他们上课；乡亲们也默默地祈祷着他们尊重和爱戴的校长早日出院去家访。

抢救到第七天时，覃东荣终于渡过了危险期，总算醒过来了。伍友妹高兴之际，不断呼喊着丈夫的名字。但无论伍友妹怎样喊，怎样叫，覃东荣都是呆呆地望着妻子，不能说话，原来他成了"植物人"。

覃东荣的命是保住了。而伍友妹呢？伍友妹六天六夜没有睡过一会

195

儿，没有休息片刻，就是铁造的机器人，脑壳也要休息会儿吧，体质急剧下降，抵抗力、免疫力减弱，一下得了重感冒，也倒床了。

伍友妹倒床住院后，更牵动了教字垭镇中心完小师生的心。学校决定派专人护理他们的校长，但伍友妹不让。伍友妹说，要老师护理丈夫，丈夫会不安的！因丈夫瘫痪在床，不能去学校工作，就已经对不起党和国家了。若再派个老师来护理他，岂不耽误了学生的学业，老师的工作？

伍友妹叫来自己的亲戚护理丈夫，也不同意让老师护理。不然丈夫醒来有意识了，会埋怨自己的。

而后，伍友妹在永定医院住了一个星期的院，花去医药费五百多元。伍友妹一出院，又回到丈夫的身边，仍坚持自己护理，不麻烦学校和公家。

后来，伍友妹考虑到医疗费用问题，将丈夫转到医疗费用比较低的张家界市中医院治疗。

此后，覃东荣就一直瘫痪在床，吃饭要喂、茶水要喂、屎尿要接。但伍友妹从没有责怪过丈夫，她认为丈夫抢救国家财产，调查师生受灾情况，虽负伤致残瘫痪也光荣，他做得对，他应该这样做！

护士告诉伍友妹，病人在床上睡久了会磨破皮肤，那样问题就大了，要隔半小时给病人翻一次身，一天一夜至少要翻二十四次身，她不厌其烦；一天要擦三次身，晚上洗脚，活动活动一下血脉，她任劳任怨。丈夫身材高大，有一百四十多斤，每次接大便，伍友妹一个人吃力地把丈夫抱下床，累得满头大汗，气喘吁吁，她从不叫累嫌脏。

丈夫住院后虽屎尿要接，但丈夫所住的这个病房是最清洁的。每次医院的清洁工打扫到这个病房时，看到干净整洁，不需再扫、再拖的地面，无不感动。勤劳苦做的伍友妹把这个病房的卫生全包了。

连每天查房的医生，量血压、体温打针发药的护士都说，想不到这个病人的家属护理得这么好，瘫痪在床这么久，病人身上闻不到一点儿味道！因这不是一天、半月，而是一年、两年，哪个护理病人有她护理得这么好。

张家界市中医院的领导、医护人员也被伍友妹这种耐心、负责、细心的护理态度所感动。整个住院部的病人、家属，对伍友妹这种无微不至照顾丈夫的举动所震撼，都投以敬佩的目光。

一层楼的病人，伍友妹看到哪床吊水打完了，还帮着喊护士；哪床没人护理，她就给病人接屎接尿、打开水。病人及家属也称她为"伍护士"。

为了更好地护理病人，节约病人的经济开支，院方给伍友妹开了绿灯，特许她在过道上做饭。

春节将近，病人纷纷出院回家过年。整个住院部空荡荡的，不能回家在医院过年的，寥寥无几。市中医院领导特地为在医院过春节的病人及家属安排了丰盛的年夜饭。市区领导也专程来市中医院看望慰问覃东荣及其家属。

自覃东荣住院后，教字垭镇的许多学校师生、领导和家长都陆陆续续地来医院看望过他。

覃东荣成"植物人"后，有半年未能开口说话了。直到第二年春节过后，在各级党委政府、教育主管部门的关怀下，经过医生的精心治疗和妻子没日没夜地耐心护理，真情战胜了病魔、真情感动了上苍、真心唤醒了丈夫。奇迹出现了，覃东荣能开口说话了，话虽说得不是很清晰，但还是能听出说什么。

"友妹，友妹，我有半年没交党费了，告诉孩子们不要忘记替我交党费，不然我对不住共产党！"原来，这是他会说话后，交代妻子要做的第一件事。妻子听懂了，微笑着叫他放心，她一定会让长子替他交的。

阳春三月的一天黄昏，晚霞映得巍峨高耸的天门山格外美丽壮观。

伍友妹端着一碗饭走进病房，准备给丈夫喂饭，不知怎么回事，覃东荣却突然哭起来。望着泪流满面的丈夫，伍友妹急了，忙问其故。

覃东荣抽泣着，说："友妹，我这是怎么了，怎么会睡在这里？"

伍友妹和蔼地说："东荣，你不知道呀，你都因公负伤住院半年了。"

覃东荣右手摸着自己的头，说："喔，我想起来了，我和几个老师走到镇农校上坡石头台阶路段，突然摔倒，感觉头疼。"

伍友妹说："东荣，你摔倒受伤、昏迷不醒，是那几个老师送你到医院抢救的。你能想起来就好。"

覃东荣挣扎着说："友妹，我要起来，我要起床！我要回学校给学生讲课去！"

说罢，覃东荣想用双手撑床，两腿弯曲，试图爬起来。可惜他左半身瘫痪，左手左脚没有一点儿知觉，任凭他右手右脚怎么挣扎，还是无济于事，坐不起来，他不禁泪如泉涌。

原来，他不是因为头疼而流泪，也不是因为在调查师生受灾情况的路上，致残瘫痪感到后悔而落泪。而是半年来，没有踏入学校半步，未给学生上过一节课，心存愧疚而痛苦。他觉得自己对不住那些天真可爱的孩子，他做梦都在给学生上课哩！

看到覃东荣病成这样，还想着他苦心经营的学校，想着他的学生，同病房的病友都眼眶湿润，有的擦眼泪，有的叹息，有的感动。

一位瘦高的年老病友徐徐走过来，劝他道："覃校长，我们都知道你是一个好人，你住院期间那么多人看望你，关心你。你年纪虽然比我小好多，但我们这些病友都敬佩你！你今天应该感到高兴，我住院七个月了，看到你半年没说过一句话。今天你能开口说话，是因为你妻子日夜不停地护理，感化了上帝。你还是吃点饭吧，人是铁，饭是钢，人不吃饭怎么行？你不吃饭怎么能好起来，怎么能早日出院回到学校给学生上课？"

在众病友的劝说下，覃东荣感激地点点头，终于张开大嘴，吃起饭来。伍友妹立刻笑逐颜开。她在丈夫的颈下周围围上一层纸，就像母亲给刚刚能吃饭的幼儿喂饭一样，一口一口地喂。生怕他噎着，还不时用勺子给他喂冷开水。喂着喂着，饭菜凉了，伍友妹把饭菜热一下，再喂。就这样，一碗饭至少要热三次，可伍友妹从不嫌麻烦。覃东荣瘫痪在床，此时还不能动。

一天上午，伍友妹给丈夫喂完饭。覃东荣望着妻子说："友妹，我记得在抢险前，我的三百元工资放在裤子口袋里，你后来看到这钱没？"

伍友妹摇摇头，说："没看到。我来医院后，我洗你那条裤子时翻了口袋，没发现。那恐怕在抢险中，被洪水冲走了。"

覃东荣道："我也记不得了，恐怕是。"

不久后，外甥女熊金桃到中医院来看望他。覃东荣很是感动，说：

第十七章 调查路上身负伤 卧病榻心系师生

"金桃,你今天能来医院看我,我很感激!我认为前年不准你在学校卖东西,你会记恨姨爹一辈子,永远不理我。姨爹现在瘫痪了,不行了!"

外甥女眼眶湿润,擦了擦眼角,回道:"姨爹,你当时做得对。不仅我敬佩您,我们覃家湾联组的所有乡亲都很敬重您,担心您!您是一个公而忘私、廉洁奉公的好人,您看您现在却搞成这样!姨爹,我来迟了,不要想那么多,安心地养病吧。病养好后,好回学校工作!"

一天下午,市教委主任彭长首带着组织的关怀来看望他。覃东荣感动得热泪横流。他挣扎着试图坐起来,彭主任急忙走上前,握住覃东荣的手,深情地说:"覃校长,别这样,不要动。你的情况,我们市教委领导都很清楚,我们对你关心不够,让你受苦了!"

覃东荣挥着右手,激动地说:"彭主任,各级领导对我都很关心。这次若不是国家给我医治,我可能早已不在人世了!彭主任,您专程来看我,叫我如何安心啊!"

"我们市教委应该感激你,你对教育的贡献那么大。你放心,各级党委政府、教育部门会关心你的,你就安心养病吧。病养好出院后,好回学校工作!"彭主任安慰他一番后,才走出病房。

为了让覃东荣校长爬起来,早日康复出院,教字垭镇中心完小为他特制了一把软和、好坐的麦秆藤椅。全校教职工及少先队干部,在新任校长伍贤科的带领下,手持鲜花,带着这把代表全校师生心意的藤椅,来到张家界中医院看望覃东荣老校长。

可惜病房太小,容不下那么多人。师生们只能排队,一一把鲜花献给他们尊敬的老校长。覃东荣望着这一束束五颜六色的鲜花,和那把精致的藤椅,心中不悦。

伍贤科校长代表大家说:"覃校长,您是我们的老校长。期望您能早日战胜病魔,从病床上起来,能够坐在这把藤椅上工作。"

覃东荣听了,严肃地说:"买这些鲜花和这把藤椅要花钱,今后不要这样,回家要注意安全!把教学工作抓好,就是对我最大的安慰。我只要能下得了床,就一定回校给学生上课的!"

199

但覃东荣这次的病实在凶险,瘫痪在床很久,还是没能爬起来。他不能回到教字垭镇中心完小去看一看,可他的心早已飞回学校许多次了。他不断幻想着与同事们一起备课,一起讨论,一起批改作业,一起浇灌着祖国美丽的花朵。

覃东荣想得高兴之余,写成《思念》诗一首作为纪念:

前山天门对院开,后依廻龙紫舞台。
左侧英雄烈士塔,右邻玉皇麻崆山。
澧水蜿蜒城中过,群山起伏飞舞来。
吞根生涯几十载,桃李天下咱们栽。

为希望自己早日出院回到学校努力工作,又作《园艄曲》诗一首以表心意:

园丁四季育桃李,艄公苦渡船复启。
英雄豪杰入史册,吾身公残弟子医。
同壕战友最知心,不辞劳累慰友人。
唯愿吾身早康复,重返教坛献余春。

住院期间,覃东荣夫妻收到一封来自湖南省物资学校学生代新华的信,其信感人至深,内容如下:

尊敬的覃东荣及师母:
　您们好!新年快乐!
　祝您们全家在新的一年里获取更大的成功,诸事顺意!
　今年春节没有看望您们两老,我深感抱歉!
　虽然您们也许能原谅我,但我自己都不能原谅我自己。每每想起过去你们全家对我的如海深情,就令我汗颜,无地自容!我早年丧父,母亲年老体弱多病，家境贫寒。我那两个成绩优异的姐姐已双双失学。而我忍痛含泪也将步入姐姐的后尘时，是您们，是您们那颗宽大的爱心，把我从失学的边缘拉了回来！其实您们家三个子女正在读书，本来就够困难了。可您们不让穷孩子失学，收养了我们六个贫困学生，不仅管我们吃住，还为我们代交学杂费！

当今社会，能有几人有您们这样的爱心与毅力？

您们是世界上最伟大的校长及师母！

没有您俩的爱心，我小学都读不完，更不用说能读完初中考什么中专了。您俩是我的再生父母啊！这里，我追忆过去，憧憬未来，在记忆的最深处只有默默祝福您们福如东海、寿比南山！并衷心祝愿覃东荣早日康复，早返校园！

我生活得很好，上学期成绩也较为理想。但我会更加努力，学好本领，不辜负您们的期望，长大后像您们一样做一个有爱心的人！

就此落笔。

祝您们全家生活和谐美满！

被您们收养的学生：新华
一九九四年农历正月二十五日

看了这封信，覃东荣脸上露出难得的笑容，他为有这样勤奋好学的学生欣慰自豪。

1994年4月4日，地级大庸市更名为张家界市。

1994年农历三月十一日，覃东荣卧在病床度过了他的五十六岁，想起母亲已病故了十四年。儿生母辛苦，母亲吴幺妹是覃东荣一生中最尊重的人。

母亲虽然没读过书，没文化，但他觉得母亲是个了不起的人，是女中强人。母亲教他如何做人，教他如何工作，教他怎样为国尽忠。前妻向佐梅生下长子只六天就不幸仙逝，若不是母亲含辛茹苦地喂养，长子又怎能长大成人？母亲为他付出太多，但是没有过上一天好日子就含泪离开了人间。

想着想着，覃东荣不禁泪水连襟，遂在病床上作了《五十六岁寿思》诗一首，以感激父母的养育之恩：

尺五成人父母育，
寿思慈母心中忧。
特请吾父坐上席，
敬献故母一杯酒。

暑假的一天中午，伍良平的母亲领着覃东荣曾经收养的六个贫困儿童提着鸡蛋、红糖来到覃东荣病房。

伍良平的母亲走到覃东荣病床边，看到覃东荣的左手打着吊水。伍良平的母亲一双细长的手，握住覃东荣的右手，泪流满面，哽咽着说："覃校长，您受苦了，我们对不住您呀！您家那么穷，不该收养……"说完泣不成声。六个孩子也哭了，伍友妹安慰他们。

覃东荣道："伍良平的母亲，不要哭，应该的。我若不这样做，对不住自己的良心！……"

曾被覃东荣收养的六个孩子，早已泪流满面，依次握住覃东荣那只消瘦的右手，颤抖不已。

伍良平的母亲深情地说："覃校长，你们夫妻是世界上最好的人！好人会有好报的。您会慢慢好起来走路出院的！"

覃东荣语重心长地说："谢谢你们！今天看到孩子们健康成长，学习进步，我很高兴！我现在很好，你们不要担心。不要再来看我了，来回一趟要花很多钱。山区路远，伍良平的母亲，早点带他们回去。"

伍良平的母亲说："好，覃校长，您安心养病，那我们就回去了。"

覃东荣要伍友妹把鸡蛋退回给伍良平的母亲，她不接。伍友妹趁她不注意，将二十元钱放在红糖上，迅速包好退回给伍良平的母亲。伍良平的母亲含泪与六个儿童走出病房。

学生家长来了，给他带来了鸡蛋、糕点，覃东荣要伍友妹退回给家长。

老支书代表七家坪村的党员、群众给他带来了一根漂亮的拐杖，拐杖上面刻了一颗心，盼望覃校长早点治好出院。覃东荣要伍友妹付给老支书买拐杖的钱。

自覃东荣住院后，接任校长伍贤科以覃东荣老校长为榜样，把学校管理得井井有条。

学校在不欠一分债的情况下，入学率、巩固率年年都是双百，并率先在贫困山区普及九年义务教育，成为全省教育目标管理创优集体。

为促进永定城乡教育大发展大繁荣，为把永定教育办成全市、全省教育名区，促使永定经济文化快速腾飞，永定区委、区政府研究决定，在教字垭镇中心完小召开全区教育目标管理先进经验交流现场会。

1994年五月上旬的一天上午，风和日丽，阳光灿烂。

永定区委、区人大、区政府、区政协领导，在时任区教委主任王立章的陪同下，率领永定区教委领导及二级机构负责人、各分管教育的副乡（镇）长、区直学校校长、教育办主任、联校校长、中学校长及完小校长一行两百余人，浩浩荡荡地来到教字垭镇中心完小。

学生穿着整洁的校服，排着整齐有序的队伍，挥舞着彩旗、彩带、花环，站在学校门口下蜿蜒平整的大道上，高兴地迎接。

领导及校长们观看了该校步调一致、整齐划一的大型体操表演。接着，聆听教导主任覃遵兵代表学校作教育目标管理先进经验介绍。

覃遵兵主任大声地说："要把一所贫困山区小学办成全国先进单位，普及九年义务教育的全省创优集体确实不容易！我校的入学率、巩固率每年能够达到双百，是我们的'拐杖校长'拄着拐杖拖着残腿，手脚并用爬遍青山感染出来的。他为了不让一个学生因贫困而失学，十二年来，为贫困生代交学杂费、书本费、生活费三万多元。并在自己月工资不到两百元，自家三个子女正在读书家境相当贫困的情况下，毅然收养了六名失学儿童。这位'拐杖校长'，他就是我们的老校长覃东荣！他因公负伤，现在瘫痪在张家界中医院的病床上，不能来学校与各位领导和校长们见面！在此，我代表全校一千多名师生，向把自己的全部心血，献给贫困山区教育事业的覃东荣老校长鞠个躬，祝愿他早日站起来康复回学校工作！……"覃遵兵主任边鞠躬边哽咽着说。

会场上顿时响起了经久不息雷鸣般的掌声！

在座的各位领导及校长们也被感动了。他们都在想，难怪这所山区小学办得这样好，这样出色：入学率、巩固率达双百，教学质量名列市区前茅，原来是因为有一个廉洁奉公、以身作则、以校为家，把自己毕生精力扑在山区教育事业上的好当家人呀！

听完覃遵兵主任的教育目标管理先进经验介绍后，与会领导及校长们参观了该校简陋的档案室，认真查看了教育目标管理的软件资料。

当详细有序、字迹工整，未开一天加班费的手写"普九"资料展现在各位领导及校长们的眼前时，他们无不叹服！

这是对教字垭镇中心完小取得的成绩给予的充分评价，也是对覃东荣自1981年9月担任教字垭镇中心完小校长职务十二年来，艰苦办校的高度肯定。

这次经验交流现场会后不久，共青团湖南省委又传来喜讯：该校少先队辅导员向小桃被评为"全省优秀少先队辅导员""全市十佳少先队辅导员"，被邀请到朝鲜参观考察学习。

在前后不到三个月的时间里，卧病在床的覃东荣听到教字垭镇中心完小连续荣获多项殊荣，心里异常兴奋！他在病床上也感动得流下了自豪的泪水。因为这多项殊荣中，都有他的辛勤付出啊！

初秋的一个星期天上午，覃遵兵副校长走进病房，看到覃东荣精神好多了，双眉舒展，很是高兴。

覃遵兵坐在覃东荣病床边，微笑着说："覃校长，今天我专程来这里，就是要告诉你个好消息。"

覃东荣坐在床上看向覃遵兵，疑惑地问："覃校长，什么好消息这么高兴？"

覃遵兵瞅了一眼覃东荣，说："从我们学校毕业的彭朝华、石振清分

<<< 第十七章 调查路上身负伤 卧病榻心系师生

别考取了北京大学、清华大学！"

覃东荣大笑不已，说："确实，这的确是个好消息！今年是教字垭镇中心完小建校七十周年，又有学生考入北大、清华，意义非凡，意义非凡呀！这是我们学校最大的幸事！你协助好校长要好好总结，再接再励。"

覃遵兵说："覃校长，您放心，我会的。这真的是我们乡村学校的光荣！覃校长，还有个好消息与您有关。"

覃东荣吃惊："与我有关？"

覃遵兵说："对，与您有关。人民日报的一位记者路过张家界，听说您的英雄事迹后很感动，想来采访您。"

覃东荣着急道："不，不要，千万要拦住他。我做的都是份内事，采访我没有价值，不值得采访！"

覃遵兵笑着说："登了报纸，上了电视，大家都向您学习，多有价值呀！"

伍友妹走过来说："覃校长，你不知道，他呀，是一个怪人！"

覃遵兵点了点头，噙着泪笑了笑说："友妹，我和覃东荣共事十四年了，我今天才算真正了解他了！"说完用手帕擦了擦眼角，郑重地向覃东荣鞠了一个躬，转身离开病房。

覃东荣对家人说："如果不是共产党和人民政府，我覃东荣一生一世莫想踏进学校的大门，是共产党送我进学校读书的。我所做的这些工作，是作为一名党员应该做的。回想我从一九六二年九月参加教育工作以来，历经青鱼潭、七家坪、宋柳、甘溪峪、罗家岗、中坪、教字垭镇七地的变迁。三十四年的教学生涯虽然取得了一点儿成绩，但这点成绩与党的要求还相差甚远，是微不足道的！我的这点儿成绩不值得宣扬，我们共产党人干工作不是为了名，不是讲花架子，而是讲实效。不要采访我，如果硬要来采访我，我就拔掉针头，不住院了！"

这位记者从覃东荣家人的口述中，听到这一番话后，更加佩服覃东荣了。为尊重他的意愿，便放弃了对他的专访。

为此，有的人说他蠢，有的人说他傻，有的人说他憨！

这些人说，有的人想上中央党报宣传，不知要花费多少精力，多少财力去运作,还要托很多关系哩!而他却把这次送上门来宣扬他的机会推掉了,不知是傻、憨,还是脑子有毛病。但更多人说他是一个不计较个人得失、淡泊名利的人,是一名真正的共产党员!

想不到一年后,这位淡泊名利、高风亮节、钢铁般的铁人还是倒下了,永远离开了他心爱的学生!

覃东荣去世前一天,微笑着对妻子说:"友妹,麻烦你把我的头用枕头支高点,再把西北边的窗户打开。"

伍友妹疑惑地问:"打开窗户干什么?"

覃东荣看向妻子道:"让我再看看教字垭镇中心完小,看看辛勤的同事们和可爱的孩子们。"

伍友妹瞅着丈夫疑惑道:"三四十公里远,你看得见?"

覃东荣焦急道:"你打开,我会看见的。"

伍友妹走过去,噙着泪推开窗户,转过身来,看到丈夫面带微笑,目不转睛地遥望着西北方出神。

覃东荣紧闭着双眼,往事一幕幕出现在眼前:

自己于1938年农历三月十一日出生于大庸县西北部西教乡七家坪村,十五岁时在共产党的关怀下读书。从踏进学堂那一刻起,我就发誓要报答党恩,长大后当个老师,要让所有穷人的子弟都能上学读书。

1962年9月,二十四岁高中毕业后,开始在青鱼潭小学当民办教师,任负责人。1964年9月,组织调我回故乡七家坪小学任校长,同年农历十月二十六日,与向佐梅结成百年之好,1966年农历六月十八日长子出生,六天后贤妻向佐梅去世,自己大哭七天七夜,每月筹二十元钱请奶妈。

1971年1月,转为国家教师,此后,一生深深扎根山村教育。1972年暑假,与伍友妹结婚,后生一女一儿。1973年5月10日下午三点,自己在甘溪峪小学任校长时,在洪水中抢救一名落水学生左腿骨折,拄上了拐杖。

1981年9月,任教字垭镇中心完小校长,严谨治校,率先进行素质教育探讨,首创"立体式德育网络教育"。1985年6月加入中国共产党,同年秋季开始陆续收养六个失学儿童,送他们上学读书六七年,为收养的六个孩子有屋住借债六千多元，全校没有一个孩子失学，率先在贫困山区普及九年义务教育。

　　1993年7月27日下午三点许，在调查受灾师生受灾情况的路上负伤……。自己一生从教扎根山村教育三十四年，除因公负伤三年住院外，担任乡村小学校长职务三十一年。把一所贫困山区教字垭镇中心完小办成了全国先进单位，1989年张家界市德育工作先进经验交流和1994年永定区教育目标管理先进经验交流现场会在我校隆重召开。自己十五次被党和政府授予区县、市州级荣誉称号和奖励。为报党恩，自己一生默默兑现了"当初要让所有贫下中农子弟都能上学读书"的初心诺言，无怨无悔。

第十八章

缅怀东荣老校长 弘扬精神建名校

2006年9月7日下午两点,秋高气爽。在第二十二个教师节来临之际,张家界市永定区教字垭镇中心完小千余名师生,深切缅怀去世十年,但在人民心中永不磨灭的覃东荣老校长,特举行了覃东荣事迹报告会。

报告会由教字垭镇中心完小副校长覃遵兵主持。

覃遵兵说:"今天,我们全校师生隆重集会,深情怀念为我校发展做出卓越贡献的覃东荣老校长。我们举办报告会的目的,就是践行社会主义荣辱观,弘扬覃东荣老校长廉洁奉公、舍己救人、爱生如子、扶贫助学、以校为家、淡泊名利、以身作则、艰苦奋斗的精神,为早日把我校建成全省、全国名校而努力。这次报告会由熊隆奎校长主讲。"

熊隆奎校长说,在进行学习覃东荣老校长事迹报告之前,全校师生一同背诵一遍"八荣八耻"。

随后,熊校长说:"老师们,同学们,在我们湘西北张家界市永定区,我们的老校长覃东荣,可以说是无人不晓,无人不敬,无人不为之动容。覃东荣,1938年农历三月十一日出生,1993年7月27日因公负伤,瘫痪在床三年,1996年6月1日因伤病逝,终年五十八岁。他照料三个弟弟和常年患病的母亲,十五岁时,在共产党和人民政府的关怀下发愤读书。1962年9月参加革命工作,1985年6月加入中国共产党,十五次荣获市(州)、区(县)荣誉称号和奖励。其中,他1964年荣获'大庸县五好青年''湘西自治州最受尊敬的人';1970年、1973年、1977年、1981年、1982年、1983年、1984年、1988年八次荣获区(县)先进教育工作者;1985年荣获'湘西自治州优秀教师';1985年、1987年、1990年三次获区(县)记功;1991年荣获地级市'大庸市德育工作先进个人'。二十世纪八九十年代,他特别注重学生的思想品德教育,率先进行素质教育探讨,首创学生思想品德'六三一'评价体系及'立体式德育网络教育',成立家长委员会。定期汇报,经常开展活动,使家长委员会与学生真正参与到管理学校的各项事务中。

1989年全市德育工作先进经验交流和1994年全区教育目标管理先进经验交流现场会在我校隆重召开。同时,他也非常重视学校的少先队工作,我校1991年被评为'湖南省学雷锋先进集体''全国读书读报先进单位',1992年被评为'全国少先队红旗大队''全国雏鹰红旗大队'。

我校捷报频传,为党和国家培养了大批德才兼备的有用人才,许多学生进入大学深造,成为国家的栋梁之才。如1986年完小毕业的彭朝华考入北京大学,2005年博士毕业,分配到中国原子能研究院工作;彭朝阳考入中国人民解放军信息工程学院,1997年大学毕业,考入北京大学读硕士研究生,2001年毕业后在深圳某公司任高层白领;石振清,1993年考入清华大学,毕业后考入中国科学院读硕士研究生,2002年留学美国,攻读博士学位,现在特拉华大学读博士后;覃岭考入复旦大学;吴胜举、覃大卫考入同济大学;覃雯、王勇、管庆华、吴冰清、李卓、曾凯、吕贤猛、熊超、熊大新等学生考入全国重点大学;学生熊冬梅被评为全国十佳少先队员;从我校2002年毕业的熊敏同学在这次湖南省十运会上荣获女子六十四公斤级举重冠军。

全校师生要学习和发扬覃东荣老校长的精神,为党创建安全、和谐、有序的校园而努力,以优异的成绩迎接新校舍的建成。他是当前进行党的先进性教育的光辉典范,是新时期一面屹立不倒的旗帜,党的先进性和社会主义荣辱观在他身上体现得淋漓尽致。

人们不会忘记,他把失学儿童接到家里视为亲子,送他们上学,并把他们培养成才;人们不会忘记,他在工作中廉洁清正,不谋私利,关心同志,严于律己;人们不会忘记,他拖着残腿挂着拐杖上坡手脚并用爬、下坡手脚并用滑,爬遍了教字垭镇的每一个村庄,接一个个失学儿童返回校园;人们不会忘记,他在平凡的工作中做出了不平凡的成绩,在人们心中留下了深刻的印象。

我们要学习他廉洁奉公、严于律己的高贵品质；学习他求真务实的工作作风；学习他舍己救人的献身精神；学习他以校为家，舍小家为大家，加班加点，守校不计报酬为集体利益着想的奉献精神；学习他带头遵守制度、执行制度，大力推行教育教学改革的创新精神；学习他不花学校一分钱加班费，用三年时间拄拐采访、收集资料，将近万字的《教字垭镇中心完小教育史》编写出来留给我们，不计较个人得失的优秀品质。

"老师们，同学们，我们始终牢记覃东荣老校长的重托，完成他未完成的事业，抓住新校舍建设机遇，克服校舍建设中的各种困难，齐心协力，精诚团结，努力学习，好好工作，早日将《拐杖校长覃东荣》一书编写成册，为覃东荣老校长诞辰七十周年献上一份厚礼！为早日将我校建成全省、全国名校而努力奋斗！"

在报告会现场，记者采访了少先队辅导员覃建新、教师吴明全、教字垭镇中心学校副校长伍贤科。

少先队辅导员覃建新说："覃东荣老校长教会我如何学习、如何工作、如何做人，给了我无穷的力量。为了普及九年义务教育，为了贫困山区早日脱贫致富，为了不让每个贫困孩子失学，他拖着残腿、拄着拐杖走访了贫困山区的每一个角落。'上坡手脚并用爬，下坡手脚并用滑'，这是当地百姓，对他翻山越岭家访时真实而形象的勾画。三十多年来，他访问学生一万多人，为贫困生代交学杂费、书本费、生活费三万元。对一个'半边户，自己身体残疾既要用微薄的工资供养三个子女上学，又要赡养双方父母的覃东荣来说，这些钱是多么珍贵啊！在他那爱心的帮助和全校教职工的努力下，我校没有一个学生因贫困而失学。"

吴明全老师动情地说："覃东荣老校长和我是同村人，他的事迹感天动地！他是当前学习党中央贯彻胡锦涛总书记提出"八荣八耻"，践行社会主义荣辱观教育的好教材。他是党员、教师们学习的楷模。在我的印象中，他生活简朴，身上穿的衣服都是亲戚、他的大儿子给他的。作为一个校长，他从不占学校的一点儿便宜，以身作则，时时严格要求自己。他从不搞特殊，与老师们同甘共苦。像他这样清正廉洁的人世上很少见，也只有像他这种不阿谀奉承、艰苦奋斗的人才做得出来！

1996年6月1日，覃东荣老校长辞世，年仅五十八岁。噩耗传来，一传十、百传千，成千上万的师生、家长、干部、群众，自发地冒雨，从四面八方涌至望军岩山下的七家坪。人们胸戴白花，臂缠黑纱，庄严、肃穆，为覃东荣校长召开追悼会，沉痛悼念这位头顶没有辉煌光环，但深受百姓尊重拥戴的乡村校长。

"四乡八里的人早早地站满了，从覃东荣家到望军岩半山腰覃氏祖坟那两里长的崎岖山路，山冈上到处站满了人，甚至有八九十岁的老人拄着拐杖前来送行。送葬队伍宛如一条长龙，蜿蜒在十分陡峭的山道上，人山人海，天哭地泣！"

教字垭镇中心学校副校长伍贤科说："熊隆奎校长讲得好，讲出了覃东荣老校长一生的感人事迹。同学们听得很认真，很多人眼眶湿润了，师生真正地受到一次精神与灵魂的洗礼！覃东荣老校长公伤住院瘫痪后，我接替了他的工作，接任教字垭镇中心完小校长，他身上很多东西值得我们学习。"

最后，大会在师生齐唱《小小渡船》动情的歌声中圆满结束。

这场报告会开了整整两个小时，《法律与生活》杂志社张家界站站长杨建国，永定电视台记者李文彬、覃松辉对此次报告会进行了全程报道。

随后，记者采访了覃东荣收养的第一个贫困生伍良平，覃东荣的同事赵如秋，教字垭镇联校原校长罗振声，永定区教育局教研室黄士祥，教字垭镇分管文教卫的副镇长周岐锋。

伍良平哽咽着说，我现在家住教字垭镇竹园坪村，是一个个体司机，是覃校长收养的第一个贫困生。我们深情缅怀悄然逝世十周年的覃校长，弘扬他那伟大的献身精神。覃校长的精神不仅属于他自己，也不仅属于教育战线，而应该属于整个社会。

我们由衷地感谢共产党培养出一个，把自己的全部心血献给贫困山区教育事业的教师楷模；成就了一个在学生出现险情时，宁愿舍弃自己生命的'焦裕禄式的共产党员'；造就了一个在自己三个子女正在读书已相当贫困的情况下，毅然把我们这些不沾亲带故的失学儿童收养在家，并把我们培养成才的默默耕耘的'孺子牛'。

我们这个社会，是一个共产党领导的和谐大家庭，到处都有爱心，每个角落都充满了温暖。每当我唱起'这是心的呼唤，这是爱的奉献，这是人间的春风，这是生命的源泉……'这首歌时，泪水就不由自主地往下流，不禁想起二十一年前那一幕幕、一桩桩看似平凡却又耐人寻味的往事。

我小时候，母亲长年得病，家境一贫如洗，欠下一身外债。

1985年秋季开学，我和妹妹伍凤华被迫失学在家。我们尊敬的好校长把我接到他家，从此，我吃住在他家，一待就是七年。

后来，我妹妹伍凤华，还有吕飞跃、吕启银、代新华、陈霞陆续被覃校长收养，加上覃校长自家的三个儿女，就成了异姓九'兄妹'。覃校长管我们吃，管我们住，还为我们代交学杂费。

而当时覃校长的家又是一番怎样的情景呢？妻子伍友妹是农民，一个典型的'半边户'家庭，全家经济收入，仅靠三亩贫瘠的责任田和覃校长不到两百元的工资。他家不仅有一个身患慢性前列腺炎、终年吃药的七十多岁的老父亲，而且还有三个子女正在读书，一个读高中，两个读小学。他家原来只有一间木板房，为使我们这些收养的六个孩子有屋住，他挂着拐杖率领家人，顶着烈日利用一个暑假担砂石，借债六千多元，在原老屋场上修建了三间平房。本来就举步维艰的家境，又多了我们六张嘴吃饭。

覃校长在洪水中舍命抢救落水儿童，造成左脚骨折，落下终身残疾，从此拐杖不离身，人们亲切地称呼他为'拐杖校长'。三十五岁的他沦为终生残疾，可他无怨无悔。覃校长身残志坚，他以工作为重，舍小家为大家，以校为家。每两周的星期六下午，他总是借钱称几斤猪肉，为我们几个贫困孩子改善伙食。吃肉时，他要我们几个收养的孩子先吃，并叮嘱我们要努力学习，其他的事都不要想。

可是，当我们长大后，再也没有机会报答覃校长了，因为他再也不会复活了，再也不会回来了。

1996年6月1日，儿童节，又是一个难忘的日子。这天，覃校长全身开始腐烂（脚上腐烂得能看得见骨头），他撇下六个养子，撇下他的同事、亲人，与世长辞了。他去世后，乡亲们在他身上没有发现一分钱，只找到一张他生前欠别人多达两万元的账单；乡亲们为他的遗体穿衣时，在他家找了半天却找不到一件像样的衣服，不是补丁就是破洞，最后只好将几件旧衣和两件破烂的运动衫穿在他遗体上。

　　站在旁边的我悲痛欲绝。我们六人太无用了，太对不起覃校长了。我们为什么不早点走向社会，挣点钱，哪怕为他买一件衣服、称一斤糖，这样的话我们的心里也会好受些。俗话说：'受人滴水之恩，必当涌泉相报。'可我们受他那大海之恩，却没有回报他半滴……

　　覃校长不仅是教师们的楷模、党员干部的楷模，而且也是保持共产党员先进性教育和学习"八荣八耻"、践行社会主义荣辱观的新教材，是新时期一面永不倒下的光彩夺目的旗帜。他对我们的恩情比泰山还重，比大海还深，他献身贫困山区教育的精神与滚滚的长江水一样源远流长。

　　我们如何报答他呢？让我们六人给他立块碑，以纪念'再生父亲'覃校长的养育之恩。为了弘扬正气、弘扬先进，警示腐败，永葆共产党的先进性，我们将与他生前的学生、同事一起，尽快将他献身贫困山区教育事业的一生写出来，书名定为《拐杖校长覃东荣》。将他的感人事迹拍成电影、电视剧、话剧等，所得稿费、版权费全部用于'覃东荣教育基金会'，以便将覃校长生前扶贫助学的精神发扬光大，一代一代地传下去，直到我们这个社会没有一个失学儿童。

　　谭东荣校长的同事赵如秋说："我叫赵如秋，三十年前是一位民办教师，1965年参加教育工作，1976年秋季由于种种因素，离开教育战线，在家务农一直到现在。

　　忆往昔，想今朝，眼泪汪汪。覃东荣的动人事迹历历在目，感人肺腑，使人肝肠寸断。转眼间，覃东荣校长不知不觉离开我们已有十个春秋了。在这十年间，我们每时每刻都在想念他。

　　崇山峻岭，莽莽苍苍。大山深处，静静地躺着一位教育先驱，他就是人称'拐杖校长'的覃东荣。每年清明节，草是那样的碧绿，山是那样的挺拔。汩汩溪流，盘绕着有人新添土的覃东荣坟墓。来为他扫墓的学生、同事、家长依然如潮。

为什么一个头顶没有辉煌光环的山村教员逝世十年，人们还不能忘记他？是什么力量驱使人们要为这位已故十年的教师年年扫墓致哀呢？因为我们现在物质生活水平提高了，日子好过了，但需要精神食粮，需要覃东荣校长那种舍己救人、扶贫助学、清正廉洁、把自己的全部心血奉献到贫困山区教育事业的崇高精神。

党的十七大告诉我们，反腐倡廉是我党的立党之本，覃东荣就是反腐倡廉的好教材！构建和谐社会就需要覃东荣那样见义勇为、助人为乐、敬业奉献、诚实守信、尊老爱幼、甘于献身的人。

1972年9月，覃东荣调到我村小学任负责人。他第一次来到甘溪峪小学，看到校舍破烂不堪，心里很难过。随后，他常带领老师们在溪里挑沙、运岩头。附近的村民被老师们的精神所感化，纷纷加入挑沙运岩的队伍中，这些举动感动了上级领导。在各级政府及教育主管部门的支持下，一栋两层的教学楼终于落成了，覃东荣会心地笑了。师生们可以在明亮宽敞的教室里上课了。

有一件事，虽时隔三十四年，但现在回忆起来，还是令我毛骨悚然！

覃东荣关爱他的学生，为了抢救落水学生，'而立'盛年的他却失去了一条腿，沦为终身残疾。他更关心他的同事。每当我想起困难时期，覃东荣校长在自己经常吃不饱饭的情况下，两年如一日，每天给我分饭吃时，我的泪水情不自禁地往外流。

为了弘扬先进，弘扬正气，警示腐败，我们不能让覃东荣的精神永远埋在土层深处。我们这个社会需要更多像覃东荣那样的人，为了把保持共产党员先进性教育成果引向深入，成立覃东荣先进事迹报告团很有教育意义。在反腐倡廉中，要使贪污腐败分子投案自首；使那些正走向犯罪边缘的贪污腐败分子悬崖勒马。迎着党的十七大东风，我们打算早日把覃东荣献身贫困山区教育的感人事迹写成书，出版发行，还想把他的感人故事拍成电影、电视剧。

覃东荣校长，安息吧，人们永远怀念您。青山是你的屏障，大地是你的温床。你的不朽师魂将激励一代又一代新人,为构建和谐社会做出我们应有的贡献!"

教字垭镇联校原校长罗振声说:"人活在世上到底为了什么?覃东荣校长的一生给我们带来了答案。我与覃东荣校长共事十五年,在我心目中他确实是一位为山区教育事业呕心沥血、勤劳踏实、埋头工作、无私奉献的'孺子牛'!

1977年下学期,我调到教字垭镇公社任学区主任。三年后,1980年下学期,覃东荣调到教字垭镇乡最偏远的中坪小学任校长。该校四位老师中只有他一人是公办教师,其他三位教师都是当地的民办教师。

那时民办教师的工资都是以记工分为主在生产队分粮食。放学后,当地的三位民办教师都回家了,只有覃东荣一人坚持在学校住宿,做到以校为家。

其实他家离学校不远,还不到两公里,可是他为了工作,为了不使学校的财产流失,舍小家为大家。一个星期中,只有星期六晚上回家。星期天下午又赶到学校工作。

每天晚饭后他拖着残腿、拄着拐杖深入各组进行家访。有时在漆黑的夜晚,他手脚并用爬回学校已是深夜。在家访中他不知跌了多少跤,受了多少伤。家访回来本来就夜深了,但他还要坚持批改作业、深钻教材、精心备课,准备第二天的上课内容。

他对工作一丝不苟。我清楚地记得,那时学区每周要开一次负责人会议。而他家在教字垭镇学区和中坪小学之间,他为了工作,为了及时落实会议精神,以大禹治水路过家门而不入的精神,来处理学校与家庭的关系。他这种精神深得当地老百姓的好评,大队干部、学生家长都称他为'一心一意为公'的好老师。

为了适应形势发展,扩大办学规模,教字垭镇公社学区欲办一所具有竞争力的完全小学。1981年暑假,教字垭镇公社学区经过集体研究决定,将邻近的凉水井小学并入大桥小学,组建教字垭镇公社中心完小,任命覃东荣为教字垭镇公社中心完小校长。

他为改变学校落后的面貌,以实事求是的科学态度、深入细致的调查研究,制定出相应的整改方案。他主要从师生的政治思想入手,着手教育教学改革。学生政治思想工作不单纯是学校的事,而与社会、学生家长密切相关。他首创学生思想品德"六三一"评价体系和"立体式德育网络教育",成立家长委员会,定期汇报,经常开展活动,使家长委员会与学生真正参与到管理学校的各项事务中。

德育工作成绩显著,1989年市教委在教字垭镇中心完小召开了德育工作先进经验交流现场会,覃东荣同志在大会上作了德育工作经验介绍,他本人被评为'市德育工作先进个人'。

覃东荣大胆进行教改尝试,经常开展语文'注·提'实验教学、程序导学,数学'三算'教学、'尝试'教学,思想品德'立体式德育网络'教学,普通话演讲等比赛活动,激发教师对教改的兴趣,提高了学校的教学质量。在他任十二年校长的统考和调考中,教字垭镇中心完小的成绩始终名列市(州)、区(县)前茅。

学校教育的好坏教师是关键,教师的一举一动直接影响着学生。他非常注重教师的为人师表,对学校管理严格。学校制定了一系列的教师行为规范、考勤考绩、家访、四率、辅导等各项管理制度。他本人带头执行,模范遵守。有一次,他因给孩子未达到就读小学一年级年龄的家长作解释,开会迟到了两分钟,不仅交了两元罚款,还写了检讨。数十年如一日按时上班,年年出满勤。为了减轻学校的经济负担,他义务守校、不计报酬地加班加点折算成标准工作日二千五百多个。

覃东荣虽身患重病,左腿残疾,依靠拐杖行走,但每当上课时,他扔掉拐杖坚持站着讲课,曾多次难以坚持下去,摔倒在地,但都爬起来坚持讲完课。不少学生被他这种精神感动得热泪横流。

覃东荣家访全靠拐杖行走,他踏遍了教字垭镇村村寨寨的每个角落,到处都留有他的足迹。遇到上坡、台阶时,他就手脚并用地往上爬;遇到下岭时,他就手脚并用地往下滑。覃东荣用他那种"手脚并手爬"的真情,感染了那些实在送不起孩子上学的家长;唤醒了那些厌学不想读书的无知儿童；走进了贫困山区乡亲们的心田，当地百姓亲切地称他为'拐杖校长'。在覃东荣的感召和全校教职工共同努力下，教字垭镇中心完小没有一名学生因贫困而失学，入学率、巩固率年年都是双百，成为贫困山区率先普及九年义务教育的创优集体。

更为怀念的是覃东荣同志清正廉洁、不谋私利，为党为人民的教育事业和勇于献身的高贵品德。他从不搞特殊，一贯坚持领导与老师同甘共苦，领导与老师同餐。有好菜，有油水的菜，他宁愿让同事吃，而他自己从不占学校的一点儿便宜。他规定，上级领导来校检查工作时，不下馆子吃饭，不在酒店住宿，递烟递根根烟。他要食堂管理人员称几斤肉在学校食堂招待领导。吃饭时他要学校其他分管领导作陪，而他从不陪领导吃饭，他始终同老师们一起蹲在地上吃大锅菜。

自家生活本来就极度困难，三个子女都在上学，但为了'普九'，为了不让贫困孩子失学，覃东荣咬紧牙关，同妻子伍友妹收养了六名贫困学生。不仅供他们吃住，还为他们垫付学杂费。

覃东荣淡泊名利，1989年上级给我联校一名省劳模指标。在全联校教职工评比会上，许多老师提名他为湖南省劳动模范候选人，他坚决推辞，不参加竞选。

特别是在学生出现险情时，覃东荣能挺身而出，宁愿舍弃自己的生命。1973年他在甘溪峪小学教书时，为抢救落水少年杨贤金而身残。1993年他带领老师们在调查师生受灾情况的路上严重受伤，瘫痪在病床三年，抢救无效，于1996年在张家界市中医院去世。

覃东荣被当地百姓称为'焦裕禄式的共产党员'，被教委领导誉为'一条山区教育战线默默耕耘的孺子牛'。他虽然去世十年了，但他那种忘我工作、为国家为人民勇于献身的高尚品德，永远激励着我们；他那种高尚的风格，教育启示着人们；他的身影，在人们心中永存；他那种把自己的全部心血奉献到贫困山区教育的老黄牛精神，永远值得全社会人们特别是党员干部、教师们学习。在反腐倡廉、永葆共产党员先进性的社会主义经济大潮中，我们太需要像覃东荣同志那样的人了。

永定区教育局教研室黄士祥说："覃东荣校长是我一生中最尊敬的校长。我1983年调入教字垭镇中心完小，和他共事七年。和他一起工作是一种享受，可以学到很多东西。当年，我任六年级语文老师、班主任兼学校会计。说句实在话，因他自己什么事都过得硬，清正廉洁、一身正气、坚持原则，学校财务透明、公开，阳光理财，所以学校年年被评为先进单位。直到现在，教字垭镇中心完小一直沿用这种传统。

刚才这些同志讲的覃东荣校长的事迹，都是发自内心的，讲得都很真实。覃东荣校长是用爱心和责任来工作，他的事迹精神真的值得当今党员干部、教师学习。虽然覃东荣校长去世十年了，但是我们教字垭镇人民还是不能忘记他，每年清明节，人们自发为他扫墓祭奠。

想起从1983年至1985年，覃东荣校长给我三父子分菜吃，我真的很感动。那时他每餐将自己一份菜的大半拨入我的菜碗中，他自己只吃一点菜和汤，时间长达两年。你想，他家爱人也是农民，三个儿女也在读书，老大读高中，比我家还困难！想到这……"黄士祥擦眼泪，说不出话……

教字垭镇分管教育的副镇长周岐锋说："我虽然来教字垭镇工作时间不长，但我听说了一些有关覃东荣校长的事迹。想不到我们教字垭镇还有这样一位去世了十年还被师生、群众铭记的共产党员！

覃东荣同志的事迹让师生、群众流泪，这说明覃东荣老校长的精神在师生们中产生了共鸣，师生们从中受到了教育，心灵受到了洗礼。

虽然他去世前告诫师生，死后不要宣传他，但在物质文化生活不断进步的今天，在当今"八荣八耻"的学习中，我们不能让他的精神永远埋在土层深处，我们很需要他这种艰苦奋斗的精神，他的精神值得全社会特别是党员、教师们学习。

我们教字垭镇干部群众，已自觉掀起向覃东荣同志学习的高潮。我们要把覃东荣精神作为一种校园文化来传承，让更多人关注支持我们贫困山区的教育，以便将覃东荣同志扶贫助学的精神传承下去，覃东荣同志永远活在我们贫困山区人民的心中！

第十九章

沿夫道路传火炬 模范重病牵人心

丈夫去世后,伍友妹不觉间苍老了许多。

丈夫生前也没留给她什么遗产,仅有的就是三间旧砖房,而欠下的债务却还有那么多没有偿还清。

虽然如此,她却没有被贫困所压倒。甚至在丈夫逝去后,她像丈夫一样,仍时常牵挂着困难的学生。

有时候,她拖着疲惫的身体,拄着丈夫曾经拄过的那根拐杖,到丈夫生前所管理的教字垭镇中心完小看一看、听一听,看看学校有没有变化,听听有没有学生因交不起学杂费而失学,她要把丈夫毕生高举的扶贫助学的火炬传递下去!

有一次,伍友妹听镇中心完小的老师说,该校四年级有个叫陈成的学生,父母双双去浙江打工,家里还有七十多岁患多种疾病的老爷爷和四岁的小弟弟。而陈成的母亲在浙江某厂的车间打工时,突感身体不适,昏倒在地,被工友们送到当地医院进行抢救,医生初步诊断为白血病。医生说,要想根治这种病,必须尽快进行骨髓移植。至少四十万元的手术费用,这对于一个连吃饭都靠邻居施舍度日的贫困农民家庭来说,无疑是一个天文数字!

在外地治不起病,两口子就回到家乡。为了给陈成的母亲治病,陈成的父亲把家中所有的粮食及唯一进行春耕生产的耕牛卖掉。陈成的父亲不得不放弃农活,到处外出打工挣钱。家中的一切家务就落在十岁的女孩陈成身上。

陈成每天都很忙,循规蹈矩。她凌晨五点起床做饭,给弟弟穿衣,给母亲梳头、洗脸、喂药;每天上学和放学回家都拿着蛇皮袋,只要路上有能卖钱的破烂她都捡;放学后,饥肠辘辘回到家,给母亲和弟弟做饭吃;饭毕，先给母亲喂药、洗脚后，再给弟弟洗脚；然后提着马灯，背着一家人的衣服去溪里洗；晚上，夜深人静时，她还要给母亲翻身喂水，给弟弟端尿。懂事的陈成，在母亲面前强装笑脸，开导妈妈，背地里却偷偷流泪。

一个十岁的孩子，在家里跳来跳去，能有多大的精力呢！

一个秋天的星期六的上午，她下溪洗衣，刚走到一个溪潭边，由于长期过度劳累，没休息好，眼前突然一黑，一头栽倒在溪潭里。虽是仲秋，潭水冰冷刺骨。幸好被一路过的大娘看见，不然后果不堪设想！大娘立即跑下溪，把溪水中挣扎的陈成救起来，并帮她洗完衣服。

满身湿淋淋的陈成，像个"落汤鸡"一样来到母亲床前。母亲一惊，看到女儿这般模样，内心跌宕起伏、眼圈泛红，潸然泪下，坐起身双手抱着女儿的头，失声痛哭道："成成，我苦命的成成啊！是妈妈对不住你，拖累了你，你赶快换衣服去。你若感冒生病，家里哪拿得出钱给你治病啊？"

换完衣服的陈成，懂事地劝妈妈道："妈妈，不哭，不要哭坏了身体，我没事！"

伍友妹听了陈成家的情况后，心急如焚，想看看这个孝心的孩子，就拄着拐杖来到教字垭镇中心完小。伍友妹从陈成班主任口中得知，学校已决定号召全校师生向陈成同学学习，减免了她读书的一切费用，正准备为她捐款，伍友妹放心了。

不一会儿，陈成随班主任来到办公室。伍友妹站起来说："成成，来，到奶奶身边来，奶奶看看你！"陈成懵懵懂懂地走到伍友妹身边，伍友妹抚顺着陈成的头发，心疼地说："真是个孝敬父母的乖孩子！你妈有你这样一个好女儿，没有白疼你，她的病会慢慢好起来的，你是我们学习的榜样！千万不要因为母亲的病耽误了自己的学习。你家距学校较远，上学不方便，假如你愿意，可以到我家来住。"

陈成感激地说："谢谢奶奶！我每天回家要护理妈妈，照料弟弟，他们不能没有我。"

伍友妹和蔼地说："哦，是这样。成成，不要着急，你看这么多老师、同学都很关心你，各级党委政府和社会好心人都会关心你母亲的。我知道！为了给你母亲动手术进行骨髓移植，你父亲现在四处凑钱，奶奶这里有一百元钱，积少成多，你先拿着。"

陈成不接，说："谢谢奶奶的好意！您自己这么大年纪了，身体又有病，还需要很多钱，我怎能拿您的钱？"

伍友妹眼眶湿润，心疼地说："好孩子，真体贴人！拿着，这是奶奶的一点儿心意。记住，不管有多困难，千万不能放弃读书。"伍友妹边说边把钱塞进陈成的上衣口袋。

陈成同学自强自立、孝敬母亲、照料弟弟的感人事迹，经《潇湘晨报》《张家界日报》、女性在线网络、湖南金鹰之声、市区电视台等媒体报道后，在社会上引起了强烈反响。

社会上许多爱心人士纷纷向陈成的母亲献出爱心。时任张家界市委副书记、市长胡伯俊对此事相当重视，当即批示市民政局给予救济。

在庆祝全国第五个公民道德宣传日到来之前，张家界市文明委决定表彰全市十大道德模范。

经层层推荐，认真考核，市委宣传部、市文明办、市总工会、市妇联和团市委一起审查，决定推荐十五名全市十大道德模范候选人，并在2007年9月1日的《张家界日报》上公示。分助人为乐、见义勇为、诚实守信、敬业奉献、孝老爱亲五类，每类有三名候选人，评选出两名。

伍友妹属于助人为乐类候选人。伍友妹在自家三个子女正在读书已相当贫困的情况下，毅然收养六名失学儿童，又三年如一日、无怨无悔地护理公伤瘫痪在病床的丈夫，还成立过免费"乡村婚姻介绍所"，同时挽救过刚出生的小婴儿的生命，还利用祖传秘方免费治疗过许多乡亲的病，她的光辉事迹感动了文明委各组成单位。

在十五个候选人中，伍友妹文化水平虽然最低，只读到小学二年级，在媒体上也从未露过面，但这位"编外妈妈"，却以感人至深的道德故事征服了文明委各组成单位和全市干部群众，人们都纷纷为她投上了神圣的一票。

市文明委综合市民与市委宣传部、市文明办、市总工会、市妇联和团市委的投票，最后确定伍友妹等十人为张家界市首届道德模范。

2007年9月18日晚,中共张家界市委书记胡伯俊亲切会见了全市首届道德模范。

胡伯俊书记高兴地与道德模范一一握手。当看到行动不便的伍友妹,拄着拐杖站得非常吃力时,胡书记疾步上前,亲切地握住伍友妹的双手,说:"伍大姐,你身体不好,站着头晕,就坐在沙发上吧!"

胡书记边说边把伍友妹扶到沙发上坐下,深情地说:"伍大姐,你和你丈夫的事迹,我听说过,你夫妻都是好人,确实不容易!我代表市委市政府及全市人民向你表示衷心的祝贺和崇高的敬意!"

伍友妹一边擦眼泪一边说:"谢谢胡书记,这是我应该做的!"

第二天,晴空万里,阳光灿烂。张家界市委礼堂前彩球高悬,条幅高挂,一派节日的气氛。

上午八点半,张家界市首届十大道德模范表彰大会暨"我为旅游城市添光彩"演讲比赛在市委礼堂隆重举行。

参加会议的市级领导有市委常委、市委宣传部长陈美林,市委常委、市委组织部长范运田,副市长刘曙华,市政协副主席罗金铭等,相关市区直单位人员参加了会议,座无虚席。

在会上,市委组织部范运田部长宣读了《张家界市精神文明建设指导委员会〈关于表彰十大道德模范的决定〉》。他说,经基层群众评选推荐,市新闻媒体公示,全市范围投票选举,市精神文明建设指导委员会决定授予王选全、伍友妹为"助人为乐模范",赵明健、龚国权为"见义勇为模范",石玉红、田水清为"诚实守信模范",向恩林、王子立为"敬业奉献模范",刘梅、李春浓为"孝老爱亲模范"。

身着绶带的道德模范一一走向主席台时,会场上响起一阵阵经久不息的掌声。

身患重病的伍友妹拄着拐杖,在小儿媳妇的搀扶下,颤颤巍巍地走向主席台,一个工作人员见状跑来,也搀扶着她前行。伍友妹在两人的搀扶下一小步一小步地走到主席台,会场上响起了雷鸣般的掌声,如雷贯耳、惊天动地。所有的目光都投向了她,所有的摄像机、照相机都对准了她。

全场人都为这个相貌平凡、病态的农家妇女的事迹热泪盈眶;为她感到欣慰、自豪!

张家界崇实小学的少先队员为道德模范擂鼓助兴,激越献词。

最后,市委常委、宣传部长陈美林作了热情洋溢的总结讲话。

他说,全市人民要以社会主义核心价值体系为导向,继承传统美德,弘扬民族精神,以先进模范为榜样。学习他们扶贫助学、善待游客,见义勇为、匡扶正义,明礼诚信、回报社会,立足本职、乐于奉献,尊老爱幼、勤俭自强的道德情操。要为张家界的经济发展,建设世界旅游精品和实现富民强市的目标而努力工作,以优异的成绩喜迎党的十七大胜利召开。

市领导给十大道德模范颁发了荣誉证书和奖金。

散会后,市级党报的记者们围着行走不便的伍友妹采访。有记者问:"伍大娘,我们知道你家当时三个儿女正在读书,就已经相当贫穷了,是什么力量促使你收养了六个贫困学生,并送他们读书?"

伍友妹沉思良久,一边抹眼角一边说:"良心!我不会讲话。但我知道,今天到这里领奖的不应该是我,而应该是我丈夫。可惜他已离开这个世界十一年了,不然的话,他最有资格领取这个奖!"

伍友妹的爱心无限,但她的身体状况却越来越差。

2008年是一个令中国人民永远铭记的年份。中国人民永远不会忘记"5·12"四川汶川大地震,几万名同胞刹那间就被埋在废墟里,离开了这个美丽的世界;几十万人瞬间变成了残疾。

就在悲伤的国人把援助之手伸向四川汶川的第五天,伍友妹吃过早饭,挂着拐杖,想到教字垭镇中心完小去看看。当她一瘸一拐,颤颤巍巍地走到教字垭镇农校后上坡,去镇中心完小路段时,突然摔倒在地。随后被路人送到张家界中医院进行抢救,医生诊断为"多发性脑梗""II型糖尿病""心脏病"。

世上的许多事是息息相关的。伍友妹进医院后住的这张病床,丈夫覃东荣以前曾经住过。十二年前,伍友妹曾在一千零九十五个日日夜夜中,无怨无悔地在此张病床旁伺候过丈夫。现在，伍友妹自己也躺到了这张病床上。虽时隔十二年，这里的医生、护士及医院领导都认识她关心她，都希望像她这样一位心地善良的道德模范，尽快脱离危险、康复！

在她生命垂危之际，许多人纷纷来医院看望她。有的是伍友妹的亲朋好友，有的是经她牵线搭桥的小两口，有的是曾经被她帮助过的人，有的是被她的故事深深感动的人。

张家界市文明办黄万平主任带领文明办全体干部，在伍友妹入院第三天，也前往张家界中医院进行了看望。

黄主任走到伍友妹的病床前，难过地说："伍大姐，你受苦了！我们知道你家三个子女读书，本来就穷，你还坚持收养六名失学儿童，并将他们培养成才，确实不容易！你这种助人为乐的精神很值得全社会学习。你安心养病，党和政府及社会好心人都会关心你的。这一千元钱是我们几个人的一点心意，你收下吧！"说罢，黄主任将现金塞进伍友妹的手掌心里。此时的伍友妹虽说不出话，但她的思维还存在，只能以两行热泪表示对各位领导的感激！

随后，黄主任一行几人到医生办公室了解伍友妹的病情，当听说每天的医疗费高达近千元钱时，几个人心情沉重，眉头紧锁，冥思苦想。

当天下午，市文明办的全体干部紧急召开了关于救助市道德模范伍友妹的专题会议，决定向市委反映，争取得到市委领导的支持。随即起草了《关于请求救助我市道德模范伍友妹的请示》呈报给市委宣传部、市委相关领导。中共张家界市委胡伯俊书记，市委常委、市委宣传部陈美林部长，市宣传部副部长、市精神文明建设指导委员会李建民主任等领导对此事高度重视，作出重要批示：请市民政局、市劳动和社会保障局从救济款、农村合作医疗经费中予以救助，同时请各文明单位捐款给以救助。

一天，伍友妹正处于救治中，仍然高烧不退。护士想方设法，在伍友妹的头部周围放了许多用塑料袋封住的冰块降温。

这时，伍友妹的病房来了两个三十多岁的中年男人。两个中年人一走进病房，看到昔日胖胖墩墩的师母变成瘦骨伶仃的老人，倏忽之间眼泪夺眶而出，泪流满面。随即两人紧紧握住伍友妹那双干枯的手，失声痛哭。

其中一位哭道："师母，你是我们亲爱的'妈妈'，当年如果您和覃校长不把我们六个失学儿童收养在您家，您也不会累成现在这个样子啊！这次，您千万要挺过来啊！"说不出话的伍友妹，只能以两行热泪，来表达自己对曾被自己收养的六名失学儿童的思念。

男儿有泪不轻弹，一旦哭起来，就更让人悲哀、伤心！医院的医护人员及病人家属看到如此场景，情不自禁地跟着伤心、流泪，抹眼角。

这一震撼人心的道德感人场面，恰好被路过的张家界电视台新闻晚报记者罗健拍摄到。节目播出后，社会反响强烈。教字垭镇联营车队的司机们，当即捐出了一千三百多元钱，来表达对这位"编外妈妈"的崇敬与尊重！

五月二十四日，《张家界日报》第三版又以《救救"编外妈妈"》为题，向社会发出呼吁救助文章。

张家界新闻网及张家界公众论坛，刊载了《救救市道德模范"编外妈妈"伍友妹》的文章。

《中国红十字报》湖南记者站通联部主任米春龙路过张家界，听说伍友妹的感人事迹后，到中医院对伍友妹进行了专访报道。

六月十九日，新华网湖南频道首页刊载了《"编外妈妈"伍友妹重病无力支付医疗费》的文章。

市区电视台对伍友妹的事迹作了专题报道，在社会上引起了强烈反响。人们都说，这样一个时刻为别人着想的好人，不能让她就这么走了，我们一定要把她抢救过来！道德不能滑坡，要大力提倡扶贫助学、助人为乐。

很快，永定区委常委、副区长周琼主持召开了救助市道德模范伍友妹的专题会议。参会的有区委宣传部、区文明办、区民政局、区民委、区教育局、区卫生局、区合管办、教字垭镇民政所等单位的领导及张家界中医院的院长及内二科主任。与会领导听取了中医院内二科张主任对伍友妹病情的详细报告。

张主任拿着伍友妹的病历，语重心长地说："各位领导，市道德模范伍友妹的病情很严重，主要是因为糖尿病引起的多发性脑梗，致使右半身瘫痪。这种病是她几十年来没有及时医治，劳累过度造成的。但我相信，只要经过精心治疗，是有可能治好的，目前医疗费是个大问题！"

周副区长环视了一下众人，意味深长地说："伍友妹同志是我区人民的光荣，是我区妇女最杰出的代表，她的事迹确实很感人！市委胡伯俊书记，市委常委、市委宣传部陈美林部长、市委宣传部副部长、市精神文明建设指导委员会办公室李建民主任对此事很关心，都作出了重要批示。伍友妹在自家那么困难的情况下，毅然收养了六名失学儿童，不仅供他们吃住，还送他们读书，这是一般人根本做不到的。现在她有困难了，我们都应该帮助她！"

会后，周副区长率区直各有关单位领导，在张家界中医院领导的陪同下去内科二楼抢救室看望伍友妹，并送去慰问金。

一个普普通通的农村妇女有这么多领导来看望，伍友妹的子女内心跌宕起伏，受宠若惊，眼眶湿润。

周副区长走近伍友妹的病床，握住她的手说："伍大姐，你受苦了！你是我们市里的道德模范，你的事迹我听说过，社会反响强烈，你是一个好人！"

"她的丈夫就是那个有人民称作'拐杖校长'的覃东荣吗？"周副区长转身瞅着她身旁的区教育局副局长叶如星询问。

叶副局长看向周副区长，说："是的。覃东荣是我局的楷模！"

周副区长深情地说："她的丈夫'拐杖校长'对你们教育战线的贡献是大的，现在他的家属有困难了，你们教育局要多多关心她呀！"

叶副局长连连点点头，说："应该的，应该的！"

随即周副区长和蔼地对伍友妹的长子覃梅元说："你是伍友妹的长子？"

覃梅元说："她是我的继母。"

"继母也是你的母亲，你是家里的长子，要挑起护理你母亲的重担。你母亲是个好人，要好好把她护理好！"周副区长语重心长道。

覃梅元激动得说不出话来，点点头，流下感激的泪水。

随后，周副区长转过身，继续握住伍友妹的手，说："伍大姐，你安心养病，党和政府及社会好心人都会关心你的，争取早日治好出院回家。这点钱是这些单位的领导给你捐的，你收下吧！"

伍友妹热泪不止，不愿接。周副区长只好将五千块钱塞进伍友妹的枕头下，转身离开抢救室。

几天后，市机关工委书记李林、市编委主任袁宏卫、市妇联副主席石继丽等许多市级单位的领导，也前去中医院看望了伍友妹，并送去慰问金。

张家界电视台新闻频道记者许化，对市妇联石继丽副主席、市交通局工会主席进行了采访。记者问及两位领导为什么要对伍友妹进行救助，两位领导语重心长地说："伍友妹是一个好人，她家那么困难还抚养别人家的孩子，并送他们上学，这种精神很值得我们学习。现在她有困难了，我们就应该帮助她，这也是弘扬社会正气的体现，希望社会上更多的好心人都对这个'编外妈妈'奉献出一点爱心！"

伍友妹在张家界中医院内二科抢救室整整躺了五十四天。

七月十日，伍友妹终于能开口说话了。她想，自己住院五十四天来，一直躺着，子女为护理自己身体都垮了，而自己好起来的希望很渺小。虽然农村合作医疗能报销百分之六十，但不能再让党和政府及社会好心人为自己的治疗而操心了，于是决定出院回家！

主治医生及病友都劝她不要回家，在医院治疗还是有效果的，但伍友妹出院回家的心意已决！子女们只好顺从母亲的意愿，请求中医院的救护车将他们的母亲送回家。

伍友妹倒床住院后，经过五十四天疾病的折磨，渐渐消瘦，瘦骨伶仃。体重由一百二十斤减轻到不足七十斤！身高渐渐变矮，由一米五收缩到一米四！

伍友妹从医院回家十八天后，茶水不进。七月二十八日凌晨四时许辞世，不到五十七岁！

七月二十九日下午三点多，教字垭镇七家坪村李家岗组这个偏僻的小山村喧闹了起来，几辆小汽车缓缓驶来。车上走下来的是张家界市委宣传部、张家界市文明办、永定区委宣传部、永定区文明办的领导，在教字垭镇党委政府、镇中心学校及村领导的陪同下，一行人臂缠黑纱，胸戴白花，手持花圈，怀着无比沉痛的心情，代表市委领导，悼念了这位被称作"编外妈妈"的市道德模范伍友妹，并亲切慰问了她的家属。

当天晚上，天空没有一点星光，伸手不见五指，黑黝黝一片，悄无声息。在两百瓦电灯的强光照耀下，七家坪村支两委为伍友妹召开了一个简短而隆重的追悼大会。

第二天凌晨三点，被伍友妹收养的第一个贫困生伍良平，边哭边往师母的头部、腰部、腿部及两脚之间有空隙的地方堆放瓦片，使师母不在灵柩内晃动。伍良平用食指将师母嘴唇外的白色残留物擦掉。

覃梅元哭泣着说："您就放心地去吧，爹不会埋怨您的，您做得太多了！我会将您与爹爹开辟的扶贫助学之路，一代一代地传下去的，我会将您没有做完的事继续做完的！"

凌晨五点，灵柩上的大公鸡扑着翅膀大声鸣叫了两声，鸣叫声把整个七家坪村的村民吵醒了，这种声音在山谷中久久回荡。

老人说，灵柩上的公鸡一般情况下是不会鸣叫的，因伍友妹她两口子都是大善人，所以那灵柩上的公鸡就叫了，那是上天对伍友妹两口子的回报哩。说明从此以后，伍友妹的后人会富贵发达，前程似锦哩！

乡亲们遵照伍友妹的遗愿，将她埋葬在一个荒坡上。此荒坡与蜿蜒的村道不到五十米。伍友妹的坟墓坐北朝南，居高临下。学生早上上学，下午放学回家，伍友妹在荒坡上总能看得见。她生前曾对子女说过，说她去世后，要是看不到学生上学、回家，心里会不安的。

乡亲们说，丈夫去世时刚满五十八岁，而今她去世时离五十七岁还差五个月。他们两口子都是苦命人，他俩是为了贫困山区早日脱贫致富、早日普及九年义务教育、不让贫困学生失学而累倒的！

虽然他们夫妻没活过花甲，但他们那克己奉公、扶贫助学的精神却永远值得人民学习！

第二十章

一代忠魂策后生 青山依旧驻精神

2012年1月28日,《光明日报》头版头条刊发长篇通讯《岁月带不走最美师魂——追记张家界市教字垭镇中心完小原校长覃东荣》,同年2月14日,中共张家界市委书记胡伯俊在《光明日报》发表了题为《学习弘扬最美师魂 建设世界旅游精品》署名文章,在社会上产生了强烈反响。

胡伯俊指出,覃东荣以自己的实际行动,诠释了当代人民教师的崇高师德和共产党人的高尚情怀,在学生、同事和当地群众中树立了一座精神丰碑。他的崇高精神和品格值得全市每一名教育工作者、每一名党员干部学习,时代呼唤更多"覃东荣"式的人物。我们一定要认真学习宣传覃东荣同志的先进事迹,大力弘扬"最美师魂",努力做到心系群众、爱岗敬业,艰苦奋斗、乐于奉献,争创一流业绩,不断开创建设世界旅游精品和富民强市的新局面。

张家界市各级各部门特别是教育系统积极响应市委书记胡伯俊的号召,在全市掀起学习"最美师魂"覃东荣的高潮。

2012年2月17日,张家界崇实小学组织两百多名教师,集中学习了《光明日报》头版头条刊发的覃东荣优秀事迹和张家界市委书记胡伯俊在《光明日报》发表的《学习弘扬最美师魂 建设世界旅游精品》一文。大会由崇实小学北校区校长罗中主持,副校长张炜作学习覃东荣先进事迹报告。

听完永定区教字垭镇中心完小原校长覃东荣从教三十多年如一日,爱岗敬业、严谨治校、爱生如子、无私奉献的事迹后,全体教师特别感动,决心大力弘扬"最美师魂",努力学习他的精神,争做师德模范。

在报告会现场,记者采访了张家界崇实小学两名青年教师。郑艳凤老师说:"这个学期刚开学的时候,刘晓华校长组织我们全校教师一起观看了中央电视台2011年度感动中国十大人物颁奖典礼盛况,里面的人和事至今还感动着我。今天我们学习了覃东荣老师的事迹,更是深深地震撼了我。没想到我们家乡竟然也有如此优秀的教师。覃老师说过,教师的最高境界就是对孩子的一切负责。他是这样说的,也是这样做的,而且这一做就是三十四年,这种对教育的挚爱,对学生的负责,深深地感动了我。虽然覃老师已经走了,但是他留下了人们对他永远的怀念。这样一个平凡而伟大的人,值得我们每个人学习,他的这种忘我奉献的精神,正是我们这些"80后"后青年所缺乏的,今后我会更加努力地工作,用爱和耐心来诠释人民教师的真谛,争做覃东荣式的师德模范。"

汪宇老师说:"我被覃东荣校长崇高的精神深深地触动了。通过覃东荣优秀事迹的学习,我能感悟到他坚定的信念、踏实认真的做事态度,这些事迹真实地再现了覃东荣为了每一个孩子、为了每一个学生、为了教育奔波忙碌,为了不让贫困孩子失学,爬遍青山绿水的人间大爱。更重要的是他淡泊名利,他用他的大爱、真实和挚爱,用他全身的奉献,诠释着作为一个人民教师最伟大的一面。虽然覃东荣离我们远去了,但他伟大崇高的精神值得我们每一个教育工作者学习。我相信,岁月带不走'最美师魂'。"

张家界市一中积极响应中共市委胡伯俊书记的号召,于2012年2月24日,组织召开了"贯彻市委胡书记指示 学习覃东荣精神"座谈会,会议由张家界市一中党总支书记覃正明主持。2012年是雷锋去世五十周年,毛泽东主席给雷锋同志题词四十九周年,会议遵从如何贯彻落实胡伯俊的指示,围绕"学习雷锋精神和学习覃东荣精神"的主题,参会人员畅所欲言、各抒己见。

大家一致认为,覃东荣精神与雷锋精神一脉相承。虽然覃东荣去世近十六年,但和去世五十年的雷锋一样,灵魂不朽,精神长存。现将这次座谈会的发言摘要刊登出来,目的就是引导全市各行各业,将胡伯俊的指示落到实处。把学习雷锋和学习覃东荣精神,与本职工作紧密结合。着眼于建设社会主义核心价值体系;着眼于推进社会公德、职业道德、家庭美德、个人品德建设;着眼于提升公民思想道德素质和社会文明程度,真正做到爱岗敬业、乐于奉献,在建设世界旅游精品的进程中建功立业,以优异的成绩向党的十八大献礼。

张家界市一中党总支书记覃正明发言:"要将向覃东荣学习活动同加强师德修养结合起来。我们老师学习他的精神,就是要心系学生,尊重学生人格,不偏爱、不歧视学生。在自己的工作中,一切以学生的发展为重,一切以学校的发展为重,脚踏实地、全心全意地做好本职工作。要把向覃东荣同志学习活动同加强学生思想教育结合起来。张家界市一中全体师生要以和覃东荣同志是校友为荣,鼓励全校师生以覃东荣同志为榜样,心怀天下,敢为人先,勤奋学习,刻苦钻研,打好基础,做好实事,为社会做贡献,为建设祖国多做贡献。要把向覃东荣同志学习活动与创先争优活动相结合。学校各支部要学习覃东荣同志的事迹和精神,深入推进创先争优活动。把学习覃东荣同志精神化作工作的动力,推动学校全面发展,以优异的成绩向党的十八大献礼。"

张家界市国光实验学校校长王宏星发言:"如何把'最美师魂'传承并发扬光大,使'覃东荣'式的人物在学校不断涌现并成为一种时尚,将学校打造成让领导放心、群众满意、学生向往的品牌学校,为全区、全市经济社会发展做出积极的重大贡献,成为我心头挥之不去的问题。2012年,我校将以师德师风建设年为契机,进一步加大师道师风建设力度,造就一大批'师心慈、师仪端、师风正、师志坚、师学勤、师业精、师纪严、师德高'的优秀教师群体,让爱岗敬业、执着追求、无私奉献成为教师的一种常态,让'最美师魂'在学校不断传承。"

张家界市一中工会主席、办公室主任宋字国发言:"时代需要最美师魂,时代呼唤最美师魂。我们学习覃东荣精神,要在自己的工作中切切实实地努力,踏踏实实地立足本职岗位,用疼爱子女之心爱学生,以珍爱生命之情爱事业,洗尽铅华,淡泊名利,乐于奉献。在今天,我们学习雷锋,要增添新的内容,我认为覃东荣精神和雷锋精神一脉相承,学习覃东荣精神就是学习雷锋精神。作为教师,覃东荣为我们树立了光辉的榜样。学雷锋不再是空洞的口号,所以我们要向覃东荣看齐,让生命赋予使命,让职业变成事业,兢兢业业地工作,为自己光辉的事业做出无私奉献。"

张家界市一中高二年级生物教师吴强军发言:"作为一名教师,我和覃东荣老师还有一定的差距,所以我要向他学习。首先要做到的就是爱岗敬业。既然选择了教育事业,就要像覃东荣那样对工作严格要求,做事认真。做好本职工作,利用课余时间辅导学生。作为一名教师,必须热爱学生。没有对学生的爱就不会有真正的教育,爱是教育的前提。所以我要真心实意地关心学生,了解学生的个性、兴趣和爱好,尊重学生的人格。作为一名教师,还要乐于奉献,我将全身心投入到教育事业中,时刻想到学校的发展,积极主动完成学校安排的各项工作。"

张家界市国光实验学校八年级政治教师覃海英发言:"'横眉冷对千夫指,俯首甘为孺子牛。'我们要学习覃东荣一生勤俭节约、廉洁奉公、淡泊名利的精神,他主动辞去省劳模候选人,他真诚拒绝《人民日报》记者的采访,他抱着残腿拄着拐杖甚至手脚并用跋山涉水劝学。这种不为名、不为利,鞠躬尽瘁、死而后已的精神感天动地。他以高尚的人格和最美的师魂,在人民心中树立了一座精神丰碑,诠释了一个共产党人的本色。他是人民教师的一面镜子,是一本真实版的教科书,是当代师德和师魂的鲜活教材。我们要向他学习,学习他为教育无私奉献的人生追求;学习他勇于开拓的敬业精神;学习他爱岗敬业、为人师表、爱生如子的高尚师德。进一步增强社会责任感和历史使命感,坚定信念,爱岗敬业,恪尽职守,无私奉献,为构建和谐校园,促进课堂改革与发展做出更大的贡献。"

张家界市国光实验学校七年级信息技术教师屈福建发言:"虽然覃东荣校长离开我们十六年了,但他那思想过硬、一身正气、舍身营救学生,在自己相当困难下收养失学儿童,大力进行教育教学改革的伟大献身精神在我心中永不磨灭。作为一名普通的人民教师,理应时刻不忘师德的厚养,把他的精神融入到实际工作中,爱岗敬业,立足本职,从自身做起,从现在做起,干一行,爱一行,学一行,精一行,以严谨务实的作风完成每一项任务。国家的富强在于教育,教育的发展在于教师,教师有责任和义务培养学生的奉献意识。"

张家界市一中346班学生吕源发言:"在这个新兴的时代,很多人都会想'雷锋精神到底还要不要'？读了覃东荣故事后，我的回答是，'要，当然得要'。雷锋不仅仅是一个时代的榜样，更是一个民族的榜样，覃东荣校长的行为正是雷锋精神的最佳体现。"

张家界市一中363班学生李咏华发言："我们要学习覃东荣的'春蚕到死丝方尽，蜡炬成灰泪始干'的精神，只管默默地奉献自己的一切，不管有没有回报。"

张家界市一中352班学生李琪韵发言："覃东荣的事迹，让我学会了与别人相处要团结友爱，要互相帮助，要把广大人民群众的利益放在第一位；让我学会了做任何事都要敬业，要严格约束自己，认认真真，脚踏实地；让我学会艰苦奋斗，勤俭节约，不要乱花钱，把钱用在该用的地方，要把有限的资金以最小的投入换取最大的收益，帮助需要帮助的人；让我学会奉献，乐于奉献，帮助他人，积极促进全社会和谐。"

张家界市一中330班学生卓泽俊发言："覃东荣老师，虽然没有健全的体魄，但有高尚的灵魂，不断战胜困难的勇气。覃东荣老师对待工作的准则是'严格、严厉、严肃'，宁愿自己苦，也不愿让学生受一点儿委屈。岁月的风拂不去爱的光辉，只会让这种精神更加熠熠生辉。"

张家界市国光实验学校105班贾楚淇发言："通过学习《岁月带不走最美师魂——追记张家界市教字垭镇中心完小原校长覃东荣》的通讯，以及市委书记胡伯俊的读后感，我深深地感动了。学校号召我们以此为契机，向雷锋同志学习，争做好人好事。二月十九日，风雨交加，班上组织了几位同学集中在学校附近的公交车站站台，为那些未带雨具，在寒雨中煎熬，焦急等待公交车到来的人们撑伞。在寒冷的天气下，我们送出人间真情，温暖着整个公交车站台，我们用实际行动传承雷锋和覃东荣的无私奉献精神。"

张家界市国光实验学校104班学生李登渭发言："如今的社会，有些人任何事都拿钱来衡量，人与人之间相互攀比，形成了不良的社会风气。而覃老师却是一个极为勤俭节约的人，甚至两个月不吃一顿荤菜，但他对于自己收养的六个孩子却丝毫不吝啬，经常改善他们的伙食，比待自己的亲生子女还要尽心尽力。覃东荣老师这种勤俭节约的品质值得我们学习和发扬。他无私奉献、不求回报的精神更是值得广大人民学习。如果大家都能献出自己的一份微薄之力，那社会就会变得更加美好和谐。我们不能只说不做，我们要在今天跨出第一步，学习弘扬最美师魂，传承中华传统美德，为我们的未来、祖国的未来而努力奋斗！"

张家界市国光实验学校105班学生唐昕炜发言："作为一名中学生，热爱祖国是我们的品德，勤奋学习是我们的天职。学习雷锋精神，以覃东荣为榜样，不是喊口号，而是要踏踏实实做事，老老实实做人，安安静静读好书。同学们，今天学习好人好事，明天就弃之不理，你坚持了什么？国家提倡低碳生活，你为环保做了什么？正是有了像雷锋这类的革命人士、无数像覃东荣这样可爱可敬而又默默无闻的庞大群体，我们伟大的祖国才在历经艰辛之后，看到了复兴的曙光！"

张家界市一中341班学生向艳萍发言："岁月带不走'最美师魂'，这使我们看到了一个爱岗敬业、严谨治校、爱生如子、无私奉献的学习榜样。我们作为学生，要学习覃东荣的精神。每位同学都要增强奉献意识，自觉奉献，乐于奉献，主动关爱他人，帮助他人，积极促进社会和谐，为建设世界旅游精品营造良好的人文环境。"

张家界市一中政治教师李玲玲发言："我作为一名中共党员和教育工作者，担负着教书育人的重任，为了认真履行教师职责，严格遵守中小学教师职业道德规范，形成自己良好的师德师风，争做一名师德高尚的教育工作者。我要在平时的工作和生活的七个方面严格要求自己。一是爱国守法，拥护党的领导，自觉遵守法律法规，全面贯彻国家教育方针，不做违背党和国家方针政策的事情；二是爱校敬业，热爱学校，积极进取，精于业务，无私奉献，自觉维护学校荣誉，切实改进教育教学方法，减轻学生课业负担，高质量地完成教学工作；三是教书育人，以培养创新能力为目标，造就有理想、有道德、有文化、有纪律的德智体全面发展的社会主义建设者和接班人，帮助同学们树立科学的世界观、人生观和价值观；四是为人师表，坚守高尚情操，遵守社会公德，关心集体，团结协作，尊重同事,尊重家长,自觉抵制社会不良风气,将精力全部投入到教书育人中;五是终身学习,崇尚科学精神,树立终身学习理念,拓宽知识视野,更新知识结构,不断提高专业素养和教育教学水平;六是关爱学生,尊重学生人格,保护学生安全,关心学生健康,维护学生权益,不以任何形式体罚或变向体罚学生;七是尊重家长,主动与家长保持联系,认真听取家长的意见和建议,取得他们的支持与配合。"

张家界市一中高一历史教师黄志鹏发言:"覃东荣同志的先进事迹对我触动很大。他在那么艰苦的条件下,做出那么大的牺牲,把自己的一切全都奉献给了党和人民的教育事业。在他身上所体现出来的心系群众、爱岗敬业、艰苦奋斗、乐于奉献的精神,是我们在任何时候、做任何工作都需要大力弘扬和传承的。正如胡伯俊书记所讲的,覃东荣同志的崇高精神和品格值得全市每一名教育工作者、每一名党员干部学习。覃东荣是我们学校的第二届学生,这既是我校的荣誉和骄傲,也是对我们每一位一中后来者的鞭策和指引,当前全市上下正在市委、市政府的领导下,为建设世界旅游精品和富民强市的目标而努力。近几年来,随着"三年有改观,五年大变样"计划的实施,我市的城市建设和城市面貌有了很大变化,但是硬件的东西可以在短时间搞上来,而软件的人文环境、市民素质却不是一两年就能提上来的。我们不仅要教好书,更要育好人,要让一中的学生走在大街上,即使不穿校服,从言谈举止中也能看出他是一中人。作为一名党员教师,把学生教育好,把学校建设好,就是对"最美师魂"的最好弘扬,就是对建设世界旅游精品的最好贡献。"

张家界市一中333班学生罗海燕发言:"有一个名字跨越时间的洪流而依旧响亮,他就是雷锋。他助人为乐,不求回报。他的精神让我们鼓掌赞扬,他的精神就如高悬天空的北极星,为人们提升道德品质指引着正确的方向。雷锋同志逝世五十周年了,雷锋精神仍值得我们学习。其实,稍稍留意就会发现,我们生活中总有那些人,乐于助人,无私奉献,就像雷锋一样给人民送去温暖和光明。覃东荣就是这样的人,他就是当代的雷锋!'人的生命是有限的,可是为人民服务是无限的,我要把有限的生命投入到无限为人民服务中去。'这是雷锋的名言，也期待着越来越多'雷锋'式的人物将此作为自己的名言。弘扬雷锋精神，是时代的强音，社会的呼唤。让我们高唱雷锋之歌，与时代同行，与文明同在！"

张家界市一中高一年级语文教师符译元发言："九年前，我曾站在党旗下高举右拳，发下誓言：'我将对党忠诚，积极工作，为共产主义奋斗终生，随时准备为党和人民牺牲一切。'那庄重肃穆的情景，深深地定格在我的记忆里，至今仍历历在目，时刻警醒着我，鞭策着我。'我的生命是党给的，我的知识也是党给的，我要报答党的恩情，把我的一生献给党和人民的教育事业，要让所有读不起书的孩子都有书读。"这句话，言语虽轻，然而分量却重，深深地打动了同样作为教育工作者的我。说这句话的人就是离开我们十六年的覃东荣同志。桃李不言，下自成蹊，覃东荣同志的人格力量，来自他的无私奉献，甘为人梯，他用自己的实际行动为我们诠释了大爱无言。德高为师，身正为范。选择了教师这个职业，就是选择了奉献的人生。作为一名人民教师，我们的身上肩负着国家、社会和每个家庭、每个孩子的希望，作为一名党员教师更应以身作则，严于自律。我们的身边有许多这样平凡的人，我也愿意成为这样平凡而又不平凡的人，我愿意为我们衷爱的事业努力钻研，奋力拼搏，做到爱生如子，想学生之所想，急学生之所需，将覃东荣式的精神真正带入我的生活、我的工作，成为一名优秀的党员教师，以无言的爱坚持这份令我骄傲的事业。"

张家界市一中332班学生龙慧发言："没有教室，没有课桌，没有讲台，但这的的确确是一堂课——一堂上给心灵的课。教师的职责是传道授业解惑，教书的最高境界是对学生的一切负责。师者育人，大爱无疆。不知道长眠黄土的覃东荣老师能否听见我心里的呐喊：让我们向覃东荣老师致敬，向千千万万个'覃东荣'式的人致敬！覃东荣老师的事迹告诉我们：生命因奉献而多彩。奉献就是做的比能做的多一点，许多人常问自己，我能做什么，这是他在社会十字路口的疑惑，而有这样一群人，他们常对自己说，我还能做得更多！为救孩子而落下残疾，这不算什么，只要是老师，我相信他们都会和我一样，而我要做的，是尽到我自己的责任。奉献就是平凡中的伟大。覃东荣老师是平凡的，同时也是伟大的。覃东荣老师是张家界的魂，是中国魂中的一员。师魂，岁月带不走。十六年过去了，师魂犹在；五十八岁为永恒，师魂犹存。这不是终结，而是升华，师魂永不会终结，还需要我们当代人为它添色加彩，因为这是我们作为张家界人的责任。如果有人问我，活着是为了什么？我会回答：活着就是为了时刻奉献。"

张家界市一中355班学生赵帅发言："老师是默默付出的一群人，他们平凡而伟大，多少年，季节轮回，多少个春夏秋冬，老师就像红烛，燃烧着亮丽的生命，奉献了几多血汗，却不求青史留名。当我读完《岁月带不走最美师魂》后，我被深深感动了，泪水洗涤了心灵，这个将一生都奉献给了湘西北教育事业的好老师，用他平凡的生命铸就了不朽的师魂，我要以覃东荣老师为榜样，努力学习。"

武陵源区教育局党组高度重视市委书记胡伯俊的指示，2012年4月2日，武陵源区教育局机关全体党员举行学习最美师魂覃东荣事迹报告会。会议由武陵源区教育局党组书记、局长姚国军主持，局机关党支部书记、副局长李若祥作《岁月带不走最美师魂——追记张家界市教字垭镇中心完小原校长覃东荣》辅导报告学习。会上局党组研究决定，号召全区教职员工向最美师魂覃东荣学习。

在2012年暑假学习班上，张家界国家森林公园学校、协和中心学校、天子山中心学校、索溪峪中心学校、武陵源区机关幼儿园等集中学习了师德榜样——覃东荣老师的优秀事迹《岁月带不走最美师魂》。武陵源一中、武陵源二中、张家界国家森林公园学校、协和中心学校、天子山中心学校、索溪峪中心学校等在举行师德师风建设活动中，把学习覃东荣的先进事迹列为活动的重要内容，并要求教职工结合实际写出心得体会，大力弘扬无私奉献、爱岗敬业的精神。武陵源一中、武陵源二中、武陵源区机关幼儿园等将学习覃东荣的先进事迹，作为今年下学期加强教师培训的重要工作，培养广大教师一心为教、不图回报的高尚品德，作为教职工思想品德教育的重要内容。全区各学校利用宣传窗、黑板报大力弘扬"最美师魂"，为建设世界旅游精品做出自己应有的贡献。

永定区敦谊小学把学习《岁月带不走最美师魂》和《他们都是"覃东荣"》等文章，作为年度工作项目之一，对教职工的笔记和心得体会进行检查。

由于篇幅限制，张家界全市教育系统其他单位学习的情况没有录入，请谅解。

网友吴扬云说："读了《岁月带不走最美师魂》，我感到不论职务高低，不论身份贵贱，不论从事何种工作，都应该向覃东荣这样最美的中国人覃东荣学习。学习他公而忘私、一心为民的精神；学习他助人为乐、见义勇为的精神，为建设幸福中国做出自己应有的贡献。"

一位网友在其文章中写道："读了《岁月带不走最美师魂》，我认为每一个教师都应该以覃东荣为榜样，继承这位乡村教师的教育梦想，学习弘扬最美师魂，让他的精神永存。我想，我们的教育事业就会永远繁荣昌盛！"

继承丈夫的遗志，2007年妻子伍友妹赢得了张家界市首届助人为乐道德模范称号。

为了继承老师的遗志，学生李富实，一生坚守乡村小学教育三十九年，2014在年湖南公共频道的"运达杯"最美乡村教师的评选中，名列榜首；为了继承同事的遗志，曾从事乡村小学教育十一年的民办教师、"平民英雄"赵如秋，入选2016年10月、12月湖南"见义勇为"好人和2017年张家界市十大旅游新闻人物。

为了继承校长的遗志，学生覃锐，多年战斗在永定区疾病预防控制第一线，成绩显著，2020年11月27日被授予"湖南省优秀共产党员"称号。

为了宣传、弘扬乡村校长覃东荣的奉献精神，2011年9月，由湖南省原副省长刘亚南作序的传记《拐杖校长覃东荣》，湖南人民出版社作为建党九十周年献礼图书出版发行。

2012年1月28日《光明日报》在头版头条刊发本报记者唐湘岳、通讯员张留长篇通讯《岁月带不走最美师魂》。

2012年2月，时任湖南省委书记、湖南省人大常委会主任说："最美师魂覃东荣是湖南的光荣和骄傲，要把他的后续报道搞好。"

2012年2月14日，时任张家界市委书记胡伯俊在《光明日报》撰文《学习弘扬最美师魂 建设世界旅游精品》，号召全市教育工作者、党员干部向最美师魂学习。

2015年6月14日《新华每日电讯》刊发本报记者袁汝婷长篇通讯《岁月深处的"一个人也不能少"》。

2017年10月，由湖南省文艺创作扶助基金会和张家界市人民政府资助，湖南省人民政府原副省长李友志题写书名、作序的长篇纪实文学《不朽师魂》，中国书籍出版社作为党的十九大献礼图书出版发行。

2020年6月5日《湖南日报》刊发本报通讯员李龙生长篇通讯《拐杖校长》。

2020年7月4日，湖南省住房和城乡建设厅机关近四十名党员干部来到驻村帮扶单位——张家界市七家坪村进行"决战决胜脱贫攻坚"主题党日活动，现场聆听了本村已故老党员覃东荣舍己救人、扶贫助学、廉洁奉公的事迹后，心灵震撼，眼眶湿润，深受教育。厅党组书记、厅长鹿山同志说："我们今天接受了一次很特别的党性廉政教育，覃东荣家当时那么穷，就那么点工资却收养了六名贫困学生上学，资助了许多困难学生上学，他这种不畏艰难、无私奉献的红烛精神是我们决战决胜、脱贫攻坚的动力，我们要建设好覃东荣老校长的家乡，协调好各种关系，将根据覃东荣的真实事迹改编的影视剧、话剧等，作为七家坪村旅游经济文化大发展大繁荣的一个精神项目来抓。"

2020年8月7日，张家界市永定区委书记祝云武批示：覃东荣同志的事迹感人，很有教育意义，应该大力宣传、弘扬。……于是，楚天内外，众人发声，掀起了学习优秀共产党员、乡村好校长覃东荣的热潮。目前，长篇报告文学《红烛》即将出版，根据本书主人公覃东荣真实事迹改编的戏曲《覃东荣》、微电影《不朽师魂》正在排练、拍摄，向中国共产党诞生一百周年献礼！

青山依旧，精神永驻！

第二十一章

平生事迹生芳树 信仰力量放光芒

2021年5月9日上午,中共张家界市影视家协会党支部委员会联合中共永定区教字垭镇党委委员会、中共教字垭镇中心学校党支部委员会和中共七家坪村党总支委员会召开微电影《不朽师魂》主人公覃东荣先进事迹座谈会。市文联、市影视家协会、永定区委宣传部、教字垭镇党委政府、教字垭镇中心学校、七家坪村领导,知名影视家、本土知名文艺专家,覃东荣家属、同事、学生代表及媒体记者共三十四人出席座谈会。

覃东荣,教字垭镇七家坪村人,从事乡村小学教育三十四年。生前三次荣获(州)"最受尊敬的人""优秀教师""德育工作先进个人",十二次荣获区(县)"五好青年""先进教育工作者""记功"等荣誉称号和奖励。覃东荣的一生,以"捧着一颗心来,不带半根草去"的党性信仰、人格魅力和红烛精神,为人们树立了道德楷模,铸就了一座不朽的精神丰碑。

与会人员自我介绍后,市影视家协会党支部组织委员、常务理事、副秘书长赵勇介绍本会党支部联合中共永定区教字垭镇党委委员会、中共教字垭镇中心学校党支部委员会和中共七家坪村党总支委员会举办微电影《不朽师魂》主人公覃东荣先进事迹座谈会的目的和意义。本会理事、微电影《不朽师魂》编剧赵前进介绍剧本创作意图、组织结构和表现手法。

中共教字垭镇中心学校党支部书记、校长李峰说,感谢中共张家界市影视家协会党支部组织举办微电影《不朽师魂》主人公覃东荣先进事迹报告会!覃东荣老校长是教育战线的楷模,他廉洁奉公,坚持原则;他改进工作作风,严谨治校;他关爱师生,收养失学儿童;以他的事迹出了两种版本的书,省市区领导给予批示。覃东荣老校长是从全市无私奉献、扎根乡村教育的众多教师中提炼出的先进典型。市影视家协会能把他的感人事迹用微电影的形式播放出来,既是我校的一份光荣,也是对我校现任教育工作者的一种鼓励和鞭策。在中国共产党即将成立一百周年之际，拍摄这样典型故事的微电影，不仅是时代的需要，同时也是当前学习党史的需要。在此我郑重表态：只要剧组有需要，我们学校大力支持、积极配合、义不容辞。

中共教字垭镇七家坪村党总支书记、村委会主任李宏升说道，我们七家坪村今年能被评上全国文明村，是与无名英雄覃东荣老校长的事迹影响分不开的。老校长生在我村，死后埋在我村，他在我村小学曾任教七年，我村六七十岁以上的老人大部分都是他的学生，他是我村的精神财富，是我村的魂，我村党员、群众自发学习他的清正廉洁、舍己救人、扶贫助学的红烛精神。他虽然去世二十五年了，但他的红烛精神永不磨灭。他是时代的楷模，他的事迹在传承。2020年7月4日湖南省住建厅机关党委一行近四十人来我村举行党日活动，聆听老校长的事迹后深受感动，厅党组书记、厅长鹿山说，把覃东荣老校长的事迹拍成影视剧，将是七家坪村永远的无形精神财产。感谢中共张家界市影视家协会党支部组织拍摄老校长的微电影，剧组有需要，我村必定竭尽全力配合，把该片打造成精品力作。

中共教字垭镇党委委员、副镇长覃圣良说，今天，和覃东荣一起生活、工作过的二十多位同事、学生缅怀他的英雄事迹，为市影视家协会撰写微电影《不朽师魂》剧本提供素材，这是一件大好事；这对我们红色教字垭镇来讲，是个很有意义的事。我们要竭尽全力想办法，把这件事做好。现在我讲三点，一是覃东荣的事迹还要深挖、丰富，还需要宣传、组织、教育等部门的大力支持，加大宣传力度；覃东荣校长生前三次荣获市级荣誉，十二次荣获区级荣誉，三次荣获镇级优秀共产党员荣誉，请求上级党委追授他优秀共产党员称号；拍摄好这部微电影，对教字垭镇影响深远，拍摄所缺资金，教字垭镇政府应适当支持 。

张家界日报记者贵术中说，拐杖校长覃东荣的先进事迹被2012年1月28日《光明日报》头版头条以《岁月带不走最美师魂》为题刊发后，经全国近百家媒体转发播出，在社会上产生了强烈反响。时任中共湖南

红烛 >>>

省委书记周强说："最美师魂是湖南的光荣和骄傲，要把他的后续报道搞好。"2012年2月14日时任中共张家界市委书记胡伯俊在光明日报撰文《学习弘扬最美师魂 建设世界旅游精品》，号召全市教育工作者、党员干部向最美师魂覃东荣学习。当时市委宣传部要我做好宣传覃东荣的后续报道，我采访了覃东荣的同事、他帮扶的贫困学子代表，以及在各行各业出类拔萃的先进人物学生代表。印象比较深刻的是赵如秋老先生，他和覃东荣是同事，覃东荣曾用米饭换过赵如秋的红薯。赵如秋用一生的时光学习覃东荣，2016年6月9日赵如秋在袁家界景区天下第一桥附近，离万丈绝壁两米的地方成功解救两名游客。2016年6月18日《光明日报》四版头条以《最美师魂和最美风景》为题进行了报道，这篇报道展示了张家界土家族六十七岁赵如秋的英雄事迹，也让我们张家界日报记者的署名登上了中央党报，提高了张家界日报的美誉度。这篇报道也是《岁月带不走最美师魂》的后续报道。在张家界，像赵如秋这样传承和光大覃东荣事迹精神的人还有很多很多。我撰写的稿子在光明日报刊发两篇，在本报刊发十余篇，包括一个专版；最美师魂覃东荣的事迹精神一直在发酵，他的精神事迹是目前党史学习教育的鲜活教材。

接下来是微电影《不朽师魂》主人公覃东荣的领导、同事、学生自由发言。

覃老同事、湖南好人、张家界市十大旅游新闻人物之一、武陵源区道德模范、七十二岁的赵秋老人哭着说，忆往昔，思今朝；人身死，泪长流。覃东荣校长是我的救命恩人，1972年，那年我二十三年，他两年如一日地为我分饭吃，让我安全度过艰苦困难时期，安心教学，我很感激他。有件事虽过去四十八年了，我一旦想起就毛骨悚然。那是1973年5月10日晌午，大雨倾盆，下了五个小时，放学后，溪水涨了半河。覃校长安排好老师护送学生回家的路线后，学生离校。六年级学生杨贤金在过独木桥时不慎脚滑，掉入离桥三丈多高的土门潭中。我一下吓蒙了，浑身哆嗦，边哭边大声疾呼："救命呐，救命呐！有学生掉到洪水中去了，快来人啦，快来人啦！……"覃校长听到呼救声，飞快跑来和衣跳入洪水中。覃校长

242

第二十一章 平生事迹生芳树 信仰力量放光芒

与滔滔的洪水搏斗，拼死救下杨贤金，我把他俩拉上岸。杨贤金的母亲闻讯跑来，看到儿子安然无恙，而覃校长躺在岸上左腿受伤，面呈土色，奄奄一息，遂抱起儿子跪在覃校长面前痛哭流涕："覃校长，覃校长啊！这么大的洪水，谁敢救，你要是被洪水冲走，你一家五口谁来照顾，叫我们如何安心啦？"覃校长为抢救落水学生左腿致残，行走离不开拐杖，从此以后就成了拐杖校长。他的英雄事迹永留人间，他的精神长存。覃校长在滚滚的洪水中勇救落水学生的那一幕，快半个世纪了，但在我脑海中挥之不去，时时刻刻激励着我。2016年6月9日，我在天下第一桥附近救游客的事，刚才张家界日报记者说了，游客有危险，我们张家界人应该站出来。相比覃校长在波浪滔天的洪水中救人，我算不了什么。一个人做一件好事并不难，难的是一个人一辈子坚持做好事。我们活着的人，在人生的跑道上不应该止步，要像覃校长那样一辈子做好事。我讲得不好，请大家海涵。

覃校长的学生、退休教师陈自明深情地说，我和覃东荣校长是同村人，他在我村小学任教七年，为我村的教育发展、人才培养做出了突出的贡献。我讲两个小故事。首先讲"包袱校长"称呼的来历：我小学六年都是覃校长教的，记得我读小学一年级时，第一眼看到他高高瘦瘦，但人很有精神。那时学校没有教室，大队就租用社员的房子作教室。学校没有办公室，覃校长就用一个大布袋将学生的各科作业和自己的教科书、备课本背回家批改、备课，第二天再背回学校，每天一大包几十斤重，六年下来背脊偏向一侧变了形，人称"包袱校长"。再讲覃校长带病坚持上课：我在读小学三年级时，有一天覃校长给我们上语文课，课上到一半时，我们发现他一只手拿着课本，另一只手按住他的胸部，非常吃力，不一会儿，他脸色苍白，额上冒大汗，站不稳就坐在前排学生的座椅上，用胸部抵住课桌的尖角上，继续给我们上课。不一会儿，只听"咚"一声，他晕倒在地，脸色像一张白纸，呼吸困难。我们当时害怕极了，就嚎声大哭，几个高年级的同学跑出教室大喊"救命，救命呐！覃校长晕倒了！"闻讯赶来的师生和周围社员围在覃校长旁边，哭喊声连成一片，期望他早点醒来。当时教室里是一片凄惨的场景。年纪大的老师就掐覃校长的人中实施急救,半个小时后,覃校长慢慢地苏醒过来了,他第一句话就问:"同学们,刚才我教的生字教完了没有,你们都记熟了吗?"此时几个老师和社员把他搀扶起来坐在学生的课椅上,想送他去医院,并请假休息。他说:"谢谢你们!不要紧的,这是老病,我不请假,能坚持!"说完他忍痛用肚子抵住讲桌继续给我们上课。第二天他也没有请假休息。覃东荣校长坚持带病工作,一心扑在教育事业上,我们大家一致公认他是教育战线上的一面旗帜,党员干部、教师的楷模,值得我们永远学习。

覃校长的领导、八十二岁的老人、原中共教字垭镇联校党支部书记、校长罗振声深情地说,我讲四点。一是他原则性强:当时组织推荐覃东荣当镇中心完小校长,组织要我征求他的意见,他说他可以当这个校长,但要我保证以后不能为老师们说情。二是他非常廉政:我们联校选他当纪检组长,是专门检查纪律的,因为他自身硬,有一次,他同我们联校几名成员和三个老师到一所完小检查教学工作,中午吃饭时,他看到该校给我们检查人员搞了特殊招待,他狠狠地批评了该校校长的做法并拒绝食用;三是他勤俭节约:灯泡贴封条,为节省学校开支,他十多年义务守校、不计报酬地加班。四是他在"普九",方面做出了突出的贡献:他管理的镇中心完小于1986年10月15日顺利通过"普六"验收,率先在贫困山区普及九年义务教育,为了"普九",他资助多名学生读书,1986年在自家十分艰难之下,收养了六个特困学生,送他们上学读书长达五六年,为保证收养的六个孩子每半个月能吃餐肉,他到处借钱。一次,上级教育部门组织优秀联校校长、完小校长去外地考察学习,他每餐只吃两个馒头,我当时讲了他,节约起来命不要了,他说馒头好吃,能节省一点是一点。回来他带了一卷黑布为孩子们添置衣物。

覃校长同事陈生祥深情地说,覃东荣校长清正廉洁,他是我一生最尊敬的校长。他坚持原则、一身正气、是张家界市的"焦裕禄",他因公开会迟到两分钟自罚两元;他爱生如子,收养了六个贫困学生后,家庭更困难了,一次覃校长找我借五元钱称三斤猪肉提回家,为收养的学生改善伙食;他勤俭办校,一个星期六的晚上,打着手电义务守校巡视的他,发现一老师房间忘记关灯，他找来树杈，打开虚掩的窗户，把灯头勾到窗边，拧下灯泡。

覃校长同事、教字垭镇中心完小原副校长覃遵兵激动地说，从1981年到1993年，除两年我在外地支教外，其余时间我和覃东荣老校长都在一起工作。我从一个老师，到教导主任，再到副校长，都是老校长一直信任、培养的结果。我是上世纪五十年代出生的人，活了六十几岁，经历了许多任校长，覃东荣老校长是我一生最敬佩的校长。他是党员，更是一个优秀的党员。他忠诚于党和人民的教育事业，他一生对自己对老师都很严格。我想谈四点：一是硬。他自身硬带得起头，从自己先硬起。学校管理必须要靠制度，用制度管理人。制度好订，执行难。有的单位制度订好了，到执行时，领导睁只眼闭只眼，不敢执行，领导不硬就干不好。可我们的老校长执行制度是一杆子插下底，不管是谁只要违反了制度，都一视同仁，接受处罚。他自己因公主持会议迟到两分钟，不仅自罚两元，还写了检讨。一次，有个住县城的老师星期一上班，因班车堵车迟到一刻钟，按制度要罚款，该老师的亲戚是县领导，电话从教委打到教育办，再打到学校，都要求手下留情，作为校长覃东荣顶住各种压力，执行了制度，教职工信服，此后，我们学校的正气就树起来了。二是节约。学校那时只有那么点办公经费，为了节约电费，学校统一的灯泡是二十五瓦，规定晚上十点必须熄灯。熄灯后，覃校长工作没做完，他就自备煤油灯继续工作。后来他在县城开会，听说白炽灯要比同瓦数的灯泡亮很多，散会后，他就来到这家商场看究竟。他看到五瓦的白炽灯亮度比二十五瓦的灯泡还亮，回校后同学校校委会研究，决定教职工房间统一更换五瓦的白炽灯。在"普九"年代，为什么几乎所有学校都欠账，而我们学校不仅不欠账，还有结余呢？因为周末、节假日，他十几年义务守校、加班不计报酬，"普九"资料都是他一笔一笔写出来的。三是廉。上级领导来校检查工作肯定要办点菜，炒几个菜，买点肉。他在会上规定，不管是哪级领导，招待标准是每人每餐五元，食堂管理人员要划算好，超过的部分学校不报销，自己掏腰包。招待领导时，检查教学工作由教导主任陪吃，检查财务工作由会计陪吃。而他从不陪吃，始终同老师们一起吃大锅菜。这与当今党中央规定的"八项规定"相符合。四是拼。他首创立体德育网络，校风师风学风好；改革传统的教学模式，向课堂四十分钟要质量，带头制作幻灯片；中午，老师们休息了，他拄着拐杖巡视校园；放学后，他拄着拐杖拖着残腿带领我们家访；寒暑假，他义务守校，不计报酬地加班，检查老师们的教案和批改的作业等；教学质量多年名列市区前茅，将学校办成全国先进教育单位。他是当代教师的榜样，是名副其实的时代楷模，应该追授他区、市、省优秀共产党员称号。

覃老同事、退休老师吴明伦深情地说，我讲三个方面：一是关爱学生。自1968年小学下放到大队以后，我当时任大队赤脚医生。大队合作医疗室和村里小学几个班级邻近，因教室分散，学生游玩不太安全，经常出现意外。当时七家坪小学只三个老师，吴硕六和吴修文是公办教师，覃东荣是民办教师，学校负责人。当时的合作医疗，不需交药费，只需交挂号费就可拿药。学生生病，覃东荣时常带学生来医疗室，经我诊断后，他自掏腰包交挂号费取药让学生服下。就这样他几年如一日关心学生健康成长。二是关爱老人。本大队社员吴凤先因参加武斗而亡，家里留下八十岁的老母亲和两个孩子，一个八岁，一个五岁，家庭特别困难，孩子上不起学。覃东荣主动上门解决两个孩子上学的问题和生活问题，使这两个孩子正常上学。有时利用星期天，帮覃二婆上山打柴，他这种乐于助人的精神，为我们树立了榜样。三是改进教职工工作作风。覃东荣坚持原则，雷打不动，学校定了规章制度，要遵照执行，他能以身作则，在师生面前能积极带好头。有一次，有个老师因在家做家务上班迟到几分钟，覃东荣不讲情面，当场罚款，端正其态度。覃东荣每天到校早，放学后等学生全部回家后，他才离开学校。覃东荣抢救出落水儿童，拒绝接受家长礼物；他自身过硬，改进教职工工作作风。直到1971年1月，他转入公办学校后才调离七家坪小学。

覃老同事、教字垭镇中心完小少先队原辅导员向小桃深情地说，我同覃东荣老校长一起共事十三年，他在工作上严厉，在生活上他像慈母一样柔情、心细。我现在讲四点：第一，他重情重义。1981年初的一天下午，

第二十一章 平生事迹生芳树 信仰力量放光芒

我抱着刚满月不久的宝贝女儿去丈夫的妹妹吴爱英任教的中坪小学玩,老校长当时是这所学校的负责人。临回家时,老校长给我女儿的包裙腰带里扎了一小捲青线和八角钱。我云里雾里,他解释:"你不懂,钱虽不多,是我的心意,钱是发财钱,线是长寿线,是对小宝宝的祝福!"当时我好感动。第二,他性格直率。1981年秋季,我调入教字垭镇中心完小,跟老校长朝夕相处,共同战斗,见证了老校长的辛酸苦辣。他的人品众所周知,他的教学、管理能力,以及和同事们、周围群众相处,很有亲和力,很有感召力,他性格直率,有什么就说什么。第三,他有笑有哭。在老校长的信任下,我担任少先队辅导员。他有笑的时候,也有哭的时候。什么时候笑?每当我们野炊、清明扫墓等活动回来,他挂着拐杖站在操场边,看到学生安全回来,他就笑。他也有哭的时候,有一年,镇政府举行文艺汇演,镇直单位和所有村至少出一个节目。我当时任六年级一个班的班主任,上数学课,还兼四年级的音乐课。离汇演时间越来越近,他找到我说:向老师,学校找不出合适的老师排练节目,你是少先队辅导员,又带音乐课,要么你试试?我相信你!"看他着急的样子,我点头答应了。接受任务后,我思忖了一个晚上,第二天利用休息时间开始排练,排练歌舞《小背篓》。经过半个月的艰苦排练,最终在全镇几十个节目中斩获二等奖。那一刻,学生沸腾了,手舞足蹈,我流泪了,我看到站在礼堂后面的老校长也在抹眼泪。第四,他关爱同事。有一年,我教六年级一个班的数学课,临近毕业会考,学生要上早晚自习。放学后我回到家,家里没做饭,我就一路小跑沿公路而下往学校赶,跑到学校食堂,打开甑子盖子一看,有一碗饭和一小碗菜。我当时想,不管是谁的饭,先填饱肚子再说。快把饭吃完时,老校长挂着拐杖在集镇巡视完学生回家情况走进食堂。师傅看了下老校长,疑惑地对我说:"向老师,这饭是留给校长的,……"我尴尬地看向老校长,他却和蔼地对我说:"慢慢吃,别噎着,离上晚自习还有点时间。没事,吃了让师傅再煮一份,你没吃饱要师傅加点米,等你上完晚自习再加加餐!"听完我别着脸含着泪拿上教案,快步走向教室。第五,他狠抓教学质量。老校长时常说,教学质量是学校的生命。他顶住各种压力，进行教育教学改革，狠抓教学质量，向课堂四十分钟要质量，坚决按课表上课，听完课查教案、看作业、询问学生。所以在老校长管理教字垭镇中心完小的十二年间，教学质量一直名列市区前茅，特别是我校毕业班的数学成绩更是闻名遐迩，我和熊廷尧、陈生祥三个老师被戏称为"三剑客"。第六，他值得永远敬重。老校长爱护师生如子女，不让师生受委屈，在他手下工作有安全感，老校长为我们所做的一切都应该值得尊重。老校长睿智务实，对少先队管理工作也有一套。在老校长的支持和领导下，我校少先队荣获"湘西自治州雷锋式的中国少年先锋队中队""张家界市德育工作先进单位""湖南省学习雷锋先进集体""湖南省学赖宁红旗大队""全国少先队读书读报红旗大队""全国邹鹰红旗大队"，我自己被评为"湖南省优秀少先队辅导员""全市十佳少先队辅导员"，1994年受共青团张家界团市委邀请，去朝鲜考察学习。老校长像父亲一样关怀着我的成长，虽然老校长离开我们二十五年了，但我们时常想起他，所有同他一起工作过的老师，都有一种感概：和他在一起工作虽然累点、辛苦点，但心中愉快，总感觉同他一起工作是一种享受。社会需要这样的共产党员、乡村校长。

覃老的学生吴贵方深情地说，一次我和同学吵口，覃校长把我们叫到他房间，他没有批评我们，而是给我们讲道理，并一人发一颗糖；我读小学四年级时，家庭困难，父亲不让我上学，要我山上砍柴，当天晚上，覃校长来我家做通我父亲的思想工作，我返回学校，后来我考上了大学；记得我读三、四年级的时候，就听到别人讲，覃校长是个"碓码二公"，当时不知"碓码二公"是何意思？现在回想起来，正是当年覃校长的严谨治校，教字垭镇中心完小教学质量曾闻名遐迩，我们这些顽皮学生才会打好基础，考上大学。我感激覃校长，教字垭镇人民感激覃校长！

覃东荣同事、弟妹李菊英深情讲述大哥覃东荣去世后，她给大哥遗体穿衣时，家里找不出一件像样的寿衣，只好将两件破烂的运动衫、一双有洞的袜子和一双旧布鞋穿在他的遗体上，乡亲们哭了。

同事，教字垭镇中心完小副校长覃建新说，在老校长的爱心感召下，我校1986年10月15日"普六"验收通过，率先在贫困地区普及九年义务教育。为了"普九"，乡村教师基本上都垫付了钱，覃校长为贫困生垫付学杂费、生活费三万多元。有一年，我班覃双来两天没来上学，放学后，覃校长挂着拐杖拖着残腿带着我去覃双来家劝学。遇到上坡，覃校长手脚并用爬；遇到下岭，他就手脚并用滑。我和覃校长走了三个小时才到覃双来家。覃双来家两间木房摇摇欲倒，家庭确实贫困，双来的父亲看到我们来家访，很感动，决定送孩子读书。他当即煮了两个鸭蛋，我和覃校长一人一个。我吃了，覃校长硬是不吃，在家长再三劝说后，他吃完后在碗里放五角钱当作两个鸭蛋的成本，我感动了。第二天清早，双来的父亲带着双来来到学校，覃校长给双来二十五个餐票，我给双来十三个餐票。

覃老学生、本组农民李光银深情地说，我和覃校长是同组人，他家和我家不远。我是他的学生，我读小学时，覃校长关爱学生，经常给我和困难的学生买本子。1986年，每月工资不到二百元的他却收养了六个贫困学生，而他家只有一间木板房和一间低矮的土墙灶房，自家五口人都居住不下，收养的六个孩子只好暂时居住在堂弟家的两间土墙屋里。1987年暑假，他听说堂弟土墙屋要拆，就挂着拐杖带领全家人挑岩运沙，四处借钱六千多元在自家老屋场上修建三间砖房，收养的六个孩子才有住处，六年如一日把他们供到初中毕业。我经常在他家串门，有肉吃时，他让收养的孩子先吃，自己的孩子后吃，像这种爱生胜于子的共产党员、人民教师能找到几人？我们七家坪人永远怀念他，他是当今社会的楷模！

覃校长的学生吕飞跃哽咽着说，大家好！我叫吕飞跃，教字垭镇童家峪村人，我是覃校长收养的第三个贫困学生，那时我母亲受病，父亲劳动力不强，家里穷，我和弟弟吕启银辍学，覃校长和师母把我两兄弟接到他家生活。此前，覃校长已收养了伍良平、伍凤华两兄妹，后来又收养了伍新华、陈霞两名贫困生。从此，包括覃校长自家三个儿女在内，我们成了九个"异姓兄妹"。想起我和弟弟被覃校长收养五六年，我的眼泪止不住往外流。现在我也是两个孩子的父亲，感觉送孩子读书真不容易，当时覃校长却送我们六个收养的孩子读书五六年。当时覃校长家也很困难，老大读高三，在县城寄宿，老二老三读小学。师母每天天没亮就煮好了饭，叫我们起床吃早饭。她白天干农活，补贴家用，下午又给我们赶做晚饭。晚上，每天劳累的师母提着马灯去河里给我们洗衣服，两天一包洗衣粉。覃校长要我们经常洗头发，不要攒洗发膏，师母经常帮两个年龄小的妹妹洗头发。覃校长当时的工资不到二百元，有肉吃时，他要我们先吃，……覃校长和师母是我们的再生父母，他们是世界上心地最善良的人，最伟大的人！

本会理事、本土艺术专家周志家说，听了覃东荣的事迹后很感动，覃东荣是个有血有肉的人，值得歌颂；我写的地方戏曲《覃东荣》，从师生情、夫妻情、父子情三方面入手，现在还差排练资金，请各级领导支持。

吉首大学教授、本土艺术专家刘经慈说，听了事迹，感觉覃东荣有血有肉，是党性与人性的统一。从党性上讲，他是"碓码二公"；从人性上讲，他是柔情心肠。覃东荣的事迹精神与习近平总书记新时代的要求相适应，老百姓需要，是道德品德的复活。把覃东荣的事迹用微电影表现出来，是对建党一百周年最好的献礼。

本会总顾问、张家界广播电视台副台长李文锋说，听了感触很深，故事好，代表性很强，故事深入人心，想起来臧克家的诗《有的人》。一个地方出一个典型很难，覃东荣就是一个很好的典型，覃东荣有情有义，敢爱敢恨，舍生忘死，人称"灯泡校长"。我想从塑情、铸魂、乐业、传神，找出乡村振兴的切入点，铸文化之魂，要把最美师魂覃东荣置入其中。

覃东荣的同学、市戏曲家协会副主席、永定大戏党支部书记田正雅说，我和覃东荣是大庸二中初中第一届同学。覃东荣是个作风正派的人，一生主要做了三件事：一是勇救落水学生，自己致残；二是深化教改；三是家访普九，收养六个学生，把他们供到初中毕业。我们创作的戏曲有七十分钟，如果演出成功则影响更大。戏曲主要写覃东荣收养六个贫困学生的过程，戏中情节感人，矛盾重重。

省内知名影视家、编剧王守明说，刚才听了主人公覃东荣的十四位领导、同事、学生的讲述，心灵震撼。说句实话，我这本笔记本，我三年记录不到三十页，而我刚才却记录了十多页。说明这样的题材、这样的典型十分难得。覃东荣一生为报党恩，让所有穷人子弟都能上学读书，他做到了；他去世时死不瞑目，是故事的高潮，真正做到了捧着一颗心来，不带半根草去。我前几天已与北京影视公司的老板沟通过，他们很看好这个题材，计划拍一部四十集电视剧。2014年三十三集电视剧《我的养父的花样年华》的主人公收养四个孩子，收视率异常火爆，而覃东荣收养了六个孩子，如把覃东荣的故事改编成的电视剧拍摄成功，一定会和《我的养父的花样年华》一样火爆。

本会党支部宣传委员、常务理事、张家界日报副刊编辑郭红艳说，以前看过写覃东荣校长的两本书：《拐杖校长》《不朽师魂》，第三本《红烛》即将作为建党一百周年献礼图书出版发行。刚才听了主人公的领导、同事、学生的讲述，最美师魂覃东荣这个人物形象立起来了，我们张家界有这个人存在，对我们教育界来说，谭东荣是我们教育界的模范和楷模。把这个有血有肉的人物形象展现出来，除了展现覃东荣的真实生活，应该还要高于生活。要让覃校长的事迹精神起引领作用，净化社会风气，先促进教育界的风气，再促进整个社会的风气。教字垭镇党委政府、中心学校、七家坪村，市区宣传部要高度重视。

本会理事、微电影《不朽师魂》编剧赵前进说，这么好的题材、这么好的建议，回去后抓紧时间，在规定的时间内把剧本拿出来。

本会理事、编导伍侃说，今天听了大家发自肺腑的发言，很受启发，剧本很重要，督促赵前进老师尽快把剧本写好。

永定区委宣传部副部长李新寿说，我代表永定区委宣传部讲话，讲两个意思：一是感谢。感谢市文联彭义副主席以及在座的各位老师，张家界日报、张家界电视台等有这个情怀做这件事，弘扬正能量文化，传承师魂。二是建议。第一，我们这个社会不缺光明，但缺少发现光明的眼睛；不缺英雄，但缺乏宣传英雄的人，我们的覃东荣老师，就是我们这个时代的英雄，需要传承、需要挖掘、需要整理。第二，社会需要正能量，需要覃东荣这样的好校长，因为他爱单位，节约用电；他爱学生，收养六个学生，救学生是高潮；他爱老人，多年帮孤寡老人砍柴、挑水；爱同事，给赵如秋老师分饭，给黄士祥三父子分菜；他爱教育，扎根山区，爱岗敬业，忠诚党的教育事业。第三，微电影时间短，只能找一个突破口，截取最感人的一件事来写，剧本写好后找专家指点。编剧赵前进从素材中提炼、加工，精心构思，搞出高质量的剧本，刘经慈教授和王守明导演把关。第四，王守明老师讲得很好，覃东荣这个题材确实难得，七家坪村领导主动协助市文联彭义副主席，多给市领导汇报，争取得到领导支持，追授覃东荣市优秀共产党员，尽快将以覃东荣为题材的电视剧立项。

市文联党组成员、专职副主席、市文联文艺家协会党委书记、市影视家协会主席彭义说，讲五点：第一，市、区宣传部门非常重视这次座谈会，今天座谈会开得相当成功，丰富和提升了主人公覃东荣的形象，与会专家学者就微电影《不朽师魂》片名和剧本情节、艺术表达、角色塑造等方面献计献策，使剧组人员深受启发与提升，编剧尽快写出精品剧本。第二，对于拍摄微电影经费，教字垭镇政府也要想办法支持几万元，教字垭镇中心学校和七家坪村全力配合剧组，出人、出物、出力，使该片顺利开拍，力争拍成精品。第三，追授覃东荣永定区优秀共产党员很重要，会激励更多的共产党员扎根农村振兴乡村，激励更多的老师终身扎根乡村教育。第四，王守明专家做好拍以覃东荣为题材的电视剧的前期准备。第五，若该微电影和电视剧播出后影响大，覃东荣就会再现盛名，教字垭镇也就会因此出名，到时可把教字垭镇改名为覃东荣镇，让后人追寻英雄的足迹，学习他的先进事迹。教字垭镇就会像全国其他英雄、劳模县市一样出名，全国各地到这里学习英雄，追寻英雄的人就会络绎不绝。

会议最后强调，微电影《不朽师魂》展现的"覃东荣主人公形象"是诠释弘扬社会主义核心价值观、为我们的民族固本筑魂、为我们的时代凝心聚力的正能量的师魂人物形象，是一个反映新时代主旋律的影视作品。各级各部门一定要各司其职，加强交流沟通，全力配合导演、编剧早日完成作品创作；相关影视工作者要深入生活与实际，进一步挖掘创作资源，通过文字和镜头梳理，努力将其打造成为思想性、艺术性、观赏性俱佳的文艺精品，真实深刻地向观众传递、宣扬"覃东荣"先进事迹和榜样力量。

跋

在中国共产党成立一百周年之际，党中央决定在全党集中开展党史学习教育，就是用党的光荣传统和优良作风坚定信念，纯洁党员队伍，不忘初心，关心群众疾苦，牢记全心全意为人民服务的使命宗旨。

三十八年前，习近平在正定工作时的做法，要求具体，操作性强，为领导干部定下了规矩，形成了制度，体现了他抓好党风建设的坚定信念和决心，给全县党员干部留下了深刻印象，密切联系了群众，改进了干部作风。

湖南省风景明珠张家界最美师魂、共产党员覃东荣，上世纪八十年代他在改进教职工工作作风、招待问题上，始终坚持党的宗旨、制度和纪律。覃东荣严谨治校、清正廉洁、淡泊名利、以身作则、廉洁奉公的精神，与新时代党中央提出的改进工作作风、密切联系群众的"八项规定"相吻合，是当前党史学习教育的鲜活教材。

谭东荣一生坚信共产主义，一生献给了党和祖国的教育事业。1953年3月，十五岁的他在共产党和人民政府的关怀下走进学堂发蒙读书识字。他对共产党无比感激，对党绝对忠诚，高举共产主义旗帜，坚信社会主义美好；他站在平凡的教师岗位上，为普及九年义务教育殚精竭虑，一生默默兑现着"要让所有穷人子弟都能上学读书"的诺言；他舍小家为大家，心系百姓疾苦，一生清正廉洁。他廉洁奉公、舍己救人、艰苦奋斗、大力推行教育教学改革的崇高献身精神在贫困山区人们的心中永不磨灭。他的事迹彰显了为民而活的崇高品德，彰显了一个共产党员的优秀品质和担当奉献的精神，成为人们争相学习的楷模！

人去精神留。2005年保持共产党员先进性教育学习时，当地部分党员、群众不想让覃东荣同志的精神永远埋在土层深处。他们说，覃东荣的精神不应该只属于他自己、他的家人，而属于整个社会，人们还是要违背他的遗言，将他夫妇献身贫困山区教育的感人事迹撰写出来，予以推介。

长篇报告文学《红烛》一书即将出版发行，我甚为高兴。为顺应当地民众的呼声，湖南作协会员、张家界市本土作家向晏漪在张家界宣传、组织、教育、文联、作协等部门支持下，经过多年的实地采访，并根据亲身感受精心构思写成，多面而真实地反映了山区中小学大力推行教育教学改革、全力落实普及中小学义务教育的史实，是我省乃至全国的教育教学改革和普及九年义务教育工作的缩影。

现在全国乡村教师大约二百九十万，其中特岗教师一百万，剩余的一百九十万乡村教师，上世纪八十年代是民办教师，可他们不计较个人得失，为社会主义现代化建设培养人才，默默地承担着全国农村教育，后来转为国家教师。他们现在都是五十六七岁的人了，再有三四年他们就光荣退休了。向这群默默无闻、辛勤耕耘的人类灵魂的工程师致敬！人们可以从中领略到一大批教育工作者高尚的人格、博大的胸怀和执着的追求。这就是师德，这就是师魂！

应该肯定，值得推广！

该书主要记录了乡村校长覃东荣的扶贫助学义举。1986年覃东荣的月工资不到两百元，家里穷得叮当响，为了普及九年义务教育，为了贫困山区早日脱贫致富，他不仅资助许多贫困学生读书，还在自家经济状况相当困难的情况下，同妻子伍友妹毅然收养了六名失学儿童，六年如一日抚育他们直至他们初中毕业。1996年儿童节，他去世时，担心有学生失学死不瞑目，一生家境一贫如洗，欠债两万多元。乡亲们为他的遗体穿衣时，竟找不到一件像样的寿衣，最后只好含泪将几件旧衣及两件破烂的运动衫作为寿衣穿在他的遗体上！

出版本书，一是希望让更多的人了解最美师魂覃东荣，学习覃东荣精神，希望社会上出现更多像覃东荣这样的共产党员、这样的人民教师；二是想让人们了解贫困山区发展教育的艰辛，激励更多人来关心支持贫困山区的教育；三是想将他的感人事迹拍成电影、电视剧、戏剧等，想从该书的销售利润，及根据该书改编的影视剧、戏剧等版权费、播出利润中拿出一部分成立覃东荣教育基金会，专门扶助贫困学生，将他扶贫助学的火炬永远传承下去，同时也希望更多的爱心企业、爱心人士能够了解这个基金，并伸出关爱援助之手。

《红烛》的主人公覃东荣并非文学艺术塑造的典型，而是现实记录的真实人物。他1938年4月出生于湘西北大庸县西教乡七家坪村一个贫苦农民家庭，土家族，1962年9月参加工作，1985年6月加入中国共产党，1993年7月27日因公负伤，1996年6月1日因伤病逝，终年五十八岁。他生前十五次荣获市（州）区（县）级荣誉称号和奖励。他的一生平凡而伟大，他的一生中许多事迹令人感动，催人泪下。

"倾注一腔激情，奉献教育事业"，这是他的初衷，也是他一生奋进的思想基础。覃东荣虽出身寒门，但其先祖父"孝悌忠信"礼仪尚存，让他从小就受到熏陶。因此，覃东荣从小就能精心照料三个弟弟及长期生病的母亲，并随父亲下地干活，用其稚嫩的双肩撑起这个贫困的家。稍长，家乡解放，即沐党恩，思想开始成熟。十五岁时，他在党的关怀下走进学校读书识字。他由衷地热爱共产党，热爱新社会。当他念及三个适龄的弟弟还没上学，同时看到周围与他同样大小的孩子也还没有上学时，又萌生了一种想法：要让所有的孩子都能上学读书。为了使三个弟弟完成学业，他千里徒步找工作。受中华民族传统美德的熏陶，覃东荣自强不息、厚德载物。共产党的教育培养、新社会的无声感召，使覃东荣乘风斗浪、勇往直前。他忠诚党的教育事业，真正做到了鞠躬尽瘁、死而后已！

"工作鼎心切意，作风清正廉洁"，这是覃东荣校长始终坚持的人生信条。他勤奋工作，人们授予他"孺子牛"的光荣称号。他自己却永远也不满足，一直身躬力行，任劳任怨地拼搏。他任校长三十一年，却坚持第一线的教学工作，曾五次因过度劳累而晕倒在讲台上，大家急忙扶起他，要送他去医院，他苏醒之后立即推开学生说："我没事，不要紧的！"又站起来肚抵讲台，继续把课上完。为了保生留生，一个也不能少，他身先士卒，带头家访，拖着残腿拄着拐杖走遍了教字垭镇的每个角落。遇着坡陡路滑，上坡他就手足并用爬，下坡就手足并用滑。三十多年中，他访问学生一万多人。在覃东荣校长与全体教职员工的共同努力下，教字垭镇中心完小筑起了一道堤坝，它既是防止学生流失的"安全堤"，又是实现九年义务教育的"责任堤"。于是，教字垭镇中心完小的入学率和巩固率年年都是双百，成为全省贫困山区普及九年义务教育的创优集体。

覃东荣一贯以校为家，在教字垭镇中心完小工作的十三年间，每逢节假日，为了让老师们得到正常的休息，也为了减轻学校的经费开支，他不计报酬地加班加点、义务守校折算成标准工作日二千五百多个。此外，他为维护学校安全和学校财产不受损失还做了大量工作。

覃东荣校长只讲贡献，只重务实，他是清正廉洁的榜样。有一次他开会迟到两分钟，不仅主动交出两元罚款，还将自己的检讨贴在校务栏里。凡上级领导来校检查工作设招待餐只许专管人员（一人）作陪，自己绝不参与；他自己到村小或片小检查工作时，却坚决不吃招待餐，也不收受任何礼物。最感动人的是，他在临终之际，没有任何要求，只叮嘱家人不要忘了为他交党费，人们缅怀他是"焦裕禄式的共产党员"。

"坚定教育信念，大胆锐意改革"，这是覃东荣校长与时俱进、革故鼎新的重大举措。学校应该永远代表社会的进步力量，教师应当永远确立主流的社会价值观，在日新月异、社会文化日益多元化的今天，教育工作者必须勇立潮头，与时俱进，大胆作为。覃东荣同志从教三十四年，除三年瘫痪在床外担任校长三十一年，其中大部分时间是在我国实行改革开放（1978年）以后。覃东荣校长迎着改革开放的大潮，与时俱进，率先在全市进行素质教育探讨，成立"立体式德育网络教育"，此成果曾在全市推广。他带头自制课件，先后开办语文"注·提""电教听说训练"，数学"三算""尝试法"，思品"立体式立体德育网络"教育等课题实验班，教学质量稳步上升，始终名列市（州）、区（县）前茅。1989年，全市德育工作经验交流现场会及1994年全区教育目标管理先进经验交流现场会都在他工作的学校召开。他把一所贫困山区小学办成了"湖南省学习雷锋先进集体""全国读书读报先进单位""全国雏鹰红旗大队""全国少先队红旗大队",成为山区小学的一面旗帜。

"耕杏坛三十载,播真爱暖心田",这是覃东荣校长教育实践三十多年的一条教书育人的成功之路。覃东荣校长为了兑现自己"要让所有读不起书的孩子都有书读"的誓言,一生都为党的教育事业鞠躬尽瘁。他懂得,爱心是师德素养的重要表现。他以身作则,率先垂范,对学生付出了大爱、真爱,而且对学生一视同仁,绝不厚此薄彼,真正爱生如子。三十多年来,他为贫困学生垫付学杂费、生活费累积达三万多元。他对学生有求必应。学生如有缺席,立即组织家访。有一次他和六年级班主任吕志雄到十多公里远的伍秋霞家家访,凌晨三点才返校。学生如出现不舒服的情况,他立即求医救治,有好多次是他亲自背学生上医院。

最让人敬佩的是他家境清贫,但还收养了六个特困学生在他家免费吃住六年,并供他们上学。现这六人都已学有所成,成了社会主义的建设者和接班人。

从覃东荣同志身上我们看到一个真正共产党人的光辉形象。他为了不让贫困孩子失学,本就贫困的他负债两万元。他临终前告诉家人,他死后不要为他买寿衣,就穿旧衣,把节约下来的钱多扶助几个贫困学生,不然他死不瞑目!他这种无私奉献的精神感天动地!

"拐杖校长"覃东荣为救落水儿童左腿骨折,终身残疾。覃东荣的一生是在用心血做事情,用生命谱写文章,用行动报答党恩,这怎能不叫人肃然起敬!

覃东荣校长的一生,是关爱、情牵学生的一生。学生们也永远不会忘记他的恩情。

《红烛》一书有广泛的社会价值,我们学习它可以得到很多启迪。习近平总书记在"十九大"报告中强调:优先发展教育事业。建设教育强国是中华民族伟大复兴的基础工程,必须把教育事业放在优先位置,深化教育改革,加快教育现代化,办好让人们满意的教育。

"把立德、树人作为教育的根本任务"的教育方针人人都得遵循,人民教师都要讲究师德，覃东荣校长就是师德的典范。

另外，从构建和谐社会的历史任务来看，《红烛》一书也值得一读。如果全社会的人都能像覃东荣那样一心为公、清正廉洁、广献爱心，又何愁社会不和谐？

《红烛》的撰写、出版发行得到多方的支持和援助，首先要感谢各级领导的大力支持。

衷心感谢湖南省人大常委会党组成员、湖南省原副省长李友志在百忙之中为该书撰写序言，原中共张家界市委书记胡伯俊在《光明日报》撰文号召全市教育工作者、党员干部向最美师魂覃东荣同志学习，张家界市人大常委会原副主任彭清化为主人公写歌词，张家界市人民政府副市长、中共永定区委原书记祝云武在百忙之中审阅书稿，对该书出版工作非常重视并作出重要批示，并撰写文章号召全区党员干部、教师向覃东荣同志学习。

感谢湖南省住建厅党组书记厅长鹿山、常务副厅长舒行钢，张家界市委副书记刘绍建，湖南省雷锋精神研究会法人、副会长杨艳雄，湖南省财政厅原处长杨合义，张家界市委常委、市委宣传部部长郭天保，张家界市委常委、市委组织部部长李传荣，张家界市人大常委会副主任吕毅，张家界人民政府副市长邹菊芳、欧阳斌，张家界市委宣传部副部长黄卫红、孙鹏，张家界市委组织部两新工委专职副书记聂和俊，张家界市教育局局长兰智平，张家界市文化旅游广电体育局局长邓剑、总工程师钟毅，张家界市文联主席覃文乐、专职副主席彭义，中共永定区委书记朱法栋、区委副书记、区长候选人王学军，区委副书记程漫，永定区委常委、区委宣传部部长龚颜，武陵源区委常委、区委宣传部原部长谢贵湘，永定区委常委、区委组织部部长王磊，湖南省住房和城乡建设厅人事教育处副处长、原驻张家界市七家坪村扶贫工作队队长朱浩，永定区人民政府副区长钟湘、龚建梅，永定区委宣传部副部长邓艳莉、伍杰、李新寿，永定区委组织部副部长、两新工委书记游曦，永定区财政局局长张怡国，永定区教育局局长赵云，永定区文化旅游广电体育局党组书记周友发、局长张世伟，武陵源区文化旅游广电体育局局长向延初，教字垭镇党委书记李飞、原书记胡午阳、镇长朱蕾茜等领导对该书的撰写、出版发行给予支持。

作者在采访、写作过程中，得到覃东荣生前的领导、老师、同事、学生及家长的支持。

主人公的堂兄覃正业老人记忆力极好，他讲述自己同主人公千里徒步去贵阳投亲找工作的趣闻；七家坪村原支书李会根和群众李光银提供了有关七家坪的一些风土人情、史事、传说；邻居吴明众讲述了他同覃东荣三父子一起在沅古坪挑"死库粮"的故事；内兄弟向佐周、向佐明、向佐顺三次冒雪带笔者爬到"天子堰"实地考察，讲述有关"天子堰"的传说；班主任陈德鸿老师讲述了主人公读高中时艰苦求学的事迹；学生伍良平及其家长伍海生含泪讲述了主人公夫妻如何收养六名失学儿童，并送他们上学的感人事迹；同事赵如秋在甘溪峪村土门潭现场，激情讲述当年主人公跳入洪水中如何抢救落水学生杨贤金的场景；堂弟覃正模在现场深情介绍当年他将三间土砖屋借给主人公供收养的六个学生居住的情景；学生李家友、覃大群讲述了她母亲覃银妹为主人公做媒，并促使主人公与向佐梅结成百年之好的一些趣闻；甘溪峪村群众石之仓、石家圭形象地讲述当年主人公拄拐杖背送学生回家的场景；学生家长周志城、熊爱鸣深情讲述主人公资助其子女上学的事情；领导罗振声，同事田绪仲、赵如秋、曹太儒、黄士祥、吕志雄、向小桃、吴明伦，学生陈自明、石振清、伍凤华、吕启银，同学吴月生等提供了丰富真实而感人的手写材料，在此深表感谢！

感谢张家界市影视家协会党支部联合永定区教字垭镇党委、教字垭镇中心学校党支部和七家坪村党总支召开微电影《不朽师魂》主人公覃东荣先进事迹座谈会。感谢张家界市文联党组成员、专职副主席、市文联文艺家协会党委书记、市影视家协会主席彭义，永定区委宣传部副部长李新寿，教字垭镇党委委员、副镇长覃圣良，张家界电视台副台长李文锋、记者廖雯，张家界日报记者贵术中、王妍，教字垭镇中心学校党支部书记、校长李峰，七家坪村党总支书记、村主任李宏升，知名影视家王守明，本土知名文艺专家刘经慈、周志家、田正雅，市影视家协会党支部组织委员赵勇、宣传委员郭红艳、学习委员覃盟，市影视家协会理事伍侃、赵前进，以及覃东荣生前领导、同事、学生、家属代表罗振声、赵如秋、陈自明、陈生祥、覃遵兵、吴明伦、向小桃、吴贵方、覃建新、李光银、吕飞跃、李菊英、覃正毛、覃兵共34人出席座谈会。

同事覃建新对书稿的某个章节的撰写提供素材，教字垭镇联校原校长罗振声不顾年纪大，审读书稿，对每章标题提出修改意见。在此表示感谢！

感谢光明日报高级记者、湖南记者站原站长唐湘岳、通讯员张留，新华社湖南分社记者袁汝婷等采访报道过主人公及主人公妻子伍友妹的所有的记者朋友！

感谢爱心人士陈湖苏、许云静、吴贵方、秦泰东、聂井周、陈银周等照相，覃松辉、覃正顺、摄像，覃松辉、卢利文、伍侃制作光碟。

另外还有一些朋友也为我们提供了不少帮助，因篇幅有限，不能一一列举，请谅解！

感谢张家界市文联专职副主席彭义为筹措该书出版经费奔走呼号、付出心血，衷心感谢张家界市永定区财政局对该书出版经费的鼎力支持！如果没有你们的资助和支持，本书的出版将成泡影。衷心谢谢你们！

在撰写过程中，虽然笔者已经竭尽全力，但因水平有限，未能将主人公的事迹恰如其分地表述出来，存在不当之处，敬请广大读者提出宝贵意见，以便再版时加以完善。

衷心感谢所有关心支持本书撰写、出版发行和支持、筹备、报道覃东荣同志先进事迹座谈会的各界人士！在此一并致谢！祝好人一生平安！

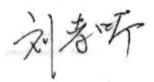

刘孝听

作者系湖南省社会主义学院原副院长、原巡视员
2021年6月于长沙